STAR TREK
THE NEXT GENERATION®

WIDERSTAND

J.M. DILLARD

Based on
Star Trek: The Next Generation
created by Gene Roddenberry

Ins Deutsche übertragen von
Bernd Perplies

cross cult

Die deutsche Ausgabe von STAR TREK – THE NEXT GENERATION: WIDERSTAND
wird herausgegeben von Amigo Grafik, Teinacher Straße 72, 71634 Ludwigsburg.
Herausgeber: Andreas Mergenthaler und Hardy Hellstern, Übersetzung: Bernd Perplies;
verantwortlicher Redakteur und Lektorat: Markus Rohde; Lektorat: Anika Klüver und Gisela Schell;
Satz: Rowan Rüster/Amigo Grafik; Cover Artwork: Tom Hallman. Printed in Germany.

Titel der Originalausgabe: STAR TREK – THE NEXT GENERATION: RESISTANCE

Print ISBN 978-3-95981-837-7 · E-Book ISBN 978-3-942649-74-2

WWW.CROSS-CULT.DE · WWW.STARTREKROMANE.DE · WWW.STARTREK.COM

Für Sara
Auf die Hoffnung

PROLOG

Es begann, wie es schon damals begonnen hatte: klaustrophobische Träume, ein Gefühl drohenden Unheils und dann, mit einem verzweifelten, keuchenden Luftholen, das erlösende Erwachen.

In der Dunkelheit kämpfte sich Jean-Luc Picard aus dem Bettlaken frei und stand auf. Es kam ihm so vor, als habe er dergleichen schon unzählige Male getan: sich aus dem Griff eines fernen Schreckens gelöst und sich dann blind aber mit traumwandlerischer Sicherheit seinen Weg durch den unbeleuchteten Schlafraum gebahnt.

Er betrat den Waschraum und hielt vor dem Spiegel inne. »Licht«, befahl er mit rauer Stimme, und das Licht ging an.

Er zuckte zusammen, als er im Schein des Leuchtstofffeldes sein Spiegelbild erblickte. Einerseits sah er aus wie immer: glattrasiert, mit markanten, hageren Zügen und schimmerndem, kahlem Schädel. Und doch war etwas auf subtile Weise anders, auf subtile Weise falsch. Sein Blick fuhr suchend über sein gespiegeltes Ich, forschte nach Gründen für das unbestimmte Gefühl, dass er, nein, vielmehr seine ganze Welt, aus den Fugen geraten war.

Unterhalb seines linken Wangenknochens zuckte ein Stück Haut. Die Bewegung war kaum wahrzunehmen. Picard packte die Ränder des kalten Waschtisches und beugte sich vor. Hatte er sich die Bewegung nur eingebildet? War sie ein Erzeugnis seiner Paranoia gewesen, ausgelöst von einem flüchtigen, halb vergessenen Traum?

Nein. Der Muskel in seiner Wange zog sich erneut kurz zusammen, dann kräuselte er sich. Beunruhigt legte Picard eine Hand auf die Stelle und ertastete einen harten Gegenstand unter dem Fleisch, einen Gegenstand, der weder Zahn noch Knochen war, sondern sich irgendwie nicht menschlich anfühlte.

Seine Finger zitterten, als er sie zurückzog, und er versuchte erfolglos, sie zu beruhigen. Der Gegenstand fing an, sich auszudehnen, drückte hart gegen die Innenseite seiner Wange, gleich der Faust eines Kindes, die sich ihren Weg durch seine Haut erzwingen wollte.

Das Druckgefühl wurde immer stärker, bis es kaum noch zu ertragen war. Voller Grauen beobachtete Picard, wie sich seine Wange über jedes mögliche Maß hinaus dehnte, bis der harte, immer weiter wachsende Zylinder durch das Fleisch brach und sich aus seinem Körper hervorschob.

Erstaunlicherweise floss kein Blut. Nur ein einzelnes, heißes Aufblitzen von Schmerz durchzuckte Picard. Ein schlanker, silbrig glänzender Arm trat hervor und reckte sich eine Handbreit in die Höhe, nur um wenige Zentimeter vor dem Spiegel inne zu halten. Es gab ein surrendes Geräusch, als ein winziger Servo das Ende des Arms öffnete und skelettartige Finger sichtbar wurden, rasiermesserscharfe, tödliche Finger, die dem einzigen Zweck dienten, zu greifen, zu töten, zu verwandeln ...

»Die Borg«, flüsterte Picard. Fragmente seines Traums kehrten schlaglichtartig zu ihm zurück: endlose Reihen metallischer, bienenwabenartiger Alkoven, in denen Assimilierte in geistloser Starre auf Befehle warteten; eine Operationskammer, von modernster Effizienz und doch grotesk mittelalterlich anmutend, an den Wänden künstliche Gliedmaßen, Augen, scharfe Sägen und brennende Laser aufgereiht; und das Allerschlimmste: die Königin selbst, nicht mehr als ein körperloser Kopf samt Schultern, ihre dunklen Lippen zu der boshaftesten Andeutung eines selbstgefälligen Lächelns leicht nach oben verzogen, ihre flüssigen schwarzbronzenen Augen voller Verheißung und Gefahr ...

Wir waren uns so nah, du und ich. Du kannst noch immer unser Lied hören.

Nein! Nicht noch einmal. Nicht noch einmal!

Schimmernde, metallische Finger klickten und bewegten sich nur Zentimeter von seinen Augen entfernt. Sie löschten sein Spiegelbild aus, dann seine Individualität. Picard sank auf die Knie, den Waschtisch noch immer fest umklammert. Diesmal war sein Schrei nicht lautlos ...

Das Geräusch - kaum mehr als ein gequältes Aufstöhnen - brachte ihn endgültig zu Bewusstsein. In dem kurzen folgenden Augenblick der Orientierungslosigkeit presste er seine Handfläche gegen die Wange, und zu seiner großen Erleichterung fand er dort nur menschliches Fleisch vor. Sein Atem ging flach und stoßweise. Er zwang sich dazu, langsam und tief ein- und auszuatmen und der Wirklichkeit zu erlauben, wieder die Herrschaft über ihn zu gewinnen.

Er lag in seinem Bett, und es war Nacht an Bord der *Enterprise*. Diesmal war er wirklich erwacht.

»Jean-Luc?« Eine sanfte, verschlafene Stimme erklang neben ihm, dann das Geräusch langer, schlanker Gliedmaßen unter dem Bettlaken. »Jean-Luc, ist alles in Ordnung? Du hast geträumt.«

»Beverly.« Seine Stimme klang noch immer rau vom Schlaf, und er räusperte sich. »Ja, natürlich, es ist alles in Ordnung. Es war nur ein Traum.«

Sie rollte sich auf die Seite. Er konnte ihre Silhouette erkennen, nicht aber ihren Gesichtsausdruck. Sie stützte einen Ellbogen auf dem Kissen auf und legte den Kopf in die Handfläche. Ihr Haar fiel herab und strich über seine Schulter. »Wovon handelte dein Traum?«

Er versteifte sich leicht. Er kannte die Nuancen in ihrem Tonfall sehr gut. Jetzt war sie seine Ärztin, nicht die Geliebte oder Freundin. Und sie stellte eine Frage, deren Antwort sie bereits kannte.

»Ich habe also im Schlaf gesprochen«, bemerkte er trocken.

Sie nickte. »Möchtest du darüber reden?«

Ihre Beharrlichkeit entlockte ihm ein Seufzen. »Was soll ich sagen? Ich weiß nicht, weshalb ich von den Borg geträumt habe. Das ist alles schon so lange her.«

Noch bevor sie auch nur zu sprechen anfing, erkannte er bereits ihre Skepsis an der Art, wie sie den Kopf leicht zurückzog. »Eine Wunde, die so tief sitzt, Jean-Luc, wird niemals vollständig verheilen.«

»Dann hilf mir, zu vergessen.« Er ergriff den Arm, der ihren Kopf stützte, und zog behutsam daran. Sie wehrte sich nicht, sondern lachte leise, rollte ihm entgegen und halb auf ihn drauf. Er gab ihr einen raschen Kuss, und sie lächelten sich in der Dunkelheit an.

»Es tut mir leid, dass dich das noch immer belastet«, sagte sie sanft.

Er zuckte mit den Schultern. »Es belastet mich nicht. Es war nur ein ... Schluckauf meines Unterbewusstseins, mehr nicht.« Er strich ihr durchs Haar. »Verzeih, dass ich dich geweckt habe. Schlaf noch ein bisschen.«

Sie gähnte und kuschelte sich an ihn, ihre Wange an seine Brust geschmiegt. Einen Moment später war sie eingeschlafen - die besondere Gabe eines Arztes, die sie vor langer Zeit während des Medizinstudiums erworben hatte. Gelegentlich zog er sie damit auf, aber im Grunde beneidete er sie um diese Fähigkeit, vor allem jetzt, da er hellwach im Bett lag, die nächtliche Decke anstarrte und das regelmäßige Heben und Senken ihrer Brust gegen seine Rippen spürte.

Der Traum beunruhigte ihn. Er hatte schon seit ziemlich langer Zeit keinen Gedanken mehr an die Borg verschwendet. Er konnte sich schon nicht mehr daran erinnern, wann er das letzte Mal bewusst die Schrecken seiner Existenz als der Mensch-Maschinen-Hybrid Locutus durchlebt hatte. Er verstand nicht, weshalb diese Erinnerungen gerade jetzt zu ihm zurückkehrten. Und noch weniger verstand er, wieso sie gerade diesmal solch eine verstörende Wirkung auf ihn hatten.

Die Ahnung eines Wisperns drang an sein Ohr.

»Was sagst du?« Er senkte das Kinn, um Beverly anzublicken. Doch sie schlief fest, und er kam zu dem Schluss, dass sie im Traum gemurmelt haben musste. Er hob den Blick erneut zur Decke und schloss die Augen, in der festen Absicht, all diese törichte Anspannung zu verdrängen und selbst noch ein wenig Schlaf zu finden. Er atmete tief ein, entließ die Luft mit einem Seufzen und entspannte seinen ganzen Körper.

Ein weiteres Wispern, zu leise, als dass er es hätte verstehen können.

Picard öffnete die Augen. Diesmal blickte er Beverly nicht an. Diesmal wusste er, dass sie nicht die Quelle des Geräuschs gewesen war. Denn der einzelnen wispernden Stimme gesellte sich rasch eine weitere hinzu, dann noch eine ... bis sie sich zu einem schwachen, fernen Chor aus Tausenden vereint hatten.

Du kannst noch immer unser Lied hören.

Und auf einmal wusste Picard mit einer Sicherheit, von der er sich geradezu verzweifelt wünschte, sie nicht zu besitzen, dass er dem Flüstern des Kollektivs lauschte.

Es war die Stimme der Borg.

KAPITEL 1

Als Picard am nächsten Schiffsmorgen aufwachte, stellte er fest, dass Beverly verschwunden und sein Verstand wieder klar und frei von allen nächtlichen Schrecken war. Er zog sich an, und als er schließlich im Geiste die Aufgaben des heutigen Tages durchging, hatte er sich bereits selbst davon überzeugt, dass das Wispern der Borg nicht mehr als ein Echo seines beunruhigenden Traums gewesen sein konnte.

Sein erstes Ziel war der Maschinenraum. Er trat ein und erblickte B-4, der dort saß. Der Androide war in den senffarbenen Overall gekleidet, den er immer trug, und hatte die Beine in einer Geste geistloser Nachlässigkeit lang ausgestreckt. In seinem freundlichen Gesicht regte sich kein Muskel, während B-4 seinen arglosen Blick ohne erkennbares Interesse über seine Umgebung wandern ließ. Picard vermochte nicht zu sagen, ob sich der Androide der Ankunft des Captains tatsächlich bewusst war - oder aber der Anwesenheit Geordi La Forges oder Dr. Crushers.

»Captain Jean-Luc Picard«, sagte B-4 schließlich tonlos. Picard wusste aus Erfahrung, dass es sich dabei nicht um eine Begrüßung handelte. B-4 wiederholte nur den Namen eines Objekts, das er erkannt hatte. Aber um der anderen willen ließ sich der Captain auf die Täuschung ein.

»Guten Morgen, B-4«, erwiderte er aufgeräumt und mit falscher Fröhlichkeit. La Forge und Beverly begrüßte er mit einem stummen Nicken.

Geordi flankierte den Androiden. Beverly stand den beiden gegenüber, die Arme vor der Brust verschränkt und um eine distanzierte Miene bemüht, die Miene einer Chefärztin - und sonst nichts. Da B-4 nicht menschlich war, galt das nun Kommende genau genommen nicht als medizinische Prozedur. Dennoch hatte Beverly darauf bestanden, dabei zu sein.

Auch Geordis Züge waren gefasst, doch es lag ein Hauch von Schmerz in seinen künstlich kristallinen Augen. Data war sein bester Freund gewesen, und die Zeit, die er mit B-4 verbracht hatte - der Data allein in körperlicher Hinsicht glich, aber keinesfalls in Persönlichkeit, Intelligenz oder Verhalten -, hatte nur dazu beigetragen, dass er den Verlust des Kameraden noch stärker spürte. In den letzten paar Monaten hatte Geordi an B-4 gearbeitet, in der Hoffnung, Datas Erinnerungen in ihm wachzurufen - um, wenn möglich, all das neu zu erschaffen, was Data einst gewesen war.

Diese Bemühungen waren auf grausame Weise unfruchtbar gewesen. B-4 hatte Namen von sich gegeben, Bruchstücke von Ereignissen aus Datas Vergangenheit, doch er hatte sie niemals in einen Zusammenhang gebracht, niemals das geringste Interesse an ihrer Bedeutung gezeigt.

Aber solange er durch die Korridore der *Enterprise* gewandert war, nicht selten mit Geordi im Schlepptau, hatte B-4 für sie alle den Geist Datas am Leben erhalten. Picard kämpfte noch immer mit einem Gefühl der Schuld: In einem zutiefst menschlichen und selbstlosen Akt hatte Data sich geopfert, damit sein Captain und seine Mannschaftskameraden leben konnten. Selbst Monate später suchte Picard noch immer viel zu oft der furchtbare Moment des Rematerialisierens auf der Brücke heim, der Anblick der blendenden Explosion, in der die *Scimitar* vernichtet wurde, das Wissen, dass Data tot war, verbrannt zu Nichts. Sie hatten nicht einmal genug Zeit gehabt, um sich zu verabschieden.

In Momenten wie diesen vermisste er Deanna Troi. Sie diente jetzt mit ihrem Ehemann Will Riker an Bord der *Titan*, und erst seit sie fort war, merkte Picard, wie sehr er auf sie angewiesen gewesen war - nicht nur in beruflichen Dingen, sondern auch in persönlichen. Nun besaß er nichts weiter als die Erinnerung der Worte, die sie an ihn gerichtet hatte, kurz bevor sie mit Will die *Enterprise* verlassen hatte:

Datas letzte Tat hat ihn glücklich gemacht. Sie gab seinem Dasein die größte Bedeutung. Ja, er hätte noch Jahrhunderte lang leben können ... aber was bringt einem die Unsterblichkeit, wenn sie ohne Bedeutung ist?

Hier sehen wir es, dachte Picard, als er auf den Androiden direkt vor seiner Nase blickte. Während sich der Captain neben Beverly stellte, saß B-4 mit leerem Blick da und war sich der Gefühle der ihn umgebenden Menschen offensichtlich in keiner Weise bewusst. Data hätte sie natürlich bemerkt. Picard versuchte - ohne jeden Erfolg -, eine Erinnerung zu unterdrücken: Data, wie er im heißen Staub der Wüstenwelt Kolarus stand, B-4s Kopf aus dem Sand hob und ihn in einer unbewussten Imitation Hamlets, der über Yoricks Schädel grübelte, vor sich hielt. *Bruder,* hatte Data ihn genannt. Es war so typisch für Data gewesen, dass er sich nach der engsten aller menschlichen Beziehungen gesehnt hatte.

»B-4«, sagte Geordi in demselben sanften Tonfall, den er so oft gegenüber seinem alten Freund angeschlagen hatte. »Verstehst du, was wir zu tun gedenken?« La Forge spielte unbewusst mit dem Laserwerkzeug in seiner Hand. Etwas abseits standen offene Kisten: eine von der Größe eines Torsos, eine von der eines menschlichen Schädels. Eine dritte hatte die Form, um Gliedmaßen aufzunehmen. Schon bald würde B-4 in den Zustand zurückkehren, in dem sie ihn gefunden hatten: in seine Einzelteile zerlegt.

Der Androide blickte sie nacheinander an: Beverly, Picard und dann wieder Geordi.

»Sie schicken mich fort«, sagte B-4.

»Ja«, erwiderte Geordi in unendlich geduldigem Tonfall. »Du wirst zum Daystrom-Institut gesandt. Dort werden sie dich studieren und versuchen, mehr über deine Konstruktion zu lernen. Wie du gemacht wurdest.«

»Wie ich gemacht wurde«, wiederholte B-4 tonlos. Er blickte zu den Kisten hinüber, dann aufs Deck.

»Wir werden dich jetzt deaktivieren«, fuhr Geordi fort. »Wahrscheinlich für immer. Wir haben darüber gesprochen, erinnerst du dich?«

»Ich erinnere mich«, antwortete B-4, abgelenkt durch die Bewegung einer Technikerin, die auf dem Weg zu ihrer Station an ihnen vorbeikam.

Offenbar mehr für sich selbst als für den Androiden fügte Geordi hinzu: »Du tust damit etwas Gutes, B-4. Du hilfst der Wissenschaft.«

Für einen Augenblick herrschte Schweigen. Dann blickte B-4 zu La Forge auf und fragte unvermittelt: »Wie fühlt es sich an, deaktiviert zu sein?«

Diese Frage traf Geordi unvorbereitet, und Beverly ergriff für ihn das Wort.

»Es fühlt sich nach ... nichts an«, sagte sie. »So als wärst du gar nicht da. Es ist nicht unangenehm. Menschen würden es mit einem traumlosen Schlaf vergleichen.«

»Nichts?« In einer schmerzlichen Imitation Datas legte B-4 den Kopf schief.

Geordi hatte sich unterdessen wieder erholt und nickte. »Du wirst nichts hören und nichts sehen. Du wirst nicht länger Input erhalten.«

B-4 blinzelte und schien darüber nachzudenken. »Das klingt ziemlich langweilig. Ich glaube nicht, dass ich jetzt deaktiviert werden möchte.«

Geordi warf Picard einen unverhohlen hilflosen Blick zu. Neben ihm verlagerte Beverly ihr Gewicht von einem Bein aufs andere. Das Unbehagen stand ihr ins Gesicht geschrieben.

»B-4«, sagte Picard ernst. »Es ist zu spät, deine Meinung zu ändern. Du hast bereits zugestimmt, deaktiviert zu werden. Das war eine gute Entscheidung, und du musst zu ihr stehen.« Jetzt war nicht die Zeit für lange Reden. Zugegebenermaßen mochte die Situation Erinnerungen an einen verlorenen Freund wachrufen, doch es galt, rasch zu handeln, bevor sie alle gefühlsduselig wurden. B-4 war nicht Data, und Schluss.

Es folgte eine kurze Pause. »In Ordnung«, antwortete B-4 leise.

Picard schenkte Geordi ein knappes Nicken. »Bitte deaktivieren Sie B-4, Mister La Forge.«

Geordi zögerte nicht länger als einen Herzschlag, dann griff er mit seiner freien Hand nach einer Kontrolltafel in B-4s Nacken, öffnete sie und drückte einen Schalter.

B-4 erstarrte. Seine Augen hörten auf zu blinzeln, sein Kopf rührte sich nicht länger und seine Glieder zappelten nicht mehr in der wirklichkeitsgetreuen Nachahmung menschlicher Bewegungen. Selbst der schlichte, freundliche Ausdruck auf seiner Miene hatte sich in den seelenloser Leere verwandelt. In weniger als einer Millisekunde hatte er sich von einem fühlenden Wesen in ein unbelebtes Objekt verwandelt.

Picard hatte angenommen, dass der Augenblick danach der leichteste sein würde. Zu seiner Überraschung war er jedoch der schwerste - denn dort, direkt vor ihnen, saß Data, und er sah genau so aus, wie zu all den Gelegenheiten, während derer sie gezwungen gewesen waren, ihn abzuschalten. B-4s leeren Ausdruck und sein geistloses Nachplappern, das sie daran erinnert hätte, dass er jemand anderes, *etwas* anderes war, gab es nicht mehr. Picard fühlte einen Kloß in seiner Kehle. Eine Begebenheit, die viele Jahre her war, kam ihm in den Sinn. Das Hauptquartier hatte Data deaktivieren wollen, um ihn zu untersuchen. Er erinnerte sich daran, wie lange und wortreich er und Data dagegen argumentiert hatten - um letztendlich zu gewinnen.

Jetzt fühlte er sich, als hätte er endgültig verloren.

Beverly an Picards Seite blinzelte ein paar Mal, dann gewann sie ihre Fassung zurück.

»Ich bringe das hier zu Ende«, sagte Geordi. Seine Stimme klang beherrscht, aber seine Worte kamen gezwungen hervor. »Er wird binnen einer Stunde bereit zum Verschiffen sein.« Er hob das Laserwerkzeug in seiner Hand und drehte an einem Regler.

»Sehr schön«, sagte Picard. Er drehte sich auf dem Absatz um und versuchte, die Erinnerung an Data im Maschinenraum zurückzulassen - genau so, wie er zuvor den Traum von den Borg abgestreift hatte.

Es war eine seltsame Nacht gewesen, gefolgt von einem seltsamen Morgen. Picard konnte sich nicht ganz des merkwürdigen Gefühls erwehren, dass die Welt irgendwie aus den Fugen geraten war. *Nichts weiter als mentale Phantome*, ermahnte er sich. Nichts davon war wahr. Es waren bloß Geister. Geister und Wispern ...

Während er den Turbolift zur Brücke hinauf nahm, begann sich Picards Stimmung langsam zu bessern. Seine nächste Aufgabe würde bedeutend angenehmer sein. Er hatte die Begegnung mit großer Sorgfalt geplant. Nachdem ihm vom Sternenflottenkommando die erhofften Neuigkeiten übermittelt worden waren, hatte er mit Beverly zusammengesessen, und bei einem Glas Wein hatten sie über die schändliche Art und Weise gelacht, auf die er besagte Neuigkeiten zu überbringen gedachte. Natürlich hatten sie auch eine kleine Feierlichkeit nach Dienstschluss für die Senioroffiziere geplant.

Picard lächelte beinahe, als der Turbolift verlangsamte und die Brücke erreichte. Doch als sich die Türen öffneten, hatte er bereits ein Stirnrunzeln auf seine Züge gezwungen, um eine angemessen ernste Miene zur Schau zu stellen.

Die Brücke der *Enterprise* war ein Musterbeispiel an stiller Effizienz. Lieutenant Sara Nave, die erst kürzlich nach einer Beförderung aus der Sicherheitsabteilung versetzt worden war, saß an der Steuerkonsole, das strohblonde Haar lose im Nacken zusammengedreht, und betrachtete die Sterne auf dem Hauptschirm. Dabei machten es Naves ernste Miene und ihr vollendet professionelles Auftreten schwer zu glauben, dass sie sich ganz anders verhielt, wenn sie außer Dienst war. An der Akademie hatte sie sich einen Ruf als zügellose Draufgängerin erworben - der Captain erinnerte sich daran, dass verschiedene Senioroffiziere seinerzeit genau die gleiche Bezeichnung für ihn gefunden hatten. Doch anders als ihr jetziger Kommandant hatte Nave ihre Ausbildung als Klassenbeste abgeschlossen und galt als eine der Fähigsten auf ihrem Gebiet.

Als Tochter menschlicher Eltern - beides hochrangige Sternenflottenoffiziere - auf Rigel geboren, hatte sich Nave als regelrechtes Wunderkind erwiesen und war bereits von Kindesbeinen an fest dazu entschlossen gewesen, der Familientradition zu folgen. Ihre absolut herausragenden schulischen Leistungen hatten sogar die Sternenflottenakademie überzeugt, ihr eine vorzeitige Zulassung zu gewähren. Nach einem beschleunigten Ausbildungsprogramm graduierte sie bereits im Alter von achtzehn Jahren. Jetzt war sie fünfundzwanzig und hatte sieben Jahre ausgezeichneten Dienstes hinter sich - auch wenn Picard manchmal Mühe hatte, das zu glauben, angesichts der Tatsache, dass Nave sogar noch jünger wirkte, als sie tatsächlich war. Ihre elfenhaften Züge würden ihr immer den Anschein von Jugend verleihen, selbst im hohen Alter noch.

Sie war keine große Frau, obwohl ihre Glieder lang und geschmeidig waren. Ihre Kraft allerdings war beachtlich, was nicht zuletzt daran lag, dass sie ihre Karriere bei der Sicherheit begonnen hatte. Sie duellierte sich regelmäßig mit Worf in Übungskämpfen mit dem *bat'leth* - dem sichelförmigen klingonischen Krummschwert -, und es schien sie nicht zu stören, dass sie leicht benachteiligt war. Es freute Picard zu sehen, dass die beiden Freundschaft geschlossen hatten. Worf hatte seine Schwierigkeiten mit neuen Leuten.

Eine leichte Falte entstand auf Naves Stirn, als sie eine Einstellung justierte, um das Schiff auf Kurs zum Planeten Repok zu halten, zu dem sie unterwegs waren, seit sich die Repoki einverstanden erklärt hatten, der Föderation zu erlauben, einen Vertrag mit der benachbarten Welt Trexat auszuhandeln. Commander Worf führte die Brücke, die knöcherne Stirn in der ständigen Andeutung eines finsteren Starrens gerunzelt, das lange Haar zu einem braunen Zopf geflochten, der ihm über den breiten Rücken fiel. Picard hatte sich immer noch nicht daran gewöhnt, Worf in dem großen Sessel zu sehen.

In den letzten paar Monaten hatte sich Worf ungewöhnlich reserviert verhalten. Picard hatte dieses Brüten auf Trauer über den Verlust Datas und die Versetzung so vieler Mannschaftsmitglieder zurückgeführt. Die Menge an Veränderungen hatte von ihnen allen erfordert, sich anzupassen. Es war schon in der Vergangenheit schwer genug gewesen, als sie die *Enterprise* selbst verloren hatten. Doch es war noch schwerer, einander zu verlieren.

Beim Geräusch der sich öffnenden Türen, drehte sich Worf im Kommandosessel um und erblickte Picard. Im nächsten Moment war der Klingone bereits aufgestanden und ging zum Platz des Ersten Offiziers. Picard trat an ihm vorbei und wandte ihm nur lang genug das Gesicht zu, um ihn ernst aufzufordern: »In meinen Bereitschaftsraum, Mister Worf.« Er blickte zur Steuerkonsole zurück. »Lieutenant Nave, Sie haben die Brücke.«

Der Captain wartete nicht auf die Antwort, sondern begab sich schnurstracks zu seinem Bereitschaftsraum und dort zu seinem Schreibtisch. Er ließ sich dahinter nieder, wohl bewusst, dass ihm der Klingone auf dem Fuß folgte. Kaum, dass Worf eingetreten war, schloss sich die Tür hinter ihm, und Picard gebot ihm, auf dem Stuhl vor ihm Platz zu nehmen.

Der Klingone erweckte immer den Eindruck, als sei ihm Sitzen unangenehm. Worf hätte es eindeutig vorgezogen, in Habachtstellung dazustehen. Aber er gehorchte und legte stattdessen die großen, bronzefarbenen Hände auf seine Knie. Er wirkte wie die Verkörperung widerstrebend zusammengepresster Kraft.

Picard unterdrückte ein Lächeln, das sich auf seiner Miene auszubreiten drohte, und begann mit gewollt unwilligem Ausdruck seine Vorstellung. »Mister Worf«, fing er in gewichtigem Tonfall an, »in den letzten paar Monaten haben Sie meiner Meinung nach Ihre Rolle als temporärer stellvertretender Kommandant in bewundernswerter Weise ausgefüllt.«

»Danke, Captain.« Worf bewegte sich angesichts der lobenden Worte unbehaglich. Er saß auf der Kante seines Stuhls und schien begierig, ihn so schnell wie möglich wieder zu räumen.

»Allerdings«, sagte Picard, »können Sie sicher verstehen, dass es an der Zeit ist, einen permanenten Ersatz zu finden.« Genüsslich in seiner Rolle aufgehend, hielt er zwei Sekunden lang inne, um die

Spannung zu erhöhen. »Ich möchte, dass Sie wissen, dass ich mich mit Nachdruck dafür eingesetzt habe, Sie als Ersten Offizier behalten zu dürfen. Aber das Sternenflottenkommando hatte seine Entscheidung leider schon lange vor meiner Empfehlung getroffen.« Der Captain hob seine Hand in einer einstudierten Ich-habe-getan-was-ich-konnte-Geste und seufzte.

Worf war so reglos wie ein Stein.

»Mister Worf, ich bedaure, Ihnen mitteilen zu müssen, dass ich letzte Nacht den Namen des neuen permanenten Ersten Offiziers erhalten habe. Er wird diese Stelle mit sofortiger Wirkung antreten.«

Wenn Worf Enttäuschung verspürte, zeigte er sie nicht. Picard hätte das auch nicht erwartet. »Ich verstehe, Captain. Soll ich auf meinen alten Posten zurückkehren?«

Diese Frage traf Picard unvorbereitet. Er hatte damit gerechnet, dass ihn der Klingone nach dem Namen seines sogenannten Ersatzes fragen würde - insbesondere, da der Offizier sofort übernehmen sollte, was implizierte, dass es sich um ein Mitglied der derzeitigen Besatzung handelte. War Worf kein bisschen neugierig, welcher Offizier mit einem niedrigeren Rang über seinen Kopf hinweg befördert worden war? Das war nicht die Richtung, in die sich Picards kleiner Scherz hatte entwickeln sollen.

Vielleicht hatte er den Klingonen unbeabsichtigt vor den Kopf gestoßen.

»Mister Worf«, sagte er schließlich in freundlicherem Tonfall, während er sich zugleich endlich zu lächeln erlaubte, »bitte entschuldigen Sie, dass ich Sie aufgezogen habe. Ich vermag mit Stolz zu verkünden, dass das Sternenflottenkommando meine Empfehlung bestätigt und Sie zum permanenten Ersten Offizier der *Enterprise* ernannt hat.«

Eine Pause folgte. Picard erwartete die Worte *Danke, Captain*, aber sie kamen nicht.

»Ich bedaure, Captain«, antwortete Worf. »Ich muss die Ernennung ablehnen.«

Einen Moment lang glaubte Picard, sich verhört zu haben. Doch je länger die Worte in der Luft hingen, desto weniger konnte er sie verleugnen. Seine erste Reaktion war, *Sind Sie verrückt?* zu fragen. Seine zweite, in Betracht zu ziehen, dass der Klingone den Spieß umgedreht und seinen eigenen Scherz gegen ihn gerichtet hatte. Aber es lag keine Spur von Heiterkeit in Worfs Augen. Er rutschte ein wenig auf seinem Stuhl herum, offensichtlich begierig, dieses Zusammentreffen zu beenden.

Schließlich sagte Picard: »Worf ... Ich fürchte, ich verstehe Sie nicht.«

»Ich muss die Ernennung ablehnen«, wiederholte der Klingone.

»Ich habe verstanden, *was* Sie gesagt haben«, gab Picard sanft zurück. »Aber ich verstehe nicht, *warum* Sie es gesagt haben.«

Worf senkte den Blick. In seinen Augen flackerte etwas auf, ein Gefühl, das der Captain nicht richtig zuordnen konnte - Widerstreben? Schmerz? »Es ist ... eine persönliche Angelegenheit, Sir. Ich würde lieber nicht darüber sprechen.«

Für einen Augenblick war Picard sprachlos. Dann sagte er: »Commander ... Ich respektiere Ihre Entscheidung und Ihr Recht auf Privatsphäre. Aber von allen Kandidaten sind Sie der am besten qualifizierte - und ich würde mir Sie, mehr als jeden anderen, als meine Nummer Eins wünschen. Darf ich Sie bitten, sich etwas Zeit zu nehmen, um darüber nachzudenken?«

Worf blickte dem Captain direkt in die Augen, und Picard entdeckte einen Hauch von Leid auf seinen Zügen. »Ich habe meine Entscheidung getroffen, Sir«, sagte der Klingone.

Mit einem überwältigenden Gefühl der Enttäuschung und des Unglaubens erkannte der Captain, dass es nichts mehr zu sagen gab. Er streckte sich und setzte eine formelle Miene auf. »Wie Sie wünschen, Mister Worf. Sie können auf Ihren Posten zurückkehren ... als temporärer Erster Offizier. Ich hoffe, Sie sind bereit, mir weiter in dieser Rolle zu dienen. Es wird mich einige Zeit kosten, einen anderen geeigneten Offizier zu finden.«

Der Klingone nickte und ging mit offensichtlicher Erleichterung davon.

Picard folgte ihm nicht sofort. Er blieb hinter seinem Schreibtisch und fragte sich, ob er die Sternenflotte über Worfs Entscheidung informieren sollte oder nicht. Worf schien entschlossen - aber Picards Instinkt riet ihm, abzuwarten und dem Klingonen etwas Zeit zu geben.

Der Captain seufzte. Bereits zum zweiten Mal an diesem Morgen ertappte er sich dabei, dass er Deanna Trois Rat furchtbar vermisste.

Worf kehrte auf die Brücke zurück und ließ sich bedächtig im Kommandosessel nieder. Er ignorierte Sara Nave, die sich halb von der Steuerkonsole abwandte und ihm einen neugierigen Seitenblick zuwarf. Er hatte sich auf dem Kommandosessel noch nie wohl gefühlt. Von allen Positionen auf der Brücke der *Enterprise*, war dies diejenige, die er am wenigsten verdiente.

Als Captain Picard ihn das erste Mal darum gebeten hatte, die Nachfolge Commander Rikers anzutreten, hatte Worf erwogen, rundweg abzulehnen. Doch zu diesem Zeitpunkt hatte der Captain keinen anderen Senioroffizier zur Auswahl gehabt - niemanden aus der ursprünglichen Besatzung, der so lange unter ihm gedient hatte, der das Schiff und seinen Captain so gut kannte. Eine Ablehnung hätte den Captain in eine inakzeptable Lage gebracht, denn um einen Ersatz zu finden, musste die Sternenflotte erst auf die Suche gehen. Angesichts der außerordentlichen Maßstäbe, die der Captain anlegte, und der Tatsache, dass die meisten hochqualifizierten Offiziere mit ihrem gegenwärtigen Posten zufrieden waren, benötigte das Zeit.

Worfs Loyalität hätte es ihm nicht erlaubt, seinen Captain ohne einen erfahrenen stellvertretenden Kommandanten zu belassen. Aber er war der Ansicht, dass es selbstverständlich gewesen wäre, dass seine Hilfe nur vorübergehender Natur sein würde. Er dachte, es sei klar gewesen, dass er niemals eine permanente Stelle als Picards Nummer Eins würde annehmen können.

Genau genommen war er sogar von dem Umstand überrascht worden, dass der Captain ihn überhaupt in Betracht gezogen hatte. Worfs Gefühl der Schande war noch immer so groß, dass es ihm so greifbar, so deutlich für die Augen aller sichtbar erschien, wie die klingonische Schärpe, die er jeden Tag über seiner Uniform trug.

Er hatte nach der Bekanntgabe im Bereitschaftsraum gesessen und Captain Picard angeblickt, aber das Gesicht, das er gesehen hatte, waren die dunklen Züge des Kommandanten von Deep Space 9 gewesen, Benjamin Sisko. Und auch die Worte, die er gehört hatte, waren die Siskos gewesen.

Als Ihr Captain muss ich Sie darüber informieren, dass Sie die falsche Entscheidung getroffen haben ... nach diesem Zwischenfall werden Sie wahrscheinlich nie ein eigenes Kommando erhalten.

Siskos Beurteilung war von menschlicher Milde, ja geradezu Schwäche gewesen. Hätte Worf an Bord eines klingonischen Schiffes Dienst getan, hätte er mit Freude den Tod als seinen gerechten Preis akzeptiert.

Zurück auf der Brücke sah Worf ein anderes Gesicht, während er hinaus auf die vorüberziehenden Sterne blickte. Es war blass und wunderschön und wurde von langem Haar eingerahmt, das die Farbe fruchtbarer Erde hatte. Die Züge wirkten jung und zart, doch der Geist dahinter war alt und kämpferisch.

Jadzia. Die Erinnerung an seine Frau rief kaum weniger Schmerz in ihm wach als an dem Tag, an dem sie gestorben war.

Aus Liebe zu ihr hatte Worf seine Pflicht der Sternenflotte gegenüber vernachlässigt. Aus Liebe zu ihr hatte er seine Ehre verwirkt.

Vor ein paar Jahren hatte er mit Jadzia die dampfenden Dschungel eines fremden Planeten besucht. Ihr Auftrag war gewesen, sich mit einem cardassianischen Spion namens Lasaran zu treffen, der lebenswichtige Informationen besaß. Informationen, so erinnerte sich Worf unglücklich, die den Verlauf des Dominion-Krieges verändert hätten ... und die Millionen von Leben hätten retten können.

Doch Jadzia hatte während eines Überraschungsangriffs eine

Verletzung davongetragen und war langsam, aber unausweichlich verblutet. Als Kriegerin, die sie war, hatte sie darum gekämpft, ihre Pflicht so lange wie nur möglich zu erfüllen und gemeinsam mit ihrem Mann das gefährliche Gelände zu durchwandern. Doch irgendwann war der Blutverlust so groß gewesen, dass sie keinen Schritt mehr hatte gehen können. Wäre Worf zum vereinbarten Treffpunkt weitergelaufen, wäre Jadzia ohne Zweifel gestorben, bevor er zu ihr hätte zurückkehren können.

Worf hatte vor der Wahl gestanden: entweder das Leben seiner Frau zu retten oder seine Pflicht zu erfüllen und sein Treffen mit Lasaran einzuhalten.

Auf Jadzias Drängen hin hatte er sich zunächst für die Pflicht entschieden. Doch jeder Schritt, der ihn weiter von ihr fortgeführt hatte, hatte seine Entschlossenheit mehr ins Wanken gebracht. Mit jedem Schritt hatte seine Liebe für Jadzia an ihm gezerrt, bis er nicht mehr widerstehen konnte und zurückgekehrt war, um sie zu retten.

Nachdem Jadzia versorgt worden war, hatte Captain Sisko ihn mit der Nachricht konfrontiert, dass Lasaran getötet worden war, weil Worf und Jadzia dem Cardassianer nicht geholfen hatten, zu fliehen – und dass er die Informationen, die hätten helfen können, den blutigen Krieg gegen das Dominion zu beenden, mit ins Grab genommen hatte.

Am Ende siegte das Schicksal dennoch: Jadzia und Worf sollten nur noch wenige gemeinsame Monate vergönnt sein, bevor sie starb – als Opfer, zum falschen Zeitpunkt am falschen Ort, umgebracht durch den von einem *Pah*-Geist besessenen Gul Dukat. Es war nicht der Tod, der einer solch stolzen Kriegerin angemessen gewesen wäre.

Worf hätte ihr solch einen Tod gewähren können, wenn er zugelassen hätte, dass sie in einem lebensfeindlichen Dschungel in Ausübung ihrer Pflicht gestorben wäre. Er hätte ihr diese Ehre erweisen und seine eigene retten können.

Aber Captain Sisko hatte recht gehabt: Er, Worf, hatte die falsche Entscheidung getroffen. Und obwohl die Sternenflotte bereit schien, einem ihrer Offiziere eine derart furchtbare Fehlentscheidung zu vergeben, war Worf dazu nicht imstande. Als Erster Offizier der *Enterprise* würde er von Zeit zu Zeit das Kommando über das beste Schiff der Flotte innehaben, eine Verantwortung, derer er nicht würdig war.

Picard blieb noch eine Weile lang in seinem Bereitschaftsraum. Worf nahm an, dass er bereits das Sternenflottenkommando kontaktierte, um es darüber zu unterrichten, dass er einen neuen Ersten Offizier benötigte.

Als Picard schließlich auftauchte, schnellte Worf in Habachtstellung, bereit, die Brücke zu übergeben. Doch der Captain ging vorüber, ohne einen von ihnen anzublicken. »Weitermachen«, sagte er knapp, während er sich schnellen Schrittes zum Turbolift begab.

Nachdem er verschwunden war, ließ sich Worf erneut im Kommandosessel nieder und seufzte. Auf dem Hauptschirm vor ihm funkelten die Sterne, doch alles, was er sehen konnte, war Jadzias Gesicht.

Picard hatte die Sternenflotte keineswegs kontaktiert. Er hatte stattdessen entschieden, abzuwarten. Dieser Entscheidung lag keine Logik zugrunde - nicht im Geringsten -, nur das unbestimmte Gefühl, dass ihm schon bald eine Möglichkeit einfallen würde, Worf davon zu überzeugen, die Beförderung anzunehmen. Das mochte töricht sein. Die *Enterprise* brauchte einen permanenten Ersten Offizier und je früher die Sternenflotte von Worfs Ablehnung erfuhr, desto schneller konnte jemand gefunden werden. Trotzdem wollte Picard noch warten.

Es würde nicht leicht werden, einen Offizier von Will Rikers Format - oder, was das betraf, von Worfs - zu finden, der bereit war, seinen Posten zu wechseln. Es war auch nicht leicht gewesen, einen Ersatz für Deanna Troi zu finden.

Picard dachte an Deanna und lächelte. Was würde sie wohl dazu sagen, wenn sie wüsste, dass er soeben beschlossen hatte, Worfs Willen zu ignorieren, in der Hoffnung, den Klingonen umstimmen zu können.

In seinen Gedanken erklang ihre vom seltsam kehligen betazoidischen Akzent gefärbte Stimme, gleichzeitig abwägend, aber auch freimütig: *Captain, Sie wissen sehr gut, wie stur Worf sein kann. Die Wahrscheinlichkeit, dass er sich umstimmen lässt, ist ungefähr so gering wie die ...*

Stumm beendete Picard den Satz für sie: *... dass ich mich umstimmen lasse?*

Er stellte sich vor, wie sie ihm ein ernstes, nachdrückliches Nicken schenkte, während in ihren schwarzen Augen ein Funken Belustigung glitzerte. *Ganz genau.*

Picards Lächeln verblasste, und er seufzte. Es würde niemals möglich sein, eine zweite Deanna zu finden, ganz zu schweigen von einer Freundschaft, wie er sie mit ihr gepflegt hatte. Jedenfalls war der neue Counselor kein bisschen wie sie. Genau genommen hatte es das Sternenflottenkommando, ungeachtet ihrer tadellosen Zeugnisse, einiges an Überredungskunst gekostet, um ihn zu überzeugen, dass sie eine gute Partie für die *Enterprise* und ihren Captain war.

Aus gutem Grund kreisten Picards Gedanken um die Position des Schiffscounselors. Vorhin, auf seinem Weg zur Brücke, hatte er eine Nachricht erhalten, dass sich das Shuttle, das Deannas Nachfolgerin brachte, bald in Transporterreichweite befinden würde.

Seine Gedanken wurden vom Geräusch seines Kommunikators unterbrochen. Er berührte das Sternenflottenabzeichen auf seiner Brust. »Picard hier.«

»Ensign Luptowski, Transporterraum Zwei, Sir. Der neue Counselor sollte in ungefähr zwei Minuten eintreffen.«

»Ich bin auf dem Weg.«

Picard stand neben dem Transportertechniker - einem Rekruten von der Akademie, der keinen Tag älter als zwanzig sein konnte - und beobachtete, wie sich das schimmernde Energiefeld auf der Plattform langsam zu einer humanoiden Gestalt verdichtete.

Der Körper erschien zuerst. Er war klein, sehr schlank und eindeutig weiblich. Das Haar, das auftauchte, war von schwarzblauer Farbe und wies einen sorgsam geschnitten Pony auf, der die hohe Stirn mit den aufwärts geschwungenen Augenbrauen nur halb bedeckte. Unter schweren Augenlidern lagen große Augen, die beinahe so dunkel waren, wie die Deannas. Die Nase war lang und schmal, die Lippen voll und sinnlich. Die wohlgeformten Ohren lagen nahe am Kopf an und endeten in auffälligen Spitzen. Irgendwie schien eine solche Renaissanceschönheit nicht in eine Sternenflottenuniform zu passen. *Hätte Leonardo da Vinci jemals eine Heilige oder einen Engel mit vulkanischen Zügen gezeichnet*, dachte Picard unwillkürlich, *das Ergebnis hätte ausgesehen wie diese Frau.*

Auf ihren Zügen lag ein Ausdruck Segen spendender Milde. Picard war noch keinem Vulkanier begegnet, der die spezielle Eigenschaft besessen hätte, die Menschen »Charisma« nannten, aber diese Frau war ganz offensichtlich die Ausnahme.

Sie erfasste Picard, Ensign Luptowski und den Transporterraum mit einem einzigen, langen Blick, der zugleich überragende Intelligenz und ein Auge für Details verriet. Dann trat sie von der Plattform und nickte Picard knapp, aber respektvoll zu. »Captain Picard.« Ihre Stimme war kräftig und selbstbewusst, größer als ihr Körper - dem befehlsgewohnten, sonoren Tonfall des Captains durchaus ebenbürtig. »Ich grüße Sie. Ich bin Counselor T'Lana.«

Picard verkniff sich ein Lächeln, denn er wollte ihre vulkanische Abneigung gegenüber jedweder Zurschaustellung von Emotionen nicht missachten. Aber ihre entspannte, freundliche Art gab ihm das Gefühl, dass er es sich erlauben konnte, eine gewisse Wärme auf seinen Zügen und in seinem Tonfall durchscheinen zu lassen. »Counselor. Willkommen an Bord der *Enterprise*.«

Diese Wärme war aufrichtig, auch wenn sich ein leichtes Unbehagen dahinter verbarg. Er hatte - natürlich - wieder einen Betazoiden angefordert. Er hatte sich in der Vergangenheit an den unglaublichen Vorteil gewöhnt, selbst durch die Leere des Weltraums stets zu wissen, was seine Gegner fühlten. Aber es dienten nur eine Handvoll Angehörige dieses Volkes in der Flotte und ihre empathischen Fähigkeiten waren überall sehr gefragt.

Das Oberkommando hatte sich natürlich beeilt, T'Lanas Qualifikationen hervorzuheben. Zwei Jahrzehnte im Dienst der Flotte hatten ihre Fähigkeiten als Counselor perfektioniert. Einen Großteil ihrer Karriere hatte sie damit verbracht, sich auf die Beratung in diplomatischen Fragen zu spezialisieren, um Kommandanten beizustehen, die in Verhandlungen mit kriegführenden Parteien verstrickt waren. Aus diesem Grund war sie schon mehrfach versetzt worden - immer an den Ort, an dem sie am dringendsten benötigt wurde. Zuletzt hatte sie eine dauerhafte Position an Bord des *Raumschiffs Indefatigable* inne gehabt. Als das Schiff während einer Schlacht zerstört worden war, hatte T'Lana Auszeichnungen für die Rettung verwundeter Kameraden erhalten. Im Anschluss daran hatte sie ausdrücklich darum gebeten, auf die *Enterprise* versetzt zu werden, sobald dort eine Position frei werde.

Ihr Lebenslauf war makellos. Sie besaß die vulkanische Kühle, um überhitzte Gegner zu beruhigen. Gleichzeitig verfügte sie über ein ausgezeichnetes Einfühlungsvermögen in die Absichten und den Charakter von Wesen, die weit emotionaler waren als sie selbst. Sie hatte Belobigung um Belobigung gesammelt, mit jedem schwelenden Konflikt, den sie gelöst hatte, jedem Krieg, den abzuwenden sie geholfen hatte, und jeder Schlacht, die durch sie beendet worden war.

Und obwohl sie niemals mit Trois Fähigkeiten würde mithalten können, ein anderes Lebewesen auf einem anderen Schiff oder einer fernen Planetenoberfläche zu »lesen«, war ihr Talent als Berührungstelepathin außergewöhnlich. Die meisten Vulkanier übten sich Jahre darin, ihre telepathischen Fähigkeiten zu verstärken. T'Lana hatte Jahre daran gearbeitet, die ihren unter Kontrolle zu bringen.

Es war eine Ehre für Picard, sie an Bord zu haben. Doch obschon er keine Zweifel hatte, dass sie der *Enterprise* vorbildlich dienen würde, hegte er insgeheim die Sorge, ob sie auch ihm persönlich so gut würde zur Seite stehen können. Deanna war ihm mit Wärme, Mitgefühl und ohne ihn zu verurteilen begegnet - eine Freundin, in deren Gegenwart er sich hatte entspannen und der gegenüber er seinen größten

Schmerz hatte ausdrücken können. Ohne Deannas Hilfe hätte er sich beispielsweise von seiner Erfahrung als Locutus emotional niemals erholt. Aber wie sollte er einer Vulkanierin seine Tränen zeigen oder seine Unzulänglichkeiten eingestehen?

Picard schob die Frage beiseite. Ein derart grauenhafter Zwischenfall ereignete sich einmal in einem ganzen Leben. Abgesehen davon war es jetzt zu spät für solche Bedenken. Er hatte seine Entscheidung, T'Lana als seinen neuen Counselor zu akzeptieren, getroffen. Jetzt war es an der Zeit, sich an diese Veränderung anzupassen und das Beste aus dem zu machen, was er hatte, statt sich zu fragen, was hätte sein können.

»Möchten Sie Ihr Quartier gezeigt bekommen, um sich etwas auszuruhen?«, fragte er höflich.

»Nein«, antwortete sie.

Ah, das erste Anzeichen vulkanischer Direktheit.

»Ich fühle mich ausgeruht, Captain. Ich würde mich lieber umgehend zum Dienst melden.«

»Sehr schön.« Picard deutete auf die Tür. »Dann lassen Sie uns die Brücke aufsuchen.«

Während er sie durch die Korridore führte, begann er ein Gespräch über ihre derzeitige Mission. »Wenn ich es recht verstehe, haben Sie bereits Erfahrung im Umgang mit den Trexatianern.« Er hatte ihre Akte mehr als ein Dutzend Mal gelesen und kannte ihren Werdegang sehr gut.

Die Trexatianer waren Plünderer, die vor Kurzem die Fähigkeit zum Warpflug erlangt hatten und sich nicht im Geringsten um die Rechte anderer Gesellschaften scherten. Vor einigen Jahren hatten sie angefangen, zwei Planeten in einem benachbarten Sonnensystem zu überfallen, T'hirada und Xochin. Doch ihre Opfer waren technologisch weiter entwickelt als die Trexatianer und hatten mit aller Macht zurückgeschlagen. Ein Dreifrontenkrieg war ausgebrochen, und keine der Parteien schien an einer diplomatischen Lösung interessiert gewesen zu sein - bis die T'hiradaner schließlich darum ersucht hatten, der Föderation beitreten zu dürfen und Hilfe von der Sternenflotte zu erhalten.

T'Lana hatte Admiral Yamaguchi und seinen diplomatischen Stab beraten, und war während der Verhandlungen vor Ort gewesen. Die Mission war ein voller Erfolg gewesen, und obwohl die Trexatianer abgelehnt hatten, sich der Föderation anzuschließen, hatten sie einen Vertrag unterzeichnet, in dem sie zugestimmt hatten, nicht über ihre Nachbarn herzufallen. Sie hatten dieses Versprechen gehalten - bis jetzt.

Jetzt beuteten sie einen Planeten in ihrem eigenen System aus: Repok. Dort schürften sie nach einem seltenen Erz, Vadinit, von dem man erst kürzlich herausgefunden hatte, dass es imstande war, eine Krankheit zu heilen, die unter den Trexatianern wütete. Die Übergriffe hatten im Verborgenen begonnen. Die Trexatianer hatten ihre Schiffe abgeschirmt und geheime Abbauarbeiten durchgeführt, indem sie das Mineral direkt in ihre Frachträume gebeamt hatten. Aber die Repoki hatten das Verschwinden schon bald bemerkt, da sie selbst Vadinit abbauten, und sie waren absolut nicht daran interessiert gewesen, etwas davon zu verschenken - Vadinit war der Grundpfeiler ihrer Währung.

Es hatte nicht lange gedauert, bis ein totaler Krieg ausgebrochen war. Die Repoki befanden sich dabei deutlich im Nachteil. Sie besaßen nur Warpantriebe der ersten Generation, die ihnen nicht mehr als eine eingeschränkte Verteidigung erlaubten. Die Trexatianer erwiesen sich ihnen als technologisch weit überlegen und waren immer dreister in ihrem Bestreben geworden, Vadinit in die Hände zu bekommen. Sie hatten Phasenwaffen eingesetzt, um Repokiarbeiter in den Minen abzuschlachten und letztere danach in Beschlag zu nehmen. Es hatte nicht lange gedauert und sie hatten den Großteil der Verteidigung der Repoki ausgelöscht. Die Einheimischen hatten begonnen, Landstreitkräfte auszuheben, um sich gegen die anstehende trexatianische Invasion zu wappnen.

Doch die Repoki hatten erkannt, dass sie gegen ihre Feinde kaum eine Chance haben würden, und daher die Sternenflotte mit der Bitte um Hilfe kontaktiert. Früheren Annäherungsversuchen der Föderation hatten sie widerstanden, nun aber waren sie bereit, sich zu verbünden, um die Vernichtung ihres Volkes und ihrer Welt zu verhindern.

»Vor etwa sieben Jahren arbeitete ich für eine kurze Zeit mit trexatianischen Repräsentanten, um einen Konflikt zu beheben«, bestätigte T'Lana Picards Worte. »Zur gleichen Zeit war ich Teil einer Delegation, die auf Einladung einer Fraktion, die sich für einen Beitritt in die Föderation interessierte, Repok besuchte.«

Picard hob eine Augenbraue. »Tatsächlich?« Es war ihm keine Erwähnung dieses zweiten Umstandes in ihrer Akte aufgefallen, allerdings war das Dokument extrem umfangreich und enthielt Verweise auf Hunderte von Missionen über einen Zeitraum von zwanzig Jahren. »Welchen Eindruck gewannen Sie von der Kultur der Repoki? Was treibt sie als Volk an?«

Er war neugierig. In den Computern des Schiffes hatte er nur bruchstückhafte Informationen über sie gefunden. Über die Trexatianer hatte es aufgrund des früheren Krieges deutlich mehr gegeben.

Die Trexatianer waren ein Volk, das auf Konkurrenz und Wettbewerb setzte und jede Technologie begeistert annahm. Ihr Erscheinungsbild und ihre Fähigkeiten wurden durch künstliche Augen, Glieder und kybernetische Implantate aufgewertet. Augen und Haarfarbe unterlagen, ebenso wie die Gesichtszüge, ständiger Veränderung. Die Haut wurde mit Farben und Säuren behandelt, um interessante Muster und Texturen zu schaffen. Wertvolle Metalle und Edelsteine wurden in Augen, Ohren und die Haut eingebettet oder ins Haar geflochten. Ihre Kultur schätzte diese besondere Vorstellung von Schönheit mehr als alles andere - vielleicht abgesehen von der Befähigung, so viel wie möglich von anderen Planeten zu entwenden.

Die Repoki dagegen waren schlaksige, orangefarbene Wesen mit undurchsichtigen weißen Augen, stumpfen Zügen und wenig körperlicher Variation innerhalb ihrer Rasse. Picard wusste nichts weiter über sie, als dass ihr Technologieniveau unter dem der Trexatianer lag und etwa zweihundert Jahre hinter dem der Föderation herhinkte.

»Sie wertschätzen die soziale Kooperation ebenso wie eine finanzielle Unabhängigkeit«, antwortete T'Lana. »Das Individuum soll der Gesellschaft nicht zur Last fallen. Nichtfunktionelle Kunst gilt als anstößig. Sie sind Isolationisten, aber nicht fremdenfeindlich. Sie wünschen, ungestört leben zu können und zeigen wenig Interesse an der Frage, inwiefern sich ihre Kultur oder Technologie durch den Kontakt mit anderen Welten weiterentwickeln könnten.« Sie hielt kurz inne. »Das war vor sieben Jahren, als wir auf ihre Repräsentanten trafen, unsere größte Herausforderung. Der einzige Grund, aus dem die Repoki uns jetzt zu sich gerufen haben, ist der, dass sie im Moment verzweifelt auf unsere Hilfe angewiesen sind. Aber es gibt noch eine größere Herausforderung zu bewältigen.«

»Und die wäre?«

Ihr Gespräch wurde für einen Augenblick unterbrochen, als sie den Turbolift erreichten und ihn betraten. »Brücke«, sagte Picard, und wandte sich dann wieder T'Lana zu, die sich neben ihn gestellt hatte.

»Bigotterie«, antwortete sie, als sich der Lift in Bewegung setzte. »Da die Repoki der sozialen Kooperation einen so hohen Wert zuweisen, missbilligen sie Diebstahl und Selbstverherrlichung. Sie halten die trexatianische Kultur für moralisch abstoßend und das Volk für eitel und korrupt. Zusammen mit dem Zorn über den Mord an ihren Bürgern wie auch die Übergriffe auf ihre Minen - der Basis ihres gesamten Währungssystems - wird sich dies bei unserem Versuch, sie zum Frieden mit den Trexatianern und zur Akzeptanz von deren Lebensweise zu bewegen, als höchst schwieriges Hindernis erweisen.«

»Ich nehme an, dass die Trexatianer die Repoki ihrerseits für rückständig und einfältig halten«, sagte Picard.

T'Lana nickte bestätigend. »Sowie für körperlich abstoßend. Obendrein verstehen sie nicht deren Mangel an ästhetischem Empfinden. Beide Seiten betrachten sich folglich als der anderen moralisch überlegen. Dies wird die größte Herausforderung auf dem Weg zu einem dauerhaften Frieden sein. Es scheint, als wären unsere Bemühungen, den Trexatianern zu helfen, sich anderen kulturellen Perspektiven zu öffnen, vor sieben Jahren insofern erfolglos gewesen, als dass ...«

Während Picard lauschte, bereitete er im Geist einen Hinweis vor, der darauf abzielte, dass sie schnell zu einer Lösung würden finden müssen, denn ohne Vadinit würde das trexatianische Volk rasch durch die Krankheit dahingerafft werden. Doch während T'Lana fortfuhr, wurde ihre Stimme auf einmal langsam immer leiser, bis sie völlig unverständlich war, wie das ferne Summen eines Insekts. Druck baute sich in seinem Schädel auf, und im nächsten Moment wurde selbst das Summen von dem Schlag seines eigenen Herzens übertönt.

Picard blinzelte und runzelte die Stirn. Er versuchte das Gefühl abzuschütteln und sich auf die Worte, die T'Lanas engelsgleiche Lippen hervorbrachten, zu konzentrieren. Aber er vermochte nichts weiter zu hören, als das Geräusch in seinem eigenen Kopf.

Ein Virus, durchfuhr es ihn. Oder vielleicht irgendeine ungewöhnliche Nachwirkung des Shalaft-Syndroms, an dem er in jungen Jahren gelitten hatte. Nach dem Dienst würde er umgehend Beverly aufsuchen.

T'Lanas Lippen hatten aufgehört, sich zu bewegen, und sie musterte ihn mit gespannter Neugierde.

Ein Muskel in seiner Wange zuckte.

Ebenso heftig wie unerwartet überkam ihn das Grauen des Traumes der letzten Nacht, und es war ihm unmöglich, es abzuschütteln. Das Pochen seines Herzschlages, das seine Ohren erfüllte, verwandelte sich - oder war es die ganze Zeit schon so gewesen? - in einen Chor wispernder Stimmen.

Das geschieht nicht wirklich, redete Picard sich mit grenzenloser Entschlossenheit, grenzenlosem Zorn ein. Er würde diesem Albtraum, der längst vergangenen Ereignissen entsprungen war, nicht gestatten, Wirklichkeit zu werden. Was immer es war, es hatte nichts mit den Borg zu tun. *Konnte* nichts mit den Borg zu tun haben. Alle Reste des

Kollektivs waren zerstreut, hilflos, ohne eine Königin, die ihre Handlungen steuerte. Ihm selbst war die Genugtuung zuteil geworden, ihr das sich windende, unmenschliche Rückgrat zu brechen - mit der plötzlichen Stärke, die aus Adrenalin und Verzweiflung erwachsen war.

Und Admiral Janeway hatte den Borg im Delta-Quadranten einen noch vernichtenderen Schlag versetzt. Picard hatte die Berichte gelesen, die nach der triumphalen Rückkehr des *Raumschiffs Voyager* verfasst worden waren. Die Borg waren zerstreut. Sie hatten den Zugang zu einem Großteil ihres Netzwerks aus Transwarpkanälen verloren. Es war unmöglich, dass sie sich so schnell wieder neu gruppiert hatten.

Es war nur ein Symptom, die Auswirkung eines körperlichen Leidens oder einer neuronalen Störung. Er würde es bezwingen, T'Lana zur Brücke begleiten und bei nächstmöglicher Gelegenheit Beverly darüber in Kenntnis setzen.

T'Lana sprach erneut - ein kurzer Satz -, dann wartete sie auf eine Antwort. Verzweifelt darum bemüht, das Chaos in seinem Kopf zu ignorieren, schaute Picard genau hin, als sie die Worte bildete. Er konnte sie nicht hören, aber es gelang ihm, sie zu lesen.

Captain Picard. Geht es Ihnen nicht gut?

Er öffnete den Mund, um zu antworten, ihr Versicherung zu bieten, doch es drang kein Laut daraus hervor, so als wäre er noch immer in einem Traum gefangen, unfähig, seine Stimme zu erheben.

Captain Picard?

Mit übermenschlicher Anstrengung zwang er die Worte hervor. »Es geht mir gut.«

Er konnte nicht hören, wie er die Worte »Es geht mir« aussprach. Aber als er bei »gut« angekommen war, verschwand der Druck auf einmal so schnell, wie er aufgetaucht war. Das Flüstern in seinem Geist floh. Seine eigene Stimme kam ihm erschreckend laut vor. Von einem verwirrenden Moment zum anderen kehrte die Welt zur Normalität zurück.

Unendlich erleichtert entließ er einen langen Atemzug.

T'Lana blickte ihn in stummer Erwartung an.

»Es sind nur Kopfschmerzen«, sagte Picard, und ärgerte sich dabei über sich selbst angesichts dieser mehr als offensichtlichen Ausrede. Er hatte keine Vorstellung davon, welchen Eindruck er während des Anfalls auf die Vulkanierin gemacht hatte.

Sie schien seine Entschuldigung zu akzeptieren, sagte aber nichts mehr. Schweigend standen sie in dem fahrenden Lift, und Picard wiederholte innerlich immer und immer wieder: *Das ist nicht, was es zu sein scheint. Es gibt eine körperliche Erklärung. Das ist nicht, was es zu sein scheint.*

Es sind nicht die Borg ...

KAPITEL 2

Beverly Crusher stand auf der Brücke und erwartete den Captain und T'Lana. Sie war froh, dass es keine drängenden medizinischen Pflichten gab, die sie davon abhielten, den neuen Counselor willkommen zu heißen. Abgesehen davon war sie für die Möglichkeit, einen Blick auf Jean-Luc zu werfen, sehr dankbar.

Beverly hatte sich nichts anmerken lassen, aber natürlich war sie um ihn besorgt. Der Albtraum hatte ihn stärker beunruhigt, als er zuzugeben bereit gewesen war, und während ihres Besuchs im Maschinenraum früher an diesem Morgen hatte er seltsam ... neben sich ... gewirkt. So als sei er nicht ganz er selbst.

Sie kannte ihn bereits seit Jahrzehnten, und ihre Freundschaft war im Laufe der Jahre immer enger geworden, bis sie einander schließlich ihre Liebe gestanden hatten. Sie kannte jede Nuance seiner Stimmungen so gut, dass sie sehr wohl wusste, dass er noch immer beunruhigt war. Das ging deutlich über ein normales Unbehagen nach einem Traum hinaus, selbst wenn dieser Erinnerungen an das, was die Borg Jean-Luc vor langer Zeit angetan hatten, wachgerufen hatte.

Irgendetwas stimmte nicht, etwas, das weder körperlich noch emotional begründet war und das sie einfach nicht zu fassen vermochte. Es war etwas Ungewöhnliches geschehen, das er ihr bislang noch nicht gestanden hatte. Was auch immer es war, es bereitete ihm solche Sorgen, dass er es vor ihr verbarg.

Sie hatte sich bemüht, am Morgen über diesen Umstand hinwegzusehen und sich auf ihre Pflichten zu konzentrieren. Wenn die Zeit gekommen war, würde er mit ihr darüber sprechen. Sie wusste, dass sie ihm diesbezüglich vertrauen konnte.

In der Zwischenzeit harrte sie neben Worf aus, der im Kommandosessel saß. Der Klingone war noch nie ein Freund höflicher Konversation gewesen, doch an diesem Morgen schien er sogar noch schweigsamer als sonst. Beverly wusste, dass Jean-Luc Worf die guten Neuigkeiten über seine Beförderung zum permanenten Ersten Offizier bereits überbracht hatte. Doch in Anbetracht der schlechten Stimmung des Klingonen war die Begegnung offenbar nicht ganz so verlaufen, wie der Captain sie geplant hatte. Als sie die Brücke erreicht hatte, war sie zunächst versucht gewesen, Worf zu gratulieren. Ein Blick in seine Richtung hatte sie allerdings davon überzeugt, lieber den Mund zu halten.

Also stand sie einfach nur wartend da, die Arme vor der Brust verschränkt, und starrte gemeinsam mit Worf schweigend auf die Sterne. Der Rest der Brückenbesatzung hatte sich von der Stimmung des Klingonen anstecken lassen. Es lag eine drückende Atmosphäre in der Luft, die sie alle einhüllte wie dichter Nebel.

Beverly war erleichtert, als sie hörte, wie sich die Türen des Turbolifts hinter ihr öffneten. Mit einem Lächeln auf den Lippen wandte sie den Kopf, um den Captain und den neuen Counselor zu begrüßen.

Dieses Lächeln gefror auf ihrer Miene, als sie Picards Gesicht sah. Jeder, der ihn nicht so gut kannte wie sie, hätte wohl kaum bemerkt, dass irgendetwas nicht stimmte, aber Beverly durchschaute seine sorgsam aufgesetzte Gelassenheit, die herzliche Willkommensfreude, die er scheinbar ausstrahlte, sofort. Die kleinen Muskeln zwischen seinen Augenbrauen hatten sich angespannt zusammengezogen, und in seinen Augen lag ein gejagter Glanz. Was immer ihn zuvor beunruhigt hatte, es hatte erneut zugeschlagen - und das mit aller Macht.

In diesem Moment traf sie die Entscheidung, ihn so bald wie möglich zur Rede zu stellen. Und wenn sie ihn hierfür unter dem Vorwand einer medizinischen Untersuchung auf die Krankenstation beordern musste, dann musste das eben sein. Sie konnte nicht länger darauf warten, dass er von sich aus mit einer Erklärung herausrückte. Sein Gesicht war das eines Mannes, der nicht nur ihre persönliche, sondern auch ihre professionelle Hilfe benötigte.

Jean-Luc überquerte die Brücke - nicht in dem energischen, gradlinigen Schritt, den er für gewöhnlich an den Tag legte, sondern in seiner gemächlicheren, »diplomatischen« Gangart, die er anschlug, wenn er Besuchern das Schiff zeigte. Der jüngste Neuzugang seiner Besatzung ging an seiner Seite. Die zwei näherten sich Beverly und hielten dann an. Mit ungewöhnlicher Eile gab Worf neben ihr den Kommandosessel frei und schnellte in eine ernste Habachtstellung.

»Counselor T'Lana, dies ist meine Chefärztin, Commander Beverly Crusher«, sagte Jean-Luc in einem freundlichen Tonfall, der keinen Hinweis auf seinen inneren Aufruhr gab.

»Doktor.« T'Lana schenkte ihr ein anmutiges Nicken. Ihrem Gebaren fehlte die steife Formalität der meisten Vulkanier. Sie schien ungewöhnlich entspannt unter Menschen. Diese anscheinende Gabe, ihr Verhalten so anzupassen, dass Angehörige anderer Kulturen sich in ihrer Gegenwart wohl fühlten, erklärte zumindest, weshalb sie mehrere Belobigungen für ihre Arbeit als Diplomatin und Counselor erhalten hatte. »Es ist mir eine Freude, Sie kennenzulernen.« Sie war eine kleine Frau - einen ganzen Kopf kleiner als Beverly -, hatte einen schlanken Körperbau und war mit einer Schönheit gesegnet, die Menschen *klassisch* nannten. Ihre Augen hatten schwere Lider, die ihr einen verträumten Blick verliehen, der nicht so recht zu dem Rest ihrer vulkanischen Gesichtszüge zu passen schien.

»Die Freude ist ganz meinerseits, Counselor.« Beverly erwiderte das Nicken. Sie war beeindruckt, dass jemand von T'Lanas Planet nicht versuchte, das Wort *Freude* zu vermeiden.

Picard deutete zur Steuerkonsole. »Und dies ist Lieutenant Sara Nave.«

Nave drehte ihren Sitz um. Ihr helles, sommersprossiges Gesicht strahlte, ungeachtet der Tatsache, dass sie einer Frau vorgestellt wurde, von der anzunehmen war, dass sie eine derartige Zurschaustellung von Gefühlen missbilligte. Doch T'Lana schien sich nicht daran zu stören.

Beverly mochte Sara Nave, obwohl sie sie nur als Patientin kannte. Vor einigen Monaten war Nave nur zwei Tage nach der Rückkehr von einer Außenmission mit einem Fall des cardassianischen Pneumovirus zu ihr gekommen. Die Krankheit war bei Menschen selten und oft tödlich, aber Nave hatte es irgendwie durchgestanden. Während ihrer Genesung war es ihr gelungen, den ganzen medizinischen Stab mit ihrem heiteren Sinn für Humor und den Geschichten ihrer Streiche aus Akademiezeiten zu unterhalten - ungeachtet der Tatsache, dass sie körperlich krank war und es ihr eigentlich elend ging. Später erfuhr Crusher, dass Sara unter ihren Kollegen an Bord der *Enterprise* den Ruf weg hatte, ein unverbesserlicher Scherzkeks zu sein. Im Dienst hingegen war sie vollkommen ernst.

»Counselor«, sagte Nave. »Willkommen an Bord.«

»Danke«, sagte T'Lana. »Ich freue mich, hier zu sein.«

Picard blickte in Worfs Richtung. Keiner von beiden sah den anderen direkt an. »Und dies ist mein ... Erster Offizier, Commander Worf.« Es hatte ein winziges Zögern in Picards Stimme gegeben. Beverly konnte sich gut vorstellen, welches Wort dem Captain in den Sinn gekommen war, ohne dass er es letztlich ausgesprochen hatte: temporär. Sie warf Worf einen raschen, verstohlenen Blick zu. Die breiten Schultern des Klingonen wirkten angespannt. Er fühlte sich offensichtlich unwohl in der Gegenwart des Captains, was darauf hindeutete, dass sich während ihres Treffens an diesem Morgen tatsächlich etwas Unerfreuliches ereignet hatte. Sie konnte sich allerdings nicht vorstellen, worum es sich dabei gehandelt haben könnte. Es gab doch mit Sicherheit keinen Grund für Worf, eine Beförderung auszuschlagen.

Worf richtete seine Aufmerksamkeit nach unten auf die Vulkanierin. »Counselor T'Lana«, sagte er steif. »Es ist mir eine Ehre, Ihnen zu begegnen.«

T'Lana sah ihm direkt in die Augen. Wortlos musterte sie den Klingonen. Die Anmut und Ungezwungenheit, mit der sie auf der Brücke erschienen war, war verflogen. Es fand keine offensichtliche Veränderung in ihrer Haltung oder ihrem Gesichtsausdruck statt, aber ohne einen Muskel zu bewegen oder auch nur die Augen zu verengen gelang es ihr irgendwie, etwas zu vermitteln, das an ... Missfallen grenzte. Beverly fragte sich, ob sie in ihrer Einschätzung der Fähigkeiten des Counselors, mit der Mannschaft umzugehen, vielleicht etwas voreilig gewesen war. Entweder fiel es T'Lana nicht so leicht, mit Klingonen zu sprechen wie mit Menschen - oder etwas völlig anderes geschah in genau diesem Augenblick.

»Commander«, sagte T'Lana mit einem langsamen Nicken, bevor sie sich wieder Picard zuwandte. »Wenn es möglich wäre, würde ich jetzt gerne den Rest Ihres Seniorstabes kennenlernen, Captain.«

Worf konnte sich des Gefühls nicht erwehren, dass ihn der Counselor soeben einfach stehen gelassen hatte. Er hätte ihre kurz angebundene Art als ein typisch vulkanisches Verhalten abgetan, wäre da nicht mehr gewesen, etwas, das fast so etwas wie ein emotionales Aufflackern gewesen war. Es gelang ihm nicht ganz, seine Neugierde zu verbergen, insbesondere, als ihm auffiel, dass Doktor Crusher ebenfalls bemerkt zu haben schien, dass etwas nicht stimmte.

Ihm war noch nie ein Vulkanier begegnet, der offen unhöflich gewesen wäre, aber Counselor T'Lana machte auch nicht den Eindruck, eine gewöhnliche Vulkanierin zu sein. Im Allgemeinen mochte Worf die meisten Angehörigen dieser Rasse nicht sonderlich: Sie waren distanziert, kühl und unfähig, die Abneigung zu verbergen, die sie in der Gegenwart emotionalerer Wesen verspürten. T'Lana war anders. Worf hatte sie von dem Augenblick an, als sie die Brücke betrat, beobachtet. Sie erweckte den Anschein, entspannt zu sein, frei von der extremen Befangenheit ihres Volkes. Ganz offensichtlich fühlte sie sich inmitten einer überwiegend menschlichen Besatzung wohl. Und es gab sogar - oder hatte er sich das nur eingebildet? - so etwas wie Wärme in ihren Augen. Zumindest bis zu dem Moment, in dem sie ihre Augen auf ihn gerichtet hatte.

Als sie sich nun abwandte, fiel Worf die Feinheit ihrer Züge auf. Als er seinerzeit angefangen hatte, neben Menschen zu dienen, hatte er die Gesichter ihrer Frauen als leicht abstoßend empfunden. Ihre Nasen waren zu schmal und kurz, ihre Lippen zu dünn, ihre Zähne zu klein und ebenmäßig. Die Glätte ihrer Stirnpartien schien langweilig und ungeformt.

Im Laufe der Zeit hatte er diese Äußerlichkeiten zu akzeptieren und später zu schätzen gelernt. Als er Jadzia schließlich traf, hatte er angefangen, all die Dinge, die ihn einst gestört hätten - ihre geraden, ebenmäßigen, feinen Züge - als grazil und wunderschön anzusehen.

Counselor T'Lana war auf die gleiche Weise wunderschön.

Diese Erkenntnis beunruhigte ihn ein wenig, denn seit Jadzias Tod hatte er vermieden, derlei körperliche Vorzüge zu bemerken. Genau genommen hatte er Ensign Sara Nave in der Verwendung des *bat'leths* unterwiesen, ohne auch nur einmal zu bemerken, dass sie eine Frau war. In diesem Moment aber konnte er nicht verleugnen, dass er sich, ungeachtet der Kälte, die sie ihm gegenüber gezeigt hatte, zu dem neuen Counselor hingezogen fühlte.

Beverly versuchte T'Lanas Reaktion so gut einzuschätzen, wie es ihr unter den gegebenen Umständen möglich war. Den meisten anderen Brückenmitgliedern schien entgangen zu sein, dass sie Worf auf subtile Weise brüskiert hatte. Doch in Beverlys Augen hatte die Vulkanierin ihm soeben eindeutig eine Abfuhr erteilt.

Jean-Lucs Verhalten blieb unverändert, auch wenn er vor Überraschung kurz blinzelte. »Natürlich, Counselor«, sagte er. »Commander La Forge ist im Moment im Maschinenraum beschäftigt. Ich werde ihn Ihnen vorstellen, sobald er verfügbar ist. In der Zwischenzeit, da Sie es bevorzugen, sich zum Dienst zu melden ...« Er deutete auf den Sitz, der einst Deanna Troi gehört hatte.

Um zu ihm zu gelangen, musste T'Lana Worf passieren. Interessiert beobachtete Beverly, wie die zierliche Vulkanierin an ihm vorbei glitt, ohne auch nur seinen Blick zu erwidern.

Ist es möglich, fragte sie sich, *dass diese Frau, deren Sternenflottenakte ihr einen enormen Respekt vor anderen Gesellschaften beschei-*

nigt, ausgerechnet Vorurteile gegenüber Klingonen hat?

Mit einem Gesichtsausdruck, der seine Verwirrung kaum zu verhehlen vermochte, begab sich Worf zu Will Rikers altem Platz und setzte sich in den Sessel. T'Lana nahm mit kühler Miene Deanna Trois früheren Posten ein. Sie schien das Unbehagen der drei Führungsmitglieder der Mannschaft - der drei, die gut genug Bescheid wussten, um bemerkt zu haben, dass der Erste Offizier soeben gekränkt worden war - nicht wahrzunehmen.

Beverly lehnte sich Jean-Luc zu, der noch immer neben ihr stand und sagte leise: »Ich bin in der Krankenstation, falls du mich brauchst.« Der vielsagende Unterton in ihrer Stimme war beabsichtigt, und sie wusste, dass der Captain ihn verstehen würde. Sie ermunterte ihn, ihr zu erzählen, was nicht stimmte. Und sie beabsichtigte durchaus, nach ihrem Dienst darauf zu bestehen, dass er in der Krankenstation vorbeischaute, um sich untersuchen zu lassen und um zu reden.

Sie drehte sich um und ging auf den Turbolift zu, doch sie hatte kaum drei Schritt zurückgelegt, als sie von einem Durcheinander an Geräuschen aufgehalten wurde: einem Stöhnen, Worfs erschrockener Frage: »Sir, geht es Ihnen gut?« und Naves Ausruf: »Captain!«

Sie fuhr herum und wusste instinktiv, welcher Anblick sich ihr bieten würde. Nave war bereits von ihrem Platz aufgesprungen. Worf war auf den Beinen und streckte die Hände nach dem Captain aus. T'Lana saß einfach nur da und verfolgte wortlos das Geschehen.

Und Jean-Luc ... Jean-Luc war einen Schritt vor seinem Sessel auf die Knie gefallen. Er hielt den Oberkörper leicht nach vorne gebeugt und presste die geballten Fäuste auf die Ohren, als wolle er einen schmerzhaften Lärm aussperren. Sein Mund stand weit offen, seine Augen waren fest geschlossen und sein Gesicht vor Schmerz verzerrt.

Beverly erinnerte sich später nicht mehr daran, sich zu ihm bewegt zu haben. Im ersten Moment stand sie noch einige Schritte entfernt, im nächsten kniete sie neben ihm und hatte die Hand auf seiner Schulter. Ihr war nur vage bewusst, dass Worfs massige Gestalt über ihnen aufragte.

»Jean-Luc«, rief sie ihm ins Ohr, »kannst du mich hören?«

Zur Antwort schnappte der Captain nach Luft. Seine Augen öffneten sich, aber er schien seine Umgebung nicht wahrzunehmen. Sein Blick war auf einen fernen Schrecken gerichtet.

»Jean-Luc!«, sagte sie abermals, und diesmal schrie sie beinahe.

Er hörte sie nicht. Welchem Geräusch er auch immer lauschte, es war so ohrenbetäubend, so grauenhaft, dass es den Rest seiner Welt versinken ließ.

Mit Worfs Hilfe gelang es Beverly, den Captain in die Krankenstation zu bringen. Nave hatte unterdessen das Kommando über das Schiff übernommen. Der Klingone hatte das ganze Gewicht des Captains tragen müssen, um ihn von der Brücke zu schaffen. Als sie dagegen den Lift verlassen hatten und sich den Gang zur Krankenstation hinabbewegten, hatte Picard sich - obschon noch nicht fähig zu sprechen - so weit wieder unter Kontrolle, dass er Worfs und Beverlys stützende Arme abwehrte und aus eigener Kraft zu gehen imstande war, wenn auch langsam und auf unsicheren Füßen.

Seine Miene war schlaff und niedergeschlagen. Er schien sich zu zwingen, gleichmäßig zu atmen, während er sich bewegte. Und obwohl er Beverlys Blick nicht erwiderte, konnte sie sehen, was er vor ihr zu verbergen suchte: Grauen, das gleiche Grauen, das ihn in der letzten Nacht im Schlaf hatte aufschreien lassen.

»Jean-Lu...« Beverly brach ab. Nur durch schiere Willenskraft gelang es ihr, Abstand von der Not zu gewinnen, die sie als jemand verspürte, der einen geliebten Menschen leiden sah. Sie war jetzt nur noch eine Ärztin, die sich um ihren Patienten sorgte. Als solche fragte sie ruhig und mit klinischer Kühle: »Captain, können Sie mich hören?«

Picard warf ihr einen Seitenblick zu und nickte. Langsam ließ der Schreck nach, der ihn so unvermittelt überkommen hatte, und er gewann seine Fassung zurück. Doch er benötigte noch einige weitere Schritte, bevor er mit rauer Stimme antwortete: »Ja. Ja, es geht mir gut.« Als die drei die Krankenstation betraten, richtete er sich auf und schien die Kontrolle über sich zurückerlangt zu haben. Er räusperte sich. »Danke, Mister Worf.« Er bedachte den Klingonen mit einem raschen Blick. »Sie können auf die Brücke zurückkehren.«

Worf blickte Crusher unsicher an, die daraufhin nickte. Der Klingone drehte sich um und verschwand durch die Doppeltür.

Beverly führte Picard zu einem der Biobetten und machte eine auffordernde Geste. Er setzte sich auf die Kante und stützte sich mit den Händen auf. »Also«, sagte sie mit vorgeblicher Gelassenheit, »wollen wir zuerst darüber reden oder soll ich einfach mit der Untersuchung anfangen?«

»Diese Untersuchung würde nichts ergeben.« Jean-Luc sah grimmig und abgehärmt aus, aber es lag kein Versuch einer Ausflucht in seinem Blick oder seinem Tonfall.

»Weshalb nicht?«

Er blickte auf den Boden und wirkte elend. »Weil nichts passiert ist ... nichts Körperliches.«

»Es ist etwas passiert, Jean-Luc. Du bist zusammengebrochen. Und du wirst diesen Raum nicht verlassen, bevor ich nicht weiß, wieso.«

Widerstrebend hob er den Blick und sah sie an. »Ich habe sie gehört.«

Es war die Ruhe, die Sicherheit in seiner Stimme, die dafür sorgte, dass sie ein unangenehmes Kribbeln im Nacken verspürte. Sie fragte nicht, wer *sie* waren, denn sie befürchtete, die Antwort bereits zu kennen.

Seine Augen fixierten einen fernen Punkt irgendwo jenseits ihrer linken Schulter. »Ich habe versucht, mir einzureden, dass dieser Traum nicht mehr war als eben das ... ein Traum. Für einen Moment habe ich ihre Stimmen selbst nach dem Erwachen noch gehört. Aber sie waren so leise, dass ich mir einzureden vermochte, ich hätte sie nicht wirklich vernommen. Dann geschah es erneut, als ich Counselor T'Lana abholte. Diesmal war ein Irrtum ausgeschlossen. Und jetzt ...« Er stockte und schüttelte den Kopf, als versuche er, die Überreste der Erfahrung abzuschütteln.

»Jetzt?«, forderte ihn Beverly auf weiterzusprechen, ihre eigene Stimme war kaum lauter als ein Flüstern.

»Jetzt kann ich Bruchstücke von dem ausmachen, was sie sagen.« Er holte tief Luft und starrte sie so unverwandt an, dass er beinahe durch sie hindurch blickte. »Aber es ist anders. Sie klingen ... beinahe außer sich, sofern das möglich ist. Gehetzt. Gedrängt. Eines allerdings weiß ich mit Sicherheit: Die Borg sind dabei, sich zu neu zu gruppieren. Und sie sind hier, im Alpha-Quadranten.«

Auf der Brücke saß T'Lana schweigend neben Commander Worf und betrachtete die sich verändernden Muster der Sterne auf dem Sichtschirm. Der Klingone brütete wortlos vor sich hin, ganz offensichtlich beunruhigt über das, was dem Captain geschehen war. Auch die Menschen auf der Brücke waren angesichts des Ereignisses spürbar angespannt.

Aber es hatte keinen Sinn, über Picards Zustand zu spekulieren. Sie würden alle mehr wissen, sobald Doktor Crusher Bericht erstattete.

Während der ersten Momente ihres Zusammentreffens war T'Lana von Captain Picards Präsenz positiv beeindruckt gewesen. Sie hatte erwartet, dass er weitaus cholerischer sein würde, angesichts der zahlreichen dokumentierten Vorfälle, während derer er sich fast ausschließlich auf Gefühle und Intuition verlassen hatte - ganz abgesehen von der Tatsache, dass er in der Vergangenheit mehr als einmal einen direkten Befehl des Sternenflottenkommandos dreist missachtet hatte. Stattdessen schien er außerordentlich selbstbeherrscht zu sein - für einen Menschen.

Sein seltsames Verhalten im Turbolift und auf der Brücke gab T'Lana allerdings Anlass zur Sorge. Zugegebenermaßen ging ein Teil ihrer Unruhe auf den Umstand zurück, dass Commander Worf nun das Schiff befehligte. Denn während Captain Picards Vertrauen auf seine Gefühle sich als hilfreich herausgestellt hatte, war das in Commander Worfs Fall nicht so gewesen.

Aber trotzdem war sie aufgrund ihres Verhaltens gegenüber dem

Klingonen mit sich selbst unzufrieden. Sie hätte ihn genauso freundlich begrüßen müssen, wie die anderen auch. Sie wusste, dass die Abweichungen in ihrem Verhalten für die meisten Menschen kaum wahrnehmbar waren. Aber es war klar, dass zumindest der Captain und die Chefärztin bemerkt hatten, dass etwas nicht stimmte. Auf der anderen Seite wäre es unehrlich gewesen, sich anders zu geben. Ihre Missbilligung gegenüber Worf hatte Hand und Fuß. Und Ehrlichkeit war Vulkaniern wichtiger als gute Manieren. Selbst nach mehr als zwanzig Jahren Dienst auf Sternenflottenschiffen, steckte in ihr noch immer mehr von einer Vulkanierin als von einem Sternenflottenoffizier.

T'Lana musste sich innerlich eingestehen, dass Worfs Auftreten nicht ganz dem entsprach, was sie erwartet hatte. Sie war davon ausgegangen, den klingonischsten aller Klingonen vorzufinden, einen Mann, der wild, unausgeglichen und von hitzigem Gemüt war. Aufgrund ihrer außergewöhnlichen telepathischen Fähigkeiten hatte sie angenommen, die Nähe eines ungeordneten, chaotischen Geists zu spüren.

Nichts davon war der Fall gewesen. Sie hatte einen stolzen Klingonen gespürt, das ja, aber ebenso einen disziplinierten Offizier - nicht einen Krieger -, der mit Respekt und Bewunderung auf sie herabgeblickt hatte. Er besaß eine Charaktereigenschaft, die ihr in den Holografien seiner Sternenflottenakte nicht aufgefallen war, eine anziehende, nicht greifbare Qualität, für die es keinen Begriff in der vulkanischen Sprache gab, aber die von den Menschen als *Charisma* bezeichnet wurde. Und es hatte T'Lana regelrecht überrascht, zu spüren, dass ihr erster Instinkt war, ihm wohlgesonnen zu sein ... ja sogar Interesse an ihm zu haben.

Dann hatte sie die Erinnerung eingeholt, und es war ihr unmöglich gewesen, ihm freundlich zu antworten.

Von diesem Zwischenfall abgesehen, hatte sie das Gefühl, die bestmögliche Entscheidung - im Dienste der Sache - getroffen zu haben, als sie die Versetzung zur *Enterprise* erbeten hatte. Sollte sich Picard als arbeitsunfähig erweisen, würde Worf dauerhaft das Kommando übernehmen - eine Situation, die leicht in einer Katastrophe enden konnte. Mehr als einmal war die *Enterprise* aufgrund irrationaler Kommandoentscheidungen beinahe zerstört worden. T'Lanas logischer Rat als Counselor würde dringend benötigt werden.

Denn T'Lana wusste nur allzu gut, wie es sich anfühlte, auf der Brücke eines Raumschiffs zu stehen, das in Stücke geschossen und am Ende zerstört wurde - all das aufgrund von Gefühlen.

Beverly reagierte, wie Picard es erwartet hatte: mit einem plötzlichen Anfall von Furcht, der rasch unterdrückt und durch eine gesunde medizinische Skepsis ersetzt wurde. Seine enge Freundin und Geliebte war fort, und an ihrer Stelle stand seine Chefärztin. Er hätte nicht weniger von ihr erwartet. Doch zur gleichen Zeit verspürte er ein tiefes persönliches Bedauern über das, was er ihr erzählen musste, das, was sie ohne Zweifel als die Wahrheit würde erkennen müssen.

»Ich sehe Ihnen an, dass Sie davon überzeugt sind«, sagte sie vorsichtig, »aber Sie müssen verstehen, dass ich die Möglichkeit einer körperlichen oder emotionalen Ursache nicht ausschließen kann, bevor ich Sie nicht untersucht habe.«

»Natürlich.« Er hoffte geradezu verzweifelt, dass das Flüstern in seinem Kopf einer Krankheit geschuldet war. Zur gleichen Zeit wusste er - mit der Sicherheit des Kollektivs, zu dem er einst gehört hatte -, dass dem nicht so war. Ohne aufgefordert worden zu sein, schwang er seine Beine auf das Biobett und legte sich hin.

Als sie anfing, ihre Messungen durchzuführen, seufzte er und schloss die Augen, dankbar für die Stille in seinem Schädel, so zeitweilig sie auch sein mochte. Auf der Brücke war das Raunen der Borg zu solch donnernder Lautstärke angewachsen, dass er darunter zusammengebrochen war. Worte, die zuvor unverständliches Wispern gewesen waren, hatten dröhnend in seinem Bewusstsein widergehallt. *Alpha ... starte Schiff ... Angriff.*

Er hatte Zorn in diesen Worten gespürt - nun, vielleicht nicht Zorn, denn Borg-Drohnen waren zu solch einem Gefühl unfähig. Aber dort war etwas. Eine Art Wut, die bereits eine Weile lang unter der Oberfläche gebrodelt hatte. Es war die Wut eines Volkes, das einst uneingeschränkte Macht gehabt hatte und den Willen, das Universum zu erobern. Jetzt, gebrochen wie sie waren, schienen die Borg entschlossen, Gerechtigkeit für sich einzufordern, endlich Rache an der einen Gruppe zu üben, die sich so hartnäckig geweigert hatte, erobert zu werden - und sich stattdessen in den Eroberer verwandelt hatte.

Die Menschheit.

Picard wusste, dass es keine Möglichkeit gab, das, was er instinktiv als die Wahrheit erkannte, zu beweisen. Es war unmöglich, es zu bestätigen, es in Zahlen zu quantifizieren. Er würde seine Senioroffiziere bitten müssen, ihm allein deshalb ihr Vertrauen zu schenken, weil er wusste, dass er recht hatte.

Und sobald alle eingesehen hatten, dass die Bedrohung durch die Borg real war, würde er noch mehr von ihrem Vertrauen einfordern müssen.

So würde es zweifellos in Beverlys Fall sein. Sie hielt eine eisern sachliche Miene aufrecht, während sie ihn untersuchte, aber zuletzt entrang sich ihrer Kehle ein kaum hörbares Seufzen der Frustration. Picard hätte ihr die Ergebnisse im Vorhinein sagen können, aber es war das Beste gewesen, dass sie sie mit eigenen Augen sah.

»Ich finde nichts Ungewöhnliches«, sagte sie, und in ihrer Stimme schwang die Enttäuschung mit, die er selbst innerlich verspürte. Er hatte sich verzweifelt gewünscht, dass die Geräusche in seinem Kopf etwas waren, das sich behandeln ließ, etwas, das verschwinden würde, ganz gleich was, solange es nur nicht die Borg waren. »Es gibt keine körperliche Ursache. Keinen Tumor, kein Fieber, keine erkennbaren Infektionen. Die auditorischen Halluzinationen sind nicht das Ergebnis einer Psychose ... Ihre Neurotransmitter befinden sich alle innerhalb normaler Parameter, genau wie bei Ihrer letzten Routineuntersuchung.«

Sie schaltete das Diagnosegerät ab, und er setzte sich auf, um sie zu mustern. Ihre sorgsam kontrollierten Gesichtszüge zeigten noch immer nichts als professionelle Ruhe, ohne auch nur einen Hauch von Furcht. »Das liegt daran, dass die auditorischen Halluzinationen keine Halluzinationen sind«, sagte er.

Sie zögerte und war offensichtlich unwillig sich einzugestehen, dass etwas derart Grauenhaftes wahr sein könnte. »Es könnte etwas mit Ihrer Erfahrung im Nexus zu tun haben. In gewisser Weise sind Sie immer noch dort ... oder zumindest wird ein Teil von Ihnen immer dort verbleiben. Daher sind Ihre Vergangenheit, Gegenwart und Zukunft alle irgendwie miteinander vermischt. Vielleicht hören Sie ein Echo aus einer früheren Zeit ...«

»Nein«, beharrte Picard. Mittlerweile begann er eine leichte Frustration zu verspüren. Wenn es ihm nicht einmal gelang, seine Chefärztin und engste Freundin zur Einsicht zu bringen, wie sollte er dann irgendjemand sonst überzeugen?

Dabei war es von höchster Wichtigkeit, dass andere überzeugt wurden, und zwar rasch.

Er glitt von dem Bett und stand auf. »Ich werde Ihre Hilfe brauchen, Doktor«, begann er förmlich, dann allerdings wurde sein Tonfall sanfter. »Beverly ... ich wünschte mir mehr als alles andere, dass ich hiermit falsch liegen würde. Aber so schrecklich dies ist: Ich kann es nicht ignorieren und ich kann nicht davor davonlaufen. Ich vermag nicht zu erklären, *woher* ich es weiß, aber ich *weiß* es: dass wir schnell handeln müssen, *jetzt* handeln müssen, um die Borg zu stoppen.«

»Und wenn nicht?« Ihre Stimme war sehr ruhig. Endlich hörte sie zu, zog zum ersten Mal in Betracht, dass er recht haben könnte.

»Dann wird die Menschheit assimiliert«, antwortete er schlicht.

Schweigend sah sie ihn an. Zum ersten Mal sah er echte Furcht in ihren Augen, und innerlich sah er Locutus' Spiegelung in ihnen. Doch Beverly sammelte sich rasch. »Aber wie können wir sie aufhalten?«, fragte sie. »Warten wir einfach nur darauf, dass sie kommen, um uns zu holen?«

»Nein.« Er schenkte ihr ein grimmiges Lächeln. »Wir werden nicht warten. Denn wir wissen genau, wo sie sich versteckt halten.«

KAPITEL 3

Picard saß in seinem Quartier vor dem Kommunikationsbildschirm und sah zu, wie das Symbol des Sternenflottenkommandos verblasste, um durch das Bild Kathryn Janeways ersetzt zu werden.

Der Admiralsrang stand ihr gut. Sie wirkte kaum gealtert, ungeachtet des Traumas jahrelanger Bemühungen, die *Voyager* und ihre Besatzung sicher nach Hause zu bringen. Ihr kastanienbraunes Haar, sorgfältig zurückgekämmt und am Hinterkopf zusammengesteckt, wies kaum die ersten silbernen Strähnen an den Schläfen auf. Picard mochte den Umgang mit ihr. Janeway war direkt, geradeheraus und auf ihren ansehnlichen gälischen Zügen lag ein offener Ausdruck. Obwohl sie zur List fähig war, wenn es die Pflicht erforderte, verachtete sie ihren Einsatz. Man wusste stets, woran man war, wenn man es mit Janeway zu tun hatte.

Sie lächelte, als sie ihn erblickte. *»Captain! Welchem Umstand verdanke ich die Freude dieses Subraumbesuchs?«*

Picard vermochte ihren Enthusiasmus nicht ganz zu teilen. »Es ist schön, Sie wiederzusehen, Admiral. Aber ich fürchte, dass die Umstände alles andere als erfreulich sind.«

Ihr Verhalten wurde sofort absolut ernst, ihr Tonfall ebenso. Das Lächeln war nicht mehr als eine Erinnerung. Sie stemmte die Ellbogen auf ihren Schreibtisch und lehnte sich vor. *»Was ist los?«*

»Die Borg sind im Alpha-Quadranten«, sagte er. »Sie gruppieren sich neu. Bilden ein neues Kollektiv.«

Bei diesen Worten hob sie das Kinn, das einzige Anzeichen von Überraschung, das sie sich erlaubte. Binnen einer Sekunde hatte sie es jedoch bereits wieder gesenkt und verengte die Augen, grub sich ein für einen Kampf. Picard ahnte, dass das nicht leicht werden würde.

»Wo?«, verlangte sie zu wissen.

»In Sektor Zehn. Auf einem Mond ...« Er zögerte, unzufrieden mit sich selbst. Er wusste, dass er ihr nicht die Einzelheiten geben konnte, nach denen sie verlangte, ohne in ihren Augen vollkommen irrational zu klingen. »Sie erschaffen einen neuen Kubus, ein Schiff. Es ist beinahe bewohnbar und wird in Kürze starten.«

»Haben Sie die Koordinaten? Wir könnten ein Schiff aussenden, um Nachforschungen anzustellen.« Ihre Betonung auf *könnten* enthüllte eine gesunde Portion Zweifel.

Picard versuchte, ein plötzliches Gefühl des Unbehagens abzuschütteln. »Ich kenne nicht die *genauen* Koordinaten ...«

Als sie das hörte, runzelte sie leicht die Stirn und faltete die Hände auf der Schreibtischplatte. *»Haben Ihre Langstreckensensoren eine Fehlfunktion? Oder basieren Ihre Informationen auf irgendeiner Art von Fremdaufklärung?«*, fragte sie in förmlichem Tonfall.

Picard erlaubte sich nicht, zu zögern. Mit fester Stimme erwiderte er: »Wir sind nicht nah genug für einen Langstreckenscan, Admiral. Ich habe Gesprächsfetzen der Borg aufgefangen. Sie kommunizieren untereinander über das neue Kollektiv, über ihre Absichten, sich zu organisieren und einen neuen Versuch zu unternehmen, die Menschheit zu assimilieren.«

Janeway wurde sehr ruhig und fixierte ihn mit einem so intensiven Blick, dass eine schwächere Persönlichkeit sich darunter gewunden hätte. *»Würde es Ihnen etwas ausmachen, Captain, mir zu erklären, wie Sie diese* Gesprächsfetzen *aufgefangen haben?«*

»Ich kann sie hören. In meinem ... Geist. Ich war einst ein Teil des Kollektivs, wie Sie sicher wissen.«

»Ja, das weiß ich.« Ihr Tonfall und ihr Gesichtsausdruck wurden für einen Moment weicher, dann verhärteten sie sich erneut, und sie machte keinen Hehl aus ihrer Skepsis. *»Als die Voyager aus dem Delta-Quadranten zurückkehrte, sah ich, wie die Königin vernichtet wurde - ebenso ihr Schiff und alle Nachkommen, die sich darauf*

befanden. Obendrein wurden ihre Transwarpkanäle zerstört. Die Borg sind besiegt, Captain. Es mag ein paar überlebende Drohnen geben, die in der Galaxis verstreut sind, aber ohne eine Königin oder den Kontakt mit dem Kollektiv sind sie verloren. Ein Großteil der Drohnen, die verblieben sind, befindet sich zweifellos noch im Delta-Quadranten. Wie sollten sie hier eine Gefahr für uns darstellen?«

»Dessen ungeachtet sammeln sie sich hier«, erwiderte Picard nicht weniger vehement. »Ich habe es gespürt. Meine Verbindung zu den Borg ist verbrieft. Und ich weiß, dass sie der Umstand wütend gemacht hat, dass die Menschheit ihnen bei ihrem Ziel der totalen Assimilierung immer wieder im Weg gestanden hat. Diesmal sind sie fest entschlossen, uns zu erobern. Es ist mehr als nur der Wunsch nach Assimilierung. Die Borg wollen Rache.«

Ihr Blick blieb standhaft und unbewegt. *»Die Borg streben nicht nach Rache. Ihre Handlungen basieren nicht auf Gefühlen. Zumindest nicht die der Drohnen. Das sollten Sie besser wissen, als jeder andere.«* Auf einmal entspannten sich ihre Haltung und ihr Gesichtsausdruck. *»Jean-Luc, Sie bitten mich darum, den Befehl zu geben, ein Schiff Gott weiß wohin zu schicken, und dies auf der Grundlage von nicht mehr als Ihren Instinkten. Versetzen Sie sich in meine Situation ...«*

Sie seufzte und in diesem Seufzer erkannte Picard seinen Sieg, wenn es auch nur ein kleiner war. *»Aber nehmen wir einmal an, dass Sie recht haben ... dass die Borg ein neues Kollektiv bilden, hier im Alpha-Quadranten. Ich bin bereit, das zumindest in Betracht zu ziehen. In diesem Fall wäre die beste Person, um mit dieser Situation umzugehen, Seven of Nine. Sie ist im Augenblick auf der Erde. Ich werde sie umgehend kontaktieren und ihr jegliche konkreten Informationen, die Sie mir geben können, weiterleiten. Aber ich brauche etwas mehr, als nur ‚Wir glauben, die Borg befinden sich irgendwo auf einem Mond im Alpha-Quadranten.' von Ihnen.«*

Picard musste sich zusammenreißen, um sie nicht zu unterbrechen. »Admiral, wir haben keine Zeit dazu. Sie müssen meinem Instinkt vertrauen, der mir sagt, dass die *Enterprise* das Schiff ist, das den

Aktivitäten des Hives am nächsten ist. Es besteht die Chance, dass wir sie stoppen können, bevor das Schiff fertiggestellt ist, und sie einen Angriff starten können. Sie müssen *jetzt* zerstört werden.«

Möglicherweise hatte sich etwas mehr Erregung, mehr Drängen in seine Stimme geschlichen als beabsichtigt. Janeway studierte ihn besorgt. *»Ich will offen zu Ihnen sein, Captain. Sie haben noch immer eine Rechnung mit den Borg zu begleichen. Sie sind emotional viel zu stark involviert. Seven of Nine wird unvoreingenommen sein. Aber weil ich Ihre Instinkte respektiere - und weil es weiß Gott besser ist, ein Schiff auszusenden, um nichts zu untersuchen, als zu riskieren, eine mögliche Borg-Aktivität zu ignorieren -, schicke ich Seven of Nine mit einem Shuttle so schnell es geht zur* Enterprise. *Sie wird binnen weniger Tage bei Ihnen eintreffen. Aber Sie müssen ihrer Führung in dieser Angelegenheit Folge leisten.«*

Ihre Worte beschworen die Erinnerung seiner eigenen herauf, die er vor Jahren gegenüber Will Riker ausgesprochen hatte, um ihm zu erklären, warum ein anderer Admiral ihm verboten hatte, gegen die Borg zu kämpfen. Nach Ansicht des Sternenflottenkommandos sollte *ein Mann, der einmal von den Borg gefangen genommen und assimiliert wurde, nicht in eine Situation geraten, in der er ihnen wieder gegenübersteht. Auf diese Weise brächte man ein instabiles Element in eine kritische Situation.*

Wenn das wirklich der Fall war, so fragte sich Picard, ob es die beste Wahl war, Seven of Nine die Situation zu überlassen. Mit Sicherheit hatten die Borg einen größeren Einfluss auf ihr Leben gehabt als auf das seine. Er hatte die Frau, die mehr Lebenszeit als Drohne denn als frei denkendes Individuum verbracht hatte, niemals getroffen, aber Picard war mit ihrer Akte vertraut. Jeder in der Sternenflotte kannte Seven of Nine. Auch wenn alles, was Picard gelesen hatte, die Annahme unterstützte, dass sie den gebotenen Abstand würde wahren können, fand er die Vorstellung etwas bestürzend, dass man ihr im Umgang mit den Borg traute und ihm nicht. Vor allem da er diese bei jeder Begegnung bezwungen hatte. Und ganz besonders angesichts der Tatsache, dass ihnen hier im wahrsten Sinne des Wortes die Zeit davonlief.

Mehrere Minuten lang saß er da und blickte auf den dunklen Bildschirm. Selbst jetzt, da sein Geist still war und die Stimme der Borg nicht mehr als eine Erinnerung, spürte er, wie die unsichtbaren Fühler des Kollektivs an seinem Bewusstsein zerrten. Er *wusste*, was sie im Schilde führten, und auch wenn er nicht imstande war, Janeway die Koordinaten zu geben, nach denen sie verlangt hatte, war er sich doch ziemlich sicher, dass er die *Enterprise* in die richtige Richtung würde lenken können, um diesen mysteriösen Mond zu finden.

Er stützte die Ellbogen auf die Tischplatte, lehnte sich vor und massierte seine Schläfen. Beverly hatte keine körperlichen Probleme festgestellt. Gab es möglicherweise einen dritten, weniger erschreckenden Grund dafür, dass er die Echos der Stimme des Kollektivs vernahm, dass sein Bauchgefühl ihm solche Gewissheit vermittelte?

Ein vertrautes Gesicht tauchte in seiner Erinnerung auf, zimtfarben, wunderschön, eingerahmt von kurzgeschnittenem dunkelbraunem Haar, ein Gesicht aus einem anderen Jahrhundert - Lily, Zefram Cochranes Assistentin. Beim Gedanken an sie umspielte ein leichtes Lächeln seine Mundwinkel. Sie hatte in solch einer verzweifelten, finsteren Epoche der Erdgeschichte gelebt, hatte einen Krieg überstanden, der Millionen umgebracht hatte. Es hatte sie abgehärtet, hatte sie stark gemacht und sie sich verzweifelt an die Hoffnung klammern lassen, dass es Cochrane gelingen würde, ein Instrument des Todes - eine Atomrakete - in ein Symbol der Hoffnung, ein Warpschiff, zu verwandeln. Die Härte ihres Lebens hatte sie obendrein ängstlich werden lassen. Sie hatte dazu geneigt, mit Gewalt auf alles Unbekannte, jeden Fremden zu reagieren.

Doch selbst sie hatte durch ihren eigenen Schmerz hindurch die Tiefe der geistigen Narbe erkannt, die er getragen hatte. Sie hatte ihn *Ahab* genannt - den wahnsinnigen Captain aus *Moby Dick* -, bereit, um der Rache willen an dem, das ihn verwundet hatte, sein Schiff, seine Mannschaft und letztlich sich selbst zu opfern. Lily hatte ihm einen Moment der Offenbarung beschert. Er hatte erkannt, dass er seine Verbitterung loslassen musste, bevor sie ihn und die, die er liebte, zerstörte.

Er hatte gedacht, dass es ihm zuletzt gelungen sei, sich seiner zornigen Besessenheit von den Borg zu entledigen. Die Worte Melvilles, die Ahabs Wahnsinn vermittelten, hatte er nie vergessen: *»Und er bürdete dem Buckel des weißen Wals die Summe der Wut und des Hasses der ganzen Menschheit auf. Wäre sein Leib eine Kanone, er hätte sein Herz auf ihn geschossen.«*

War sie zurückgekehrt, um ihn heimzusuchen? War es möglich, dass er überreagierte, dass er sich eine bedrohliche Situation ausgedacht hatte, nachdem er ein paar flüchtige, unorganisierte Gesprächsfetzen der Borg aufgeschnappt hatte? War *er* derjenige, der das Gefühl von Dringlichkeit hervorgebracht hatte und nicht die Borg?

Sein Instinkt glaubte das nicht. Aber bevor er über Befehlsverweigerung nachdenken konnte, bevor er guten Gewissens vor seine Mannschaft zu treten vermochte, um etwas Derartiges von ihr zu verlangen, war es seine Pflicht, sein Dilemma mit einem ganz bestimmten Mitglied seiner Besatzung zu besprechen.

Er erhob sich, als T'Lana sein Quartier betrat und bedeutete ihr, sich ihm gegenüber hinzusetzen, sodass die Schreibtischplatte zwischen ihnen beiden lag. Sie setzte sich und schien entspannt zu sein - zumindest für einen Vulkanier. Picard war weit davon entfernt. Zum einen hatte er sich ihr noch nie anvertraut. Er war die angenehme Wärme Deanna Trois gewohnt, nicht die kühle, rationale Einschätzung, die er ohne Zweifel von T'Lana erhalten würde. Deanna war sich seiner Gefühle stets sehr bewusst gewesen und hatte ihm daher bei seinen Versuchen, sich ihrer klar zu werden, unschätzbare Hilfe leisten können. Sie hatte sowohl Intuition als auch Logik angewandt, um sich einem Problem auf die bestmögliche Art und Weise zu nähern.

Er fühlte sich auch noch aus einem zweiten Grund T'Lana gegenüber unbehaglich: Obwohl es ihm das überwältigende Rauschen des Borg-Kollektivs schwer gemacht hatte, sich auf seine Umgebung zu konzentrieren, war ihm die kaum wahrnehmbare Reserviertheit der Vulkanierin gegenüber Worf nicht entgangen. Es mochte viele Gründe für dieses Verhalten gegeben haben. Sicherlich war es im Moment nicht der Rede wert, aber er würde ein Auge darauf haben müssen. Fürs Erste schob er seine Bedenken beiseite, denn er brauchte den Rat eines erfahrenen Counselors.

In einer unbewussten Nachahmung Janeways faltete er die Hände auf dem Schreibtisch und lehnte sich leicht vor, während er alle Vorbehalte und alle Zweifel, nicht imstande zu sein, mit T'Lana offen zu sprechen, von sich fort schob. Es lag Arbeit vor ihnen, es galt, eine Entscheidung zu treffen. Ohne zu zögern oder sich die Worte vorher zurechtgelegt zu haben, stürzte er sich in seine Rede.

»Counselor«, fing er an, »Sie haben meinen ... offensichtlichen Zusammenbruch auf der Brücke miterlebt.«

»Das habe ich«, erwiderte sie ruhig. »Sie scheinen sich vollkommen erholt zu haben. Ich nehme an, das ist der Fall.«

»In der Tat.« Er stockte bei dem Versuch, viel in wenigen Worten zu sagen. »Ihnen ist darüber hinaus meine Erfahrung mit den Borg bekannt?«

»Sofern sie in Ihrer Sternenflottenakte niedergelegt ist. Sie haben zwei wesentliche Begegnungen mit den Borg erlebt. Das erste Mal, als Sie von ihnen assimiliert wurden, das zweite Mal, als Sie sie erfolgreich davon abhielten, den Start von Zefram Cochranes Warpantriebschiff zu verhindern.«

»Das ist alles korrekt«, sagte Picard, erstaunt darüber, dass man solche furchtbaren Geschehnisse in derart knappen, gefühllosen Sätzen zusammenfassen konnte. »Wahrscheinlich ist Ihnen nicht bewusst, dass ich die ... Fähigkeit behalten habe, zu spüren, wenn die Borg untereinander kommunizieren. Schließlich war ich einst Teil ihres Kollektivs.«

Weder ihr Blick noch ihr Gesichtsausdruck änderten sich im

Geringsten, aber sie legte den Kopf leicht zur Seite, wodurch der Pony ihres weichen, schwarzen Haares in ihre Stirn rutschte und helle Haut darunter enthüllte. »Ich habe die persönlichen Logbucheinträge, die Ihre Fähigkeit betreffen, nicht studiert. Wurde diese in einem von ihnen empirisch dokumentiert?«

Die Frage traf ihn unvorbereitet. Er sammelte sich und antwortete vorsichtig: »Sie wurde von ... Führungsoffizieren meiner Mannschaft, darunter Doktor Crusher, bemerkt. Besonders interessant für Sie dürfte Counselor Trois Logbuch sein. Sie wusste, dass ich sie höre. Sie können darüber hinaus die Aufzeichnungen der Begegnung der *Enterprise* mit dem Schiff der Königin kurz vor dessen Zerstörung überprüfen. Mehrere Raumschiffe hatten den Kampf gegen die Borg aufgenommen, viele waren zerstört worden, darunter das Schiff des Admirals. Ich übernahm das Kommando über die Flotte und befahl allen verbleibenden Schiffen, ihre Waffen auf einen bestimmten Punkt des Borg-Kubus zu richten – mit dem Ergebnis, dass der Kubus zerstört wurde. Das ist ein dokumentiertes Ereignis.«

Ihre Züge glätteten sich wieder. Sie waren so unschuldig und engelhaft, dass man leicht vergessen konnte, welch scharfer Intellekt sich hinter ihnen verbarg. »War dies der Grund für Ihre Abwesenheit während unseres ersten Gesprächs und Ihren Zusammenbruch auf der Brücke?«

»Ja.« Er konnte nicht verhindern, dass sich seine Miene verdüsterte. »Die Stimme der Borg überwältigte mich, sie wurde so laut, dass sie alles andere übertönte.«

»Was hat sie gesagt?«

»Sie sagte ... *sie* sagten ... Nun, ich habe nur Bruchstücke wahrgenommen. Sie sind dabei, ein Schiff zu bauen, einen Kubus, in der Nähe eines Mondes, der sich am Rand des Alpha-Quadranten befindet. Sie bereiten sich darauf vor, erneut anzugreifen.«

»Wer ist ihr Ziel?«

»Die Erde.« Er schüttelte niedergeschlagen den Kopf. »Unsere Einmischung in ihre Pläne, alle Völker zu erobern und zu assimilieren, hat ihren Zorn erweckt. Allem Anschein nach sinnen sie auf Rache.« Er holte tief Luft. »Ich ... habe darüber hinaus einen gewissen Instinkt hinsichtlich der Borg entwickelt. Obwohl ich nicht erklären kann, weshalb, vermag ich zu sagen, wo sie sich befinden. In diesem Augenblick könnte ich dem Navigator einen Kurs angeben, der uns an den Ort bringen würde, an dem die Borg ihr Schiff konstruieren. Ich *weiß* mit absoluter Sicherheit, dass die *Enterprise* das Schiff ist, das diesen Ort am schnellsten erreichen kann, und dass uns nur wenig Zeit bleibt, bevor die Borg ihre Vorbereitungen beendet haben und zuschlagen werden. Ich habe Admiral Janeway von all dem in Kenntnis gesetzt. Bedauerlicherweise hat sie angeordnet, dass wir warten sollen, bis Seven of Nine ...« Er unterbrach sich kurz und warf T'Lana einen fragenden Blick zu.

»Seven of Nine ist mir ein Begriff«, sagte sie.

»... bis Seven an Bord der *Enterprise* eintrifft, um diese Mission anzuführen. Admiral Janeway ist der Ansicht, dass angesichts meiner Erfahrungen mit den Borg meine Gefühle ein Hindernis darstellen könnten. Hier aber liegt das Problem: Ich bin mir über jeden Zweifel hinaus sicher, dass Seven of Nine zu spät kommen wird. Die Borg werden ihren Angriff bereits begonnen haben.« Er verstummte, um ihr Zeit zu lassen, all das zu verarbeiten, was er ihr mitgeteilt hatte.

Ihre Antwort hingegen kam prompt. »Wenn ich es korrekt verstehe, fragen Sie mich, ob Sie die Befehle des Admirals missachten und die Suche nach den Borg aufnehmen sollen, ohne auf Seven of Nine zu warten.«

»Ja«, sagte er. Es war so leicht gewesen, Deannas Ansichten aus ihrem Verhalten abzulesen. Wenn sie nicht einverstanden gewesen wäre, hätte er das an einem kurzen Aufblitzen in ihren schwarzen Augen erkannt, begleitet von einer sorgsam neutralen Miene, bevor sie in ruhigem, gemessenem Tonfall zu sprechen begonnen hätte. Hätte sie sein Ansinnen befürwortet, hätte ein offensichtlicher Ausdruck der Sympathie auf ihren Zügen gelegen. T'Lanas Miene blieb gelassen, geradezu unerträglich unerforschbar.

Vielleicht würde Picard im Laufe der Zeit lernen, auch in ihr zu lesen.

»Ich würde vorschlagen«, sagte sie ruhig, »dass Doktor Crusher eine psychologische Evaluation an Ihnen vornimmt sowie eine Reihe Tests durchführt, um sicherzugehen, dass es keine körperlichen Ursachen für dieses Phänomen gibt.«

Picard entließ langsam die Luft aus seinen Lungen und versuchte dabei, nicht allzu defensiv zu wirken. »Eine derartige Untersuchung wurde heute bereits durchgeführt. Sie können die Ergebnisse gerne mit dem Doktor durchgehen, aber ich kann sie Ihnen auch jetzt schon mitteilen: Es wurden keine geistigen oder körperlichen Beeinträchtigungen gefunden. Es scheint sich um das gleiche Phänomen zu handeln, das ich bereits während meiner früheren Begegnung mit den Borg und ihrer Königin erlebt habe.«

»Interessant«, murmelte T'Lana. Sie zögerte einen Moment lang und fügte dann hinzu: »Sind Sie mit der vulkanischen Gedankenverschmelzung vertraut, Captain?«

»Ja, ich habe bereits an einer teilgenommen«, bestätigte Picard. Er hatte es bislang nicht erwähnt, weil die Erfahrung höchst persönlicher Natur gewesen war und er sich nicht wohl bei dem Gedanken fühlte, die Prozedur mit einer nach wie vor völlig Fremden durchzuführen. Dazu kam, dass er keineswegs die Notwendigkeit sah, sich ihr auf eine derart intime Art zu beweisen, denn sie würde den Beleg für seine Worte mit hoher Wahrscheinlichkeit eher früher als später ohnehin sehen.

»Gut«, sagte sie. »Ich befürchtete, dass Sie der Ansicht sein könnten, eine Gedankenverschmelzung würde Ihnen die Möglichkeit geben, mir Ihre Position zu *beweisen* und Ihre Missachtung der Befehle des Admirals zu rechtfertigen. Ich kann jedoch nur spüren, was Sie denken und fühlen. Und es ist mehr als offensichtlich, dass Sie von dem, was Sie für richtig halten, durchaus überzeugt sind. Ich würde diese Gewissheit verspüren – doch letztlich wäre ich auch nach der Verschmelzung noch immer nicht imstande, festzustellen, ob sie auf Fakten basiert oder nicht.«

»Aber könnten Sie dann nicht selbst die Stimme der Borg hören?«

»Das schon. Allerdings nur gefiltert durch Ihr Bewusstsein, Ihre Ansichten. Es wäre mir nicht möglich, zu beurteilen, ob das, was ich höre, von einer fremden, äußeren Wesenheit stammt oder von einer, die Ihr eigener Geist heraufbeschworen hat.«

»Ich verstehe«, sagte Picard. »Lassen Sie mich ganz offen sein: Was ist Ihre Meinung? Ignoriere ich das, was ich als unmittelbare Bedrohung betrachte und befolge Janeways Befehl? Oder vertraue ich meinen Instinkten und verhindere möglicherweise den Tod und die Assimilierung von Milliarden?«

»Sie haben die Frage so formuliert, dass sie Ihre Neigung bereits erkennen lässt. Lassen Sie mich eine andere Frage stellen: Ist die Erhärtung eines Verdachts Ihr Militärgerichtsverfahren - sowie das Ihrer loyalen Offiziere, die sich entscheiden, Sie bei Ihrer Befehlsverweigerung zu unterstützen - wert?«

Er spürte, wie ihre Worte eine Welle des Zorns in ihm hervorriefen, aber er unterdrückte sie rasch. Er hatte sie schließlich hierher gebeten, um einen anderen Standpunkt präsentiert zu bekommen. »Es ist viel mehr als bloß ein Verdacht«, sagte er in gewichtigem Tonfall. »Wenn Sie sich die Fakten anschauen ...«

»Der einzige Fakt, den Sie angeführt haben, der Ihre Aussage belegen könnte, ist der, dass ein Borg-Kubus zerstört wurde, nachdem Sie mehrere Raumschiffe angefordert haben, ihr Feuer auf eine bestimmte Stelle zu konzentrieren. Das allerdings könnte auch durch den Umstand erklärt werden, dass der Kubus zu diesem Zeitpunkt bereits Schaden genommen hatte und dass die kombinierte Feuerkraft mehrerer Waffen stark genug war, um das Schiff zu zerstören.« Sie machte eine Pause. »Wenn es andere Fakten gäbe, die ohne Einbeziehung von Gefühlen verifiziert werden können, Captain, würde ich sie gerne hören.«

Er durchsuchte sein Gedächtnis und stellte fest, dass er keine fand. So viele Dinge waren geschehen ... So viele Mitglieder seines

Führungsstabes hatten seiner Verbindung zu den Borg vertraut und keinen derartigen Nachweis gefordert, dass er niemals über andere Zwischenfälle nachgedacht hatte, die diese einem Außenstehenden belegen könnte.

Sein Schweigen ließ T'Lana fortfahren. »Meiner Meinung nach liegt Admiral Janeway mit ihrer Einschätzung richtig. Es ist wichtig, dass jemand anderes als Sie die Möglichkeit einer Rückkehr der Borg untersucht. Ich bin mir Ihrer Erfahrungen mit den Borg bewusst. Es wäre einem Menschen unter diesen Umständen unmöglich, feindselige Gefühle sowie den Wunsch nach schnellem Handeln zu unterdrücken. Daher müssen Sie den Befehlen des Admirals gehorchen. Es ist die logischste und umsichtigste Vorgehensweise.« Sie schwieg kurz. »Sie müssen sich darüber hinaus ins Gedächtnis rufen, dass Sie beide, Janeway und Sie, zwei machtvolle Verkörperungen der Borg-Königin getötet haben. Die verbliebenen Drohnen sind nur noch wenige, sie sind verstreut und ohne Führung. Es wäre wider ihres bewiesenen Musters, sich zu vereinen und eine Gruppenentscheidung in der Art, die Sie nahe legen, zu fällen.«

Er musste sich in Erinnerung rufen, dass er dankbar für jemanden war, der bereit war, eine andere Perspektive einzunehmen. Gleichzeitig machten ihn ihre Worte noch wütender, als sein Gespräch mit Janeway. »Ist es wirklich umsichtig, eine Überzeugung zu ignorieren, dass wenn wir warten, bis Seven eingetroffen ist, die Borg bereit sind, zuzuschlagen? Wo liegt die Logik darin, Counselor? Ich würde lieber meine Karriere riskieren als zahllose unschuldige Leben.« Er erhob sich und gab damit das Zeichen, dass dieses Treffen beendet war. Allerdings konnte er sich eine letzte Frage nicht verkneifen: »T'Lana ... haben Sie den Borg jemals von Angesicht zu Angesicht gegenübergestanden? Haben Sie jemals mit eigenen Augen die Folgen eines ihrer Angriffe gesehen, oder die Verwandlung, die ein Individuum durchmacht, nachdem es assimiliert worden ist?«

Sie war ebenfalls aufgestanden. »Nein«, antwortete sie. »Denken Sie daran, Captain, dass es mir an den empathischen Fähigkeiten

Counselor Trois mangelt. Ich kann für Sie nicht das sein, was sie für Sie war, und ich hoffe, dass Sie meine anderen Ansichten nicht als Mangel an Respekt vor dem, was Sie durch die Borg erlitten haben, ansehen. Aber ich kann die Stimme der Logik für Sie sein. Ich vermag Ihnen zu helfen, Ihre Optionen in diesem Licht zu betrachten.«

»Ich weiß Ihre Hilfe zu schätzen, Counselor«, sagte er mit aufrichtigem Ernst, doch ihre Worte hatten seine Entscheidung nur noch schwieriger, nicht leichter, gemacht. »Ich danke Ihnen. Sie können gehen.«

Auf der Krankenstation bereitete Beverly eine Routineuntersuchung an Worf vor. Ihre Gedanken waren allerdings alles andere als bei ihrem nächsten Patienten. Jean-Lucs Zustand bereitete ihr noch immer Sorge. Im besten Fall litt er unter einer Art Psychose, die keiner ihrer Scans angezeigt hatte. Im schlimmsten Fall bereiteten sich die Borg auf einen weiteren Angriff vor. Was auch immer der Wahrheit entsprach, sie konnte nicht aufhören, sich um Jean-Luc zu sorgen. Das war nichts Neues für sie. In schwierigen Zeiten hatte sie sich immer um ihn gesorgt. Aber diesmal war es irgendwie anders. Es ging ihr näher. Sie hoffte nur, dass sie, wenn der Moment kommen würde, imstande sein würde, ihren professionellen Abstand zu wahren. Sie schüttelte diesen Gedanken ab. Ihr war klar, dass sie zu erfahren war, um sich auch nur derartige Zweifel zu erlauben. Sie beendete die Anpassung ihrer Geräte an eine klingonische Physiologie, und als Worf eintrat, war sie bereit.

Im Laufe der Jahre, die sie mit ihm gemeinsam an Bord der *Enterprise* gedient hatte, hatte sie gelernt, seine Stimmungen zu erkennen - ungeachtet seiner stets finsteren Züge. Die buschigen, nach oben geschwungenen Brauen, die seine dunklen Augen beschatteten und am Nasenrücken in scharfer V-Form zusammenliefen, die Stirn mit den knöchernen Höckern, die die Strenge seiner Augenbrauen und des intensiven Blicks nur noch verstärkte, sowie seine für gewöhnlich zu einer grimmigen, unnachgiebigen Linie zusammengepressten

Lippen ließen es für einen Außenstehenden so erscheinen, als hätte er ständig schlechte Laune. Aber obwohl er selten lächelte und seine Umgangsformen meist barsch waren, vermochte Beverly mittlerweile verschiedene Gemütslagen zu erkennen: verspielt, scherzhaft, ernst, verlegen, kühl, wütend, traurig. Das kleinste Zucken seiner Mundwinkel enthüllte eine Menge über seine Gefühle.

Obwohl er es gut verborgen hatte, wusste sie, dass sich Worf auf der Brücke unbehaglich gefühlt hatte, nachdem ihn T'Lana vor den Kopf gestoßen hatte. Als er nun die Krankenstation betrat, hatte sich seine Stimmung völlig verändert: Er wirkte schlichtweg melancholisch. Sie hatte keine Ahnung, weshalb, aber es wunderte sie nicht, ihn zu einem derartigen Gefühl fähig zu sehen. Beverly hatte festgestellt, dass unter der rauen klingonischen Schale eine ganze Menge Unsicherheit und Zärtlichkeit verborgen lagen. Ihr war bekannt, dass Worf während seiner Zeit auf Deep Space 9 mit einer Trill verheiratet gewesen war. Beverly hatte Hologramme von ihr gesehen - eine wunderschöne, zart wirkende Frau. Ihr Tod hatte ihn zweifellos in ein tiefes Loch gestoßen, auch wenn er niemals von ihr sprach. Er stürzte sich in die Arbeit, um seine Trauer vor seinen Mannschaftskameraden zu verbergen.

Genauso wie er jetzt etwas zu verbergen hatte, etwas, das ihn zutiefst verunsicherte und das, wie Beverly vermutete, irgendwie mit T'Lanas Verhalten auf der Brücke zu tun hatte.

Als seine Ärztin und seine Freundin war es Beverlys Aufgabe, herauszufinden, worum es sich dabei handelte.

Anfangs versuchte sie nicht, in ihn vorzudringen, sondern beschränkte sich auf die während einer Routineuntersuchung normale Unterhaltung zwischen einem Arzt und seinem Patienten. Es schien das Beste zu sein, dass er sich zunächst während der Prozedur etwas entspannte und gelassener wurde, bevor sie anfing, die heiklen Fragen zu stellen.

Als das Ende der Untersuchung nahte - bis dahin hatten sie kaum Worte gewechselt, und der Klingone hatte die meisten Fragen mit einem bestätigenden Knurren beantwortet -, erhob sich Worf und strich seine Uniformjacke glatt, offensichtlich begierig, im Anschluss an die gewöhnliche knappe Bescheinigung, dass er sich bester Gesundheit erfreue, entlassen zu werden.

Jetzt oder nie.

Beverly holte tief Luft und sagte vorsichtig: »Worf ... Sie wissen, dass ich als Chefärztin für mehr als nur Ihr körperliches Wohlbefinden verantwortlich bin. Und es ist unübersehbar, dass Sie etwas beschäftigt.« Sie machte eine Pause. »Sie wissen, dass mich mein Eid daran bindet, über alles, das Sie mir sagen, strengstes Stillschweigen zu bewahren.«

Worf gab ein kurzes Seufzen von sich. Seine Lippen öffneten sich, als wolle er antworten - doch dann breitete sich ein Ausdruck von Unsicherheit auf seinen Zügen aus und er schloss sie wieder.

Zumindest hatte er sie nicht gleich abgewehrt. Beverly wertete das als gutes Zeichen. In sanftem, bedachtem Tonfall drängte sie etwas weiter: »Hat es etwas damit zu tun, dass Sie die Beförderung zum permanenten stellvertretenden Kommandanten verweigert haben?«

Seine braunen Augenbrauen schnellten in die Höhe. »Der Captain hat es Ihnen erzählt?«

»Ich bin einer seiner Führungsoffiziere. Natürlich hat er es mir erzählt. Abgesehen davon hätte ich es in Kürze ohnehin erfahren.«

Er blickte in die Ferne, und ein Geräusch zwischen einem Stöhnen und einem Knurren entrang sich seiner Kehle. »Ich verdiene diese Position nicht.«

Diese Worte versetzten ihr einen ehrlichen Schock, und sie schnappte ungläubig nach Luft. »Worf, ich kann mir niemanden vorstellen, der sie mehr verdienen würde oder der besser geeignet wäre.«

Er presste die Lippen zusammen und erwiderte ihren Blick nicht. Stattdessen fixierte er einen fernen Punkt irgendwo hinter ihrer Schulter. »Ich hatte einst die Wahl zwischen Pflicht und ... persönlicher Loyalität«, verriet er widerwillig. »Ich habe mich falsch entschieden. Der Kommandant eines Raumschiffs hat diesen Luxus nicht.«

Es schien als husche ein Hauch von Schmerz über sein Gesicht. Sie unterdrückte das Bedürfnis, den Arm auszustrecken und ihm eine tröstende Hand auf die mächtige Schulter zu legen. Die Vorstellung sanfter Berührungen war ihm unangenehm. Stattdessen entschied Beverly, dass sie bereits so weit gekommen war, dass sie genauso gut zum Kern des Problems vordringen konnte. Schon vor Monaten hatte Jean-Luc ihr die Geschichte erzählt, wie Worfs Frau während einer Mission verwundet worden war. Um seiner Pflicht nachzugehen, hatte der Klingone sie zunächst zurückgelassen, wohl wissend, dass sie tot sein würde, bevor er zurückkehrte.

Letzten Endes hatte er die Mission allerdings abgebrochen und war umgekehrt, um sie zu retten. Ungeachtet der Tatsache, dass Worf darin versagt hatte, seine Pflicht zu erfüllen, hatte Beverly dies sehr berührend gefunden. Sie hatte sich selbst die Frage gestellt: *Wäre Jean-Luc dem Tod geweiht, wäre ich imstande, ihn zurückzulassen, selbst wenn ich den direkten Befehl dazu hätte? Könnte ich ihn zum Sterben zurücklassen?*

Sanft fragte sie: »Hat es etwas mit Jadzia zu tun?«

Er holte erschrocken Luft und blinzelte kurz, dann verwandelte sich seine Miene in Stein. Sie wusste, dass sie ins Schwarze getroffen hatte.

»Ich möchte nicht darüber sprechen«, antwortete er steif.

Sie hatte es zu weit getrieben. Die Wunde war noch immer zu frisch. Trotzdem musste sie zumindest versuchen, die Situation irgendwie zu retten.

»Was vergangen ist, ist vergangen, Worf«, sagte Beverly und hoffte, dass ihre Worte nicht allzu abgedroschen klangen. »Wir können es nicht ändern. Aber *wir* können uns ändern. Und ich bin mir sicher, dass Sie ändern würden, was geschehen ist, wenn Sie dazu imstande wären.« Sie verstummte kurz. »Sie sind der bestmögliche Kandidat für diese Position. Der Captain *braucht* Sie.«

Seine Züge glätteten sich etwas. Ihre Worte blieben nicht ohne Wirkung. »Es gibt andere, die ebenso qualifiziert sind«, sagte er, aber die Schärfe war aus seiner Stimme gewichen. »Ich bleibe, bis ein Ersatz gefunden werden konnte.«

»Verraten Sie mir eins«, sagte Beverly. »Wenn Sie auf einem klingonischen Schiff dienen würden, was wäre dann Ihre Aufgabe als stellvertretender Kommandant?«

Diese Frage traf ihn unvorbereitet. »Den Captain mit Leib und Seele zu unterstützen, natürlich. Solange er nicht die Mannschaft in Gefahr bringt.«

Sie schenkte ihm ein einzelnes, verständnisvolles Nicken. »Das ist alles, was Sie zu tun brauchen, Worf. Sie müssen nicht über die Vergangenheit nachdenken oder sich selbst für das Geschehene bestrafen, indem Sie dem Captain den Ersten Offizier verweigern, den er verdient. Seien Sie einfach ein Klingone für ihn.«

Er hob das bronzefarbene Gesicht und blickte sie endlich unverwandt an. In seinen Augen lag noch immer Zweifel, aber er schien sehr genau darüber nachzudenken, was sie gerade gesagt hatte.

Sie war soeben im Begriff, ihn mit diesem Gedanken zu entlassen, als sie hörte, wie sich die Türen der Krankenstation hinter ihr öffneten, und sah, wie Worfs Augen groß wurden. Er trat an ihr vorbei, auf die Türen zu.

»Captain!«

Sie drehte sich um. Hinter ihr erblickte sie eine aschfahle Erscheinung, die sich am Türrahmen festhielt, um nicht zu Boden zu stürzen. Es war Jean-Luc, das Gesicht kalkweiß und schweißbedeckt, sein Mund schlaff, die Augen weit aufgerissen und leer, bar ihrer normalen scharfsinnigen Intelligenz. An deren Stelle war etwas *anderes* getreten ... ein anderes Bewusstsein, kalt, geistlos und mechanisch, ein Bewusstsein, das Beverly mit Grauen erfüllte, denn sie hatte es bereits einmal in seinen Augen gesehen, vor vielen, vielen Jahren ...

Sie schrie seinen Namen, aber er erkannte ihn nicht. Er erkannte auch Worf und sie nicht, als sie seine Arme ergriffen und ihn zu einem Biobett zogen.

Er wollte nicht still liegen, sondern wand sich wie ein Mann, den das Fieber gepackt hatte. Worf hielt ihn behutsam fest, während Beverly sich hastig um Antworten auf seinen Zustand bemühte.

Auf den Standardscans zeigte sich nichts Ungewöhnliches ... aber irgendetwas stimmte ganz und gar nicht. Mit finsterem Blick starrte sie auf den Statusmonitor, aber ihre Aufmerksamkeit wurde von dem unheimlichen Geräusch einer einzelnen Stimme abgelenkt, die sich aus dem Wispern Tausender gebildet zu haben schien. Sie kannte diese Stimme und hatte gehofft, sie niemals wieder hören zu müssen: Es war die Stimme der Borg.

Und Jean-Lucs Lippen formten die Worte: *Eine Königin ... Wir erschaffen eine neue Königin ...*

KAPITEL 4

Der Zwischenfall dauerte nicht länger, als eine Minute, aber in Beverlys Augen schien er sich bis zur Unendlichkeit zu dehnen, denn es gab nichts, was sie dagegen tun, keine medizinische Hilfe, die sie leisten konnte, um Jean-Luc das Grauen, das er durchleiden musste, erträglicher zu machen. Es war nicht klug, ihn zu betäuben. Was immer er - oder vielmehr: die Borg - zu sagen hatte, mochte hilfreich sein.

Es endete übergangslos. Im einen Moment starrte Beverly in den leeren, doch getriebenen Blick der Borg, lauschte dem schwachen, schaurigen Chor vieler Stimmen, die zu einer verschmolzen waren. Im nächsten schaute sie in die Augen des Mannes, den sie als Jean-Luc Picard kannte und der umgehend verstummte.

Kraftlos fiel er auf die Liege, erschöpft von dem Anfall, der über ihn gekommen war. Mehrere Sekunden lang lag er schwer atmend da, bis es ihm schließlich gelang, sich zu sammeln und zu sprechen: »Ich habe es gehört. Jedes Wort, das ich gesprochen habe ... Und es ist alles wahr.«

Beverly zweifelte nicht länger daran. Kein emotionales Trauma und keine Krankheit hätte unter irgendwelchen Umständen die Stimme der Borg so lebensecht heraufzubeschwören vermocht. Auch Worfs Augen standen, während er über dem Captain aufragte, Betroffenheit und Überzeugung.

»Die Borg haben eine neue Königin?«, fragte der Klingone. Es war nicht so sehr eine Frage, als vielmehr eine Aufforderung zur Bestätigung.

Picard richtete sich langsam auf und gab der Ärztin mit einer Geste zu verstehen, dass er keine helfende Hand brauchte. Er presste seine eigene auf die eine Schläfe, als habe er Schmerzen. »Noch nicht ... aber es wird bald soweit sein.« Er ließ die Hand sinken und blickte seine beiden Offiziere ernst an. »Mit der Zerstörung der Transwarpkanäle wurden die Borg, die im Alpha-Quadranten verblieben, vom Kollektiv als Ganzes abgeschnitten. Wenn eine Königin getötet wird, erschafft das Kollektiv irgendwann eine neue. Nun, da diese Borg de facto alleine sind, haben sie begonnen, ihre eigene Königin zu erschaffen. Eine Königin mit nur einem einzigen Ziel.«

Beverly schlang die Arme um den Leib, als wolle sie einen kalten Hauch abschütteln. »Uns ein für alle Mal zu erobern.«

Jean-Lucs Lippen wurden zu einem schmalen Strich, bevor er antwortete: »Nein. Nicht zu erobern ... zu *vernichten.* Sie wollen alle Spuren der Menschheit aus dem Universum tilgen. Sie bauen ein Schiff, das der Königin als Basis dienen soll. Sobald sie das Bewusstsein erlangt, und imstande ist, Anweisungen zu erteilen, wird der Angriff beginnen.«

Worfs Züge nahmen einen wilden, entschlossenen Ausdruck an. Es war der Ausdruck eines Klingonen, der bereit für den Kampf war. »Wann wird die Königin erwachen?«

»Sehr bald«, erwiderte Picard. »Zu bald.«

Picard saß in einem der Besprechungsräume der *Enterprise*, die Unterarme auf die kühle, polierte Oberfläche des länglichen Tisches gestützt, und betrachtete die Gesichter der Offiziere, die in seine Richtung blickten.

Beverly saß zu seiner Linken. Ihre Miene war von sorgsamer Gefasstheit, und ihrer Haltung gelang es irgendwie zu vermitteln, dass er ihre volle Unterstützung hatte. Doch zwischen ihren Augenbrauen hatte sich eine nervöse Falte gebildet und ihre Lippen waren angespannt, die Mundwinkel leicht verzogen. Worf hatte sich zu Picards Rechten niedergelassen. Die Klingone stellte eine unerschütterliche, machtvolle Präsenz dar. Kein Hauch von Unbehagen aufgrund der Ereignisse, die früher an diesem Tag geschehen waren, ließ sich erkennen. Nave saß neben ihm, und ihre jugendlichen Züge strahlten gewichtigen Ernst aus. Ihre Augen waren allerdings leicht geweitet, das einzige Anzeichen der Beklemmung, die sie - wie sie alle - verspürte. Obwohl sie genau genommen nicht zum Führungsstab gehörte, hatte sie sich als wertvoll genug erwiesen, um in das folgende Gespräch einbezogen zu werden. Sie verdiente es, angesichts der Schwere der Entscheidung, die der Captain ihr abzuverlangen gedachte, eine Stimme zu haben.

Die beiden anderen Anwesenden, die zum ersten Mal in diesem Raum saßen, hatten am anderen Ende des Tisches einander gegenüber Platz genommen. Picard kannte den erst kürzlich beförderten Sicherheitschef Lionardo Battaglia. Der Mann war bereits während ihrer letzten Begegnung mit den Borg an Bord der *Enterprise* gewesen, allerdings befand er sich, genau wie Nave, zum ersten Mal im Besprechungsraum. Es überraschte Picard nicht, dass Battaglia den Sitz neben Nave gewählt hatte. Die Wärme, die zwischen den beiden herrschte, war offensichtlich, insbesondere im Vergleich zu der stoischen Präsenz ihnen gegenüber. Ruhig wie die Oberfläche eines stillen Sees saß T'Lana auf der anderen Seite des Tisches, ihr Rückgrat so perfekt aufrecht, dass es nicht einmal die Lehne ihres Sitzes berührte. Nave war nicht unbedingt groß, aber selbst über den Tisch hinweg konnte man erkennen, dass sie die Vulkanierin noch immer deutlich überragte.

Geordi, der zwischen T'Lana und Beverly saß, hatte sich nach vorne gelehnt und die Finger verschränkt. Auf seinem Gesicht lag ein Ausdruck offener Sorge. Von allen Anwesenden hatte er wahrscheinlich am wenigsten von den jüngsten Ereignissen mitbekommen, aber seinem Verhalten nach zu urteilen, hatte ihn die Gerüchteküche bereits ganz gut davon in Kenntnis gesetzt, was vor sich ging.

Die donnernde Stimme der Borg, die von der Ankunft ihrer Königin kündete, hatte alle Reste von Picards Selbstzweifeln getilgt. Er wusste jetzt, was zu tun war. Dennoch konnte er nicht von seinen Offizieren verlangen, ohne Weiteres blind ihre Leben und Karrieren aufs Spiel zu setzen. Er schuldete ihnen zumindest eine Erklärung.

»Sie alle haben eine ungefähre Vorstellung davon, weshalb Sie hier zusammengerufen wurden«, begann Picard. »Sie wissen, dass ich sozusagen die Stimme der Borg gehört habe, die beabsichtigen, einen Angriff auf den Alpha-Quadranten zu starten. Ich bin ohne jeden Zweifel davon überzeugt, dass es sich hierbei um eine Tatsache handelt, allerdings habe ich keine Möglichkeit, Ihnen hierfür einen Beweis zu liefern. Ich kann Sie nur darum bitten, meinem Wort Glauben zu schenken.« Er machte eine Pause. »Das ist nicht alles, was ich gespürt habe. Vor Kurzem habe ich außerdem erfahren, dass die Borg eine neue Königin erschaffen.«

Beverly und Worf wussten dies natürlich bereits, aber Geordi schnappte leicht nach Luft, während Nave sich auf ihrem Stuhl versteifte und einen Blick mit Battaglia wechselte. Allein T'Lana blieb von der Eröffnung unbeeindruckt.

»Es handelt sich dabei um eine höchst Besorgnis erregende Entdeckung«, fuhr Picard fort, »denn die Königin kann den Borg Befehle erteilen. Ich glaube, dass sie noch kein Bewusstsein erlangt hat, aber sobald dies der Fall ist, wird sie den Angriff anführen. Und alles, was ich gespürt habe, deutet darauf hin, dass die Borg auf Blut aus sind.«

Geordis kristalline braune Augen weiteten sich fassungslos. »Sie haben die Königin getötet, Captain. Und Admiral Janeway brachte eine im Delta-Quadranten um. Wollen Sie etwa sagen, dass die einfach so ... eine neue bauen können? Einen neuen Körper konstruieren und ihn irgendwie beleben?«

Picard warf Crusher einen Blick zu und schenkte ihr ein knappes Nicken.

»Die Struktur der Borg-Gesellschaft ähnelt sehr stark der von Insekten auf Andoria«, erklärte Beverly. »Wird beispielsweise die Königin einer Bienenkolonie getötet, wird eine männliche Drohne ausgewählt und mit einer speziellen Substanz gefüttert, die sie in eine weibliche Königin verwandelt. Wir nehmen an, dass hier das

Gleiche geschieht – und dass in diesem Augenblick eine Borg-Drohne eine Verwandlung durchläuft.«

»Was Sie nicht wissen«, nahm der Captain den Faden auf, »ist, dass ich Admiral Janeway vom Sternenflottenkommando kontaktiert habe, nachdem ich zum ersten Mal gespürt habe, dass sich die Borg für einen erneuten Angriff sammeln. Sie gab mir den direkten Befehl, nicht die Initiative zu ergreifen, sondern zu warten, bis Seven of Nine, eine rehabilitierte Borg, auf der *Enterprise* eintrifft. In der Zwischenzeit habe ich eine Nachricht mit der geschätzten Ankunftszeit von Seven of Nine erhalten: vier Tage.«

»Und wie viel Zeit bleibt uns Ihrer Meinung nach, bevor die Königin bereit sein wird und der Angriff beginnt, Sir?«, fragte Nave.

Picard wandte sich ihr zu, sein durchdringender Blick war grimmig. »Weniger als sechsunddreißig Stunden. Ich möchte noch einmal daran erinnern, dass ich hierfür keinen Beleg habe. Ich kann nur sagen, dass ich *weiß*, dass es so sein wird.« Er holte tief Luft und blickte jeden seiner Offiziere nacheinander an. »Als Captain dieses Schiffes ist es meine Absicht, gegen Admiral Janeways Befehle zu verstoßen und die *Enterprise* auf einen Abfangkurs zu dem Schiff zu setzen, das die Borg konstruieren. Es ist unbedingt notwendig, dass die Königin vernichtet wird, bevor sie sich vollständig verwandelt hat und imstande ist, den Angriff zu starten – denn sobald das geschieht, werden die Borg sich durch nichts mehr aufhalten lassen, bis die gesamte Menschheit ausgelöscht ist. Allerdings ...« Sein erregter Tonfall wurde etwas ruhiger. »... kann ich von keinem von Ihnen erwarten, mich dabei zu unterstützen, denn Sie würden sich dadurch mit hoher Wahrscheinlichkeit einem Militärgerichtsverfahrens aussetzen. Jeder von Ihnen hat daher das Recht, seinen Protest zu Protokoll zu geben und jedwede weitere Beteiligung an diesem Unterfangen zu verweigern.«

Er hatte bereits Pläne für diesen Fall geschmiedet. Beverly hatte sich erboten, ihm zu helfen, in Sensorreichweite des Borg-Schiffes zu gelangen. An diesem Punkt würde er ein Shuttle nehmen und irgendwie seinen Weg bis zur Königin finden, während jene an Bord der *Enterprise* sich in eine sichere Entfernung zurückzogen. Es war ein Himmelfahrtskommando, aber er konnte sich keine würdigere Art zu sterben vorstellen.

Ein Moment angespannter Stille folgte.

Worf sprach als Erster. »Sie haben keine Wahl, Captain. Sie müssen die Befehle des Admirals missachten. Wir haben gesehen, wie schnell die Borg zuschlagen und ein ganzes Raumschiff assimilieren. Sie müssen aufgehalten werden, bevor die Königin ihnen neue Befehle geben kann.« Er zögerte und fügte mit einem kurzen, für Picard rätselhaften Blick zu Beverly hinzu: »Sie haben meine volle Unterstützung.«

»Und meine«, sagte Geordi. »Wir dürfen unter keinen Umständen riskieren, den Borg eine zweite Chance zu geben.«

»Der Captain weiß bereits, dass ich an seiner Seite stehe«, sagte Beverly sanft.

Nave blickte die anderen an. Die Unsicherheit, die sich auf ihren Zügen ausgebreitet hatte, schmolz dahin, als sie die Mienen ihrer Kameraden sah. »Ich habe noch nie gegen die Borg gekämpft, aber ich werde jedem Befehl Folge leisten, den Sie geben müssen, Captain.«

Battaglia tauschte erneut einen Blick mit Nave aus. »Nun, ich habe gegen sie gekämpft«, sagte er, »und ich bin bereit, es erneut mit ihnen aufzunehmen.«

Picard schenkte allen einen dankbaren Blick. Es war ihm unmöglich, in Worte zu kleiden, wie viel ihm solche Loyalität bedeutete, also versuchte er es erst gar nicht. Er war diese Art von Loyalität von seinem Führungsstab gewöhnt. Doch nun, da ihn viele alte Freunde verlassen hatten, war es schön zu wissen, dass diejenigen, die an ihre Stelle getreten waren, ebenso viel Vertrauen in ihn zu setzen bereit waren. Bis jetzt.

T'Lana sprach als Letzte, ihre Züge waren teilnahmslos und unergründlich. »Sie haben meinen Rat als Counselor gesucht, Captain«, sagte sie ruhig. »Er hat sich nicht verändert, ebenso wenig wie meine

Haltung in dieser Frage. Um der anderen willen möchte ich sie hier wiederholen: Bis zu diesem Zeitpunkt haben wir keinen definitiven Beweis dafür, dass eine Bedrohung durch die Borg existiert. Sie bitten diese Offiziere darum, ihre Loyalität zu Ihnen zu beweisen, indem sie ein Militärgerichtsverfahren riskieren - auf der Grundlage von nichts Konkreterem als einem Bauchgefühl. Selbst wenn Sie mit Ihrer Annahme hinsichtlich der Existenz eines Borg-Schiffes recht haben, sind Sie immer noch verpflichtet, Admiral Janeways Weisungen Folge zu leisten.«

»Ihr Einwand wird im Logbuch vermerkt, Counselor«, sagte Picard. Er hatte nichts anderes von ihr erwartet. Ihr Wesen wurde von Logik beherrscht, und sie hatte noch nicht das gleiche Maß an Vertrauen entwickelt, wie seine anderen Offiziere. »Ich danke Ihnen allen für Ihr Kommen.« Er erhob sich und gebot den anderen dadurch, es ihm gleichzutun. »Mister Battaglia, ich möchte, dass Sie einen Moment hier bleiben«, fügte er hinzu, während die Übrigen den Raum verließen. Beverly warf ihm einen fragenden Blick zu, als sie über die Türschwelle trat. Er wusste, dass sie nicht mit dem einverstanden sein würde, was er zu tun gedachte, aber er sah keine andere Möglichkeit.

Noch immer stehend, begab sich Lio zum Tisch zurück und nahm einen Platz neben Picard ein. Er ahnte bereits, was der Captain im Sinn hatte und ging im Kopf die Liste seines Sicherheitspersonals durch, um die bestmögliche Auswahl für einen Außeneinsatz präsentieren zu können. Er wusste, dass die *Enterprise* allein kein Gegner für einen Borg-Kubus war. Ihr Angriff würde kleiner und konzentrierter sein müssen.

»Ich möchte, dass Sie Ihre erfahrensten Sicherheitsoffiziere zusammenrufen«, sagte Picard und bestätigte damit Lios Vorahnung. Er nickte zur Antwort. Er hatte sein Team bereits gewählt. Der Captain benötigte im Augenblick aber noch keine Namen. »Ich werde nur Freiwillige für diesen Einsatz zulassen«, fügte Picard hinzu.

»Ich glaube nicht, dass irgendein Mitglied meines Teams vor dieser

Mission zurückschrecken wird«, gab Lio zurück. »Ich weiß, dass ich es nicht täte.«

Picard erlaubte sich ein grimmiges Lächeln, bevor er Lio mit einem unnachgiebigen Blick bedachte. »Genau genommen möchte ich, dass Sie an Bord der *Enterprise* bleiben, nur für den Fall, dass der erste Einsatz fehlschlägt. Ich selbst werde das Außenteam leiten.«

Lio gab sich Mühe, seine Überraschung zu verbergen. Er war sich bewusst, dass Picard ein Kämpfer war und hätte vorhersehen müssen, dass der Captain diesen Weg einschlagen würde. »Aber…«

Picard hob eine Hand, um ihn verstummen zu lassen. »Ich habe das in der Vergangenheit schon viele Male mit allen möglichen meiner Offiziere durchgemacht. Ich kenne all die Einwände hinsichtlich Außeneinsätzen, die eine Gefahr für den Captain darstellen. Es tut mir leid, aber das hier ist zu wichtig für mich, als dass ich es irgendjemandem sonst überlassen könnte.«

Lio versuchte, das nicht als Beleidigung zu verstehen. Er kannte den Captain gut genug, um zu wissen, dass dessen Worte nicht Lios Fähigkeiten in Zweifel ziehen sollten. Sie zeigten nur, wie ernst er die Bedrohung durch die Borg nahm. Nichtsdestoweniger wusste Lio, dass er angehört werden musste, ganz gleich, was der Captain glaubte. »Es tut mir leid, Sir. Ich verstehe, was Sie meinen, aber ich sorge mich nicht um Ihre Sicherheit auf dieser Mission, sondern um den Erfolg derselben, wenn Sie daran teilnehmen.«

Picards Augen verengten sich ein wenig. »Fahren Sie fort.«

»Ich möchte nicht respektlos sein, Sir«, sagte Lio. »Aber Sie sagen selbst, dass Sie die Stimme der Borg hören. Haben Sie sich allerdings jemals gefragt, ob diese Ihre Stimme vielleicht ebenfalls vernehmen können?«

»Wenn sie sich meiner bewusst wären, wüsste ich davon«, sagte Picard ruhig.

»In Ordnung«, gab Lio in diesem Punkt nach. Der Captain wusste zweifellos mehr über all das, als er selbst. »Aber es gibt keine Garantie, dass die Borg, sobald Sie sich auf ihr Schiff begeben, nicht imstande sein könnten, sich irgendwie in Ihr Bewusstsein einzuklinken. Es ist einfach ein zu großes Risiko. So viel Sie über das Kollektiv wissen mögen, so viel mag das Kollektiv über Sie wissen.«

Picard nickte langsam. »Wie lautet Ihr Vorschlag?«

Nave befand sich in einen Gymnastikanzug gekleidet im Trainingsraum der *Enterprise* und vollführte einige Aufwärmübungen mit dem *bat'leth*. Kaum dass ihr Dienst beendet gewesen war, war sie hierher gekommen. Sie konnte nicht einfach nur herumsitzen und sich den Kopf darüber zerbrechen, was geschehen würde, wenn sie das Borg-Schiff erreicht hatten. Lieber trainierte sie, um ihre Anspannung abzubauen.

Es war nicht so, dass sie Angst gehabt hätte, redete sie sich ein. Ihre Unruhe rührte vielmehr daher, dass die Borg eine unbekannte Größe für sie waren, und sie mochte Unsicherheiten nicht. Sie hatte all die Schauergeschichten über sie gehört, aber Gerüchte waren eine Sache, Fakten eine andere.

Sie fühlte sich hart genug, um mit beinahe allem fertig zu werden. Sie war auf einem Raumschiff geboren worden und aufgewachsen. Ihre Mutter und ihr Vater waren beide Lieutenants an Bord der *U.S.S. Lowe* gewesen, daher war sie an die Erfordernisse des Dienstes auf einem Schiff ebenso gewöhnt wie an den Umstand, dass Offiziere oft dazu aufgerufen waren, ihr Leben zu riskieren.

Ihre Eltern hatten es mehr als einmal getan. Und im Laufe der Jahre hatte Sara gelernt, mit der Furcht umzugehen, dass sie nicht zurückkehren könnten, wann immer sich die Untertassensektion von der Brücke des Schiffes getrennt hatte, um die Kinder vor einer Schlacht zu bewahren. Ablenkung durch körperliches Training, Spiele mit Freunden ...

Sie waren so stolz auf sie gewesen, als sie im Alter von sechzehn vorzeitig zur Akademie zugelassen worden war. An dem Tag, an dem Sara sie verlassen hatte, hatte ihre Mutter geweint und ihre Wange berührt, und ihr Vater hatte sie so lange und fest umarmt, dass sie schon dachte, er würde sie nie wieder loslassen. Ein letztes Mal hatte sie ihnen in die Augen geschaut, bevor sie das Shuttle bestiegen hatte, und sie hatte einen Hauch von Furcht darin gesehen. Ihre Eltern hatten Angst gehabt - Angst, weil ihr einziges Kind schon bald den gleichen Gefahren gegenüberstehen würde, die sie als Teil ihres Lebens in der Sternenflotte zu akzeptieren gelernt hatten.

Es war zum Ende ihres ersten Jahres als Kadett gewesen und das Lernen für die Abschlussprüfungen hatte sie völlig im Griff gehabt, als sie eines Tages in das Büro des Kommandanten gerufen worden war. Sie hatte absolut keine Ahnung gehabt, weswegen - bis sie den gequälten Blick in den Augen des silberhaarigen Mannes gesehen hatte und den sorgsam gefassten Gesichtsausdruck, dem es nicht gänzlich gelang, seine tiefe Betroffenheit zu verbergen.

Meine Mutter, hatte Nave sofort gedacht. *Oder ist es mein Vater?*

Sie war nicht darauf vorbereitet gewesen, dass es ihre beiden Eltern sein würden. Sie erinnerte sich nur noch bruchstückhaft an das, was der Kommandant gesagt hatte. *In einen interplanetarischen Konflikt geraten. Die* Lowe *manövrierunfähig. Brücke zerstört.*

Es war ein sehr klarer, sehr kalter, sehr chirurgischer Einschnitt in ihrem Leben gewesen. Im einen Moment hatten ihre Eltern in ihrem Bewusstsein noch existiert, im nächsten waren sie ausgelöscht gewesen. Und es war nichts von ihnen übrig geblieben, nicht ein einziges Andenken an die Toten, nicht einmal jemand, mit dem sie hätte trauern können. All ihre Habe, all ihre Freunde waren an Bord der *Lowe* eingeäschert worden.

Nave hatte sich niemals die Mühe gemacht, die Namen der kriegführenden Parteien herauszufinden. Selbst heute kannte sie keine Einzelheiten. Sie hatte die Aufzeichnungen nicht angeschaut. Es genügte, dass ihre Eltern fort waren. Was hätte es ihr geholfen, mehr darüber zu erfahren? Es hätte nur den Schmerz zurückgebracht.

Damals hatte sie sich von ihrer Trauer abgelenkt, indem sie wie besessen für ihre Prüfungen gelernt hatte. Sie hatte nicht an der Gedenkfeier teilgenommen, stattdessen unterzog sie sich den Tests und bestand sie mit Bravour. Sie wusste, dass sie ihrer Mutter und ihrem Vater damit die größte Freude bereitet hatte.

Jetzt lenkte sie sich von der kommenden Begegnung mit den Borg ab. Elegant vollführte sie die verschiedenen Bewegungsabläufe, die Worf ihr mit dem *bat'leth* beigebracht hatte - Umgreifen, Herumwirbeln, Drehen, Zustoßen -, bis ihr der Schweiß von der Stirn lief. Es war eine Ehre für sie gewesen, dass er sich bereit erklärt hatte, sie zu unterrichten - auch wenn sie nach wie vor ziemlich schlecht im Umgang mit der Waffe war und bei ihren Duellen deutlich im Nachteil.

Als Worfs dunkle Silhouette schließlich im Eingang auftauchte, erschien ein Lächeln auf ihrem Gesicht, das rasch in ein Stirnrunzeln überging.

»Worf! Warum tragen Sie noch immer Ihre Uniform?«

Der Klingone wirkte irgendwie linkisch. »Ich bin nur gekommen, um Sie wissen zu lassen, dass wir auf unseren Unterricht an diesem Abend verzichten müssen. Ich bin ... beschäftigt.«

»Aber die beste Möglichkeit, nicht über die Borg nachdenken zu müssen, ist ein ordentliches Training«, protestierte Nave gutmütig. »Abgesehen davon werden Sie mehr von denen erwischen, wenn Sie Ihre Fertigkeit mit dem *bat'leth* verbessern.«

Er ging nicht auf ihren Scherz ein. Seine Miene blieb ernst, grimmig. »Es hat nichts mit den Borg zu tun«, sagte er.

»Tatsächlich? Es gibt etwas Schlimmeres als einen rachsüchtigen Borg?«, rief sie mit gespieltem Unglauben. »Nun, in diesem Fall können Sie sich dem unter keinen Umständen allein stellen. Los, erzählen Sie mir schon, was nicht stimmt.«

Worfs Miene verdüsterte sich sichtlich. »Ich möchte nicht darüber sprechen«, sagte er in einem Tonfall, der so dunkel war, dass er an ein Grollen erinnerte, ein Grollen, das Zorn und Schmerz bedeutete.

»Es tut mir leid«, sagte Nave. Es war nicht das erste Mal, dass ihr allzu heiteres Gemüt eine unterkühlte Reaktion ihres Gegenübers hervorrief. Doch der Klingone strahlte etwas Schlimmeres als Kälte aus. »Ich wollte Ihnen nicht zu nahe treten ...«

Aber er war bereits aus dem Eingang verschwunden.

Nave beendete ihr Training allein und begab sich dann wie immer zur Entspannung in den Happy Bottom Riding Club, wo, wie sie wusste, Lieutenant Lio Battaglia auf sie wartete. Commander Riker hatte der Mannschaftsmesse ihren Namen gegeben, kurz nachdem die *Enterprise-E* in Dienst gestellt worden war. Wie sie in der Zwischenzeit erfahren hatte, stammte der Name aus den frühen Tagen der irdischen Raumfahrt, als Astronauten in eine Absteige gleichen Namens eingekehrt waren. Nave mochte den Namen, vor allem, weil er so gar nicht zu einem stattlichen und modernen Raumschiff passte.

Ähnlich wie der frühere Erste Offizier des Schiffes, pflegte Lio Battaglia einen schrägen Sinn für Humor und unterhaltsame Eigenheiten. Seine italienische Mutter hatte ihn nach Lionardo benannt, wobei sie die ursprüngliche Schreibweise von da Vincis Vornamen verwendete. Gelegentlich spielte er auf das *Künstlertemperament* und die *Stimmungsschwankungen* an, die er mit diesem Namen geerbt hatte - ein Hinweis, der Sara stets zum Lachen brachte, denn Lio war der gutmütigste und umgänglichste Mensch, den sie kannte. Er gab diesen Unsinn stets in halb scherzhaftem Tonfall von sich, so als wäre er sich durchaus bewusst, wie verrückt seine Worte klangen. Nichtsdestotrotz wurde er nicht müde, zu behaupten, dass seine Eigenarten der Art des Künstlers geschuldet seien, sich auf zu viele Dinge gleichzeitig zu konzentrieren.

Immer wieder hatte er so leidenschaftlich von der italienischen Kunst und Literatur geschwärmt, dass sie zugestimmt hatte, mit ihm gemeinsam mehr über die Geschichte seines Geburtslandes in Erfahrung zu bringen. Sie hatten ihre Erforschung der italienischen Kultur mit einer Lektüre von Dantes *Göttlicher Komödie* begonnen. Nave hatte das Werk ausgesprochen interessant gefunden, denn sie hatte niemals verstanden oder sich auch nur damit beschäftigt, was religiöse Glaubenssysteme ausmachte. Der Umstand, dass Lio darauf bestanden hatte, dass sie ihre Studien mit den Originaltexten unterlegten, stellte eine anregende Herausforderung dar, von der sie allerdings glaubte, dass er sie ihnen vor allem gestellt hatte, damit sie mehr Zeit miteinander verbringen konnten. Aber das war nur so ein Gefühl von ihr und musste noch durch einen konkreten Beleg untermauert werden.

Als sie den Club erreichte, ging sie zu ihrem üblichen Tisch und sah, dass er dort schon auf sie wartete. Sein Gesicht hellte sich auf, als er sie erblickte. Sie schenkte ihm ein Lächeln. Battaglia war dunkelhaarig, hatte olivfarbene Haut und Augen, die von so strahlendem Grün waren, dass sie Sara an die warmen, unberührten Gewässer des Mittelmeers erinnerten. Er hatte eines Abends neben ihr an der Bar gesessen, kurz nachdem sie zur *Enterprise* versetzt worden war, um dort als Sicherheitschefin zu dienen. Im Dienst waren sie einander bereits förmlich vorgestellt worden, an der Bar hatten sie sich dann als verwandte Geister erkannt. Nun befanden sie sich an dem Punkt, an dem sich ihre Freundschaft zu etwas Neuem entwickelte. Nave ließ es zu, denn sie war nicht länger Lios direkte Vorgesetzte - genau genommen war er befördert worden und hatte ihren Posten als Sicherheitschef übernommen. Es war nicht länger nötig, sich Gedanken darüber zu machen, ob ihre persönliche Beziehung mit ihrer beruflichen in Konflikt geraten könnte.

Sie setzte sich und starrte auf das gedrungene Glas vor ihrer Nase, das ein paar Eiswürfel, eine klare Flüssigkeit und eine Limettenscheibe enthielt. »Was ist es heute Nacht?«, fragte sie. Das erste Mal, als er sie gefragt hatte, was sie trinken wolle, hatte sie gesagt: »Überrasch mich.« Das tat er seitdem jede Nacht.

»Gin Tonic«, sagte er. »Schon mal einen getrunken?«

Sie schüttelte den Kopf, hob das Glas mit Synthehol vors Gesicht und roch daran. Sie war verführt, die Nase zu rümpfen, behielt jedoch eine unverbindliche Miene bei. Das Ritual war eine Art Wettbewerb: Ganz gleich, was Lio bestellte, sie trank es stoisch aus.

»Was ist das für ein Geruch«, fragte sie vorsichtig.

»Wacholder.«

»Wie der Baum?«

»Ganz genau. Jetzt zerdrück die Limette und gib sie in das Glas«, befahl Lio.

Sie gehorchte, nahm einen Schluck und es gelang ihr nur durch schiere Willenskraft, nicht das Gesicht zu verziehen. Was Synthehol anging, war ihre Vorliebe ein hübscher weicher Merlot, nichts zu Starkes. Aber sie war entschlossen, mit allem klar zu kommen, was Lio ihr hinstellte.

»Interessant«, sagte sie.

»Du findest es scheußlich«, grinste Lio. Eine perfekte Mondsichel erschien unter seiner langen, markanten Nase.

»Das habe ich nicht gesagt.« Sie hielt das Glas ins Licht, roch erneut daran und nahm einen weiteren kräftigen Schluck. »Also soll es heute Nacht Gin Tonic sein. Aber bei der nächsten Runde mit mehr Limette.«

Lio nickte. »Also«, sagte er, »Petrarca. Wie fandest du ihn?«

Nave erlaubte sich ein Lächeln. »Mir kam dein Künstlertemperament in den Sinn«, gestand sie. »Aber ich würde diese Laura, über die er schrieb, gerne mal treffen.«

Lio nahm einen Schluck seines gewöhnlichen Glases Amaretto, dann stellte er es mit Nachdruck auf den Tisch. »Petrarca hätte das wohl auch gerne. Viele Leute glauben, dass er kaum bis gar keinen wirklichen Kontakt zu der Frau hatte, weil sie verheiratet war, möglicherweise mit einem Vorfahren des Marquis de Sade.

»Ein Grund ist so gut wie der andere, um sich von einer Frau fernzuhalten«, sagte Nave. Auch wenn ihr der kaum verhüllte Flirt mit romantischen Gestalten des vierzehnten Jahrhunderts Spaß machte, war ihr Geist im Augenblick mit dunkleren Dingen beschäftigt. Statt also dem Pfad der mysteriösen Laura weiter zu folgen, begann sie zögernd: »Du warst hier, auf der *Enterprise*, als die Mannschaft auf die Borg und ihre Königin traf, nicht wahr?«

Sie wollte sich nicht in düsteren Vorstellungen darüber verlieren, wie ihre Begegnung mit den Borg aussehen würde. Noch weniger hatte sie die Absicht, zuzulassen, dass die Furcht sie übermannte, auch wenn schon allein das Durchlesen der trockenen Berichte über die Kämpfe der *Enterprise* und insbesondere Captain Picards mit den Borg grauenhaft genug war. Aber Lio hatte es überlebt, Lio hatte die Borg gesehen und bekämpft, und Sara hatte das Gefühl, es könne nützlich sein, von jemandem zu lernen, der den Feind aus persönlicher Erfahrung kannte.

Lios Kopf ruckte zurück, als ob ihn jemand geschlagen hätte. Ein Schmerz, so hell, dass Nave ihre Frage sofort leidtat, blitzte in seinen Augen auf. Zum zweiten Mal an diesem Abend hatte sie eine Grenze überschritten, ohne es zu wollen.

Doch Lio fasste sich mit bemerkenswerter Schnelligkeit, auch wenn er den Blick hinab zu seinem Glas senkte. Zum ersten Mal erblickte Nave auf seinen Zügen das dunkle, brütende Temperament, das er sich selbst immer zuschrieb.

»Ich habe gegen die Borg gekämpft.« Er legte seine Hände um sein Glas und rahmte es in ein Dreieck, das er mit den Fingern bildete. »Ich war ein Ensign. Ich hatte damals keine Ahnung, was ich tat. Aber heute führe ich ein Außenteam, das in ihr Schiff eindringen wird. Ich habe nach der Besprechung mit dem Captain geredet.« Er blickte zu ihr hoch, und alle Verspieltheit war aus seiner Stimme verschwunden. »Was möchtest du wissen?«

Sie stockte einen Moment. Sie hatte angenommen, dass alle Kampfhandlungen, zu denen es kommen würde, von Schiff zu Schiff stattfinden würden. Sie hatte nicht damit gerechnet, dass Lio selbst unmittelbar in Gefahr geraten könnte. Allerdings war es jetzt zu spät, um sich aus diesem Gespräch elegant wieder zurückzuziehen. »Ich möchte wissen, wie sie sind, nur für den Fall ... für den Fall, dass die Dinge außer Kontrolle geraten.«

»Wenn die Dinge außer Kontrolle geraten«, gab Lio zurück, »dann habe ich mit meiner Aufgabe versagt.«

»Du wirst nicht versagen«, sagte Nave fest. »Ich wollte nur ... allen Rat, den du mir geben kannst, als jemand, der ihnen bereits begegnet ist.«

»Rat ...«, sagte Lio und seine Lippen verzogen sich vor bitterer Ironie. »Bleib bloß weg von ihnen. Das ist der beste Rat, den ich dir geben kann.«

»Lio ...« Ihre Stimme war gleichzeitig sanft und verzweifelt.

Er hob sein Glas mit Amaretto und leerte es in einem einzigen Zug, dann schlug er es auf den Tisch. »Wie sind die Borg?«, fragte er rhetorisch und starrte aus einem der Sichtfenster. »Sie haben keine Seele. Keinen Verstand. Sie wollen nichts anderes, als dir alles nehmen, was dich zu einem einzigartigen Individuum macht. Wenn du Glück hast, töten sie dich einfach nur. Wenn nicht, assimilieren sie dich.«

»Wie hast du sie bekämpft?«, fragte Nave leise.

»Wir verwendeten Phasergewehre, brachten ein paar damit um, verlangsamten den Rest - dann passten sie sich an. Wir mussten ständig die Frequenz ändern ... und jedes Mal, passten sie sich an und nahmen mehr unserer Leute mit sich. Du hast die Bilder gesehen, dass ihre Körper, ihre Glieder, mit Waffenprothesen ausgestattet sind. Messerscharfe Haken, Vibrosägen, rotierende Klingen ...« Er blickte hinab auf sein leeres Glas, sein Gesichtsausdruck war düster. »Ich hatte einen Freund. Er war wie ich ein Ensign, arbeitete im Maschinenraum. Wir waren im gleichen Jahr auf die *Enterprise* versetzt worden. Er hieß Joel Azaria, kam von Delios VII, toller Kerl. Er war ...« Lio stockte und fuhr sich mit der Hand übers Gesicht.

»Schon in Ordnung«, sagte Nave. »Du musst nicht darüber reden.«

»Es geht schon.« Lio fasste sich wieder und fuhr fort. »Wir befanden uns mit Commander Worf in einem der Korridore, und die Borg fielen nur so über uns her. Wir feuerten immer wieder unsere Gewehre ab, sie passten sich immer wieder an. Ich stand neben Joel - er bildete die Außenflanke. Einer der Borg hatte eine ausfahrbare Klinge ins Handgelenk eingebaut. In einem Moment feuerte Joel auf ihn, ihm nächsten ging er zu Boden. Der Borg war nur einen Schritt näher gekommen, und bevor irgendeiner von uns etwas hatte tun können, hatte er die Klinge mitten in Joels Brust gerammt.« Er senkte den Kopf und schüttelte ihn langsam. »Ich wollte ihn mit uns nehmen, obwohl er bereits tot war ... aber wir konnten es nicht. Sie hatten uns in die Ecke getrieben. Das Einzige, was uns blieb, war zu fliehen. Wir mussten Joel dort liegen lassen ...«

»Es tut mir so leid«, flüsterte Nave.

»Wenn das nur das Ende der Geschichte gewesen wäre«, sagte Lio. »Aber wir mussten sie später noch mal bekämpfen, in einem anderen Korridor. Und Joel ... Joel war dort. Aber es war nicht wirklich Joel. Sie hatten ihn mit sich genommen, verändert, seinen Körper besudelt mit diesen ... diesen Waffen und kybernetischen Anhängseln an seinem Kopf, seinen Augen, seinen Armen. Er war kein Mensch mehr.« Er holte tief Luft. »Und das Schlimmste war ... Ich feuerte mein Gewehr auf ihn ab, wieder und wieder, aber ich konnte ihn nicht umbringen. Ich konnte das Monster nicht zerstören, zu dem sie ihn gemacht hatten. Ich weiß, dass er damit fortfuhr, seine eigenen Mannschaftskameraden zu töten ... Er hätte von mir gewollt, dass ich ihn davon abhalte.«

Nave lehnte sich nach vorne und legte eine Hand auf seinen Unterarm. Er blickte zu ihr auf, und auf seinen verbitterten Zügen zeigte sich ein Hauch von Dankbarkeit.

»So ist es, wenn man gegen die Borg kämpft«, schloss er tonlos. »Sie sind gnadenlos. Die einzige Möglichkeit, sie davon abzuhalten, uns unsere Seelen zu rauben, war die, ihnen die ihre zu nehmen - indem wir ihre Königin umbrachten. Captain Picard hat es einmal geschafft, wir werden es wieder schaffen.« Er seufzte. Die Schwermut verflüchtigte sich, und er schenkte ihr eins seiner trockenen Lio-Grinsen. »Hör zu, ich wollte dich nicht ängstigen, Sara. *Mir* wird diesmal nichts passieren. Meinem Team wird nichts passieren, denn nun sind wir im Vorteil. Dieses Mal treffen wir dort ein, bevor sie eine neue Königin haben. Ohne sie, so glaubt der Captain, werden sie nicht imstande sein, gegen uns vorzugehen. Wir gehen rein, wir gehen raus ... alles ist vorbei und wir sind wieder auf dem Weg nach Repok.«

Nave nahm zwei große Schlucke Gin Tonic und wartete darauf, dass der Synthehol das vertraute Kribbeln in ihren Füßen erzeugte.

»Versprich es mir«, sagte sie, »versprich mir, dass es genau so geschehen wird.«

»Ich verspreche es.« Lio nahm ihre Hand und umfasste sie fest mit seiner eigenen. »Hör zu, ich war ein Idiot, all diesen anderen Kram überhaupt zu erwähnen. Das ist jetzt alles vorbei. Es ist nur so ... diese Sache weckt eine Menge unangenehmer Erinnerungen. Aber nichts dergleichen wird jemals wieder geschehen.« Sein Tonfall wurde leicht sarkastisch. »Es war nur mein italienischer Hang zur Dramatik, der da verrückt gespielt hat.«

»Es tut mir leid, dass du das alles durchmachen musstest, Lio.«

Einen langen Augenblick sahen sie sich einfach nur an. Seine Augen waren so grün, so klar. Erneut musste sie ans Mittelmeer denken, daran, wie sie von starken Strömungen unter die Wasseroberfläche gezogen wurde.

»Möchtest du noch einen Drink?«, fragte Lio plötzlich. Oberflächlich betrachtet war es eine einfache Frage, aber Sara wusste, dass er sie etwas ganz anderes fragte. Sie spürte, wie sie sanft über den Rand eines Abgrunds hinweg glitt. In dieser Nacht war alles anders. Am nächsten Morgen würde er losziehen, um in das Borg-Schiff einzudringen.

Sie schüttelte den Kopf und erhob sich. Ohne ein Wort stand er ebenfalls auf, und Arm in Arm verließen sie den Raum.

Worf saß in seinem Quartier mit gekreuzten Beinen auf dem Bett, und Spot, die rot getigerte Katze, hatte sich zufrieden in seinem Schoß zusammengerollt.

Der Klingone konnte die Katze noch immer nicht als seine eigene ansehen. Spot würde immer Datas Haustier bleiben, eine lebende Erinnerung an den Freund, der sich geopfert hatte, um die Mannschaft der *Enterprise* zu retten. Aber Worf und das Tier hatten begonnen, sich aneinander zu gewöhnen, obwohl dem Klingonen das Konzept eines Haustiers - zumindest so, wie es bei den Menschen existierte - fremd war. Zu seiner Überraschung brauchte Spot mehr als nur Futter und eine Bleibe, genau genommen hatte sie sogar mehr *gefordert.* Worf hatte eine gute Woche benötigt, um zu verstehen, warum sich Spot immer wieder an seinen Waden und seinen Händen rieb und dabei mit ihrer seltsamen, kleinen Stimme klagende Laute von sich gab.

Er hatte Geordi zu diesem Phänomen befragt. Der Ingenieur hatte es ihm lachend erklärt. »Sie möchte verwöhnt werden, Worf. Das ist alles.«

»Verwöhnt?«

»Du weißt schon: gestreichelt, mit deinen Händen. Sie möchte nur ein wenig Zuneigung erfahren. Sie wird dir schon zeigen, was ihr gefällt.«

»Zuneigung?« Worf war entsetzt. Zuneigung zeigte man gegenüber einer Geliebten oder einem Kind. Er konnte sich nicht vorstellen, Zuneigung zu einem Tier zu empfinden.

Aber Spot war hartnäckig. Anfangs stellte sich Worf ungeschickt an und fing sich infolgedessen kleinere Kratzer und Bisse ein, aber er erinnerte sich daran, wie ihm Jadzia beigebracht hatte, zärtlich zu sein. Er wandte diese Erfahrung bei Spot an, die ihn mit lautem Schnurren belohnte.

Jetzt saß sie mit geschlossenen Augen, federleicht und warm, auf seinem Schoß, und während sie schnurrte, lag auf ihrer Miene ein Ausdruck schierer Zufriedenheit. Er streichelte sie mit geübter Hand, schaute sie aber nicht an. Sein Blick war auf das Hologramm von Jadzia gerichtet, das neben seinem Bett stand. Es war sein Lieblingsbild von ihr, aufgenommen kurz nachdem sie ihn mit dem *bat'leth* herausgefordert - und besiegt - hatte. Es lagen Triumph und ein Hauch von Wildheit in ihrem Lächeln, ihre Augen strahlten aufgeregt, ihr Gesicht war gerötet.

Sie sah wie eine Kriegerin aus.

»Ich kann nicht sein, was der Captain von mir verlangt«, erklärte Worf ihr leise. »Ich bin nicht würdig, ein Raumschiff zu führen. Du weißt, was Captain Sisko nach Lasarans Tod zu mir sagte.«

Natürlich hätte sie sich daran erinnert. Nach dem Gespräch war er zu ihr gegangen, verbittert und voller Reue, und hatte ihr jedes Wort, das Sisko gesprochen hatte, gebeichtet. Ihre Bande war viel zu stark gewesen, als dass er etwas Derartiges vor ihr hätte verbergen können.

Sie hatte zugestimmt, dass Sisko recht gehabt hatte - auf gewisse Weise. Aber sie hatte auch gefragt: *Hättest du, mit dem Wissen, das du jetzt besitzt - dass Lasaran getötet werden würde und viele Leute sterben würden -, noch einmal so gehandelt? Wärst du meinetwegen zurückgekommen?*

Nein, hatte Worf mit fester Stimme erwidert, doch dann hatte er gezögert. *Ich denke nicht.* Er hatte geseufzt. *Ich weiß es nicht ...*

Niemand von uns vermag mit Sicherheit zu sagen, wie sich unsere Taten auf andere auswirken. Sie hatte ihn voller Sanftheit angeschaut; sie wusste, wie tief und schmerzhaft sich die Schuld in sein Inneres gegraben hatte. *Wir können nur das tun, was uns zu einem gegebenen Zeitpunkt als richtig erscheint. Du hast auf dein Herz gehört. Du hättest nicht anders handeln können, nicht, ohne dich selbst zu verleugnen.*

»Ich musste ein Klingone sein«, sagte Worf laut, dann verfiel er wieder in Schweigen. Er erinnerte sich an die Worte Doktor Crushers. Und ihm war klar, dass er, solange der Bund zwischen ihm und Jadzia bestanden hätte, immer wieder auf die gleiche Weise gehandelt hätte. Er wäre zu ihr zurückgekehrt. »Und ich bin noch immer ein Klingone, deshalb kann man mir kein Kommando anvertrauen.«

Das ist lächerlich, gab Jadzia in seinen Gedanken zurück. *Willst du damit sagen, dass es keinen Klingonen gibt, der würdig wäre, ein Kommando zu haben?*

Worf dachte über die Frage nach, dann ertappte er sich dabei, wie er die Worte, die er vor langer Zeit zu seiner Frau gesagt hatte, wiederholte. »Nein. Ich denke nicht ... Ich weiß es nicht ...« Wäre er nie den Bund mit einer Frau eingegangen, wäre die Notwendigkeit, sich zwischen Liebe und Pflicht zu entscheiden, niemals aufgekommen. Vielleicht jetzt, da er wieder allein war ...

Das Bild des gefährlich gutaussehenden vulkanischen Counselors stieg vor seinem inneren Auge auf, und seine Wangen röteten sich. Auf einmal war es ihm unmöglich, seiner Frau in die holografischen Augen zu blicken.

Letztendlich fehlte ihm die Antwort auf sein Dilemma noch immer. Sie war so quälend und zugleich schwer fassbar wie Jadzias Geist.

T'Lana saß im Schneidersitz auf dem kalten Boden ihres Quartiers und meditierte.

In solchen Momenten wurde sie häufig von Erinnerungen heimgesucht. Sie hatte gelernt, sie nicht zu unterdrücken, sondern einfach nur zu beobachten und dann ohne Reaktion oder Analyse wieder loszulassen.

Diejenigen, die im Augenblick in ihrem Bewusstsein aufstiegen, waren zweifellos von ihrer heutigen Begegnung mit Captain Picard geweckt worden. Sie tauchten in einzelnen, klaren Bildern vor ihrem inneren Auge auf:

Das Gesicht Captain Karina Wozniaks an Bord des *Föderationsraumschiffs Indefatigable*, eingerahmt von kurzen, silbernen Locken, zu allem entschlossen. T'Lana hatte sie geachtet und verehrt. Wozniak ihrerseits hatte den Rat ihres Counselors stets mit Bedacht, Umsicht und Offenheit aufgenommen.

Als sie einander zum ersten Mal begegnet waren, war Wozniak allerdings alles andere als offen gewesen. Sie hatte sich vielmehr streitlustig gegeben.

Weniger als eine Stunde nach T'Lanas Ankunft auf der *Indefatigable*, war sie in den Raum des Captains gerufen worden, wo Wozniak gesessen und sie erwartet hatte. Ihre Haut hatte einen dunklen Bronzeton gehabt, der in auffälligem Kontrast zu ihren eisfarbenen Augen und ihrem hellen Haar gestanden hatte.

Der Captain war absolut geradeheraus gewesen. T'Lana schätzte diese Eigenschaft, im Gegensatz zu den meisten Menschen. Wozniaks Tonfall war freundlich, aber bestimmt gewesen. *Ich hatte einen betazoidischen Counselor angefordert. Stattdessen habe ich Sie bekommen. Ihr Volk ist nicht unbedingt für seine Fähigkeiten zum interpersonellen Umgang bekannt, trotzdem hat mir das Kommando einen vulkanischen Counselor geschickt.*

Das ist wahr. Als vulkanischer Counselor biete ich Ihnen allerdings einen unbestreitbaren Vorteil, hatte T'Lana geantwortet.

Ihre Worte hatten ihre beabsichtigte Wirkung nicht verfehlt: Wozniak hatte leicht verwirrt dreingeschaut, dann eine Braue gehoben und den Mund geöffnet, um eine Frage zu stellen.

T'Lana war ihr zuvorgekommen. *Natürlich bin ich eine begabte Berührungstelepathin,* sagte sie. *Meine Fähigkeiten sind so ausgeprägt, dass ich manchmal die Anwesenheit eines Bewusstseins spüren kann, selbst wenn ich nicht in direktem körperlichen Kontakt stehe - ich vermag allerdings keine Gedanken zu lesen. Doch das ist es nicht, worauf ich mich bezogen habe. Ich weiß, dass Ihr ‚Feind' in den meisten Fällen auf der Brücke eines anderen Schiffes stehen wird, durch Weltraum von Ihnen getrennt. Er wird sehen, was Sie sehen: eine Vulkanierin. Dadurch bekommen Sie die ‚Oberhand'. Denn ich kann auf Jahre diplomatischer Erfahrung zurückblicken. Ich habe mit Angehörigen vieler Kulturen zusammengearbeitet ... und infolgedessen habe ich ein Talent entwickelt, dass die meisten Vulkanier verachten, aber ihr Menschen zu schätzen scheint.*

Das wäre?, hatte Wozniak sie mit einem Blick unterbrochen, der zugleich durchdringend, aber auch leicht amüsiert und neugierig war.

Intuition.

Auf Wozniaks Gesicht hatte sich ein Grinsen ausgebreitet. *Endlich ... ein wirklich ehrlicher Vulkanier. Ich mag Sie, T'Lana. Ich glaube, wir werden gut miteinander auskommen.*

Das Bild in T'Lanas Kopf veränderte sich: der Brückenschirm der *Indefatigable*, voll mit Jem'Hadar-Kriegsschiffen - dreiteilige, käferartige Schiffe mit Kopf, Körper und Flügeln.

Wozniak hatte sie gefragt: *Was sagt Ihnen Ihre Intuition über die Jem'Hadar?*

Dass in ihrem Fall jede Diplomatie versagen wird, hatte T'Lana geantwortet. *Dass sie engstirnige Geschöpfe sind, deren einziges Ziel es ist, zu töten. Dass man nicht mit ihnen verhandeln kann.*

Dennoch hätte sie es versucht, wenn ihnen nur die Zeit dazu geblieben wäre.

Als Nächstes sah sie eine Reihe von Eindrücken, beginnend mit dem Gesicht eines reptilienhaften Jem'Hadar-Kommandanten, dessen Haut wie aus Stein geschlagen schien und dessen Schläfen und Kiefer von Reihen knöcherner Auswüchse bedeckt gewesen war. Seine Stimme war rau und von Schadenfreude erfüllt gewesen: *Sie sind von einem Dutzend unserer Kriegsschiffe umringt. Bereiten Sie sich auf Ihre Vernichtung vor.*

Der Schirm war schwarz geworden. Ein Aufblitzen grellen Lichts, hell wie die Sonne Vulkans, hatte T'Lana sekundenlang geblendet, und das, obwohl sie ihre inneren Augenlider fest geschlossen hatte.

Beißender Rauch, der Gestank verbrannter Leitungen und verkohlten Fleisches. Der dichte Qualm hatte die Brücke erfüllt und T'Lana gezwungen nach dem Kommandosessel zu tasten. Er war leer gewesen.

Auf Deck, teilweise verhüllt von Rauch und dem Nachbild des Blitzes, hatte Wozniak gelegen, die Augen weit geöffnet, aber leer, der Mund schlaff, ihr halbes Gesicht weggebrannt, sodass helle Knochen unter pergamentartigen Resten geschwärzter Haut sichtbar waren.

Instinktiv hatte T'Lana versucht, sie hochzuheben, doch die Logik hatte sie mit der schmerzhaften Erkenntnis inne halten lassen, dass Wozniak, selbst wenn sie nicht bereits tot war, niemals lange genug überleben würde, um aus dem Schiff zu fliehen. Anderen würde das vielleicht noch gelingen, und sie war den Lebenden verpflichtet. Dieser Gedanke hatte T'Lana rasch an den Leichen ihrer Mannschaftskameraden, den schwelenden Konsolen und den beschädigten Liften vorüber und bis zum nächstbesten Versorgungstunnel getrieben.

Nach Luft ringend war sie bis zum nächsten Deck hinab gekrochen, dann dem nächsten und dem nächsten. Anschließend war sie hustend die Korridore hinab auf den Shuttlehangar zu gerannt. Auf dem Weg waren ihr drei noch lebende Mannschaftsmitglieder begegnet. Sie hatte sie mit sich in eines der letzten zwei funktionsfähigen Shuttles getragen und gezerrt.

Das letzte Bild: der Weltraum, der Anblick der *Indefatigable*, verbrannt und leblos, während die riesigen Kriegsschiffe abdrehten.

T'Lana nahm einen tiefen, kontrollierten Atemzug und entließ die Luft dann langsam wieder aus ihren Lungen.

Das war der Preis einer auf Gefühlen basierenden Entscheidung, das waren die Kosten, wenn man seiner Eingebung folgte.

T'Lana öffnete die Augen und erhob sich langsam. Wie immer blieb das Bild von Wozniaks verbranntem Gesicht in ihrem Geist zurück und begleitete sie.

Nach dem Dienst saß Beverly im Quartier des Captains - ihrer beider Quartier -, doch sie rührte das Glas Synthehol-Cabernet vor sich kaum an. Sie sehnte sich nach einem Glas *echten* Weines, guten Weines aus dem persönlichen Vorrat Picards, aber in dieser Nacht schien ihr ein derartiger Genuss unangebracht. Es war Nacht an Bord der *Enterprise*, daher war das Licht gedämpft. Eine einzelne Lampe brannte nahebei auf Jean-Lucs Schreibtisch und erzeugte verwaschene Schatten.

Sie waren nur noch fünf Stunden von ihrem gefürchteten Ziel entfernt. An Schlaf war nicht zu denken, dabei würde sie all ihre Kraft und ihr Geschick brauchen, um sich dem zu stellen, was ihnen bevorstand. Diese Ruhe vor dem Sturm war der schwerste Teil jeder Mission, bei der Leben auf dem Spiel standen. Kaum weniger schwer fiel es ihr, nicht unablässig Jean-Luc anzustarren und sich zu fragen, wann er das nächste Mal überwältigt werden und zusammenbrechen würde.

Jean-Luc, der neben ihr saß, spürte ihre Sorge zweifellos. Sie hatten es sich zur Gewohnheit gemacht, am Ende des Tages gemeinsam in seinem Quartier zu sitzen, zu reden und hinaus auf die Sterne zu schauen. In dieser Nacht versuchten sie beide tapfer, sich wie immer zu geben und über alles Mögliche zu sprechen, nur nicht das, was ihnen in den Köpfen herumspukte: die Borg.

»Also«, sagte Beverly. »Was hältst du von unserem neuen Counselor?« Sie wusste, dass Jean-Luc die Frage verstehen würde. Auch ihm war die seltsame Reaktion der Vulkanierin gegenüber Worf aufgefallen.

Jean-Luc hatte beschlossen, sogar auf den Synthehol zu verzichten. Ohne ein Glas, schien er allerdings nicht so recht zu wissen, was er mit seinen Händen in dieser Nacht anfangen sollte. Er seufzte leise. »Ich weiß leider absolut nicht, was ich von T'Lana halten soll. Anfangs erschien sie mir beinahe gesellig. Und es ist ja nicht so, dass sie Worf auf der Brücke offen vor den Kopf gestoßen hätte, aber ihre Reaktion war zweifellos ...«

»Kalt.« Beverly schüttelte den Kopf und stellte ihr halbleeres Glas Wein hin. »Sie schien so entspannt, so zuvorkommend gegenüber allen anderen ...«

»Der perfekte Diplomat«, warf Picard ein.

»Genau.« Sie schwieg kurz. Dann bemerkte sie bedächtig: »Sie hat weder dich noch deine Entscheidung wirklich unterstützt.«

Bei diesen Worten verzog er den Mund. »Ganz im Gegenteil. Nachdem sie sich davon überzeugt hatte, dass du mich untersucht hattest und ich nicht vollkommen verrückt bin, sagte sie mir ziemlich unverblümt, dass mein Wissen über die Borg ihrer Ansicht nach nicht mehr als eine emotionale Wahnvorstellung sei.«

Beverly runzelte die Stirn. »Offen gesagt ist das kaum ein hilfreicher Rat vom Counselor eines Schiffes. Glaubst du, dass sie sich in die Mannschaft einfügen wird?«

»Gib ihr Zeit«, sagte Jean-Luc. Er wollte erneut zum Sprechen ansetzen, doch verstummte wieder. Sie sah, dass sich der Ausdruck auf seiner Miene veränderte, so als lausche er einem fernen Geräusch. Obwohl sein Gesicht halb im Schatten verborgen lag, gelang es ihr, seinen Blick auf sich zu ziehen, und er brachte ein schwaches und betretenes Lächeln zustande.

Entschlossen, ihre Aufregung nicht zu zeigen, bewahrte sie einen ruhigen, neutralen Tonfall. Gleichzeitig musste sie zu ihm durchdringen. Sie legte eine beruhigende Hand auf seinen Arm. »Du hörst sie in diesem Moment, nicht wahr?«

Jean-Luc zuckte mit den Schultern. »Es hat sich nichts geändert. Es sind nach wie vor schwache Gesprächsfetzen. Eigentlich ziemlich langweilig. Und sicherlich nicht so schlimm, wie es sein könnte. Ein Großteil von ihnen schläft und erwartet den Befehl zum Erwachen. Eine Rumpfmannschaft sorgt für die Königin und macht das Schiff startklar.«

Und wenn sie schließlich erwachen ... Beverly erlaubte sich nicht, diesen Gedanken zu Ende zu führen.

Er seufzte. »Es gefällt mir nur nicht, dass sie ... wieder in meinem Kopf sind.«

»Das verstehe ich«, gab sie leise zurück. Sie hatte sich nicht nur über die physische Bedrohung durch die Borg Sorgen gemacht, sondern auch über den psychischen Schaden, den sie bei Jean-Luc anrichten mochten. »Es ist eine Vergewaltigung ... *noch eine* Vergewaltigung.«

Bevor ihr aber etwas Tröstendes einfallen wollte, das sie zu ihm hätte sagen können, sprach Picard erneut, und seine Stimme wie auch seine Miene drückten völlige Entschlossenheit aus. »Aber ich bin froh, dass sie hier sind. Froh, dass ich imstande bin, sie zu spüren. Die Alternative ...«

Er fasste die Alternative nicht in Worte, aber Beverly lief trotzdem ein Schauer über den Rücken. Noch immer suchten sie die Erinnerungen, die sie an die Borg hatte, von Zeit zu Zeit in ihren Träumen heim: die Borg, wie sie durch die Tür der Krankenstation brachen, sie zu einer panischen Flucht zwangen, ihre Patienten und die vollkommen verängstigte Lily an ihrer Seite; der Anblick des Massakers, das sie anrichteten, und der Mannschaftsmitglieder, die getötet oder assimiliert wurden.

Am schlimmsten war die Erinnerung des Tages, an dem sie im Inneren des Borg-Kubus gestanden hatte. Sie war die Erste gewesen, die Jean-Luc als Locutus erblickt hatte. Jahrelang hatte sie sich darum bemüht, dieses Bild und all die damit einher gehenden Erinnerungen loszuwerden, aber jetzt tauchten sie alle wieder in ihrem Geist auf.

Unvermittelt ließ er ein raues Lachen hören. »Weißt du was? Ich hoffe noch immer, dass ich verrückt bin, dass all das hier eine Art von psychotischer Wahnvorstellung ist. Es wäre so viel leichter, damit umzugehen.«

»Ich weiß«, antwortete sie sanft. »Aber alle deine Werte waren in Ordnung, Jean-Luc. Ich fürchte, du bist bei klarem Verstand ... Es sei denn, das hier ist irgendeine neue, seltene Krankheit oder eine seltsame Form von Metaraum, den wir betreten haben ... In diesem Fall wären wir allerdings alle betroffen.«

»Ich wünschte mir, es wäre irgendetwas anderes, ganz gleich was, nur nicht das, was es zu sein scheint«, gestand er. »Ich hatte gehofft, das nie wieder tun zu müssen. Es fühlt sich an, als schlage man der Hydra den Kopf ab - sofort nehmen zwei andere seinen Platz ein.« Er rieb sich über das Gesicht, und sie bemerkte den Schimmer von Frustration in seinen Augen. »Es scheint so, als würde es niemals enden.«

»Aber diesmal ist es anders.«

Er blickte zu ihr auf, und gemeinsam mit einem schwachen Hauch von Überraschung trat ein noch schwächerer Hauch von Hoffnung auf seine Miene. »Inwiefern?«

»Diesmal«, sagte Beverly fest, »halten wir die Borg auf, bevor sie überhaupt beginnen können. Diesmal muss Dank deiner Verbindung zu ihnen niemand sterben - niemand außer den Borg.«

Ein grimmiger Ausdruck breitete sich auf seinem Gesicht aus. »Ich bete darum, dass du recht hast, Beverly. Es sind schon zu viele unter meinem Befehl gestorben, viel zu viele. Und jetzt stehen nicht nur die Leben meiner Mannschaft auf dem Spiel, ich verlange obendrein von ihr, das Militärgericht zu riskieren.«

Sie blickte ihn unverwandt an. »Hattest du eine andere Wahl, Jean-Luc?«

Er wandte den Blick ab zu den Sternen. »Nein«, sagte er in unheilvollem Tonfall.

»*Wir* auch nicht«, beharrte sie. »Wir kennen dich, Jean ... Captain. Wir vertrauen Ihnen. Sie würden das hier nicht tun, wenn es nicht absolut notwendig wäre. Können Sie sich einen einzelnen Ihrer Offiziere vorstellen, der nicht die gleiche Entscheidung getroffen hätte wie Sie?«

Sein Mund verzog sich zu einem ironischen Lächeln. »Counselor T'Lana.«

»Sie kennt Sie nicht. Noch nicht. Sie wird ihre Meinung ändern.«

»Wenn sie das Borg-Schiff mit eigenen Augen sieht«, sagte Jean-Luc dumpf.

Seine Worte ließen sie beide in Schweigen verfallen. Beverly lehnte sich neben ihm auf der Couch zurück und erwartete das Aufeinandertreffen, das der *Enterprise* im Morgengrauen bevorstand.

KAPITEL 5

Die ganze Nacht lang saß Picard einfach nur da. Nur gelegentlich stand er auf, um auf die Sterne zu starren, die vor dem Fenster vorbeizogen. Er hatte keine Angst um sich - er sorgte sich nur darum, was seine Mannschaft würde ertragen müssen und was er Beverly abverlangte, die zusammengerollt neben ihm lag und döste.

Stattdessen verspürte er Verdruss: Er war ungehalten, dass er erneut aufgerufen war, eine Nemesis zu bekämpfen, die er als besiegt angesehen hatte, und noch ungehaltener, dass er einmal mehr seine Mannschaft einem Grauen würde aussetzen müssen, dem sich zu stellen niemand gezwungen sein sollte. Schlimmer noch war, dass er merkte, wie sich ein Zorn in ihm aufbaute, den er längst überwunden geglaubt hatte, der aber offensichtlich nur lange Zeit begraben gewesen war. Es war der Zorn eines Mannes, den eine unerträgliche Schändung verbittert hatte, und er wurde von unendlicher Trauer begleitet. Er hatte nie vergessen, dass die Borg sein Wissen genutzt hatten, um zu töten. Die Besatzungen von vierzig Raumschiffen, die sich unweit eines Sterns namens Wolf 359 versammelt hatten ... alle tot aufgrund dessen, was Locutus in das Kollektiv eingebracht hatte. Viele der Verstorbenen hatte er gekannt. Bei Nacht sah er ihre Gesichter deutlicher, sah ihren Friedhof: geschwärzte und zerschmetterte Schiffe, hilflos im Weltraum driftend, die Hüllen aufgerissen und die Brücken offene Wunden ins Nichts ...

Er hatte genug psychologische Betreuung hinter sich - genug Zeit mit Deanna verbracht -, um zu wissen, dass es nicht seine Schuld war. Die Borg hatten diese Gräueltaten begangen. Sein Verstand war sich dessen wohl bewusst. Aber Gedanken und Gefühle waren zweierlei Dinge.

Was hatte Beverly gesagt?

Eine Wunde, die so tief sitzt, wird niemals vollständig verheilen ...

Er hatte gedacht, dass sie falsch liegen würde. Er hatte geglaubt, dass Lilys Warnung ihm geholfen hätte, eine Narbe auszubilden, die zu dick war, um jemals durchbrochen zu werden. Doch jetzt war die Wunde wieder offen, roh. In dieser Hinsicht hatte T'Lana recht. Aber er gab sich selbst, der lange toten Lily und seiner Mannschaft ein stummes Versprechen. Er würde niemals wieder zulassen, dass sein Hass auf die Borg seine Kommandoentscheidungen trüben würde.

Im Laufe der Nacht waren die Gesprächsfetzen der Borg immer lauter geworden, doch die wenigen Sätze, die verständlich waren, brachten ihm keine weiteren Einsichten. Dennoch spürte er, dass er und sein Schiff sich ihnen immer weiter näherten.

Er war daher nicht überrascht, als schließlich sein Kommunikator zirpte. Er meldete sich sofort. »Picard hier.«

Beverly rührte sich, dann setzte sie sich auf, von einem Moment zum nächsten hellwach.

Die Stimme gehörte Geordi. Er klang zugleich aufgeregt und grimmig. *»Entsprechend Ihrer Befehle befinden wir uns noch nicht in Sichtweite, Captain. Aber unsere Langstreckensensoren haben den Mond gefunden, den wir suchen.«* Er zögerte. *»Und, Sir ... Sie hatten recht. Es befindet sich ein Konstrukt im Orbit, das einem Borg-Kubus ähnelt. Und es ist riesig.«*

»Natürlich«, murmelte Picard. Schließlich handelte es sich um das Schiff einer Königin.

»Man scheint uns noch nicht bemerkt zu haben.«

»Sie haben keinen Grund, ihre Langstreckensensoren einzusetzen. Ich bezweifle, dass sie Besucher erwarten.« Der Captain machte eine Pause. Zum ersten Mal zweifelte er an sich. Er konnte sich dessen nicht sicher sein, genauso wenig wie über sonst etwas in Bezug auf das Schiff. Alles, was er bislang gehört hatte, hatte ihn annehmen lassen, dass der Borg-Kubus noch nicht voll einsatzbereit war, dass all seine Systeme gleichzeitig online gehen würden, wenn die Königin geweckt wurde. Aber es gab keine Möglichkeit, sich dieser Information zu versichern. Er hatte sich schon in beachtlichem Maße auf seine Intuition verlassen, aber das, was als Nächstes kam, stellte noch einmal einen gewaltigen Schritt dar. Es war der Teil seines Plans, der von seiner Mannschaft erforderte, ihn vorbehaltlos zu unterstützen – und das, obwohl er selbst Vorbehalte sich gegenüber hatte.

Picard saß auf der Brücke, umgeben von seiner Mannschaft: Worf, Geordi, T'Lana, Nave. Er konnte nicht anders, als an Shakespeares *Henry V.* zu denken: *Uns wen'ge, uns beglücktes Häuflein Brüder.* Niemals zuvor hatte er sich im Kampf gegen einen Feind so allein gefühlt.

Der vulkanische Counselor hatte höfliches Interesse an dem Umstand gezeigt, dass die Sensoren der *Enterprise irgendetwas* gefunden hatten, aber sie war noch immer nicht gewillt, einzugestehen, dass es sich dabei um ein Borg-Schiff handelte. Picard hatte eine weitere Konfrontation angesichts ihrer unterschiedlichen Vorstellungen der Definition des Wortes *Beweis* umschifft, allerdings nur knapp. Dabei war ihm nicht entgangen, dass sie es während des ganzen Aufeinandertreffens peinlich vermieden hatte, Augenkontakt mit Worf aufzunehmen oder ihn anzusprechen. Es war nur logisch, dass sich ein Counselor zur Fortsetzung der Diskussion an den Ersten Offizier wandte, nachdem er all seine Möglichkeiten gegenüber dem Captain ausgeschöpft hatte. Vielleicht wollte sie Picards Autorität nicht untergraben, andererseits forderte der Grad ihrer Ablehnung weitere Diskussionen geradezu heraus. Im Augenblick war Picard dankbar für die, wie es ihm erschien, selbstauferlegte Distanz zwischen T'Lana und Worf. Unglücklicherweise begann sich diese Distanz auf die anderen Mitglieder der Brückenbesatzung auszuweiten, als deutlich wurde, dass T'Lana mit ihren Bedenken allein stand.

Beverly war die Einzige, die auf der Brücke fehlte. Sie war in die Krankenstation gegangen. Während des Halbschlafs der letzten

Nacht war ihr der Gedanke gekommen, die umfangreichen biomedizinischen Daten, die über die Borg gesammelt worden waren, noch einmal zu überprüfen. Sie wollte nicht sagen, wonach sie suchte, nur, dass sie einer *Ahnung* nachgehen wollte. In den vielen Jahren, die er sie nun kannte, hatte Picard ihre Ahnungen sehr zu schätzen gelernt.

Der Borg-Kubus war zu weit entfernt, um ein Bild von ihm auf dem Sichtschirm zu erhalten, aber Picard wusste, dass er dort draußen war.

Er wandte sich an seinen Navigator. »Lieutenant Nave, ich möchte, dass Sie uns auf mein Kommando mit Warp eins zu dem Borg-Schiff bringen. Berechnen Sie einen direkten Kurs. Keinen Abweichungskurs.«

»Aye, Captain.«

»Mister Worf, ich möchte, dass Sie die Waffensysteme übernehmen«, sagte Picard. »Deaktivieren Sie sie, aber halten Sie sie bereit, um sie umgehend wieder hochfahren zu können.«

»Sir, Sie wollen die Borg mit abgeschalteten Verteidigungssystemen angreifen?«, fragte Worf unruhig.

»Wenn uns die Borg nicht als Bedrohung wahrnehmen, müssen wir sie vielleicht überhaupt nicht angreifen«, erklärte Picard. »Minimale Energie auf die Schilde, aber seien Sie auf jeden Fall bereit.«

»Sir ...«

»Die Systeme des Kubus sind noch nicht vollständig hochgefahren«, erklärte Picard. »Wir sollten sicher sein.« Picard war sich klar, dass er ein großes Risiko einging, aber es war die einzige Möglichkeit. Es gab keine vernünftige Methode für ein Schiff wie die *Enterprise*, sich an einen Borg-Kubus anzuschleichen. Seine einzige Hoffnung war, dass die Borg annehmen würden, sie befänden sich auf einer Forschungsmission. Mit Sicherheit würden sie wissen, dass es aberwitzig für die *Enterprise* war, alleine einen Borg-Kubus anzugreifen.

Picard schaute zu T'Lana hinüber, die seinen Blick erwiderte. Er hatte angenommen, dass sie protestieren würde, aber sie schien sich in das Wissen ergeben zu haben, dass ihre Einwände auf taube Ohren stoßen würden. Da sie stumm blieb, wandte er seine Aufmerksamkeit der Steuerkonsole zu. »Lieutenant Nave, bringen Sie uns rein.«

Nave gehorchte.

Es waren keine zwanzig Minuten vergangen, als der benachbarte Stern, ein superheißer blauer Riese, auf dem Sichtschirm auftauchte.

»Auf Impulsgeschwindigkeit verlangsamen«, befahl Picard.

Vor ihnen kam das Sonnensystem in Sicht. Ein Ring felsiger, atmosphäreloser Planetoiden erschien auf dem Schirm, gefolgt von zwei von mehreren Ringen umgebenen Gasriesen.

Sie drangen weiter vor und näherten sich den erdähnlichen Planeten. Als sie den ersten von ihnen erreicht hatten, hob Picard seine Hand. Nave verstand das stumme Signal und verlangsamte das Schiff noch weiter.

Im Orbit des Planeten hing ein einzelner Mond, der das strahlende blauweiße Licht der Sonne reflektierte.

Dieses spektakuläre Bild wurde in der Mitte von etwas Dunklem und Massigem verfinstert, etwas, das Picard unwillkürlich die Nackenhaare zu Berge stehen ließ.

Der Borg-Kubus war ein hässliches Monstrum: ein offenes Gitterwerk aus Tausenden Metallrohren, das scheinbar willkürlich mit schweren Platten verkleidet und von schwarzen Leitungen durchsetzt war. Endlose Reihen weiterer Röhren und Wände zogen sich in die Tiefe, und überall glommen die Lichter innen liegender Maschinen hervor. Es schien Picard, als habe jemand das Innenleben eines Raumschiffs genommen und nach außen gekrempelt. Die Konstrukteure des Schiffes hatten keinerlei Wert auf Ästhetik, Form oder Anmut gelegt. Selbst im direkten Mondlicht wollte diese chaotische Anhäufung mattgrauen Metalls nicht glänzen.

Picard hatte in seinem Leben einige Borg-Kuben gesehen, aber dieser hier war der größte. Er war von unglaublichen Ausmaßen, und die *Enterprise* wirkte neben ihm wie ein Insekt, ein winziges Ärgernis, das man geradezu beiläufig zerquetschte.

Natürlich, erkannte Picard. Dieses Schiff musste das gewaltigste von allen sein, denn es repräsentierte nicht nur die Königin, sondern auch die ganze Entschlossenheit der Borg, jede humanoide Rasse zu erobern - nein, zu vernichten -, die sich ihnen in der Vergangenheit entgegengestellt und sie daran gehindert hatte, ihr Endziel der totalen Assimilierung zu erreichen. Dieses Schiff war gebaut worden, um allen Widerstand auf ewig zu brechen.

Er blickte seine Mannschaft an. Nave hatte ganz unverhohlen die Augen aufgerissen, und obgleich T'Lana äußerlich ruhig wirkte, entschlüpften ihr kleine Gesten - ein leichtes Vorbeugen in ihrem Sessel, während ihre Finger die Konsole betasteten, als kämpfe sie gegen den Drang an, sie fest zu umklammern -, die bei einem Vulkanier gleichbedeutend mit einem erschrockenen Luftholen waren. Der Captain verspürte keine Befriedigung darüber, dass sie nun endlich den empirischen Beweis bekam, dass er recht gehabt hatte.

Die Gesichter La Forges und Worfs spiegelten die Gefühle wider, die Picard selbst beim Anblick ihres alten Feindes verspürte: grimmige Entschlossenheit und Hass.

Geordi löste seinen Blick von dem Schiff und schaute wieder auf seine Konsole. »Nur ein Minimum an Systemen ist aktiv. Kurzstreckensensoren. Ein Teil der Waffen. Der Antrieb ist noch immer abgeschaltet.« Erleichterung lag in seiner Stimme.

Picard starrte auf den Schirm. Selbst ein Teil der Waffen war eine zu große Bedrohung. »Wie ist der Status ihrer Schilde?«

»Im Augenblick nicht funktionsfähig, Sir.«

»Lieutenant Nave«, sagte Picard, und seine Stimme war angesichts des Ehrfurcht gebietenden und tödlichen Anblicks ungewöhnlich leise, »bringen Sie uns bis in Transporterreichweite und kein bisschen näher. Ich möchte so viel Abstand wie nur möglich zu diesem Schiff halten.«

»Verstanden, Sir.« Die Aufgabe brachte Nave ihre Ruhe zurück. Ihr furchtsames Staunen verschwand und wurde durch konzentrierten Eifer ersetzt.

»Mister La Forge.« Picard drehte sich zu ihm um. »Wie lange benötigen Sie, um die Kammer der Königin zu lokalisieren?«

Geordi blickte stirnrunzelnd auf seine Anzeigen. »Ich brauche ein paar Minuten, Captain. Da draußen ist eine ziemliche Menge Schiff ... aber sie *ist* das einzige weibliche Wesen an Bord.«

»Im Augenblick sind nicht mehr als ein paar Dutzend Drohnen wach.«

»Das stimmt, Sir«, gab Geordi zu. »Aber *sie* schläft ... genau wie ein paar Hundert weitere Drohnen.«

»Verstanden.« Er aktivierte seinen Kommunikator. »Picard an Waffenkammer.«

»Battaglia hier, Sir.«

»Lieutenant, stellen Sie Ihr Team zusammen und bereiten Sie sich darauf vor, auf das Borg-Schiff gebeamt zu werden. Commander La Forge wird Ihnen gleich einen Plan des Schiffsinneren übermitteln. Wir versuchen, Sie direkt in die Kammer der Königin zu bringen.« Er hielt kurz inne. »Die meisten Drohnen schlafen - befinden sich im Ruhezustand, wenn Sie so wollen - und die übrigen sollten Ihnen keinen Widerstand entgegenbringen. Nicht mehr als vier Leute, wie wir es besprochen haben, Lieutenant. Mehr sollten Sie nicht brauchen, um Ihr Ziel zu erreichen.« *Und es hat keinen Sinn, mehr Leben zu riskieren ...*

»Aye, Captain.« Die Aufregung in Battaglias Ton war nicht zu überhören. Es war der Tonfall eines Mannes, der bereits gegen die Borg gekämpft hatte und wusste, was ihn jetzt erwarten würde.

Als Picard den Kanal schloss, blickte Nave erwartungsvoll zu ihm auf.

»Ja, Lieutenant?«, fragte er.

»Es ist ... es ist nichts, Sir«, sagte sie und errötete, während sie sich zur Steuerkonsole zurückdrehte.

Picard wusste, welche Bitte sie nicht ausgesprochen hatte. Es wäre undenkbar für sie gewesen, zu fragen, und im Grunde noch undenkbarer, dass Picard ihrer Bitte entsprochen hätte. Aber der Captain hatte all das schon erlebt. Ihm war klar, was dem Außenteam bevorstand. Darüber hinaus wusste er, dass Nave mit allen Mitgliedern befreundet war, am meisten vielleicht mit Lieutenant Battaglia. Picards nächste Handlung würde nicht unbedingt vom Sternenflottenprotokoll abgedeckt werden, aber andererseits galt das bereits für keinen Teil ihrer Mission mehr, seit er Admiral Janeways Befehle ignoriert hatte.

»Counselor, bitte übernehmen Sie die Steuerung«, befahl Picard. T'Lana schenkte ihm einen fragenden Blick, Naves war von tiefer Dankbarkeit erfüllt.

»Ich verspreche, dass es nicht lange dauert«, sagte sie als sie aufstand.

»Ich nehme Sie beim Wort, Lieutenant«, erwiderte er. »Fünf Minuten, nicht länger. Ich brauche Sie hier oben, sobald unsere Leute auf das Borg-Schiff gebeamt werden.«

Die Röte auf ihrem Gesicht vertiefte sich. »Danke, Sir.« Im nächsten Augenblick war sie verschwunden.

Nave eilte den Korridor hinab, gerade als Lio und sein Team sich in den Transporterraum begaben. Er bemerkte, dass sie hinter ihnen herlief.

Sie waren eine hart aussehende Truppe, und hatten die größten, stärksten und modernsten Phasergewehre, die es derzeit gab, um ihre Schultern geschlungen und an den Oberkörpern festgeschnallt. Zwei Männer waren dabei, Neulinge an Bord, die Nave erst kürzlich zum ersten Mal getroffen hatte - einer von ihnen war doppelt so groß wie sie. Außerdem war Amrita Satchitanand mit von der Partie, ihre frühere Trainingspartnerin, eine kleine Frau mit blauschwarzem Haar und vollen, rundlichen Wangenknochen unter goldenen Augen. Amrita begrüßte sie mit einem Nicken, aber keiner von ihnen lächelte, auch Lio nicht.

Lio warf ihr einen raschen Blick zu und gab den anderen Mitgliedern seines Außenteams dann ein Zeichen, ohne ihn ins Innere des

Transporterraums zu treten. Er wirkte anders als der Mann, den sie jede Nacht im Club traf. Seine unbeschwerte Art war einer grimmigen Ernsthaftigkeit gewichen. Selbst seine Züge wirkten scharf, ernst: Seine Lippen waren dünne, zusammengepresste Striche, seine Augen voller Härte, hinter der Kummer lauerte. Und sein Körper - für gewöhnlich schlaksig und entkrampft - wirkte angespannt und voller Kraft.

Ganz sicher unterschied er sich von dem Mann, der noch vor wenigen Stunden in ihren Armen gelegen hatte. Dort war seine Pose als brütender Intellektueller vollständig von ihm abgefallen. Er hatte jünger gewirkt und verletzlich. Er war verlegen und süß und von zärtlicher Unbeholfenheit gewesen. Seine Unsicherheit hatte Sara Selbstvertrauen geschenkt. Sie hatte die Initiative übernommen, und er hatte voller Eifer auf sie geantwortet.

Jetzt blickte sie ihn an und erinnerte sich daran, wie seine Haut gerochen hatte: warm und sauber und männlich. Sie hatte sein Quartier gar nicht mehr verlassen wollen - als ob sie irgendwie die Zeit hätte dehnen und die Borg und ihr Schiff hätte fern halten können, wenn sie geblieben wäre.

»Solltest du nicht an der Steuerkonsole sitzen?« Lios Tonfall war leicht gestresst, aber nicht unfreundlich. Er hatte eine Mission zu erledigen, und Nave bemerkte auf einmal, wie dumm sie sich verhalten hatte, ausgerechnet jetzt ihren Posten zu verlassen - vor allem da sie keine Ahnung hatte, was sie nun, da sie hergeeilt war, sagen sollte.

»Viel Glück«, brachte sie linkisch hervor und brach dann unzufrieden ab. »Nein, deswegen bin ich nicht hier.« Sie nahm die Schultern zurück und blickte ihm direkt in die Augen. »Ich vergaß, es dir letzte Nacht zu sagen, aber: Ich liebe dich.« Das war nun kaum die denkbar romantischste Eröffnung - sie hatte schon Befehle mit mehr Sanftheit, mehr Gefühl gegeben.

Dennoch war es, als würde sie zusehen, wie eine japanische Papierlaterne plötzlich von innen zu leuchten begann. Lios Gesicht und seine Augen hellten sich auf, und er schenkte ihr eines seiner umwerfenden, mondsichelförmigen Lächeln. »Dann küss mich«, sagte er.

Sie tat es, hastig, weil keine Zeit war und weil es obendrein das wahrscheinlich unprofessionellste Verhalten war, das sie jemals an den Tag gelegt hatte - zumindest während sie im Dienst war. Dann drehte sie sich um und eilte auf den nächsten Turbolift zu.

»Sara.«

Sie blickte zu ihm zurück.

Er stand halb im Eingang und sein Ausdruck war erneut ernst. »Wenn ich nicht zurückkomme, denk dir einfach, ich wäre tot. Es ist leichter so.«

Seine Worte machten sie wütend. »Sag so etwas nicht. *Denk* nicht einmal daran!«

»Es tut mir leid«, sagte er. »Aber ... in meinem Quartier, auf meinem Schreibtisch. Ich habe etwas für dich dort hingelegt. Nur für den Fall.«

»Ich verstehe nicht«, rief sie. »Was? Was hast du dort für mich hingelegt?«

Er schüttelte den Kopf, um anzudeuten, dass er gehen musste. »Du wirst es wissen. Nur für den Fall.«

Seine Worte machten sie unbeschreiblich wütend. »Es *wird* kein ‚nur für den Fall' geben«, beharrte sie, aber er war bereits durch die Türen verschwunden.

Lio Battaglia materialisierte in dem Borg-Kubus und schnappte nach Luft. Bevor sich auch nur seine Sicht klärte, spannte sich sein Körper bereits unter den veränderten Umweltbedingungen an. Die Luft war heiß, geradezu erstickend feucht und rief Erinnerungen an jene schrecklichen Patrouillen durch die Korridore der *Enterprise* wach, nachdem die Borg das Raumschiff gekapert und an ihre klimatischen Bedürfnisse angepasst hatten.

Der Anblick vor seinen Augen war schwindelerregend. Sein Team und er befanden sich auf dem obersten Deck - oder vielmehr einem Steg mit Metallrohren, die als Geländer dienten. Das Innere des

Schiffes - das nach Lios Empfinden dem Äußeren sehr ähnlich war - bestand aus einem weitläufigen, offenen Labyrinth aus Bodengittern, Wandstücken und offen liegenden Röhren und Leitungen. Unter ihnen erstreckte sich eine endlose Spirale weiterer Decks, weiterer Rohre. Und inmitten dieses metallischen Dschungels zu ihren Füßen befanden sich Reihen um Reihen Alkoven, in denen Hunderte regloser Drohnen standen, ihre blutleeren, weißen Gesichter von schwarzen, kybernetischen Implantaten verunziert, mit starren, unmenschlichen Augen und Schläuchen, die ihre haarlosen Schädel umkränzten. Lio empfand den Anblick als erschreckend und abstoßend zugleich. Wie war es so vielen von ihnen gelungen, zu überleben?

Der Anblick weckte Erinnerungen an seinen Freund Joel. Er hatte Joel in der ersten Nacht, nachdem der junge Ensign an Bord der *Enterprise* gekommen war, im Happy Bottom Riding Club getroffen. Joel hatte einen kruden Sinn für Humor gehabt, und er hatte einen Barmixer-Führer bei sich gehabt, der, so schien es Lio zumindest, jedes Mixgetränk - Joel nannte sie Cocktails - auflistete, das jemals kreiert worden war. Joel war dabei gewesen, sich durch die Liste durchzuarbeiten, und er hatte darauf bestanden, dass Lio mitmachte.

In der ersten Nacht hatten sie Gin Tonic getrunken. Dort hatte Lio das erste Mal von Wacholder gehört. Das war der Grund, warum er Sara diesen Drink am gestrigen Tag vorgestellt hatte.

Lio hatte Sara belogen. Als ihn Joel - oder vielmehr das *Ding*, zu dem er geworden war - angegriffen hatte, hatte Lio gefeuert. Der Joel-Borg war auf den Beinen geblieben, unverwundbar, bis Commander Worf ihnen den Befehl zugebrüllt hatte, die Frequenz ihrer Phaser zu ändern. Lio hatte den seinen rekalibriert und dann erneut gefeuert. Dieses Mal hatte er den Joel-Borg mit einem gleißenden, tödlichen Schuss in die Brust erwischt.

Eine Sekunde lang, nicht länger, hatte sich das Ding auf dem Deck der *Enterprise* gewunden, dann war es gestorben. Und jede Hoffnung, das Wenige, was von Joel verblieben war, zurückzuholen, war mit ihm gestorben.

Lio hatte mit niemandem über diesen Zwischenfall gesprochen. Alle seine überlebenden Kameraden hatten ähnliche Traumata erlitten, als die Borg die *Enterprise* übernommen hatten. Sicher waren auch andere gezwungen gewesen, ehemalige Mannschaftskameraden umzubringen. Lio war damit fertig geworden, indem er sich daran erinnert hatte, dass sein Schmerz nichts Besonderes war.

Doch als er versucht hatte, Sara die Wahrheit zu beichten, war er an seinen eigenen Worten beinahe erstickt. Er hatte festgestellt, dass es leichter war, zu lügen. Er hatte es einfach nicht über sich gebracht, auszusprechen, dass er seinen Freund ermordet hatte. Picard selbst hatte ihnen, von Zorn getrieben, befohlen, jedes assimilierte Besatzungsmitglied zu erschießen.

Aber heute würde sich Lio an den Borg rächen. Er beabsichtigte, die Vernichtung der Königin so richtig zu genießen. Und dann würde er auf die *Enterprise* zurückkehren, zu Sara, und einen neuen und besseren Teil seines Lebens beginnen. Bevor er Sara getroffen hatte, hätte er nie gedacht, dass er sich zu einer langfristigen Beziehung würde hinreißen lassen. Mehr als alle anderen sollte sie die Gefahren kennen, die ein Raumschiff für ein Familienleben bereithielt. Ihre eigenen Eltern waren gestorben, während sie an Bord der *Lowe* gedient hatten - auch wenn sie niemals davon gesprochen hatte. Er hatte nicht von ihr, sondern von einem Mannschaftskameraden von deren Tod erfahren.

Doch für Sara war er bereit, gefährlich zu leben. Er war allerdings nicht bereit, ohne sie zu leben.

Im nächsten Moment war er wieder im Hier und Jetzt. Er brauchte eine Minute, um ihre Lage zu erfassen. Sie waren etwa dreißig Meter von ihrem Zielpunkt entfernt materialisiert. Er nickte seinem Team zu. »Dort entlang.«

Er hatte eine gute Truppe zusammengestellt. Amrita Satchitanand war die Erfahrenste. Sie hatte die stärksten Nerven, die er jemals gesehen hatte. Sie stellte seine Rückversicherung dar, für den Fall, dass sein Versuch, die Königin zu vernichten, irgendwie scheiterte.

Jorge Costas - ein Riese von einem Mann, aber mit unglaublich schnellen Reflexen - und Noel DeVrie, ein tödlicher Scharfschütze, sollten für Deckung sorgen.

»Denkt dran«, sagte er, während er sein Phasergewehr hob und sie sich in Bewegung setzten, »niemand feuert, bevor wir angegriffen werden. Wir können uns frei unter ihnen bewegen, solange sie uns nicht als Bedrohung ansehen.«

Ihre Schritte auf den Metallplatten erzeugten einen hohlen Klang. Es war unheimlich still, abgesehen von dem fernen, schwachen Summen von Maschinen. Es gab keine Stimmen, keine Bewegungen. Ein schwaches, gräuliches Licht flackerte über ihren Köpfen und verstärkte den bedrückenden Mangel an Farben, an Leben, nur noch. Lio konzentrierte sich und unterdrückte seine Furcht, seine Erinnerungen an Joel. Es würde alles rasch vorbei sein: ein Schuss und die Königin würde tot sein. Die Borg würden keine Gefahr mehr darstellen. Alles ganz leicht ...

Ihr Ziel war die einzige geschlossene Kammer des Schiffes. In ihrem offenen Eingangsbereich hielt Lio inne.

Im weitläufigen Inneren war das Licht noch schwächer und wies einen grünlichen Schein auf.

Lio aktivierte seinen Kommunikator und flüsterte: »Captain Picard ... Wir haben die Königin gefunden.« Er schloss den Kanal wieder.

Auf einem Tisch, eingehüllt in eine glänzende, gallertartige Substanz, lag eine bleiche Monstrosität: ein haarloser Kopf und Schultern sowie ein Rückgrat, das blutig und schlangengleich aus dieser unvollständigen Masse aus Fleisch herausragte. Die Gesichtszüge waren leer, ebenmäßig und absolut androgyn, doch nicht weit entfernt arbeitete eine Borg-Drohne an einer glänzenden, schwarzen Gestalt, die auf einem Podest stand - den fehlenden zwei Dritteln des Körpers - und die unverkennbar weibliche Rundungen aufwies.

Oberhalb des Tisches mit der Königin hingen dunkle Schläuche von der Decke - einer endete direkt in ihrem/seinem Fleisch, der zweite sonderte mehr der gallertartigen Flüssigkeit ab. Zwei Drohnen überwachten die Prozedur. Eine dritte beendete gerade eine groteske Operation an der auf dem Rücken liegenden und vollkommen von dem Gel umhüllten Gestalt - sie amputierte einen kybernetischen Arm.

Eine Kleinigkeit, leicht zu töten ... Lio legte gerade sein Gewehr an, als er einen Schrei hinter sich hörte.

Er hätte die Bewegung vollenden sollen. Er hätte den Abzug durchziehen sollen ... hätte sollen, doch sein Drang, seine Mannschaftskameraden zu schützen, war zu groß. Er drehte sich um.

Hinter ihnen waren Borg-Drohnen aufgetaucht. Ein Quartett, eine Drohne für jedes Mitglied seines Außenteams. Der Schrei war von DeVrie gekommen, der ihnen den Rücken gedeckt hatte. Er hatte seine Waffe fallen lassen und war auf die Knie gesunken, tot. Eine sirrende Säge, die am Ende eines künstlichen Arms steckte, war ihm geradewegs in die Brust gefahren. Während DeVrie nach vorne in die sich ausbreitende Lache seines eigenen Blutes kippte, sprang ein zweiter Borg vor, erwischte Costas mit einer wirbelnden Klinge am Bauch und riss den Mann regelrecht in zwei Hälften. Lio erstarrte für den Bruchteil einer Sekunde, als er erkannte, dass die Borg nicht versuchten, sie zu assimilieren, sondern sie einfach nur abschlachteten.

Er zögerte nicht lange. Lio und Amrita feuerten beide auf die Borg, die so unvermittelt ihre Freunde umgebracht hatten. Die Drohnen fielen um, aber die beiden anderen rückten weiter vor. Lio schoss erneut, nur um zu sehen, dass der Strahl harmlos an seinem Ziel abprallte. Das Echo von Worfs Stimme in seinem Kopf, rief er Amrita zu. »Ändere die Frequenz!«

Sie gehorchte, aber es war zu spät. Die Drohne hatte sie erreicht, und Lios Attentäter rückte erneut vor, mittlerweile kaum mehr als eine Armeslänge entfernt. Aus den Augenwinkeln sah er, dass die Drohnen, die sich um die Königin gekümmert hatten, sich nun ebenfalls bewegten, um die Eindringlinge abzufangen.

Während er krampfhaft versuchte, nicht auf die Geräusche zu achten, die mit dem einhergingen, was die Borg mit Amritas Körper anstellten, schoss Lio ein düsterer Gedanke durch den Kopf: *Zumindest werde ich keiner von ihnen werden.*

Ihm war klar, dass bevor er dem Tod ins Auge blicken konnte, seine erste und letzte Pflicht gegenüber der *Enterprise* bestand. Er hatte wichtige Informationen für jene, die ihn überleben würden.

Die Drohne griff nach seiner Schulter. In diesem letzten Moment schien sich die Zeit zu verlangsamen. Lio blickte in das Gesicht seines Angreifers - das kalkweiße Fleisch, umgeben von schwarz - und mit einem seltsamen Gefühl der Entrücktheit kam ihm der Gedanke, dass die Menschen den Tod so oft als bleichgesichtige, schwarz verhüllte Gestalt personifiziert hatten.

Gleichzeitig betrachtete er die Züge des Borg - so farblos, so ohne jeden Charakter und jede Individualität - und er verspürte Mitleid.

Vor allem aber fühlte er sich schlecht wegen Sara. Sie würde weinen, wenn sie zu seinem Quartier ging. Er bedauerte zutiefst, dass sein Tod ihr solche Schmerzen bereiten würde. Er hatte so sehr gehofft, zu ihr zurückkehren zu können, sie lieben zu dürfen und ihr ein glückliches Leben zu bescheren.

Stärker als alle anderen Gefühle jedoch war die Todesangst - und ihr genaues Gegenteil, die Furchtlosigkeit, denn ihm wurde klar, dass andere ihm folgen würden. Captain Picard würde den Borg niemals erlauben zu gewinnen. Sein Tod würde gerächt werden.

Ruhige Erwartung erfüllte Lio, als der Borg ihn an der Kehle packte. Aber seine Furcht wurde erneut geweckt, als er statt eines gewaltsamen Todes nur das kalte Metall der Injektionsröhrchen verspürte, die ihm in den Hals stachen. Im gleichen Moment schlug Lio auf seinen Kommunikator und schrie: »*Enterprise*! Sie greifen nun bei Sichtkontakt an! Ich wiederhole: Sie greifen nun ...«

KAPITEL 6

»Enterprise*! Sie greifen nun bei Sichtkontakt an! Ich wiederhole: Sie greifen nun …*«

Picard sprang auf, aber er stand nur einen kurzen Moment. Die Stimme des Lieutenants wurde von einem schrillen Geräusch unterbrochen, das durch das Gehirn des Captains schnitt und ihn auf die Knie sinken ließ. Im ersten Augenblick dachte er, das Geräusch sei nur in seinem Kopf - genau wie das Lied der Borg -, doch dann sah er, dass sich die gesamte Brückenbesatzung krümmte.

»Trennen Sie die Verbindung«, rief Picard dem Kommunikationsoffizier zu, aber die junge Frau war bereits mit schmerzverzerrtem Gesicht zu Boden gegangen.

Mit zwei langen Schritten sprang Worf auf die Kommunikationskonsole zu und arbeitete hastig an den Kontrollen. »Die Borg haben ein Signal in den Kommunikator des Lieutenants eingeschleust«, schrie er über das Kreischen hinweg. »Was ich auch versuche, es beendet nicht den … *Angriff!*«

Die Brücke wackelte, als die *Enterprise* von einem furchtbaren Schlag getroffen wurde. Die wenigen Offiziere, die noch auf den Beinen waren, stürzten zu Boden. Nave und T'Lana wurden beide von ihren Stühlen geworfen.

»Schilde sind unten«, meldete La Forge, während er sich an seiner Konsole wieder auf die Füße zog.

»Lieutenant Nave, bringen Sie uns außer Waffenreichweite!«, befahl Picard, als ein zweiter Schlag das Schiff traf.

Der Lieutenant kämpfte sich zur Steuerkonsole zurück und kniff schmerzerfüllt die Augen zusammen, als das durchdringende

Geräusch noch einmal an unglaublicher Intensität gewann. Mit einigen raschen Befehlen zwang sie das Schiff in eine Kehrtwende und gab einen Kurs ein, der sie so weit von dem Borg-Schiff wegführte, wie sie es sich erlauben durften. Als sie davonschossen, hörte der Krach endlich auf.

»Ich habe die Verbindung zu Lieutenant Battaglias Kommunikator unterbrochen«, meldete Worf.

»Wir haben wieder Schilde«, sagte La Forge.

Picard blickte seine beiden Offiziere an. Sie hatten derlei schon erlebt - und Schlimmeres -, trotzdem wusste er, dass der Ausdruck des Schocks, der auf ihren Gesichtern lag, während sie an ihren Stationen arbeiteten, seinen eigenen widerspiegelte. Noch nie hatten die Borg so schnell zugeschlagen, es sei denn, sie waren im Angriffsmodus gewesen. »Ich will eine komplette ...«

»Der Kubus hat etwas in die Krankenstation gebeamt, während unsere Schilde unten waren«, sagte Worf. »Die Anzeigen sind unklar.«

Beverly!

Für den Bruchteil einer Sekunde erstarrte Picard. Obwohl es dem Rest der Brückenmannschaft kaum auffallen mochte, fühlte es sich an wie eine Ewigkeit. Die Borg waren hinter Beverly her. Irgendwie hatten sie seine Verbindung zu ihnen gespürt und seine Gedanken gelesen. Sie versuchten, ihn persönlich zu treffen, waren auf Blut aus.

»Brücke an Krankenstation«, rief Picard.

Worf und Picard waren bereits beide auf dem Weg zum Turbolift, als Beverlys Stimme die Luft erfüllte. *»Krankenstation an Brücke.«* Ihre Stimme klang seltsam hohl - ruhig, aber tonlos. Sie ließ ihn inne halten.

»Ja, Doktor?«

»Die Borg«, sagte sie und brach dann ab.

»Wir sind unterwegs«, sagte Picard mit einem Seitenblick zu Worf. Ihm war klar, dass sie beide nicht die Brücke verlassen sollten, aber er wollte verdammt sein, wenn er hier zurückbleiben würde.

»Nein«, sagte sie. *»Es sind keine Drohnen. Es ist das Außenteam. Die Borg haben ihre Körper zurückgebeamt ... oder vielmehr das, was von ihnen übrig ist.«*

Picard verspürte eine Welle der Erleichterung. Die Borg hatten die Verbindung nicht bemerkt und einen persönlichen Angriff gestartet. Sie hatten nur die Körper an den logischsten Ort des Schiffes geschickt.

Die Körper.

Er hatte versagt. Er hatte die eine Sache, die er sich geschworen hatte, niemals wieder zuzulassen, nicht verhindern können: dass er auch nur noch eines seiner Mannschaftsmitglieder an die Borg verlieren würde. Er blickte seine Brückenbesatzung an, während sein Geist die letzten Worte Battaglias vervollständigte: *Sie greifen nun bei Sichtkontakt an!*

Er hatte angenommen, dass die Borg genau so auf das Außenteam reagieren würden, wie sie es immer auf Menschen getan hatten, die keine direkte Bedrohung für sie dargestellt hatten - dass sie es ignorieren würden. Er hatte es angenommen ... und falsch gelegen. Wie hatte er das nicht wissen können? Er hatte mit allem anderen recht behalten. Er hatte über die Existenz der ungeborenen Königin Bescheid gewusst, über den Aufenthaltsort des Borg-Kubus ...

Aber er hatte nicht gewusst, dass die Borg die neue Taktik verfolgten, alle Eindringlinge anzugreifen. Oder dass sie jetzt bereit waren, zu morden. Seine unvollständige Verbindung zum Hive war ein Problem, ein Makel, der behoben werden musste - und das schnell.

Die Krankenstation war randvoll, doch es herrschte nicht das Chaos, das sich für gewöhnlich in Triage-Situationen einstellte. Der kurze Angriff auf das Schiff hatte etwa ein Dutzend kleinerer Verletzungen zufolge gehabt, die schlimmste von ihnen das gebrochene Bein von Ensign Wahl, die im Maschinenraum von einer Leiter gefallen war. Wie in jeder Notfallsituation hatte sich der gesamte medizinische

Stab zum Dienst gemeldet und kümmerte sich nun um die Patienten. Trotzdem war es in dem Raum so still, als sei er leer. Über den Grund dafür musste Beverly nicht lange nachdenken, während sie ihre Autopsie an den Überresten des Außenteams vornahm.

Der Angriff war ausgesprochen bösartig gewesen, weit bösartiger als alles, was sie die Borg bisher hatte anrichten sehen. Die Körper des Außenteams waren zerstört worden ... geschändet. Es hatte beinahe den Anschein, als hätten die Angreifer Spaß daran gehabt, zu töten. Es schien keinen eindeutigen Grund dafür zu geben, weswegen die Borg die Toten zurückgeschickt hatten, statt sie zu assimilieren. Es widersprach allem, was Beverly in der Vergangenheit mit den Borg erlebt hatte. Ihre Scans enthüllten nichts über den grausamen Tod hinaus, den das Team erlitten hatte. Es fanden sich keine Hinweise darauf, was die Borg vorhatten.

Während sie ihre Untersuchung fortsetzte, gab sich Beverly alle Mühe, ihre Gefühle von ihrer Arbeit zu lösen. Das war stets der schwierigste Teil ihres Berufs. Sie musste auf ihre Aufgabe konzentriert bleiben und sie als nichts anderes betrachten: eine Aufgabe, eine Routinearbeit. Sie musste die Leben dieser Menschen verdrängen, die diese noch vor kaum einer Stunde gelebt hatten.

Um ihr dies zu erleichtern, ließ sie einen Teil ihres Geists abschweifen und sich mit den Informationen beschäftigen, die sie gerade überprüft hatte, als das Schiff angegriffen worden war. Sie bedauerte, dass sie so wenige Details über die Königin selbst gesammelt hatten. Trotz all des Wissens, das Data nach seiner Begegnung mit ihr in seinen positronischen Schaltkreisen gespeichert hatte und das die *Voyager* im Delta-Quadranten gesammelt hatte, gab es wenig, was von Nutzen war. Mit Sicherheit fand sich nichts darunter, was darauf hinwies, wie die Königin geschaffen wurde. Doch je länger Beverlys Geist damit beschäftigt war, die Borg mit andorianischen Schwarminsekten zu vergleichen, desto mehr mögliche Erklärungen kamen ihr in den Sinn.

Sie nahm an, dass der Verlust der Königin einen Überlebensmechanismus der Rasse ausgelöst hatte, dass vielleicht eine der Drohnen sich zu einer Art temporärem Anführer entwickelt hatte und dem überlebenden Kollektiv die Anweisung gegeben hatte: *erschafft eine neue Königin.* Das würde bedeuten, dass es die Königin bei den Borg nicht von Anfang an gegeben hatte. Es wäre zudem die einfachste Erklärung für den Umstand, dass die Föderation bereits zwei Versionen der Königin begegnet war. Möglicherweise war genau dies ein natürlicher Teil des Zyklus - eine Königin starb, die Kolonie erschuf eine neue. Dieser Überlebensmechanismus mochte auch erklären, warum sich die Borg dem Außenteam gegenüber so gewalttätig verhalten hatten.

Dieser Analogie weiter folgend, stellte Beverly die Theorie auf, dass eine Königin eventuell aus einer angepassten Drohne entstand. *Aber wie würde solch eine Transformation in der kybernetischen Welt der Borg vonstatten gehen? Wird einfach nur die richtige Prothese angeschraubt oder wird die DNA einer Drohne in der Art verändert, in der auch Jean-Lucs verändert wurde, als sie ihn assimilierten?*

Beverly war dermaßen in Gedanken versunken, dass sie kaum hörte, wie die Türen zur Krankenstation aufglitten. In der Annahme, dass es sich nur um eine leichte Verletzung handelte, blickte sie kurz auf und sah, dass es Jean-Luc war, der sich näherte. Sie hatte damit gerechnet, dass er vorbeikommen würde, ihn allerdings schon früher erwartet.

Picard kam direkt auf sie zu, doch obschon er sich auf sie konzentrierte, bemerkte sie das leichte Zögern, als er die Überreste des Außenteams sah, die vor ihr auf den Untersuchungstischen lagen. Sie wusste, dass er sich Vorwürfe machen würde. Jeder Captain würde das. Aber ihnen war beiden klar, dass jetzt nicht der richtige Zeitpunkt für diese Art von Diskussion war.

»Was haben Sie herausgefunden, Doktor?«, fragte er beinahe kalt, als er den Untersuchungstisch mit den Überresten Noel DeVries erreicht hatte.

»Nichts Ungewöhnliches«, antwortete sie, »von der Brutalität des Angriffs selbst einmal abgesehen. Die Schnitte und ... Zerstückelungen wurden mit dem gewöhnlichen Waffenarsenal der Borg durchgeführt.« Ihre Stimme wurde etwas leiser. »Lieutenant Battaglias Körper war nicht unter den Toten.«

Jean-Luc blickte auf die drei Körper hinab, die nebeneinander auf den Tischen lagen. »Wer hätte gedacht, dass diese hier die Glücklichen sein würden?«

Beverly sah, wie sich Ensign Wahl versteifte, während ihr Bein versorgt wurde. Die Ärztin wusste, dass diese Reaktion nicht den Schmerzen geschuldet war. Wahl hatte gehört, was der Captain gesagt hatte.

Beverly deutete mit einem Nicken auf ihr Büro und ging mit Jean-Luc hinein, um ihr Gespräch unter vier Augen fortzuführen. Außerdem wollte sie, dass sie beide etwas Abstand zu den grausigen Erinnerungen ihrer Verluste bekamen. Nicht, dass es irgendwo an Bord des Schiffes einen Ort gegeben hätte, an den sie hätten gehen können, der hierfür weit genug weg gewesen wäre. Das Leichentuch des Todes hing mit jedem Schritt an ihnen beiden.

»Eins verstehe ich nicht«, sagte sie, als sie hinter ihrem Schreibtisch Platz nahm. »Die Borg sind nicht so. Sie sind nicht bösartig. Sie sind systematisch. Gewalt ist ein Mittel zum Zweck. Sie wird niemals um des Effekts willen ausgeübt. Die Borg verspotten mit Sicherheit keine Gegner.«

Picards Lippen verzogen sich verbittert. »Sie sind überall in der Galaxis verstreut, voneinander abgeschnitten. Und wieder und wieder hat ihnen die Föderation etwas beschert, das sie zuvor selten erlebt hatten: eine Niederlage. In diesem Fall haben die Borg das getan, was sie am besten können. Sie haben sich angepasst.«

Beverly versuchte, nicht darüber nachzudenken, was diese Worte letztendlich bedeuten mochten.

»Du solltest außerdem wissen«, fuhr er fort, »dass die Borg das Außenteam ohne jede Provokation getötet haben. Eine Rumpfmannschaft, die alle Hände voll damit zu tun gehabt haben sollte, das Schiff startklar zu machen und sich um die Königin zu kümmern ... und doch hat sie unsere Leute ohne zu zögern umgebracht.«

Mord. Das war kein Wort, das sie mit den Borg in Verbindung brachte. Selbstverständlich waren die Borg Killer, aber Mord implizierte einen Gefühlszustand, und derlei fand man bei Drohnen gewöhnlich nicht. Ohne jede Provokation zu töten ... Bei dem Gedanken zuckte sie innerlich zusammen. Sie war zwischen den Borg umhergelaufen, ohne von ihnen belangt zu werden, auch wenn es eine unbeschreiblich unheimliche Erfahrung gewesen war. »Aber ich dachte ...«

»Ich auch«, erwiderte Jean-Luc dumpf. »Ich habe mich geirrt. Offensichtlich ist meine Verbindung zu den Borg unvollständig, mangelhaft. Sie haben sich verändert. Sie sind kühner. Böswilliger. Ich kann es mir nicht leisten, noch einmal falsch zu liegen.«

»Glaubst du, dass es eine Falle war?«, fragte sie.

»Ich denke nicht«, sagte er unsicher. »Ich glaube nicht, dass sie wissen, dass ich sie hören kann. Ich *hoffe*, dass sie nicht hören können, was in meinem Kopf vorgeht.«

»Vielleicht sind sie nur gewalttätiger, weil sie ihre sich entwickelnde Königin schützen.« Sie hielt inne. Sie wusste, dass ihre Worte es Jean-Luc nicht leichter machen würden, sein Gefühl der Verantwortlichkeit für die verlorenen Leben abzustreifen. »Ich habe die Theorie, dass sie eine ihrer Drohnen in eine Königin transformieren«, sagte sie, als sie die Daten aufrief, die sie studiert hatte. »Ich verstehe nur noch nicht, wie sie dies bewerkstelligen.«

»Das herauszufinden wird ab jetzt deine wichtigste Aufgabe sein«, befahl Picard.

»Was wirst du unterdessen tun?«, fragte Beverly. Etwas in der Art, wie der Captain sie anschaute, sagte ihr, dass er bereits einen Plan hatte. Die *Enterprise* würde niemals einen Kampf gegen den Kubus überstehen; Rückzug schien die einzige Lösung zu sein. Doch ein Blick auf Picards bestimmte Miene verriet ihr, dass er über diese Option noch nicht einmal nachgedacht hatte.

»Die Regeln haben sich geändert«, sagte Jean-Luc. »Wir haben gegen die Borg gekämpft – und sie haben sich angepasst, wurden für unsere Waffen undurchdringbar und zwangen uns, Mal für Mal zurückzuweichen. Jetzt sind wir an der Reihe, uns anzupassen.« Es lag eine seltsame Abwehrhaltung in seiner Stimme und seinen Augen, wie auch eine unbeirrbare Entschlossenheit. Ihm schien klar zu sein, dass sie mit dem, was er zu sagen gedachte, absolut nicht einverstanden sein würde. »Die Drohnen reagieren aggressiv auf Humanoide. Sie würden allerdings überhaupt nicht auf einen anderen Borg reagieren.«

Ausdruckslos starrte sie ihn an. Nur der Schreibtisch lag zwischen ihnen, aber auf einmal hatte sie das Gefühl, als wäre sie weit von ihm entfernt. Ein Muskel in Picards Unterkiefer zuckte leicht. Ihr fiel ein Hauch nach innen gerichteter Abscheu auf seinen Zügen ins Auge, und auf einmal schlug die Erkenntnis über ihr zusammen, das pure Grauen.

»*Nein.*« Sie stand auf und schüttelte den Kopf, um den Gedanken zu vertreiben. Jean-Luc streckte die Hand nach ihr aus, aber die schlug sie beiseite. »Nein! Das werde ich nicht zulassen.«

»Doktor.« Sein Tonfall war bedächtig, sanft, absolut vernünftig. »Sie haben das Wissen und die Technologie - und wir haben keine andere Möglichkeit. Wenn wir die Königin zerstören wollen, muss ich erneut Locutus werden.«

Picard sah den Schock und den Ekel in ihren grünen Augen, ihrem Gesicht, selbst in ihrer Haltung, während sie hinter dem Schreibtisch stand. Sie schlang die Arme um den Körper und schüttelte den Kopf. Ihr rotes Haar wippte aufgebracht hin und her.

Der Gedanke, dass er erneut Locutus werden müsse, war ihm in einem plötzlichen, schmerzhaften Augenblick gekommen, während er auf der Brücke stand und Lieutenant Battaglias qualvollen Schreien lauschte. Nach ihrem Rückzug hatte sich Picard alleine in seinem Bereitschaftsraum etwas Zeit genommen, um über die Situation nachzudenken. Der Gedanke fiel auch ihm nicht leicht, aber es gab keine andere Möglichkeit. Während der Fahrt mit dem Turbolift und seinen Schritten durch den Korridor zur Krankenstation hatte Picard dasselbe Grauen verspürt, das er jetzt in Beverlys Miene sah. Aber er hatte die Zeit gehabt, es zu überwinden, sich der Notwendigkeit der Umstände zu ergeben. Und jetzt, in ihrem Büro, hatte er akzeptiert, dass es sich um die einzig mögliche Vorgehensweise handelte. Auch Beverly würde zu diesem Schluss kommen.

»Was sollen wir sonst machen, Doktor?«, drängte er. »Uns zurückziehen, sodass die Königin einen Angriff gegen die Erde richten kann? Sie haben das Schiff gesehen. Es ist noch stärker als das letzte. Sollen wir eine weitere Schlacht wie Wolf 359 zulassen, erlauben, dass Tausende mehr völlig sinnlos sterben?«

»Aber Seven of Nine ...«, begann Beverly.

Er fiel ihr ins Wort. »Seven wird zu spät eintreffen, um irgendeine Hilfe zu sein. Selbst wenn sie jetzt hier wäre, ist sie zu sehr ein Mensch geworden. Die Borg würden sie niemals mehr als eine der ihren akzeptieren.«

Sie hatte sich beruhigt. Ihre Arme waren noch immer gefaltet und deuteten ihren Unwillen an, ihm recht zu geben, aber sie hörte immerhin aufmerksam zu. »Ich habe eine Menge Nachforschungen angestellt. Offensichtlich handelt es sich bei der Königin um eine Drohne, die in eine Frau verwandelt wird. Ich habe so im Gefühl, dass es sich dabei um weit mehr als nur eine einfache chirurgische Prozedur handelt. Ich denke, dass Biochemie im Spiel ist. Die Borg sind halb organisch. Es muss eine biomedizinische Lösung geben, um den Transformationsprozess zu stoppen. ...«

Picard unterbrach sie. »Das ist noch immer eine Vermutung? Sie haben noch keine Methode gefunden?«

Sie schüttelte den Kopf. »Ich brauche mehr Zeit.«

»Dann muss Ihre Forschungsarbeit warten.« Er schwieg kurz. »Selbst *wenn* Sie eine Möglichkeit finden, die Metamorphose rechtzeitig anzuhalten, muss *trotzdem* jemand an den Borg vorbeikommen, um sie anzuwenden.«

»Jean-Luc«, begann sie leise. Er erkannte das unausgesprochene Flehen, irgendeinen anderen Weg zu finden.

»*Irgendjemand* muss transformiert werden«, sagte er in unnachgiebigem Ton. »Jemand mit hinreichend Spezialkenntnissen über die Borg, ihr Schiff, ihre Königin. Können Sie mir eine logischere Lösung anbieten?«

»Nein«, gab sie zu. »Aber was geschieht, wenn wir das tun und irgendetwas geht schief?«

»Das ist eine Frage, die wir jetzt noch nicht beantworten können. Aber wir wissen bereits, was geschehen wird, wenn wir es *nicht* tun.« Er seufzte und senkte die Stimme. »Hör zu, mir gefällt das alles auch nicht besser als dir. Ich würde jede andere Vorgehensweise bevorzugen - wenn es eine gäbe. Aber wir müssen unsere persönlichen Gefühle außen vor lassen. Ich bin der beste Kandidat. Und ich *muss* eine perfekte Verbindung zum Hive haben.« Er rang darum, den Schmerz und Zorn aus seiner Stimme fernzuhalten. »Ich werde keinen weiteren Mann durch meine Ignoranz verlieren.«

Ihre Schultern entspannten sich ein wenig. Alles Gefühl verschwand aus ihrem Gesicht und Ton, und der Ausdruck eines wissenschaftlichen Geists bei der Arbeit trat auf ihre Züge. »Ich habe all die Aufzeichnungen und Nanosonden. Ich kann sie für unsere Zwecke umprogrammieren.« Sie hielt kurz inne. »Außerdem werden wir Ihnen natürlich einen Neutralisatorchip einpflanzen, um Sie vor der vollständigen Assimilierung zu bewahren. Sie werden jeden Befehl hören, den das Hive empfängt, in alle Informationen der Borg eingeweiht sein. Aber Sie werden nach wie vor Sie selbst sein - fähig zu eigenständigem Denken und Handeln.«

Picard schenkte ihr zum Dank ein grimmiges Lächeln. Er wusste, dass das nicht leicht für sie war. »Wie lange, bis ich einsatzbereit sein werde?«

Sie hob die Augen zur rechten Raumecke, während sie rechnete. »Die eigentliche Operation an Ihnen wird nicht länger als fünfzehn Minuten in Anspruch nehmen. Aber geben Sie mir eine Stunde zur Vorbereitung.«

»Versuchen Sie es schneller«, sagte er. »Wir haben nicht mehr viel Zeit.«

Picard saß in seinem Quartier, lauschte den bewegenden Klängen von Berlioz' *Symphonie Fantastique* und versuchte die bösen Geister zu bezwingen, die das Wissen dessen, was vor ihm lag, hervorgerufen hatte. Schlaglichtartige Bilder eines Borg-Operationssaals tauchten vor seinem inneren Auge auf ... der Schrecken, ein einzelnes, kleines Bewusstsein zu sein, das von der donnernden Stimme des Kollektivs überwältigt wurde ... die quälende Frustration, in einem Körper eingesperrt zu sein, der nicht länger von ihm selbst kontrolliert wurde, die eigene Stimme zu hören, die für die Borg sprach, während er, das Individuum, im Inneren gefangen war und nichts weiter zu tun vermochte, als voller Wut stumm zu schreien.

Jede Borg-Drohne repräsentierte solch ein einzelnes Bewusstsein - gefangen und gezwungen zuzusehen, wie sich der eigene Körper geistlos und gegen den eigenen Willen bewegte. Das Ausmaß der Tragödie spottete jeder Beschreibung.

Eine dieser Drohnen wurde in diesem Augenblick verändert, in ein neues Geschöpf verwandelt - eines mit einem eigenen Willen, einer eigenen Individualität, eines, das auf nichts anderes aus war, als die Individualität anderer zu vernichten. Er schauderte innerlich, als er an sich selbst als Locutus dachte, flach im Operationssaal auf dem Rücken liegend, während die Königin, ihre Haut feucht und schimmernd, ihr Gesicht zu seinem herabbeugte, ihm flüsternd von ihrer gemeinsamen Zukunft erzählte und dabei seine Wange mit ihrer kalten, unmenschlichen Hand streichelte ...

Er unterdrückte die unliebsamen Erinnerungen und ersetzte sie durch die eine Erinnerung reinen Triumphs und unvergleichlicher Erleichterung: dem Augenblick, an dem er sich von Locutus und dem Hive-Bewusstsein losgesagt hatte, die Hand ausgestreckt und als Jean-Luc Picard Datas Arm ergriffen hatte.

Schlaf, hatte er gesagt. Das Wort hatte ihm unglaubliche Befriedigung bereitet, denn es war seine eigene, so lange Zeit unterdrückte Stimme gewesen, die es ausgesprochen hatte. Es war seine persönliche Entschädigung für all die Verbrechen, die Locutus begangen hatte: Er hatte seiner Mannschaft die Information gegeben, die diese brauchte, um die Borg zu stoppen und die Erde zu retten. Data hatte sie vernommen, und er hatte sie verstanden.

Picard wusste, dass ihm diese Erinnerungen die Kraft geben würden, erneut Locutus zu werden, einmal mehr unter den Borg zu wandeln - als einer der ihren. Er würde unter ihnen sein, aber getrennt von ihnen. Niemals wieder würde er ihnen erlauben, ihm seine Individualität oder die eines anderen zu stehlen.

Verloren in seinen Gedanken und der anschwellenden Musik, starrte er aus dem Fenster, als die elektronische Türglocke seines Quartiers anschlug. »Musik aus«, sagte er und dann: »Herein.«

Er drehte sich um und sah, dass T'Lana eintrat.

»Captain Picard«, sagte sie förmlich. »Ich möchte zur Kenntnis geben, dass ich anerkenne, dass Sie hinsichtlich der Existenz des Borg-Schiffes recht gehabt haben. Ich weiß, dass Menschen eine derartige Bestätigung für wichtig erachten.«

Er schenkte ihr ein schwaches Lächeln. »Also. Ziehen Sie Ihren Einwand gegen meinen Befehl, die *Enterprise* ohne Seven of Nine hierher zu beordern zurück?«

»Nein, Sir«, antwortete sie ruhig, während sie weiter in den Raum hineinkam. »Obwohl ich zugebe, dass Sie hinsichtlich der Existenz und des Aufenthaltsortes des Borg-Schiffes richtig lagen, hatten Sie mit Ihrem Urteil, dass die Borg die Präsenz eines Außenteams ohne weiteres hinnehmen würden, unrecht. Ich habe daher keinerlei Möglichkeit, festzustellen, welche Ihrer Annahmen korrekt sind und welche nicht. Ich vermag nicht mit Sicherheit zu sagen, dass Seven of Nine zu spät eingetroffen wäre, um uns eine Hilfe zu sein.«

Picard spürte, wie der Drang zur Abwehr in ihm aufstieg, insbesondere bei der Erwähnung des verlorenen Außenteams. Er brauchte etwas körperlichen Abstand zwischen sich und der Vulkanierin und machte eine plötzliche Bewegung auf seinen Stuhl zu, wobei er T'Lanas Arm berührte, als er an ihr vorbei trat. »Ich bin mir der Tatsache nur zu bewusst, dass meine Verbindung zum Borg-Kollektiv unvollständig ist. Es war ein bedauerlicher Fehler, aber einer, der gemacht werden musste, um das zu erfahren, was wir jetzt wissen.«

Als er saß, bemerkte er einen Ausdruck in T'Lanas Gesicht, der nur als neugierig beschrieben werden konnte. »Was gibt es?«

»Sie beabsichtigen, erneut Locutus zu werden.« Es lag kein Vorwurf in ihrer Stimme, es war auch keine Frage. Sie schien es als Fakt zu wissen. Das war der Segen - und die Herausforderung -, einen hochsensiblen Berührungstelepathen an Bord zu haben. Er hatte nicht vorgehabt, T'Lana bereits jetzt in seinen Plan einzuweihen, andererseits gab es auch keinen Grund, ihn zu leugnen.

»Kein Humanoider kann unsere Mission unbehelligt durchführen«, erklärte er. »Daher, ja, ich werde erneut zu Locutus werden. Ich werde einen Neutralisatorchip tragen, sodass meine Assimilierung nicht vollständig sein wird. Die Borg werden mich als einen der ihren akzeptieren, und es wird mir möglich sein, die Königin rasch zu vernichten.«

T'Lana nahm diese Informationen ohne ein Zeichen der Überraschung auf, sah man von einem leichten Heben der einen Augenbraue ab. Schließlich antwortete sie: »Es besteht die hohe Wahrscheinlichkeit, dass Ihr Plan fehlschlägt und Sie gefangen genommen werden. Die Sternenflotte würde ein wichtiges Mitglied verlieren und die Borg einen unschätzbar wertvollen Verbündeten gewinnen.«

»Daran müssen Sie mich nicht erinnern«, antwortete Picard düster. »Counselor, mir ist ein einzelnes Detail entgangen, das zum tragischen Tod von vier meiner Besatzungsmitglieder geführt hat. Jetzt versuche ich, uns unbeschränkten Zugang zum Hive-bewusstsein der Borg zu verschaffen und so unsere Chancen zu maximieren, die Borg auszuschalten, bevor sie einen tödlichen Angriff auf uns starten können. Warum fällt es Ihnen nach all den Beweisen, die Sie gesehen haben, so schwer, mir zu vertrauen?«

»Es liegt an Ihren Gefühlen«, sagte sie unverblümt und hob leicht das Kinn - eine Geste, die, wäre sie ein Mensch, Picard als Zeichen von Trotz aufgefasst hätte. »Als Sie zum ersten Mal verkündeten, dass Sie das Borg-Kollektiv spüren, habe ich alle relevanten Logbucheinträge und Berichte über Ihre Begegnung mit ihnen gelesen. Während Ihrer letzten, als die Borg die *Enterprise-E* übernahmen, sorgte Ihr Zorn dafür, dass Sie den Borg beinahe erlaubt hätten, jedes Mitglied Ihrer Mannschaft zu vernichten. Ihre Handlungen brachten Ihr Schiff und die Zukunft des Alpha-Quadranten in Gefahr. Sie haben sich irrational verhalten, Captain. Als Counselor ist es meine Pflicht, Sie an solche Fakten zu erinnern. Ich wäre nachlässig, würde ich nicht anmerken, dass ich hinsichtlich Ihrer Entscheidung eine bedenkliche Menge an emotionalem Aufruhr in Ihnen verspürt habe. Ich bitte Sie darum, Ihre Handlungen zu überdenken, Ihre Strategie zu ändern und sich von Admiral Janeway Instruktionen einzuholen.«

Picard bemühte sich, jedes Anzeichen von Hitzigkeit in seiner Stimme zu unterdrücken, als er sagte: »Ich kann die Borg hören, aber sie sind jetzt anders. Ich habe anfangs nicht erkannt, wie stark sie sich verändert haben. Aber jetzt verstehe ich sie besser. Ohne die Stimme ihrer Königin hat das Hive-bewusstsein die Geisteshaltung eines Mobs angenommen. Es fehlt den Borg im Augenblick an jeder Logik. Wenn ich mich als Locutus unter ihnen bewegen kann, können wir all dies beenden, bevor es richtig losgeht.«

»Sie bauen auf eine Annahme, die keinerlei faktische Basis hat«, erinnerte sie ihn.

»Wie es mein Vorrecht als Captain ist«, gab er zurück.

»Intuition.« T'Lana flüsterte das Wort beinahe.

Picard wollte ihr Nachgeben gerne als Durchbruch ansehen, aber er befürchtete, dass dies nur das erste von vielen Gesprächen war, während derer sie aneinander geraten würden. »Counselor ... wir haben offensichtlich beide die Akte des jeweils anderen gelesen. Sie haben die Versetzung zur *Enterprise* erbeten. Sie wollten hierher kommen. Darf ich fragen, weshalb?«

In ihren dunklen Augen flackerte es kurz. Es war kein wirkliches Gefühl, aber vielleicht eine unschöne Erinnerung. »Ich hielt es für logisch, dorthin zu gehen, wo ich am meisten gebraucht würde«, antwortete sie schließlich.

»Ich verstehe.« Aus dem Mund jedes anderen Wesens als eines Vulkaniers wäre diese Bemerkung eine ziemlich unverhohlene Beleidigung gewesen. Picard gab sich Mühe, sie nicht als solche zu sehen. »Sie dürfen gehen.«

Er kehrte ihr den Rücken und wandte sich erneut dem Fenster zu. Vor dem Hintergrund des Weltraums und der Sterne sah er die schwache Spiegelung ihrer Gestalt, bevor sich die Türen hinter ihr schlossen.

Sara Nave konnte nicht essen. Sie konnte nicht denken. Sie konnte nicht einmal in Betracht ziehen, ihre normalen Pflichten zu übernehmen. Wenn Lio einfach nur getötet worden wäre, so wie die anderen, wäre es fast leichter gewesen. Aber zu wissen, dass er dort draußen war, zu wissen, was er in eben diesem Augenblick durchmachte - das war einfach zu viel für sie.

Sie stand am Eingang seines Quartiers und war unwillig, einzutreten. Es schien, als sei das Übertreten der Schwelle das Eingeständnis des Verlusts Lios. Aber so leicht würde sie ihn nicht gehen lassen. Er war noch immer auf diesem Borg-Schiff, höchstwahrscheinlich einer von ihnen. Aber wenn er am Leben war - in welchem Zustand auch immer - gab es noch Hoffnung. Sturerweise hatte sie sich verboten, zu weinen. Sie würde sich nicht erlauben, zu trauern. Noch nicht.

Ihre Eltern waren in einem sauberen Tod von ihr gegangen. Sie war weit entfernt von ihnen gewesen, von den letzten Explosionen, den Todesschreien, den zerrissenen, blutigen Körpern. Im einen Moment waren sie in ihrem Bewusstsein noch am Leben gewesen, im nächsten unwiederbringlich fort. Ihr ganzes Leben hatte sich versucht, Bindungen zu vermeiden, aus Angst, sie könne einen weiteren, ähnlich furchtbaren Augenblick erleben.

Aber für Lio hatte sie eine Ausnahme gemacht, hatte zugelassen, dass er ihr etwas bedeutete. Sie hatte dies aus zwei Gründen getan.

Zum einen hatte sie sich endlich der Hoffnung ergeben. Sie hatte jemand Besonderen gefunden, der ihren Widerstand gebrochen hatte, der sie dazu gebracht hatte, ihn zu lieben. Sie hatte gewusst, dass es mit ihnen beiden geklappt hätte. Zum zweiten hatte sie Angst gehabt, Angst, dass wenn sie die Gunst des Augenblicks nicht genutzt hätte, um mit Lio zusammen zu sein, sie vielleicht niemals eine zweite Chance bekommen hätte.

Nave schauderte und umfasste ihre Ellbogen. Sie hatte Amritas elektronisch verstümmelte Schreie gehört, das weiche, kaum wahrnehmbare Geräusch vom Zerreißen menschlichen Fleisches ... dann hatte Lio seinen panischen Bericht abgegeben.

Und sein Schrei ... urplötzlich ausgelöscht durch das Zischen von Metall durch Luft.

Sie presste ihre Augen fest zu und vernahm ihre eigene, verärgerte Erwiderung. *Es wird kein ‚nur für den Fall' geben.*

Aber es hatte ihn gegeben.

Nave holte tief Luft und trat ins Innere. Die Türen glitten hinter ihr zu.

Sie öffnete die Augen. Früher war der Raum ein Standardquartier gewesen, jetzt war er eine unverkennbare Widerspiegelung von Lios Wesen. Das einfache, schmucklose Bett war mit Bettwäsche in erdfarbenen Tönen bezogen. Die Wände waren mit Kunstlederbahnen geschmückt, die einem das Gefühl einer toskanischen Villa gaben. An einer der Wände war ein überlebensgroßes holografisches Fensterbild angebracht worden, das einen Blick auf ein altes Dorf gewährte, von dem Lio ihr erzählt hatte, es befände sich nicht weit von seiner Geburtsstätte entfernt. Auf einem Drahtständer lagen ein Dutzend Flaschen echten italienischen Weines - kein Synthehol. Sie wusste schon seit Längerem, dass Lio einen kleinen Vorrat echten Alkohols besaß. Einmal hatte er ihr im Club gedroht, eine dieser Flaschen mit ihr zu trinken. Sie hatte höflich abgelehnt und gesagt, dass die Cocktails, die er ihr bestellte, Herausforderung genug seien.

Der Schreibtisch, rief sie sich in Erinnerung. Er hatte gesagt, er habe etwas für sie auf dem Schreibtisch zurückgelassen. Nave ging in den abgetrennten Arbeitsbereich hinüber, dem sie gestern Abend, als sie zu ihrer ersten und einzigen gemeinsamen Nacht erstmals sein Quartier betreten hatte, keine Beachtung geschenkt hatte.

Er hatte seinem Schreibtisch einen Kasten mit Einlegeböden hinzugefügt. Auf diesen reihten sich etwa ein Dutzend echter papierner Bücher - alte, ledergebundene Stücke mit lateinischen oder italienischen Titeln auf dem Buchrücken. Ehrfürchtig streckte Nave eine Hand aus und berührte eines von ihnen. Lio hatte davon erzählt, dass er italienische Literatur des neunzehnten Jahrhunderts sammelte, aber sie hätte niemals gedacht, dass er tatsächlich derart kostbare Bücher besaß. Sie lehnte sich nach vorne, um den Geruch muffigen Papiers und alten Leders einzuatmen. Diesen erdigen Geruch würde sie für den Rest ihres Lebens mit Lio verbinden.

Während ihr Geist von Bildern ihrer verlorenen Liebe überschwemmt wurde, erinnerte sie sich daran, weswegen sie den Raum überhaupt betreten hatte. Er hatte hier etwas für sie zurückgelassen.

Sara blickte sich um und bemerkte ein filigranes Modellflugzeug auf der Schreibtischplatte. Als sie es vorsichtig hochhob, erkannte sie das Design aus dem Geschichtsunterricht an der Akademie. Es war die Replik einer Flugmaschine, die sein Namensvetter, der Künstler und Wissenschaftler Leonardo da Vinci konstruiert hatte. Sara war von der Detailgenauigkeit des handgefertigten Modells beeindruckt. Nichts an ihm schien repliziert. Das Gefühl von etwas Echtem haftete ihm an. Es war wundervoll, gerade wegen seiner kleinen Makel und weil es das perfekte Geschenk für einen Steuermann war.

Behutsam stellte sie das Modell zurück auf den Schreibtisch und hob den Brief hoch, der unter ihm gelegen hatte. Es war Pergament, das mit geschwungener Handschrift beschrieben worden war.

Für Sara ...

Meine Mutter fertigte dies für mich und schenkte es mir

an dem Tag, als ich an der Akademie angenommen wurde. Es war ein passendes Geschenk, doch jetzt frage ich mich, ob nicht vielleicht sogar ein Hauch von Vorahnung darin lag, so als habe sie gewusst, dass ich mich eines Tages in jemanden verlieben würde, der vom Fliegen träumte, so wie du.

Ich hätte nie gedacht, dass du mir eine Chance geben würdest, Sara. Aber vom ersten Tag an, da ich dich sah, bestärkte mich dieses Modell darin, mein Glück zu versuchen. Leonardo da Vinci hob niemals erfolgreich von der Erde ab, aber mit dir konnte ich mich in ungeahnte Höhen schwingen.

Du gabst mir Hoffnung, du gabst mir dich selbst. Borg hin oder her, verlasse ich diesen Raum als glücklicher Mann. Bitte denk daran. Das ist das Einzige, was wirklich zählt.

Lio

Sie las die Worte wieder und wieder. Anfangs verspürte sie gar nichts, doch mit jedem weiteren Lesen schmolzen ihre Schutzwälle dahin, bis sie die Flut der Trauer nicht länger zurückhalten konnten. Sie legte den Brief nieder, hob die Hände zum Gesicht und weinte.

Sie dachte an den furchtbaren Augenblick, als Lio den Borg gegenüber gestanden hatte, als er erstmals erkannt hatte, dass er sterben würde. Der körperliche Schmerz musste schlimm genug, aber das Wissen unerträglich für ihn gewesen sein. Sie dachte an die Qual, die es ihm bereitet hatte, seinen Freund Joel als einen der Borg zu sehen. Wie viel furchtbarer musste für Lio die Erkenntnis gewesen sein, dass ihn jetzt genau das gleiche Schicksal erwartete.

Denk dir einfach, ich wäre tot. Es ist leichter so.

Als sie keine weiteren Tränen vergießen konnte, sagte sie, so als stünde Lio selbst direkt vor ihr: »So sehr ich das Fliegen liebe, ich werde mich zurück zur Sicherheit versetzen lassen. Sie werden einen neuen Sicherheitschef brauchen, und ich habe die meiste Erfahrung.« Sie hielt kurz inne und fügte dann voller Verbitterung und Heftigkeit hinzu: »Die Borg werden niemals gewinnen. Ich werde auf ihr Schiff gehen, Lio. Und ich werde dich finden.«

KAPITEL 7

Auf der Krankenstation starrte Beverly auf die computervergrößerte Ansicht der Borg-Nanosonden, während sie eine mikrochirurgische Operation vornahm.

Unverändert würden die Sonden Jean-Lucs Nervenzellen infiltrieren, sich verbinden und sich um die Doppelhelix seiner DNA winden, um deren Chemie zu korrumpieren und zu ersetzen, bis er etwas anderes wurde als ein Mensch.

Beverly veränderte sie auf subtile Art und Weise, sodass sie Jean-Lucs Menschlichkeit nicht ersetzen, sondern nur maskieren würden. Die Arbeit rief Erinnerungen an ihre letzte Begegnung mit den Borg wach - aber ihr Gedächtnis führte sie nicht zu den grauenvollen Kämpfen an Bord der *Enterprise*, sondern zu dem Augenblick, an dem sie den ersten Blick auf Zefram Cochranes Schiff, die *Phoenix*, geworfen hatte.

Sie hatte Bilder von alten Atomraketen gesehen, und es gab keinen Zweifel an der Herkunft der *Phoenix*. Wenn jemals eine Pflugschar aus einem Schwert geschmolzen worden war ...

Genau das versuchte sie auch in diesem Moment. Wenn die Naniten erfolgreich implantiert worden waren und der Neutralisatorchip des Captains korrekt funktionierte, dann würde die Technologie, die die Borg verwendet hatten, um Milliarden zu versklaven, letztendlich ihren Untergang herbeiführen.

Als sich die Tür hinter ihr öffnete, blickte sie auf und drehte sich um. Sie erwartete, Jean-Luc zu sehen und hatte sich schon die Worte zurechtgelegt, um ihm zu sagen, dass er sich noch ein wenig länger gedulden müsse.

Doch stattdessen stand Counselor T'Lana im Türrahmen. Beverly erhob sich und blickte die Vulkanierin an, die steif dastand, die Hände hinter dem Rücken verschränkt. Beverly musste nach unten schauen. Sie war keine große Frau, aber T'Lana war für einen Vulkanier außergewöhnlich klein.

»Doktor Crusher«, begrüßte T'Lana sie.

Beverly spürte zu ihrer Überraschung, dass sie eine instinktive Abneigung unterdrücken musste. Es war schwer, jemandem freundlich gesonnen zu sein, der den Captain in einer Lage herausforderte, in der dieser geradezu verzweifelt die Unterstützung seiner gesamten Mannschaft benötigte - doch ihre Reaktion war der Situation trotzdem nicht angemessen. Beverly erkannte, dass ihre Gefühlsregung eher die einer Geliebten als die einer Chefärztin war. T'Lana war in ihrem Zweifel stets nur logisch gewesen. Insgeheim wünschte sich Beverly, sie hätte ihre eigenen Vorbehalte besser unter Kontrolle.

»Sofern Sie nicht einen medizinischen Notfall erwarten, fürchte ich, müssen wir uns zu einem anderen Zeitpunkt unterhalten«, sagte sie und hoffte, dass ihre Worte nicht zu offensichtlich abweisend wirkten. »Ich bin mit einem außerordentlich wichtigen Projekt für den Captain beschäftigt.«

T'Lana trat einen Schritt näher. »Er ist präzise der Grund, weswegen ich gekommen bin, um mit Ihnen zu sprechen. Ich wäre dankbar, wenn Sie mich anhören würden, bevor Sie Ihre Bemühungen fortsetzen, ihn in Locutus zu verwandeln.«

Beverly hob überrascht eine Augenbraue. »Sie haben kürzlich mit dem Captain gesprochen.«

»Ich komme soeben aus seinem Quartier. Mir ist bekannt, dass Sie eine enge Beziehung zum Captain pflegen. Zur gleichen Zeit haben Sie den wichtigsten Posten an Bord des Schiffes inne: den des Chefmediziners.«

»Ich bin mir meiner Verantwortung bewusst«, erwiderte Beverly kühl. In nur zwei Sätzen hatte T'Lana den inneren Konflikt in Worte gefasst, den die Ärztin in der letzten Stunde zu vermeiden versucht hatte. »Wenn Sie mit diesem Gespräch auf etwas hinauswollen, sagen Sie es bitte. Ich habe Arbeit zu erledigen.«

»Ich möchte zur Kenntnis geben, dass die Verwandlung des Captains in einen Borg, um ihn anschließend auf deren Schiff zu schicken, ein unbesonnenes und gefährliches Unterfangen ist. Es besteht ein hohes Risiko, dass er erneut assimiliert wird, und ich muss Sie nicht an die zahllosen Sternenflottenangehörigen erinnern, die das letzte Mal starben, als er Locutus war.« Sie machte eine Pause und legte den Kopf schief, um Beverly genauer zu betrachten. »Sie Erdenmediziner haben einen Grundsatz: Zuerst einmal nicht schaden. Im besten Falle schaden Sie nur dem Captain ... aber das Potenzial, darüber hinaus anderen Schaden zuzufügen, ist enorm.«

Beverly merkte, wie sich ihr Gesicht verfärbte. Sie würde sich diesem neuen Counselor nicht erklären. Es würde für einen Vulkanier unmöglich sein, vollständig zu verstehen, weshalb sie Jean-Lucs Plan unterstützte. Um ihren Zorn nicht zu zeigen, drehte sie sich zurück zu ihrem Monitor. »Ich habe meine Befehle.«

»Genau darum geht es«, beharrte T'Lana. »Sie sind die Chefärztin. Wenn der Captain eine irrationale Entscheidung trifft, können Sie ihn vom Dienst entbinden.«

Beverly wirbelte herum. »Also *darum* sind Sie gekommen.«

»Sie haben die Macht dazu, Doktor. Jemand anderes könnte das Kommando übernehmen und Admiral Janeways Befehlen folgen.«

»Das kommt nicht infrage«, gab Beverly kalt zurück. Zu kalt, wie sie feststellte. T'Lanas Vorschlag war vom Standpunkt des Counselors aus gesehen nur logisch. Trotzdem konnte Beverly nicht verhindern, dass die folgenden Worte ihren Mund verließen: »Ich habe immer gehört, dass Vulkanier ihren kommandieren Offizieren gegenüber extrem loyal sind. Was macht *Sie* zu einer Ausnahme?«

Nur der aufmerksamste Blick hätte bemerkt, dass T'Lanas Haltung sich bei diesen Worten versteifte, dass es in ihren Augen kurz flackerte, während sie blinzelte, dass sich ihr Kinn unmerklich hob. »Diese Einschätzung ist inakkurat. Meine Loyalität zu Captain

Wozniak an Bord der *Indefatigable* wurde von der Sternenflotte lobend erwähnt.«

»Wir sprechen über Jean-Luc Picard«, sagte Beverly. »Sie baten darum, hierher kommen zu dürfen, Counselor. Sie baten darum, *ihm* zu dienen. Aber bis jetzt haben Sie ihm nichts weiter als Misstrauen entgegengebracht. Genau genommen tun Sie alles in Ihrer Macht Stehende, um seine Autorität zu untergraben. Warum? Hat es irgendetwas damit zu tun, dass die *Indefatigable* zerstört wurde? Haben Sie solche Angst, dass Ihnen das Gleiche noch einmal geschehen könnte? Ist das der Grund, weshalb Sie sich weigern, Captain Picard Ihr Vertrauen zu schenken?«

Sie hatte ins Schwarze getroffen. T'Lana rührte nicht einen Muskel, ihr Gesicht war wie in Stein gemeißelt, doch das Brennen in ihren Augen war atemberaubend. »Vulkanier verspüren keine Furcht«, sagte sie hölzern. »Meine Handlungen werden allein von Logik bestimmt. Ich frage mich, ob das bei Ihnen auch der Fall ist.«

Eine Weile blickten sie sich wortlos an.

T'Lana brach als Erste das Schweigen. »Mir scheint, dass Sie sich dasselbe fragen.«

Beverly hätte gelächelt, wenn die Wunde, in der T'Lana bohrte, nicht noch so frisch gewesen wäre. »Ich habe keine Zeit für eine Therapiestunde«, sagte sie. »Ich muss arbeiten. Ich wäre Ihnen dankbar, wenn Sie mir nun die Möglichkeit dazu ließen.«

Sie wandte ihre Aufmerksamkeit wieder dem Monitor zu und blickte nicht auf, als sie das Geräusch sich schließender Türen hinter sich vernahm.

Nachdem er eine unerträgliche Stunde lang darauf gewartet hatte, dass Beverly ihn zu sich rufen würde, machte sich Picard schließlich auf den Weg zur Krankenstation und zu seiner Verwandlung. Es waren dieselben *Enterprise*-Korridore, die er so gut kannte, doch an diesem Tag waren sie von Geistern bevölkert: schwarz-weißen Tötungsmaschinen, sowohl den Mördern als auch den Ermordeten, die hier unterwegs gewesen waren. Gründlich, schweigend, todbringend. Die Schreie, die in Picards Erinnerung widerhallten, waren menschlich. Sie gehörten seiner verstorbenen Besatzung.

Sein Schritt war forsch, dennoch kam der Weg ihm ungewöhnlich lang vor. Als er schließlich die Krankenstation erreichte, erwartete Beverly ihn. Sie trug ihren blauen Operationskittel und war nicht wie üblich mit ihren Monitoren und Scans beschäftigt, sondern stand in Richtung Tür blickend einfach nur da, die Arme verschränkt und ihre Haltung voller Entschlossenheit. Aber Picard sah auch die Anspannung in ihren Kiefermuskeln, ihrem Nacken, sah ihre Augen, die leicht zusammengekniffen waren.

Mit einem Geräusch von Endgültigkeit schlossen sich die Türen hinter ihm.

Sie nickten einander ernst und schweigend zu. Es gab keine Worte, die der Situation angemessen gewesen wären, die imstande gewesen wären, das Grauen der Aufgabe auszudrücken, der sie sich nun beide stellen mussten. Es hatte keinen Sinn, über die furchtbaren Erinnerungen zu sprechen, die die bevorstehende Operation hervorrufen würde.

Ohne den beiden Sicherheitsmännern, die sich innerhalb des Eingangs postiert hatten, mehr als nur einen flüchtigen Blick zu schenken, drehte Beverly sich um und führte ihn ins Operationszimmer. Neben dem wartenden Bett stand ein Tisch, auf dem unheilvolle Gerätschaften lagen: schwarze Schläuche und eine schwarze Verschalung, die so geformt worden war, dass sie über und unter sein Auge passte und um seinen Schädel herumführte. Daneben lagen ein Borg-Optoskop und mehrere säuberlich aufgereihte Hypospays, in denen sich die Naniten befanden, die ihn im Innersten verändern würden.

Ein Gegenstand auf dem Tisch ließ ihn insbesondere zurückzucken: ein schwarzer, mechanischer Arm, der aus dicken, schlangenartigen Leitungen, statt aus Muskeln bestand und in Scheren und einem rotierenden Messer mit mehreren Klingen endete. Er erkannte ihn eher instinktiv, als mit seinem Verstand. Es war genau der Arm, den

Locutus vor mehr als einem Jahrzehnt getragen hatte.

Beverly bemerkte seine Reaktion. »Ich habe so viel wie möglich zu Forschungszwecken aufbewahrt«, erklärte sie mit erzwungener Sachlichkeit. Sie hielt inne, und als sie fortfuhr, war ihr Tonfall plötzlich sanfter: »Es war einst ein Teil von dir.«

Und das würde es wieder sein. Picard antwortete ihr nicht. Stattdessen holte er tief Luft, legte sich auf das Biobett und sagte. »Bringen wir es hinter uns.«

Die vollständige Betäubung wäre unnötig gewesen. Beverly hätte ihm problemlos ein lokales Anästhetikum verabreichen können, während sie den Neutralisatorchip injizierte, dann den Arm ansetzte, die Kopfverschalung, das Optoskop und die Schläuche, die von seiner Wange und seinem Kiefer zu seiner Schädeldecke verliefen. Es war wohl eher, wie Picard später annahm, ein Akt der Gnade von ihrer Seite gewesen.

Beverly weckte ihn, als die Zeit gekommen war, die Naniten zu injizieren. Hierzu musste er bei Bewusstsein sein, denn das machte es leichter, die Ergebnisse zu überwachen.

Halb blind durch die Gesichtsverschalung und das Optoskop, setzte er sich auf dem Bett auf. Das Gewicht der Schläuche an seinem Kopf und der lange, hervorstehende mechanische Arm sorgten dafür, dass er sich schwerfällig und seltsam fühlte. Er konnte sehen, wie sich die beiden Wachen versteiften, bereit einzugreifen, sollte irgendetwas schief gehen.

Dankbarerweise arbeitete die Ärztin schnell und ohne jede Zurschaustellung von Gefühlen. Sie injizierte ein Hypospray nach dem anderen in Picards Schulter und trat dann einen Schritt zurück, um ihren Patienten zu beobachten.

Picard gab sich alle Mühe, den raschen Schlag seines vergehenden, menschlichen Herzens zu verlangsamen. Das erste Anzeichen der Verwandlung war Stärke: Das Gefühl der Schwere verging, als habe jemand sanft das Gewicht all seiner Prothesen von ihm genommen.

Er bemerkte, dass er unvermittelt steifer saß, perfekt aufrecht. Das zweite war die Sicht. Er blinzelte, als seine eigenen Augen aufhörten, ihren Dienst zu versehen, und das Optoskop übernahm und alle Farben um ihn zu einem matten Schwarz-Weiß verblassten. Das Blau von Beverlys Kittel und das Kupfer ihres Haars verwandelten sich in Graustufen, und ihr Bild verzerrte sich, im einen Moment unvermittelt heranspringend, im nächsten zurückweichend.

Er atmete tief ein. Die Luft schien auf einmal kalt und trockener als in jeder Wüste. Inmitten all dieses Unbehagens merkte er, dass sich Beverly vorbeugte und zu ihm sprach. Es gelang ihr nicht ganz, das Grauen in ihren Augen zu verbergen. »Jean-Luc. Welche Auswirkungen verspürst du?«

Er drehte langsam den Kopf, um sie anzublicken. Es kostete ihn Mühe, den fernen, dumpfen Geräuschen, die sie von sich gab, einen Sinn abzuringen. Sie wurden beinahe vollständig von etwas verschluckt, das um ein Vielfaches lauter war: dem Donnern des Kollektivs. Er konnte es jetzt hören - jedes Wort, das zuvor nur ein kaum wahrnehmbares Wispern gewesen war, erfüllte ihn nun von Kopf bis Fuß.

Mit einiger Anstrengung gelang es ihm, zu antworten: »Alle. Wir sind jetzt die Borg.«

Seine Stimme war nicht länger die seine. Alle Natürlichkeit und aller Klang waren verloren gegangen. Seine Worte wirkten abgehackt und tonlos. Es war Locutus, der sprach.

Und doch war es Picard, der über all dem stand, Picard, der die Antwort formuliert hatte, der die Veränderungen in sich mit Beklemmung beobachtet und sich dabei nicht einen Moment lang erlaubt hatte, an die Konsequenzen zu denken, die drohten, sollte seine Mission schiefgehen.

»Wie funktioniert der Neutralisatorchip, Jean-Luc?«

»Gut«, sagte er und war zu seiner eigenen Erleichterung imstande hinzuzufügen: »Ich bin ebenfalls hier. Picard ist hier.« Ungelenk verließ er das Biobett. »Und es ist Zeit für mich, zu gehen.«

Auf der Brücke saß Worf im Sessel des Kommandanten und ignorierte Counselor T'Lana geflissentlich, als sie zurückkehrte. Er durfte nicht zulassen, dass Selbstvorwürfe oder Gedanken der Unzulänglichkeit seine Konzentration störten. Er hatte über die Worte von Doktor Crusher nachgedacht, dass er für den Captain ein Klingone sein solle. Jetzt war die schwerste aller Zeiten und Picard brauchte seine Loyalität mehr denn je - insbesondere, da Picards eigener Counselor seiner Entscheidung so offen kritisch gegenüberstand.

Während er jeden Augenblick Doktor Crushers Meldung erwartete, starrte er auf das Bild des Borg-Kubus auf dem Sichtschirm. Die Borg waren vollständig ohne Ehre. Sie töteten nicht sauber, verwehrten ihren Opfern einen würdigen Abgang. Stattdessen stahlen sie die Seelen der Lebenden und unterwarfen sie geistiger Sklaverei.

Worf bedauerte den Umstand, dass Lieutenant Battaglia gerade erst so vollständig entehrt worden war, während er insgeheim die tapferen Tode der Übrigen seines Außenteams feierte. Das war etwas, das der Rest der Mannschaft niemals verstehen würde. Denn so grausam die Morde an Satchitanand, Costas und DeVrie gewesen waren, so waren sie doch alle ehrenvoll gestorben.

Hinter ihm öffneten sich die Türen des Turbolifts. Nave trat daraus hervor und machte Halt, um sich an ihn zu wenden, bevor sie den Offizier an der Steuerkonsole ersetzte.

»Commander«, sagte sie leise. Ihr normalerweise helles Gesicht war gerötet, und um ihre Augen hatten sich rote Ringe gebildet. Sie hatte geweint.

Worf bemerkte diesen Umstand mit deutlichem Unbehagen. Die Tränen von Frauen - vor allem Jadzias - hatten schon immer ein Gefühl der Hilflosigkeit in ihm hervorgerufen. Er wusste nie, was er tun sollte, um sie zu stoppen. In Naves Fall kannte er wenigstens ihren Grund. Nave war der frühere Sicherheitschef gewesen - ein Posten, mit dem auch Worf vertraut war - und sie hatte die vier Besatzungsmitglieder, die gestorben oder verschwunden waren, gekannt. Worf argwöhnte zudem, dass einer von ihnen, Battaglia, ein enger Freund gewesen war. Er hatte Nave viele Male mit ihm in der Mannschaftsmesse gesehen - die er übrigens aus Prinzip noch nie bei diesem seltsamen Namen genannt hatte, den sie Captain Riker verdankte.

»Ja, Lieutenant?«, erwiderte Worf unbehaglich. Er war froh, dass Nave wenigstens aufgehört hatte, zu weinen und wieder die Kontrolle über sich zurückgewonnen zu haben schien. In gewisser Weise erinnerte sie ihn an Jadzia. Sie wurde wütend auf sich selbst, wenn es ihr nicht gelang, ihre Gefühle zu unterdrücken.

»Wird der Captain in Kürze wieder zum Dienst erscheinen?« Naves Ton war spürbar förmlich, ganz anders als die freundliche Art, in der sie mit ihm während ihrer Übungsstunden mit dem *bat'leth* umging. »Ich ... möchte mich mit einer Bitte an ihn wenden. Ich war gerade bei seinem Quartier, aber er war nicht anwesend.«

Worf senkte die Stimme. »Der Captain wird für ... einige Zeit nicht verfügbar sein.«

»Ah«, sagte Nave. Betrübt senkte sie den Kopf, dann sammelte sie all ihre Entschlossenheit und blickte Worf direkt in die Augen. »Dann ... Vielleicht kann ich mich mit meiner Bitte an Sie wenden.«

Worf ermunterte sie mit einem ernsten Blick weiterzusprechen.

»Ich möchte mich freiwillig für den Posten des Sicherheitschefs melden, Sir. Wir haben unseren Chief und drei der höchstrangigen Offiziere der Sicherheit verloren. Von allen Anwesenden an Bord dieses Schiffes habe ich die meiste Erfahrung in diesem Job.«

Worf dachte darüber nach. »Ein Sicherheitschef wird dringend benötigt, vor allem in einer Krisensituation wie dieser. Aber wir brauchen ebenso einen erfahrenen Steuermann. Ausweichmanöver können uns häufig besser schützen als bewaffnete Offiziere.«

»Ensign Nguyen hat die nötige Erfahrung«, sagte Nave und bezog sich damit auf den Offizier, der sich soeben erhoben hatte, um den Platz für sie zu räumen. »Und es gibt Lieutenant Krueger.« Beide Offiziere taten gemeinsam mit Nave an der Steuerkonsole Dienst, wobei sie in unterschiedlichen Schichten arbeiteten.

»Ich denke, dass es möglich ist, Ihnen den Posten zu geben, und

Ngyuen und Krueger zu bitten, längere Schichten zu übernehmen, sollte sich unsere Situation verschlimmern.« Worf machte eine Pause. »Also schön. Wenn die Zeit gekommen ist und wir einen Sicherheitschef brauchen, werde ich Ihnen Bescheid geben.«

»Wenn die Zeit *gekommen* ist ...?«, echote Nave entgeistert. »Sir, die Zeit *ist* soweit. Ich melde mich freiwillig, in *diesem* Augenblick ein Außenteam auf das Borg-Schiff zu führen.«

Worf senkte seine Stimme erneut, auch wenn er keinen Zweifel hatte, dass T'Lana, die neben ihnen saß, jedes Wort hören würde. »Es wird kein Außenteam benötigt. Ich werde in Kürze die Mannschaft unterrichten: Der Captain beamt sich auf das Borg-Schiff.«

»Der *Captain*?«

»Er wird in Sicherheit sein«, sagte Worf. »Doktor Crusher verwandelt ihn in einen Borg. Aber er wird einen Neutralisatorchip tragen, der verhindert, dass er assimiliert wird. Die Borg werden ihn akzeptieren, und er wird ungehindert bis zur Königin vordringen können, um sie zu vernichten.«

»Und wenn nicht?«, fragte Nave geradeheraus.

Worf spürte, dass der missbilligende Blick der Vulkanierin auf ihm ruhte. »Ich weiß es nicht«, sagte er ruhig. »Ich werde in Kürze mit dem Captain sprechen und ihn fragen.«

»Danke, Sir«, sagte Nave, offensichtlich niedergeschmettert. Sie drehte sich langsam um und nahm ihren Platz an der Steuerkonsole ein.

»Lieutenant«, sagte Worf sanft. Er verstand und mochte Nave. Sie hatte das Herz eines Kriegers. Er wünschte sich, er könne ihr erlauben, Rache für ihre Freunde zu nehmen.

Nave blickte ihn über die Schulter hinweg an.

»Wenn irgendjemand sonst auf das Borg-Schiff gebeamt werden muss«, sagte er, »sorge ich dafür, dass Sie ihn begleiten werden.«

Nave lächelte nicht. »Danke, Sir«, sagte sie.

Picard/Locutus schritt durch die Korridore der *Enterprise*, Beverly

Crusher an seiner Seite. Die Welt war grau, bleiern, verzerrt und kalt, so furchtbar kalt.

»So sah es also aus«, murmelte er in Locutus' tiefer, rauer Stimme, deren Klang ihn noch immer beunruhigte.

Beverly wandte ihm das Gesicht zu. »Sah *was* aus?«

»Das Schiff. Die Art, wie es den Borg erschien, als sie es erobert haben. Das Deck, die Schotts ...«

»Wie *sieht* es aus?«, fragte Beverly. Picard wusste, dass sie versuchte, ihn abzulenken - sie beide von der Furcht vor dem, was kommen würde, abzulenken.

»Sehr seltsam. Ohne Farben. Alles besteht aus unterschiedlichen Graden von Schwarz, Weiß und Grau. Und es scheint, als blicke man aus dem Inneren eines Fischglases nach draußen. Wenn ich mich etwas nähere, wächst es zu erschreckender Größe an - es füllt mein ganzes Blickfeld aus. Und wenn es sich zurückzieht, ist es beinahe sofort verschwunden.« Das Sprechen bereitete ihm Mühe, aber er zwang sich dazu und war erleichtert zu hören, dass sich der Tonfall und die Wortwahl Jean-Lucs behaupten konnten. Grau und unmittelbar - so kam ihm die Welt der Borg vor. Es gab dort kein Richtig und kein Falsch, nur Befehle, nur Aktion und Reaktion. Er verstand nun, warum es ihnen so leicht fiel, zu töten, warum sie keine Reue zeigten: Ihr Handeln war schlichtweg geistloses Wirken. Es machte für sie keinen Unterschied, ob sie sich regenerierten, einen Kubus bauten oder jemand umbrachten.

Wir schaffen eine Königin. Bleibt in euren Regenerationskammern und erwartet den Befehl. Er hätte noch mehr gesagt, aber dieser einzelne, donnernde Gedanke übertönte alles andere, und er verfiel in Schweigen. Die Stimmen waren durchsetzt von Gefühlen und einer Dringlichkeit, die ihn beinahe überwältigte. Sie waren anders als die Stimmen, die er gehört hatte, als er das letzte Mal Locutus gewesen war. Er musste sich wirklich anstrengen, um Worte zu verstehen, wenn Beverly sprach.

»Das klingt schrecklich«, sagte Beverly leise.

Es ist schrecklich, dachte er, aber es stellte sich als zu schwierig heraus, Worte zu bilden, die den Chor der Borg-Stimmen übertönten. Er drehte sich weg und konzentrierte sich auf seine Schritte. Sein Gang schien steif und unbeholfen, so, als befände er sich im Körper eines anderen Mannes. Innerlich schalt er sich. Er würde sich an das mentale Rauschen gewöhnen müssen. Wenn es ihm nicht gelang, sich rasch und verständlich seiner Mannschaft mitzuteilen, nachdem er auf das Borg-Schiff übergesetzt war, mochte alles verloren sein.

Beverly blickte ihn an. Er sah in ihren Augen, dass sie seinen Kampf bemerkt hatte, aber sie sagte nichts.

Er zwang einige Worte hervor. »Du hattest recht - sie werden die Königin um jeden Preis beschützen. Sie werden töten. Das ist kein einfacher Befehl. Dieser Wille entstammt einer ... tiefer liegenden Quelle.«

Schließlich erreichten sie den Transporterraum. Commander Worf und Counselor T'Lana standen Seite an Seite an der Transporterkontrolle. Es fiel Picard zunehmend schwer, ihre Gesichtsausdrücke zu deuten. T'Lanas Reaktion auf Locutus' Erscheinen entging ihm völlig, aber ihm fiel ein Flackern in den Augen des Klingonen auf.

Picard richtete seine Aufmerksamkeit zuerst auf die Vulkanierin. Er nahm an, dass sie nur deshalb gekommen war, um sich ein letztes Mal mit ihm über seine Vorgehensweise zu streiten. »Counselor T'Lana?« Er zwang sich, nicht vor dem Geräusch seiner eigenen Stimme zu erschrecken, die so beängstigend fremdartig klang. Er zwang sich außerdem, das Stimmengewirr in seinem Kopf zu ignorieren und flüssig und ohne zu stocken zu sprechen. »Ich nehme an, Sie sind hier, weil Sie mit mir reden wollten.«

»Ja, Sir«, sagte T'Lana. Sie trat hinter der Konsole hervor, um sich direkt an den Captain zu wenden. Auch wenn Vulkanier derlei Körpersprache im Allgemeinen keine Bedeutung schenkten, hatte T'Lana festgestellt, dass Menschen sie schätzten. Ihr Handeln kündete von Respekt und Offenheit.

Sie wollte ihm diese Dinge vermitteln. Auch wenn sie seine Entscheidungen nicht guthieß, war er doch ihr Captain. Und sie vermochte ihn nicht in dieser Form, als Locutus, anzublicken, ohne an seine Loyalität zu seiner Mannschaft zu denken - ein Charakterzug, der von Vulkaniern wie Menschen gleichermaßen hoch geachtet wurde. Es war überraschend unangenehm, ihn so verändert zu erleben. Obschon sie viele Bilder gesehen hatte, hatte sie niemals einer Borg-Drohne direkt gegenübergestanden, und die Erfahrung war in der Tat beunruhigend. Eines seiner Augen wurde vollständig von einem optischen Gerät verdeckt. Das andere blickte matt und bar jedes Gefühls, jedes Funkelns, das es menschlich gemacht hätte. Seine Haut war so unangenehm bleich, wie die einer blutleeren Leiche, und die schwarze Prothese, die an seinem Arm befestigt worden war, endete in einer bedrohlichen und tödlich aussehenden Metallklinge.

Natürlich ließ sich T'Lana äußerlich nichts anmerken. Doktor Crusher und Commander Worf gelang es hingegen nicht ganz, das quälende Unbehagen zu verbergen, das sie angesichts seines veränderten Äußeren offensichtlich verspürten. Aufgrund ihrer Erfahrungen mit Locutus musste das hier außerordentlich schwer für sie sein. T'Lana war beeindruckt, dass Picard bereit war, das, was er als grauenvolle Erfahrung durchlitten hatte, erneut auf sich zu nehmen - erneut ein Teil der Borg zu werden. Das Wichtigste jedoch war, dass er willig schien, sich selbst zu opfern, um seine Mannschaft und - so glaubte er zumindest - den Rest der humanoiden Zivilisation zu retten.

Captain Wozniak hätte genauso gehandelt. T'Lana holte tief Luft und schob das Bild der sterbenden Wozniak aus ihrem Bewusstsein.

»Ich bin aus zwei Gründen gekommen, Captain«, sagte sie. »Zum einen möchte ich ihnen sagen, dass ich es bedaure, nicht imstande gewesen zu sein, Ihnen in meiner Rolle als Counselor von Nutzen zu sein ...«

Sofort unterbrach Picard sie mit seiner rauen, beunruhigend unmenschlichen Borg-Stimme, auch wenn der Akt des reinen Bildens von Worten ihm unglaubliche Kraft abzuverlangen schien. »Aber Sie waren mir von Nutzen. Sie haben mir Ihre Meinung gesagt. Das schätze ich.«

»Danke, Sir.«

»Und der zweite Grund, aus dem Sie gekommen sind?«, fragte Picard.

T'Lana atmete tief ein. Ob der Captain richtig oder falsch lag, war im Augenblick unerheblich. »Um Ihnen Erfolg auf Ihrer Mission zu wünschen, Sir.«

Das Borg-Gesicht vermochte nicht wirklich zu lächeln, aber sie erblickte ein sehr menschliches Glitzern in dem einen, sichtbaren Auge. »Das weiß ich zu schätzen, Counselor. Es wäre in der Tat sehr zu wünschen.«

Als T'Lana den Raum verließ, wandte sich Picard an seinen stellvertretenden Kommandanten. »Commander Worf.« Seine Worte klangen rau, künstlich, monoton, Borg. »Sie haben jetzt das Kommando über dieses Schiff.«

Er machte eine Pause, bevor er weitersprechen wollte, doch der Klingone kam ihm zuvor. »Aye, Sir. Ich werde mein Bestes geben, Sir. Als Notfallplan werde ich ein weiteres Außenteam vorbereiten ...«

Picard schnitt ihm das Wort ab, indem er seinen mechanischen Arm hob, eine Geste, die Worf und Beverly zusammenzucken ließ. »Es wird keine weiteren Außenteams geben, selbst wenn ich versage.« Es war ihm beinahe unmöglich, ruhig zu sprechen, während jemand anderes in seinem Kopf herumschrie, aber er zwang sich zur Konzentration, zwang sich, die Worte hervorzubringen. »Jetzt, da ich ein vollständiger Teil des Kollektivs bin, erkenne ich, dass die Waffensysteme der Borg beinahe vollständig einsatzbereit sind. Und ihr Antrieb wird binnen sieben Stunden fertiggestellt sein. Verstehen Sie?« Er hielt kurz inne. »Wenn ich darin versage, die Königin auszuschalten, sind Ihre Befehle, das Schiff von hier fortzubringen und umgehend das Sternenflottenkommando zu warnen. Wir werden keine weiteren Leben aufs Spiel setzen.«

Worfs Miene nahm einen unbewegten Ausdruck an. Er nickte knapp. »Aye, Sir.«

»Ich werde mit Ihnen in Verbindung bleiben. Sollte aus irgendeinem Grund die Kommunikation versagen oder sich die Borg in meinen Kommunikator einklinken, werden Sie meine Koordinaten über den Transponder bekommen, der mir zusätzlich eingepflanzt wurde. Wenn wir den Kontakt verlieren, informieren Sie umgehend Doktor Crusher. Sie wird den Neutralisatorchip überwachen, um sicherzugehen, dass er richtig funktioniert. Ich möchte, dass Sie knapp innerhalb der Transporterreichweite bleiben. Kommen Sie nicht näher.« Er ächzte kurz, erschöpft von der Anstrengung einer so langen Rede.

Wenn Worf das bemerkte, zeigt er es jedenfalls nicht. »Ja, Captain.«

Das wäre es also, sagte Picard lautlos zu sich selbst - ein winziger, kaum wahrnehmbarer Gedanke innerhalb des Rauschens des Kollektivs, Satz über Satz über Satz.

Nährstoffaufnahme erfolgreich.

Prothetischer Körper jetzt verfügbar zur Übernahme durch die Königin ...

Der Reifeprozess der Königin nähert sich der Vollendung. Vorbereitung zum Empfang von Befehlen.

Fünfundneunzig Prozent Luftfeuchtigkeit in der Geburtskammer werden aufrechterhalten. Konstruktion der Ebenen Drei bis Einundzwanzig Alpha vollendet. Interne Temperatur wird angehoben ...

Picard schlurfte zu der Transporterplattform, drehte sich dann um und blickte Worf und Beverly an, die beide an den Kontrollen standen.

Wie weit entfernt sie doch waren, wie grau. Und wie kalt und grimmig und leblos die *Enterprise* selbst doch wirkte. Niedergedrückt durch die Kakophonie des Kollektivs gab sich Picard ein einsames, stilles Versprechen: Er würde in die Welt aus Wärme, Leben und Helligkeit zurückkehren.

»Mister Worf«, sagte er, »beamen Sie mich auf das Borg-Schiff.«

Die Welt begann zu schimmern und Lichtfunken erhellten das Grau. Die Ränder der Wirklichkeit wurden unscharf, verschmolzen miteinander, und dann, plötzlich und gnadenlos, lösten sie sich auf.

KAPITEL 8

Als Picard an Bord des Borg-Schiffes materialisierte, sog er dankbar die Luft ein. Die Atmosphäre an Bord der *Enterprise* war am Ende so kalt und trocken gewesen, dass sie ihm Schmerzen in der Kehle und den Lungen verursacht hatte. Hier war es angenehm heiß und so feucht, dass feiner Nebel seine Umgebung verhüllte.

Auch die Stimme des Kollektivs war hier deutlicher. Sie war überall, fühlte sich allerdings weniger aufdringlich an, so als sei sie schlicht ein Teil von ihm, genau wie sein Atmen oder der Schlag seines Herzens. Der Teil von ihm, der Locutus war, fühlte sich hier willkommen. Zur gleichen Zeit spürte Picard, wie sein Zorn zunahm. Zunächst glaubte er, es sei eine natürliche Reaktion auf den Umstand, dass er sich einmal mehr an Bord eines Kubus befand. Es dauerte eine Weile, bis ihm klar wurde, dass nicht Jean-Luc Picard zornig war. Es waren die Borg.

Gefühle hatten während seiner Verbindung mit dem Kollektiv eigentlich nie eine Rolle gespielt. Die Borg waren systematisch. Picard erinnerte sich daran, dass ungeachtet all der zusätzlichen Stimmen, die er vernommen hatte, als er das letzte Mal Locutus gewesen war, insgesamt ein Gefühl der Ruhe vorgeherrscht hatte. Ein Gefühl der Vernunft. Die Borg betrachteten sich nicht als böse. Sie funktionierten einfach nur im Rahmen ihrer überlegenen Biologie. Sie hatten niemals aus Böswilligkeit angegriffen. Sie folgten nur ihrem natürlichen Vorrecht, als Rasse zu expandieren. Der Eindruck der Selbsterhaltung war noch immer vorhanden, aber jetzt war er mit einem Bedürfnis nach Rache vermischt. Und einem Gefühl der Zufriedenheit.

Der Reifeprozess der Königin nähert sich der Vollendung. Vorbereitung zum Empfang eines Befehls ...

Er befand sich auf dem obersten Deck. Über seinem Kopf verliefen freiliegende Leitungen und Rohre. Unter seinen Füßen befand sich ein offenes Metallgerüst über Hunderten weiterer, gleichartiger Gerüste, die sich nach unten bis zur Unendlichkeit erstreckten, gemeinsam mit Reihen um Reihen honigwabenartiger Alkoven, in denen unbelebte Drohnen standen. Für den Menschen Picard war der Anblick schwindelerregend. Locutus nahm ihn ohne eine Regung zur Kenntnis.

Der Blick des Borg konzentrierte sich auf das, was ihm am nächsten war. Umso leichter ließen sich Eindringlinge entdecken oder Wesen, die sofort assimiliert wurden. Ferne Objekte wurden beinahe unsichtbar. Höhe hatte keine Bedeutung. Nur ein Individuum konnte Angst davor haben, zu fallen. Nur Individuen hatten ein Bedürfnis danach, Farben zu sehen, Schönheit wahrzunehmen. Der Blick der Borg konzentrierte sich auf Graustufen, denn das waren die relevanten Farben eines Borg-Kubus.

Lebenserhaltung auf den Ebenen Zweiundzwanzig A bis Neununddreißig A jetzt auf akzeptablem Niveau. Bereit zur Übernahme.

Langsam begann Picard, sich zu bewegen. Dabei bemühte er sich um den gleichmäßigen Schritt des Kollektivs. Er wusste, dass er an exakt den Punkt gebeamt worden war, von dem auch Battaglia und sein Suchtrupp gestartet waren. Doch anders als sie benötigte er keine Koordinaten, um seinen Weg zu finden.

Er hatte sich so weit an das unablässige Rauschen des Kollektivs in seinem Geist gewöhnt, dass er sich auf seine eigenen Gedanken konzentrieren konnte. Er ließ Locutus seine Füße bewegen, während sich sein Geist an jedes einzelne seiner verlorenen Außenteammitglieder erinnerte. Er wollte sich an jeden einzelnen erinnern. Es würde seine Aufgabe sein, ihre Familien zu unterrichten, sobald er auf die *Enterprise* zurückkehrte.

Falls er zurückkehrte, flüsterte eine innere Stimme, aber er verbesserte sie rasch und entschieden: *sobald*.

Er durfte nicht vergessen, was sein Widerstreben, den Borg alleine entgegenzutreten, gekostet hatte. Die Verlorenen waren keine gesichtslosen Offiziere gewesen. Jeder von ihnen hatte eine Geschichte, Geliebte, Träume, gehabt. Und Picard kämpfte gegen das Kollektiv an, um sich ihrer auf diese Weise zu erinnern.

Natürlich war da Lionardo Battaglia gewesen. Er war ein schneidiger, ambitionierter junger Mann gewesen, aber es hatte noch mehr in ihm gesteckt. Als ihn sein Dienst einmal zum Quartier des Captains geführt hatte, hatte Battaglia sofort die Musik erkannt, der Picard gelauscht hatte: Puccini. Kenntnisreich hatte er über das Leben des Komponisten gesprochen.

Obwohl Battaglia noch am Leben war, musste Picard ihn als verloren betrachten. Er durfte seine Mission nicht durch Gedanken an eine Rettung gefährden. Zu versuchen, Battaglia zu retten, mochte mehr als nur Picards Verlust zur Folge haben.

Stattdessen konzentrierte er sich auf die Toten – die wirklich Verlorenen. Da war Amrita Satchitanand gewesen, die er nur kurz kennen gelernt hatte, als sie sich am ersten Tag zum Dienst an Bord der *Enterprise* gemeldet hatte. Er erinnerte sich an sie als an eine geschmeidige, zierliche Frau, deren Haut die Farbe von Kaffee mit Sahne gehabt hatte und deren Bewegungen von einer Eleganz gewesen waren, dass sie das Bild einer hinduistischen Tempeltänzerin hervorgerufen hatten.

Dann war da Jorge Costas gewesen, groß, dunkle Augen und stolz. Er entstammte einer großen Familie von Sternenflottenangehörigen, die ihn alle vermissen würden. Und schließlich war da Noel DeVrie aus Holland gewesen, furchtbar jung, voller Eifer und mit einem Haar, das die Farbe von Sonnenlicht gehabt hatte, so hell, wie Costas' dunkel gewesen war.

Picard bewegte sich an einer Reihe abgedunkelter Kammern vorbei. Jede von ihnen enthielt die Silhouette eines aufrecht stehenden, schlafenden Borg. *Der Schlaf, der kein Schlaf ist*, dachte er. Die Borg träumten nicht. Ihre Anwesenheit machte ihn nervös, aber sie blieben still und stumm, als er sie passierte, dahintreibend in einer geistlosen Existenz.

Von vorne näherten sich ihm Schritte. Locutus kümmerte das nicht, aber Picard versteifte sich innerlich beim Anblick einer Drohne, die rasch in seinem Blickfeld auftauchte - sie kam, das sagte ihm der Instinkt des Kollektivs, aus der Geburtskammer der Königin. Die Drohne war einst humanoid gewesen, obwohl das Kollektiv ihr ursprüngliches Geschlecht und ihre Rasse so lange umspült hatten, dass beides praktisch fortgewaschen worden war, so wie eine Strömung einen Stein abträgt, bis nur noch eine glatte, langweilige Oberfläche übrig ist.

Es schrillte kein Alarm im Gruppenbewusstsein, kein Aufruf zum Handeln wurde ausgegeben, doch Picard erstarrte nichtsdestoweniger. Er erinnerte sich daran, wie rasch Battaglia und die anderen ausgeschaltet worden waren. Die Drohne näherte sich und hob einen Arm, der in einer einzelnen, bösartig scharfen Klinge endete. Picards Finger lag auf seinem Kommunikator, bereit, ihn zu aktivieren, sollte es nötig werden, um die *Enterprise* zu warnen, genau wie Battaglia es mit seinem letzten Atemzug getan hatte.

Der Borg war jetzt nur noch eine Armeslänge entfernt, den Arm hatte er noch immer erhoben. Und dann marschierte er vorüber, wobei er Picard anrempelte, als er ihn passierte.

Picard stieß erleichtert die Luft aus, dann brachte er seinen menschlichen Geist zum Schweigen. Er erlaubte dem Kollektiv, wieder lauter zu werden und nahm seinen gleichmäßigen Schritt wieder auf.

Er ließ zu, dass das Bewusstsein der Borg ihn über das Metallgerüst zog, unter pulsierenden Lichtern hindurch, die menschliche Augen geblendet hätten. Überall in dem Schiff war es ruhig. Locutus fühlte sich sicher, an den Busen des Kollektivs geschmiegt, ein Teil von Hunderten von anderen. Picard fühlte sich schrecklich allein.

Der Weg zu der einzelnen, geschlossenen Kammer auf dem Schiff war nicht weit. Im offenen Eingangsbereich hielt Picard kurz inne und stand in pulsierendes Licht gebadet - dieses hier hatte eine längere

Wellenlänge als im Rest des Schiffes, aber seine Borg-Augen konnten die Farbe nicht identifizieren.

Die Kammer war riesig, hatte eine hohe Decke und die Feuchtigkeit waberte in dichten Nebelschwaden umher. In den fernen, dunstigen Schatten hing ein Exoskelett aus Leitungen an den Wänden, die besonders warme und feuchte Luft in den Raum pumpten und die Atmosphäre filterten. Kleine, glitschig glänzende Nahrungsschläuche hingen unbenutzt von der Decke, wie ein Nest schwarzer Schlangen.

Captain Picard, hatte Battaglia geflüstert, *wir haben die Königin gefunden …*

T'Lana hatte soeben den Turbolift betreten, der sie zur Brücke bringen würde, als sie Commander Worf im Korridor bemerkte. Er blickte ihr entgegen und hob einen Finger, ein Zeichen, so nahm sie an, dass sie auf ihn warten solle.

Aus Höflichkeit kam sie seiner Bitte nach, auch wenn sie nicht gerade begeistert von der Aussicht war, mit ihm allein zu sein.

Er betrat den Turbolift und nickte ihr dankbar zu, als sich die Türen hinter ihm schlossen.

»Brücke.« Einige Sekunden lang fuhren sie schweigend. Dann sagte Commander Worf unvermittelt: »Das war sehr freundlich von Ihnen, Counselor. Was Sie zu Captain Picard gesagt haben.«

Die Bemerkung traf sie unvorbereitet, aber sie erkannte, dass der Klingone nur versuchte, ihr gegenüber höflich zu sein. Er schien die lobenswerte Absicht zu haben, eine gute Arbeitsbeziehung zu ihr aufzubauen. Er hatte den Kommentar gemacht, weil er Captain Picard gegenüber loyal war und T'Lana zeigen wollte, dass er der Vulkanierin ihr Entgegenkommen hoch anrechnete.

Selbst fehlerhafte Instrumente, sagte sie sich, *können manchmal korrekte Ergebnisse erbringen.*

Sie wusste, dass sie ihm irgendetwas Nettes antworten sollte. Zu einem solch kritischen Zeitpunkt war es wichtig, dass die Mannschaft gut zusammenarbeitete. Aber etwas in seinem Verhalten ließ sie zögern. Er hatte den Augenkontakt zu ihr ein bisschen zu rasch abgebrochen, und in seinem Tonfall hatte ein Hauch von Schüchternheit gelegen. Er trat sogar etwas zurück und überschritt damit die körperliche Entfernung, die zwischen Kollegen normal war.

Er verhielt sich so, erkannte T'Lana, weil er als Mann bemerkt hatte, dass sie eine Frau war. Er fühlte sich zu ihr hingezogen und versuchte es zu unterdrücken.

Dies allein wäre schon Grund genug gewesen, sie zu beunruhigen. Doch es gab noch einen weiteren: Ihr fiel seine kräftige Statur ins Auge, ebenso wie der Umstand, dass seine wilden Züge selbst nach vulkanischen Maßstäben als gutaussehend bezeichnet werden konnten.

Diese Reaktion war ihr unangenehm. Sich der Tatsache wohl bewusst, dass die Geste als trotzig aufgefasst werden konnte, aber unfähig, sie in diesem Moment zu verhindern, hob sie das Kinn. »Ich tat, was ich für logisch erachtete.« Sie ließ ihre Stimme kühl klingen.

»Ich sah keine Logik darin«, gab Worf zurück. »Ich sah Freundlichkeit und Loyalität.«

T'Lana antwortete nicht, weil sie nicht wusste, was sie sagen sollte. Sie starrte unbewegt auf den Schlitz zwischen den Lifttüren und redete sich ein, dass sie keine Gefühle verspürte: kein Verlangen und keine Empörung.

Schweigend setzten sie ihre Fahrt zur Brücke fort.

In der Krankenstation blickte Beverly Crusher von ihrer Arbeit zu den leuchtenden Datenanzeigen hoch, die über einen unter der Decke befestigten Monitor liefen. Eine konstant verlaufende Linie in einem Graphen, die von einigen Zahlenwerten darunter begleitet wurde, repräsentierte Jean-Lucs Gehirnaktivität. Ein grün blinkender Punkt daneben zeigte an, dass der Neutralisatorchip ordnungsgemäß seinen Dienst versah. Der Punkt gab ein sanft pulsierendes Zirpen von sich, sodass sie ihn nicht ständig visuell überwachen musste, aber es fiel ihr ohnehin immer schwerer, ihren Blick vom Monitor abzuwenden.

Sie wusste, dass es den Captain weniger als eine Stunde kosten würde, um zu schaffen, was er tun musste. Im Optimalfall war es nur eine Frage von Minuten. Doch eigentlich wollte sie nicht einmal einen einzigen Moment mit angsterfülltem Warten verbringen. Das allerdings würde sich kaum vermeiden lassen, wenn ihr nicht eine Möglichkeit einfiel, sich zu beschäftigen.

Es war schwer, das alte Bild von Jean-Luc als Locutus auszublenden und die Erinnerung des Albtraums von sich zu schieben, den sie in jenem Moment vor mehr als zehn Jahren durchlebt hatte, als sie auf der Brücke der *Enterprise* gestanden und Locutus auf dem Sichtschirm erblickt hatte - als sie in Locutus' Augen geblickt und gesehen hatte, dass Jean-Luc nicht mehr da war.

Entsprechend quälend war es für sie gewesen, neben ihm in seiner Borg-Tarnung zum Transporterraum zu laufen. Wieder und wieder hatte sie ihm in die Augen geblickt, und sich versichert, dass der Mann, den sie kannte und liebte, noch bei ihr war. Aber er hatte sich auf diese steife, unmenschlich mechanische Weise bewegt, und jedes Mal, wenn er gesprochen hatte, hatte ihr das Geräusch einen Schauer über den Rücken gejagt: der Tonfall war der von Locutus gewesen, nicht der des Captains.

Es war nicht weniger unangenehm, sich des Zorns zu erinnern, der ihn übermannt hatte, als die Borg die *Enterprise-E* angegriffen hatten. Als er ihr das erste Mal gestanden hatte, dass er die Stimme des Kollektivs hörte, hatte sie sich gefragt, ob dieser Zorn - so heftig und ohne Sinn und Verstand, dass er bereit gewesen war, alles zu opfern, selbst seine Mannschaft und seine geistige Gesundheit - wiederaufleben würde. Doch zu ihrer Erleichterung war er unerbittlich rational geblieben. Er hatte den Verlust von selbst vieren seiner Offiziere kaum ertragen können, und als er sie gebeten hatte, Locutus noch einmal zum Leben zu erwecken, hatte sie diese Entscheidung praktisch nicht hinterfragt. Jetzt allerdings, während sie alleine auf der Krankenstation saß und die Folgen dieser Entscheidung in Form eines Graphen aus farbigen Lichtern und Zahlenreihen sah, erlaubte sie sich einzugestehen, was sie da eigentlich getan hatte.

T'Lana hatte während ihres letzten Gesprächs zweifellos einen wunden Punkt angesprochen. Beverly fragte sich, ob sie ihre Entscheidung, Jean-Luc zu unterstützen, aufgrund der Gefühle der Geliebten und gegen die Einwände der Ärztin getroffen hatte - wenn auch nicht so, wie T'Lana es anzunehmen schien.

Objektiv betrachtet war Beverly klar, dass ihre Reaktion auf den Plan des Captains auch vor dem gegenseitigen Eingestehen ihrer Gefühle ausgefallen wäre, wie sie ausgefallen war. Es wäre für jeden in ihrer Situation das Gleiche gewesen. Das stand außer Frage. Ebenso wie der Umstand, dass sie nicht blindlings mit einem Partner übereinstimmte, wie T'Lana es hatte implizieren wollen. Beverly hielt sich für gefestigt genug, um nicht einfach den Kopf zu verlieren, nur weil sie sich mit jemandem traf.

Doch das war durchaus ein Teil ihrer augenblicklichen Konfusion. Beverly fragte sich, warum sie keinen größeren Widerstand geleistet hatte. Die einzige Erklärung, die sie dafür hatte, war die, dass sie - ganz im Gegensatz zu T'Lanas Annahme - versucht hatte, nicht wie eine besorgte Geliebte zu wirken. Wenn sie mit Jean-Luc länger über seinen Plan diskutiert hätte, hätte sie den Eindruck erweckt, seine Chefärztin oder seine Partnerin zu sein? Jetzt würde sie es nie erfahren, denn sie hatte sich diesen Konflikt zum besagten Zeitpunkt nicht zugestanden. Sie hatte niemandem - am wenigsten sich selbst - die Chance gegeben, sich zu fragen, ob es aus Sorge um seine Bedeutung für das Schiff oder seine Bedeutung für sie persönlich gewesen wäre, wenn sie ihn aufgehalten hätte. Hatte sie ihm also nur deshalb zugestimmt, weil sie nicht unprofessionell hatte wirken wollen?

Ihr Bauchgefühl sagte ihr, dass dem nicht so war. Jean-Luc und sie hatten sich bereits lange vor ihrem Zusammenkommen nahe gestanden. Nichtsdestoweniger konnte man zum jetzigen Zeitpunkt offensichtlich den Eindruck gewinnen, dass ihre Entscheidungen auf Gefühlen statt auf Logik basierten. T'Lana war der Beweis dafür. Beverly wusste, dass sie an erster Stelle die Chefärztin war. Aber gegen diesen anderen Eindruck hatte sie trotzdem zu kämpfen - nicht zuletzt mit sich selbst.

Im Augenblick fühlte sie sich jedenfalls nicht sonderlich vernunftgesteuert. Für einen winzigen Moment hatte sie sich die Möglichkeit ausgemalt, dass das Schlimmste geschah. Dass die Borg ...

Sie zwang sich dazu, sich zusammenzureißen. Sie hatte den Beweis in Form eines blinkenden grünen Lichts direkt vor Augen: Jean-Lucs Neutralisatorchip funktionierte einwandfrei. Und Worf und Geordi überwachten von der Brücke aus die Bewegungen des Captains auf dem Borg-Schiff. Wenn irgendetwas schiefging, würden sie ihr sofort Bescheid geben. Das Schlimmste *konnte* nicht geschehen. Und selbst wenn doch, gab es immer noch Lösungen dafür. Es gab *immer* Lösungen.

Eine von ihnen zu finden, so entschied sie, war zweifellos der beste Weg, um sich von ihrer Anspannung abzulenken. Mit etwas Glück würde diese niemals gebraucht, sondern einfach dem umfangreichen Korpus an Forschungsmaterial über die Borg hinzugefügt werden.

Beverly zwang ihre Aufmerksamkeit auf den Monitor vor sich. Er zeigte das rotierende Modell einer Doppelhelix: das DNA-Molekül einer Borg-Drohne. Wie wurde eine androgyne, mit einem Gruppenbewusstsein verbundene Drohne in eine eigenständige Frau verwandelt, die zu unabhängigen Gedanken fähig war?

Sie berührte ein Kontrollfeld und rief die Informationen auf, die sie über die Borg-Königin besaß. Einen langen Augenblick starrte sie nur darauf. Die Zusammensetzung des Fleisches und Blutes der Königin zeigte keinerlei auffällige Unterschiede zu denen einer Drohne, und die Struktur ihrer DNA wies überhaupt keine Abweichungen auf - einem vollständig assimilierten Borg fehlte es an den X- und Y-Chromosomen, die bei den meisten humanoiden Spezies männliche und weibliche Exemplare hervorbrachten. Hinsichtlich der Körperchemie der Königin fand sich eine geringe Menge einer hormonellen Substanz, die dem Östrogen einer menschlichen Frau gleichkam, doch die Frage blieb, was den Prozess auslöste, der diese Transformation zur

Folge hatte. Was war die Ursache für die Bildung der Hormone? War es etwas, das in der DNA vergraben war?

»Kein Unterschied«, murmelte Beverly zu sich selbst. Kein Unterschied in der DNA. Eine geringe Abweichung im Blutbild, die sich aber nicht durch die Verwandlung von inneren Organen erklären ließ, die ein östrogenartiges Hormon hätten bilden können. Also was sorgte für die Verschiedenheit zwischen der Königin und den Drohnen?

Die Abweichungen lagen zum einen im Äußeren. Die Königin hatte weibliche Züge, die Lippen waren rot, die Haut nicht ganz so bleich und ...

Beverly stockte und runzelte die Stirn. Sie drückte ein Kontrollfeld und vergrößerte das Bild der Königin, das vor langer Zeit in Datas positronischem Gehirn abgelegt worden war.

Die Haut der Königin glänzte. Vor einer halben Ewigkeit hatte Jean-Luc ihr mal erzählt, welchen Ekel er vor der Berührung der Königin empfunden hatte. Sie war feucht und klebrig gewesen ... so als sei ihre Haut von einem zähflüssigen Film überzogen gewesen.

Beverly sog die Luft ein, drückte ein anderes Kontrollfeld und vergrößerte das Bild noch etwas.

»Gelée Royale?«, fragte sie sich verwundert. Bei Gelée Royale handelte es sich um ein Gemisch aus den Sekreten der Rachendrüsen von Arbeiterbienen, mit dem alle Bienenlarven gefüttert wurden. Doch nur eine besondere Larve bekam ausschließlich Gelée Royale – und entwickelte sich durch diese spezielle Ernährung zur Königin der Kolonie.

War es möglich, dass diese Nährstoffmasse die Entwicklung von Hormonen auslöste? Oder zerfielen die Nährstoffe selbst zu den Hormonen, die sie im Blut entdeckt hatte?

Beverly konnte nicht verhindern, dass sie einen weiteren Blick auf das blinkende grüne Licht warf, das anzeigte, dass Jean-Lucs Neutralisatorchip nach wie vor arbeitete. Dann setzte sie den Computer auf ihre Fragen an, um ein paar Antworten zu bekommen.

Worf saß im Kommandosessel mit T'Lana an seiner Seite und betrachtete das Bild des Borg-Kubus auf dem Hauptsichtschirm. Wie alle anderen auf der Brücke, vermochte er seinen Blick nie länger als für einen Moment von ihm zu lösen - so als wäre er imstande, zu sehen, wo sich Captain Picard befand und was er gerade tat, wenn er nur intensiv genug auf den Kubus starrte.

Geordi La Forge wusste es natürlich besser als sie alle. Er stand an der Maschinenraumkontrolle hinter Worf und überwachte die Anzeige, die sie über die Bewegungen des Captains an Bord des Borg-Schiffes unterrichtete. Der Klingone hatte ihn angewiesen, sofort Alarm zu schlagen, wenn der Captain von seinem Kurs abwich oder bei seinem Vorrücken zur Kammer der Königin aufgehalten wurde. Im Transporterraum der *Enterprise* stand ein Techniker bereit, um den Captain beim ersten Anzeichen von Ärger zurück an Bord zu beamen.

Worfs Gedanken verloren sich in der Vergangenheit. Er erinnerte sich an den Moment, in dem er gemeinsam mit Captain Picard und Lieutenant Hawk in Magnetstiefeln auf der schimmernden, weißen Hülle der *Enterprise* gestanden hatte. Es hatte sich angefühlt, als würden sie umgeben von der Dunkelheit des Alls auf der gekrümmten Oberfläche eines kleinen, toten Mondes stehen. Sie hatten sich nach draußen begeben, um die Borg davon abzuhalten, die Deflektorschüssel der *Enterprise* in einen Transmitter umzurüsten. Worf erinnerte sich noch genau daran, wie knapp der Kampf zu ihren Gunsten ausgegangen war. Hawk war währenddessen assimiliert worden und hatte versucht, den Captain zu töten. Worf war gezwungen gewesen, ihn zu erschießen. Danach hatten sie die verbliebenen Borg mit einem Teil der Deflektorschüssel vom Schiff abgekoppelt und ins All hinausdriften lassen. Mit den Worten: *Assimiliert das!* hatte er sie in die Ewigkeit geblasen.

Er bedauerte nicht, dass er die Borg an diesem Tag umgebracht hatte. Hätte er es nicht getan, wäre ihr Transmitter online gegangen und sie hätten letztendlich den Sieg davongetragen. Doch Worf bedauerte die Einstellung, die von ihm Besitz ergriffen hatte, dieses Gefühl der Befriedigung und des billigen Triumph angesichts der Vernichtung eines Feindes.

Er blickte hinüber zu Lieutenant Nave, die voller Trauer und mit steinernem Gesicht die Steuerkonsole bemannte. Sie saß steif und angespannt auf ihrem Platz, und eine ihrer Hände klammerte sich an die Kontrollen, als wären sie das Einzige, was sie noch aufrecht hielt. Ihre Augen waren geweitet und blickten ins Leere. Ihr Anblick erinnerte Worf daran, wie es ihm gegangen war, nachdem er Jadzia verloren hatte. Ganz offensichtlich hatte Nave mehr für Lieutenant Battaglia empfunden, als es dem Klingonen bewusst gewesen war.

Er starrte auf den Borg-Kubus und dachte an die vier Besatzungsmitglieder, die sie an die Borg verloren hatten. Gleichzeitig dachte er an den Captain und das enorme Opfer, das dieser erbrachte - einmal mehr den Geist von Locutus anzunehmen und sich alleine an Bord des Borg-Schiffes zu begeben. Er hatte die Bitterkeit in den Augen des Captains gesehen. Es war eine Sache, zu erleben, wie der eigene Körper durch einen Feind bezwungen wurde, aber zuzulassen, dass der eigene Geist und die eigene Seele korrumpiert wurden, war ungleich grauenvoller. Und doch erforderten extreme Situationen wie diese derlei persönliche Opfer.

Worf wusste, dass, sollte er diesem Feind noch einmal direkt gegenüberstehen, er ohne zu zögern töten würde und zwar so lange, wie es nötig war. Dieses Mal jedoch würde er keine Genugtuung im Töten finden, kein Gefühl des Sieges oder der Freude. Dieses Mal würde er sich daran erinnern, dass hinter jedem Borg ein assimiliertes - und gequältes - Wesen steckte, das danach flehte, befreit zu werden, eines wie Captain Picard oder Lieutenant Battaglia. Und auf einmal gab er sich einem höchst unklingonischen Gedanken hin: *Wäre es nicht besser, vorsichtig zu sein, ein Töten zu vermeiden und so viele Borg wie möglich zu retten, um sie wieder zurückzuverwandeln?*

Worf seufzte. Sein Leben unter den Menschen und vor allem seine Ehe mit Jadzia hatten ihn ziemlich weich werden lassen. Und vielleicht – aber nur vielleicht – beeinflusste ihn auch die Anwesenheit des vulkanischen Counselors.

Er warf ihr einen Seitenblick zu. Selbstsicher und ungerührt saß sie an seiner Seite, ihr blauschwarzes Haar und die Brauen ein auffälliger Kontrast zu ihrer hellen Haut, die dunkelblauen Augen unbewegt auf das Bild des Borg-Kubus gerichtet. Anders als die anderen auf der Brücke ließ T'Lana kein Anzeichen von Aufruhr oder Abscheu erkennen. *Bewundernswert*, dachte Worf. Dass sie unter derartigem Druck so kühl und gefasst bleiben konnte. Wären sie dem Kampf nicht so abgeneigt, würden Vulkanier hervorragende Krieger abgeben.

Er kam zu dem Schluss, dass Jadzia T'Lana gemocht hätte.

T'Lanas Augenlider flatterten. Sie hatte seinen Blick bemerkt. Ihr Ausdruck verhärtete sich unmerklich, während sie die Augen zurück auf den Sichtschirm richtete. Er konnte nicht wissen, was in diesem Augenblick in ihr vorging: dass sie das Borg-Schiff sah und sich daran erinnerte, was sie Captain Wozniak über die Jem'Hadar gesagt hatte.

In ihrem Fall wird jede Diplomatie versagen. Sie sind engstirnige Geschöpfe, deren einziges Ziel es ist, zu töten. Man kann nicht mit ihnen verhandeln.

Worf zwang sich, seinen Blick und seine Gedanken von ihr abzuwenden, und widmete seine Aufmerksamkeit ebenfalls erneut dem Borg-Kubus. Er hoffte, dass es nicht nötig werden würde, seine neu entdeckte Entschlossenheit, Borg nicht grundlos umzubringen, auf die Probe zu stellen. Er hoffte auf einen schnellen Erfolg des Captains.

Aber als Jadzia gestorben war, hatte er erkannt, dass Hoffnungen manchmal durchkreuzt wurden und dass es durchaus denkbar war, dass das Schlimmstmögliche eintrat.

Sara Nave saß an der Steuerkonsole und hielt irgendwie durch.

Sie starrte auf das Borg-Schiff und versuchte, sich auf ihren Dienst zu konzentrieren, auf ihre Fähigkeit, rasch zu handeln, sollte es nötig werden – genauso wie sie sich nach dem Tod ihrer Eltern gezwungen hatte, all ihre Aufmerksamkeit auf die Abschlussprüfungen an der Akademie zu richten. Das Problem war nur, dass es diesmal nichts zu studieren gab, nichts zu lernen, nichts, um sich abzulenken. Sie hatte nichts anderes zu tun, als dazusitzen und zu warten ... und das machte es ausgesprochen schwierig, nicht darüber nachzugrübeln, was in diesem Moment dort drüben, auf dem Schiff vor ihren Augen, passierte.

Durchhalten, hatte ihr Vater das genannt. Wenn die Dinge so unerträglich waren, dass man nichts anderes tun konnte, als einfach weiterzuatmen, den nächsten Schritt zu machen, und danach den nächsten, bis man schließlich einen anderen Ort erreichte, wo die Dinge nicht so schlimm waren.

Vor vielen Jahren, als Sara noch ein Kind gewesen war, war die Mutter ihres Vaters bei einem Gleiterunfall ums Leben gekommen. Er hatte die Nachricht gerade erhalten und war noch immer benommen gewesen, als sie ihn weinend umarmt und gefragt hatte, was er nun tun würde. *Durchhalten*, hatte er dumpf gesagt und dabei ohne Zweifel das gleiche Gefühl der Leere, den gleichen Unglauben, den gleichen hilflosen Zorn empfunden, den Nave im Augenblick verspürte.

Der Dienst hier auf der Brücke war ihre einzige Verbindung zur Welt der Vernunft. Ohne ihn hätte sie über Lio nachgedacht und darüber, was ihm an Bord des Borg-Schiffes widerfahren mochte.

Assimilieren. Es war solch ein unschuldig klingendes Wort für einen so unbeschreiblich grausamen Akt. Wäre er einfach nur getötet worden, wäre es bereits schlimm genug gewesen. Sie hatte geglaubt, dass sein zerschlagener Körper mit den anderen auf die Krankenstation gebeamt worden war. Als sie herausgefunden hatte, dass Lio noch immer dort draußen war, hatte sie für einen kurzen Moment ein Gefühl von Freunde und Hoffnung erfüllt, bis sie erkannt hatte, dass er gezwungen sein würde, ein weitaus schlimmeres Schicksal zu erleiden.

Trotz ihrer Bemühungen, sie zu unterdrücken, vernahm sie ungebeten Lios Stimme in ihrem Geist. *Aber es war nicht wirklich Joel. Sie hatten ihn mit sich genommen, verändert, seinen Körper besudelt mit diesen ... diesen Waffen und kybernetischen Anhängseln an seinem Kopf, seinen Augen, seinen Armen. Er war kein Mensch mehr ... Und das Schlimmste war ... Ich konnte das Monster nicht zerstören, zu dem sie ihn gemacht hatten ...*

Nachdem ihre Eltern ums Leben gekommen waren, hatte sich Nave die Namen der zwei kriegführenden Planeten nicht merken können. Sie hatte auch gar nicht wissen wollen, welche Seite für die Zerstörung der *Lowe* verantwortlich gewesen war. In ihrem Geist waren die Tode ihrer Eltern eine Tragödie ohne Schuldige gewesen. Sie war zu erschüttert gewesen, um darüber nachzudenken, wen sie hätte anklagen können.

Jetzt aber kostete es sie beinahe unerträgliche Mühe, nicht an die Borg zu denken, beim Anblick ihres Schiffes und dem Klang ihres Namens nicht von Hass erfüllt zu werden. Als Commander Worf ihr gesagt hatte, dass es kein zweites Außenteam geben würde - dass Captain Picard alleine auf das Borg-Schiff übersetzen würde - war Nave unglaublich frustriert gewesen.

Es gab nur zwei Dinge, die sie sich verzweifelt wünschte. Das erste war, an Bord des Borg-Schiffs zu gehen und Lio zu retten. Auch wenn er nicht hier gewesen war, um ihre Worte zu hören, hatte sie ihm in seinem Quartier stehend geschworen, dass sie auf das Borg-Schiff gehen, ihn finden und nach Hause bringen würde. Und sie beabsichtigte nicht, diesen Schwur zu brechen.

Das zweite war, auf das feindliche Schiff überzusetzen und so viele Borg, wie sie finden konnte, zu töten. Sie wollte keine Rehabilitierung für sie, nicht einmal Gerechtigkeit. Sie wollte Rache, und sie wollte Blut sehen.

Die Königin war grotesk und wunderschön.

»Du«, hauchte Picard so leise, dass er seine Worte kaum selbst hören konnte. Er kannte dieses Gesicht nur zu gut: eindeutig weiblich, mit hohen Wangenknochen, alterslos, elegant.

Es war das Gesicht der Königin, die Locutus begehrt und verfolgt hatte. Es war das Gesicht der Königin, die Picard bekämpft und in der Vergangenheit der Erde mit seinen eigenen Händen umgebracht hatte. Sie war wiedergeboren, ihre Züge entspannt und die Augenlider geschlossen, als würde sie schlafen, gefangen in einem tiefen und irgendwie angenehmen Traum.

Wir waren uns so nah, du und ich. Du kannst noch immer unser Lied hören.

Aber jetzt schwieg ihre Stimme. Sie war nichts weiter als eine Büste, ein lebloser Kopf mit Schultern. Diese befanden sich am oberen Ende eines freiliegenden schlangengleichen Rückgrates, das aus Knochen, Blut und Stahl gefertigt worden war. Das Ganze war, vom Nacken der Königin abwärts, in einen durchscheinenden, schimmernden Kokon gehüllt ... Nährstoffe, wie Locutus wusste. Es war der Nektar, der nur der Königin erlaubt war.

Ihr aus dumpf glänzendem, schwarzem Metall gefertigter Körper erwartete sie einige Schritte entfernt, umsorgt von zwei geisterhaften Drohnen mit toten Augen. Der Körper stand in grausiger Habachtstellung. Die Arme und Beinen schienen auf unheimliche Weise belebt und zuckten leicht, so als erwarteten sie voller Ungeduld den fehlenden Oberkörper, der auf ihrem Torso ruhen würde.

Picard trat über die Schwelle in die Kammer und war erleichtert, dass keine der Drohnen von ihrer Arbeit aufblickte.

Einen kurzen Augenblick des Zögerns hatte er angesichts des vertrauten Gesichts der Königin nicht verhindern können, doch jetzt war er entschlossen, keine weitere Zeit zu verlieren. Vorsichtig ging er auf den Tisch zu, auf dem sie lag. Picards Abscheu war so groß, dass sich Locutus' bis dahin reglose Züge unter dem Ansturm der Gefühle zu verziehen begannen.

Er hielt seinen mechanischen Arm - den Arm, den ihm die Borg ironischerweise vor so langer Zeit gegeben hatten - gesenkt an seiner Seite. Er beabsichtigte, erst im letzten Moment zuzuschlagen, wenn er direkt an ihrer Seite stand. Die Drohnen sollten keine Zeit haben, zu erkennen, was geschah, um zu ihrem Schutz heranzueilen.

Er blickte auf ihre Kehle hinab, die feinen Venen, die unter einem Film aus glänzendem Gel in einem ersten Anzeichen von Leben leicht pulsierten. Ein schneller Schlag und dieses Leben würde beendet und das Universum sicher sein. Er trat noch näher, so nah, dass seine Hüfte gegen die Kante des Bettes stieß, auf dem sie lag. Mit einem einzelnen Gedanken aktivierte er die Nervenbahnen, die seinen mechanischen Arm kontrollierten, und hob diesen. Die tödliche Klinge an seiner Spitze, dort, wo zuvor seine Hand gewesen war, begann zu sirren.

Er beugte sich hinab.

In diesem Augenblick öffnete sie die Augen, riss sie weit auf. Sie waren wie Quecksilber, ohne Iris, ohne Pupille. Und doch sah sie. In weniger als einem Moment sah sie - so als hätte sie schon die ganze Zeit gewusst, dass er kommen würde, und sich nur Zeit gelassen, um ihn zu erschrecken - und sie schrie. Ihre Schönheit verwandelte sich in die Grimasse einer Gorgone.

Der Schrei hallte durch das Kollektiv, so schrill und machtvoll und zornerfüllt, dass er jedes andere Geräusch, jeden anderen Gedanken auslöschte. Picard schloss die Augen. Der mentale Schmerz war so stark, dass er befürchtete, sein Schädel würde platzen. Das Geräusch war ungleich schlimmer als das, was sie zuvor über den Kommunikator der *Enterprise* erreicht hatte. Er schwankte. Nur ein gepeinigtes Aufbegehren seines Willens hielt ihn auf den Beinen. Wie durch ein Wunder gelang es ihm, die Augen wieder zu öffnen und seinen zitternden Arm zu beruhigen. Er versuchte die sirrende Klinge hinabzusenken, um damit die zarte Haut dieser weiblichen Kehle zu berühren.

Doch es war zu spät. Schon waren die wachgerüttelten Drohnen bei ihm. Eine erschien hinter ihm und packte seinen mechanischen Arm. Picard schrie auf, als der obere Teil des Arms in die Höhe gezwungen und in einem unnatürlichen Winkel nach hinten gezogen wurde, wodurch der menschliche Knochen, an dem er befestigt worden war, brach.

Die zweite Drohne tauchte neben ihm auf. Ihr Arm endete in einer rotierenden Doppelklinge. Drohend zielte sie damit auf Picards Brust.

Im ersten Augenblick zuckte der Captain instinktiv zurück. Dann allerdings schob er das Kinn vor und richtete sich auf.

»Ja«, krächzte er. »Töte mich. Los doch.« Es war besser zu sterben, als ihnen Zugang zu seinem Geist und damit dem Aufenthaltsort der *Enterprise* und lebenswichtigen Informationen über die Sternenflotte geben zu müssen. Es war besser zu sterben, als erneut einer von ihnen zu werden. Er würde nicht für ein zweites Wolf 359 verantwortlich sein, würde kein weiteres Mal gegen die *Enterprise* eingesetzt werden. Worf würde das Schiff sicher nach Hause bringen, die Menschheit würde sich sammeln und den Feind ein drittes Mal besiegen.

Er entblößte seine Brust und bewegte sich vorwärts, um die Klinge willkommen zu heißen, wobei er sich fragte, ob sie imstande war, Locutus' festen, schwarzen Panzer zu durchdringen.

Sie war es. Ihr Biss war erschreckend schmerzhaft, selbst für seinen verwandelten Borg-Körper. Seine Muskeln, seine inneren Organe zuckten unkontrolliert. Seine Augen weiteten sich unter dem hellen Lichtblitz, der mit dem Schmerz einherging. Er rang nach Luft und stellte fest, dass sie mit seinem Blut versetzt war. Trotzdem brachte er den Willen und die Stärke auf, weiter zu drängen, die Klinge tiefer in seinen Leib zu pressen, auf sein Herz zu.

Bevor ihm vollständig die Sinne schwanden, spürte er, wie sich Drohnen um ihn herum drängten, wie sie ihn auffingen, als er fiel. Er hob den Kopf und erblickte das Gesicht der Borg-Königin. Sie runzelte die Stirn.

Dann ergab er sich der Dunkelheit und betete, dass der Schlag tödlich gewesen war.

KAPITEL 9

Picard erwachte auf einer Liege. Der Borg-Panzer, der seine Brust bedeckt hatte, war entfernt worden und die kalkweiße Haut darunter wirkte makellos und unberührt, so als wäre sie niemals durchstoßen und aufgerissen worden. Er verspürte keinerlei Schmerz, nicht einmal von dem gebrochenen Arm.

Das Schlimmstmögliche war eingetreten. Er hatte versagt, genau wie Janeway und T'Lana es vorhergesehen hatten. Hatte er sich von seinem Bedürfnis nach Rache blenden lassen und die Unausweichlichkeit dieser Entwicklung nicht sehen wollen?

Der Umstand, dass er nicht gestorben war, erfüllte ihn mit unbeschreiblicher Enttäuschung und entsetzlichem Zorn. Er versuchte, sich zu erheben und stellte fest, dass er von starken Fesseln gehalten wurde. Vergeblich kämpfte er gegen sie an, und die Wut und der Selbsthass trieben ihm beinahe die Tränen in die Augen. Er hatte sich dieses eine Versprechen gegeben - dass er niemals zulassen würde, erneut missbraucht zu werden, um den Seinen Schaden zuzufügen -, und nun sah es so aus, als würde genau dieses Versprechen gebrochen werden.

Es war ihm nur ein schwacher Trost, festzustellen dass der Neutralisatorchip noch funktionierte - zumindest im Augenblick.

Er befand sich nicht länger in der Geburtskammer, sondern stattdessen in einem offenen Bereich, der an eine einzelne, weiße Wand grenzte. Makabere chirurgische Instrumente hingen dort und warteten auf ihren Einsatz - Bohrer, Sägen, Skalpelle, ebenso zum Einsatz an Fleisch wie an Metall gedacht. Das abschreckende Zeichen, das sie setzten, entging ihm nicht.

Die Königin und er hatten die Plätze getauscht. Nun lag er auf dem

Rücken, während sie neben ihm stand und auf ihn herabschaute. Ihm war schmerzlich bewusst, dass seine Ruhestätte eine Art Biobett war. Er sah Monitore, die seine Lebensfunktionen überwachten.

Die Königin hatte ihren Körper übernommen und trug ihn mit der Grazie und Natürlichkeit einer Tänzerin. Ihr Gesicht und ihre Augen - die so anders waren als die aller anderen ihrer Rasse - waren unzweifelhaft am Leben. Sie glänzten voller Humor, Selbstbewusstsein und Stolz, versetzt mit Nuancen subtilerer Gefühle. *Übermütig*, hätte er sie genannt, wenn sie sich in einem anderen Jahrhundert und unter anderen Umständen befunden hätten.

Auf ihren Zügen lag eine dicke Schicht schimmernden Gels, Überbleibsel ihrer Reifezeit.

Er sehnte sich danach, sie ergreifen zu können, so wie er es nur ein paar Jahre zuvor getan hatte, mit seinen Händen ihren wundervollen Nacken zu brechen und zuzuschauen, wie ihre leuchtenden Augen flackerten und sich dann trübten. Er verfügte jetzt über die Stärke eines Borg. Es würde ihm ein Leichtes sein, wenn er nur seine Arme heben könnte ...

»Nun«, sagte sie, während sich ihre Mundwinkel in dunkler Erheiterung nach oben verzogen. Ihr Tonfall war verspielt, ihre Stimme weiblich, lockend, das Wispern von Tausenden, die als eine sprachen. »Es gibt ein menschliches Sprichwort, nicht wahr? Aller guten Dinge sind drei ...?«

Sie streckte eine glänzende Hand aus und legte sie ihm auf die Schulter. Ihre Berührung war kalt und feucht, die einer Kröte. Er schreckte vor ihr zurück. Sie ließ ein kurzes, leichtes Lachen hören.

»Du bis zurückgekommen, wie es schon immer deine Bestimmung war. Ich habe dich gespürt, schon bevor ich geboren wurde. Ich bin zum Leben erwacht, bevor ich vollständig bereit dazu war - nur für dich. Bist du diesmal freiwillig zu mir gekommen? Denn so wollte ich dich immer: willig, begierig.«

Seine Gesichtszüge verhärteten sich, und er wandte den Blick ab.

»Es spielt keine Rolle«, sagte sie leicht verärgert. »Komm zu mir als

Individuum Jean-Luc Picard ... oder als Drohne.« Ihre Heiterkeit kehrte zurück. »Du hast bereits den Großteil der Arbeit für uns gemacht. Das war sehr aufmerksam von dir. Ist dies das Werk deiner talentierten Doktor Crusher?« Sie strich über seinen Arm. »Du musst wissen, dass ich eine Menge Dinge über dich erfahren habe, als du das letzte Mal Locutus warst. Ich wusste, dass du sie geliebt hast, selbst damals schon, auch wenn du es dir noch nicht einmal selbst eingestanden hast. Aber am Ende wirst du mich erwählen und zu mir kommen.«

»Niemals freiwillig«, knurrte er. »Wie du gesehen hast, würde ich lieber sterben.«

Ihr Ton wurde erneut kühler. Sie hob das Kinn, stolz und königlich. »Das ändert nichts. So oder so sind die Zerstörung deines Schiffes und deiner Welt garantiert.«

»Es sind *dein* Schiff und *deine* Welt, die zerstört werden«, spie er wütend.

Sie quittierte seine gespielte Tapferkeit mit einem kurzen, harten Lachen, aber in ihren Augen aus flüssigem Metall blitzte es zornig. »Hast du nichts aus Wolf 359 gelernt? Möchtest du es wiederholt sehen, um es zu verstehen?«

»Wir haben dazugelernt«, gab er zurück. »Meine Leute wissen, dass ihr hier seid. Selbst wenn du mich tötest, wissen sie, was zu tun ist. Sie werden nicht ruhen, bis du vernichtet bist.«

»Ah, ja.« Sie legte den Kopf schief, ihr Tonfall war spöttisch. »Die tapfere Mannschaft der *Enterprise*. Wir erwarten natürlich, dass sie dir folgen wird. Und *du* wirst uns helfen, für sie bereit zu sein. Ich habe einen speziellen Befehl geschaffen, nur für dich. Du wirst mein Wächter sein, mein Beschützer.«

Ihre Stimme wurde sanfter und beschwörend. »Komm freiwillig, Jean-Luc. Lass deine Leute ihre Waffen niederlegen. All dieses Aufbegehren, all dieses Kämpfen, all dieser Widerstand sind so ... zwecklos.« Sie beugte sich vor und ihr Finger glitt an der Linie seines Kiefers entlang. Ein Schauer lief ihm über den Rücken. »Wir könnten dies für dich angenehm machen.« Sie hielt inne und brachte ihre Lippen ganz nah an sein Ohr, ihr Atem war kühl und weich. »Es *ist* angenehm für dich, nicht wahr, Locutus? Zu Hause zu sein, ohne Sorgen, ohne den Zwang zu Entscheidungen. Wirklich zu etwas zu gehören ...«

Angewidert verzog er die Lippen. »Locutus ist nicht hier.«

Ruhig neigte sie den Kopf und betrachtete ihn aus glänzenden Augen. »Oh, aber er wird es sein.« Sie richtete sich auf. »Entscheide dich, Jean-Luc Picard. Du kannst freiwillig zu mir kommen und dir einen gewissen Teil deiner Eigenständigkeit bewahren. Sobald ich mir deiner Loyalität sicher bin, könntest du sogar an meiner Seite regieren. Ihr Menschen sprecht von Vergnügen, von Ekstase, aber du kannst dir den Rausch derartiger Macht nicht vorstellen, das schiere Glück, das dein sein würde ...« Ihr Tonfall wurde ausdruckslos. »Oder du kannst eine weitere Drohne sein. Du kannst erleben, wie dir dein Wille genommen wird und leiden, wie du zuvor gelitten hast, wenn dein armer kleiner Geist von dem meinen ‚vergewaltigt' wird.«

»Fahr zur Hölle«, sagte Picard.

Bei seinen Worten hob sich ruckartig ihr Kinn und ihre Augen verengten sich zu Schlitzen, während sie einen Schritt von dem Tisch wegtrat. »Du glaubtest, mich töten zu können, du Narr. Dachtest du, ich wäre so töricht, das ein zweites Mal zuzulassen? Das war dein erster großer Fehler, und deine jetzige Entscheidung war dein zweiter. Ich muss meine Reife beenden, aber sobald ich und mein Schiff bereit sind, werde ich auferstehen. Und wenn dies geschieht, wirst du auf mich warten - als Locutus. Gemeinsam werden wir deine geliebte *Enterprise* in Stücke reißen und deine Mannschaft töten - abgesehen von deiner kostbaren Beverly. Sie werde ich in eine Drohne verwandeln. Und dann werden wir gemeinsam den Alpha-Quadranten zerschmettern. Wir werden nicht Halt machen, um auch nur ein einzelnes Lebewesen zu assimilieren. Wir werden direkt zur Erde fliegen und deine Welt verheeren. Und wenn es deiner Föderation tatsächlich gelingen sollte, sich zu sammeln und zur Hilfe zu eilen - natürlich zu spät, um noch irgendetwas zu bewirken -, dann wird der Spaß erst richtig beginnen.«

Sie musste den Drohnen weder ein Zeichen geben, noch sie rufen. Ein einfacher Gedanke brachte sie an ihre Seite. Selbst Picard verspürte das Ziehen - gleichzeitig zog sich sein Magen vor schierem Grauen schmerzhaft zusammen. Er blickte auf und sah zwei Drohnen, die links und rechts von ihm in Stellung gingen. Er hätte nicht zu sagen vermocht, ob sie die gleichen waren, die ihn in der Geburtskammer angegriffen hatten. Eine streckte den Arm nach der Wand aus und ergriff ein metallisches Instrument: einen langen, nadelfeinen Bohrer. Die andere hielt eine feine Zange.

Picard schloss die Augen, als die Spitze des Bohrers seine rechte Schläfe fand und dort für einen kurzen Moment verharrte, kalt und unerbittlich scharf.

Nicht noch einmal, nicht noch einmal.

Er erlaubte sich nicht, zu schreien. Zuerst verspürte er ein Zwicken, dann ein Stechen, als sich der Bohrer seinen Weg durch die Haut suchte. Als der Knochen durchbohrt wurde, durchzuckte ihn ein heftiger, gleißender Schmerz, der aber rasch abebbte.

Das Gehirn verspürte natürlich überhaupt nichts. Die Zange folgte, kalt und rasch. Er wusste sofort, dass sie den Neutralisatorchip gesucht und gefunden hatten. Langsam begannen sie ihn herauszuziehen.

Sein Bewusstsein war wie eine Feuersbrunst. Zunächst tobte es, zornig und wild und entschieden, die Oberhand zu gewinnen. Doch dann floss sein Wille langsam aus ihm heraus, verflüchtigte sich wie Sauerstoff durch einen Hüllenbruch. Er rang darum, ihn festzuhalten, weiter zu kämpfen, aber er war wie eine einzelne Flamme im unerbittlichen Vakuum. Letzten Endes konnte er das Unvermeidliche nicht verhindern. Sein Widerstand brach zusammen. Nur ein schwaches, blaues Glimmen blieb zurück, flackernd, verbittert. Es beobachtete. Und wartete.

Auf der Krankenstation war es Beverly endlich gelungen, sich abzulenken.

Es war ihr nicht leicht gefallen. Mit jeder Minute, die vergangen war, ohne dass sie etwas von Jean-Luc hörte, hatte ihre Anspannung zugenommen. Doch sie war fest entschlossen, eine Antwort auf die mysteriöse Metamorphose einer Borg-Drohne in eine Königin zu finden. Ihre Sorgen und Zweifel lagen in der Vergangenheit. Es gab nichts, was sie tun konnte, außer sich auf die Zukunft vorzubereiten.

Ihre bisherigen Untersuchungen hinsichtlich der Hormonzuführung, die eine Verweiblichung in Gang setzten, deuteten auf eine vergleichsweise einfache Lösung hin: Es schien, als würde die zähflüssige Nährstofflösung eine komplexe Molekülstruktur enthalten, die leicht durch die Haut absorbiert oder intravenös zugeführt werden konnte und sich dann im Äquivalent des menschlichen Blutkreislaufs der zukünftigen Königin aufspaltete.

Die Frage war nur, ob die Borg dieses Feminisierungshormon künstlich herstellten oder ob die Drohnen, genau wie andorianische Bienen, das Nährstoffgel auf natürliche Weise produzierten und irgendwie für die Königin sammelten.

Wenn Letzteres der Fall war ...

Beverly runzelte leicht die Stirn und wies den Laborcomputer an, eine Gewebeprobe, die sie dem Borg Locutus entnommen hatte, vorzubereiten. Das Stirnrunzeln verwandelte sich in einen finsteren Blick, als ein schriller Signalton ihren Gedankengang unterbrach. Abgelenkt blickte sie auf und starrte eine halbe Sekunde lang auf das blinkende rote Licht auf dem Bildschirm vor ihr, bevor sie erkannte, was es bedeutete. Vielleicht hatte ihr Geist sie auch nicht verstehen *lassen*, was sie dort sah, denn es war die eine Sache, die sie niemals hatte sehen wollen.

»Nein!«, rief sie entsetzt, während sie gleichzeitig auf ihren Kommunikator schlug. »Crusher an Brücke! Worf! Der Neutralisatorchip ist ausgefallen!«

Doktor Crushers verzweifelter Ausruf elektrisierte Worf. Er verschwendete keinen Augenblick mit Nachdenken oder Schuldgefühlen. Stattdessen erhob er sich und trat zu Sara Nave an die Steuerkonsole. »Ausweichmanöver«, befahl er. »Setzen Sie einen zufälligen Kurs entlang der Maximalreichweite unseres Transporters.« Ihre Finger huschten über die Kontrollen - doch sie waren nicht schnell genug.

Worf blickte gerade rechtzeitig auf, um den hellen Energieball zu sehen, der aus dem Rumpf des Borg-Kubus auftauchte und auf die *Enterprise* zu jagte. Er wurde von einem zweiten gefolgt ... und einem dritten ...

Unter seinen Füßen bäumte sich das Deck auf. Donner grollte in seinen Ohren. Nave wurde nach hinten gegen die Rückenlehne ihres Sitzes geschleudert und dann nach vorne gegen die Steuerkonsole. Worf ging in die Knie, wobei er mit der Wange gegen die Ecke von Naves Sitz prallte.

Er zog sich wieder in die Höhe, als das Schiff erschauerte. Er hieb auf seinen Kommunikator. »Transporterraum. Erfassen Sie das Signal des Captains und bereiteten sie sich darauf vor, ihn in eine Arrestzelle zu beamen.«

»Aye, Sir.«

Worf schloss den Kanal. Sara Nave, die noch immer an der Steuerkonsole beschäftigt war, hielt ihren Blick auf den Sichtschirm gerichtet und versuchte ihr Bestes, um der Breitseite, die in ihre Richtung abgefeuert worden war, auszuweichen.

Er aktivierte erneut seinen Kommunikator. »Doktor Crusher«, sagte er. »Melden Sie sich im Arrestbereich. Wir beamen den Captain direkt dorthin.«

»Ich bin schon unterwegs«, antwortete sie.

Worf wandte sich an La Forge. »Schilde?«

»Halten«, meldete dieser.

Noch, dachte Worf, als Nave sie außer Reichweite der Borgwaffen brachte. Sie bewegte sich auf einem schmalen Grat, um sie außerhalb des Waffenfeuers aber innerhalb der Transporterreichweite zu halten. Niemand wusste, wie lange es noch dauern würde, bis die Langstreckenwaffen der Borg einsatzbereit waren, aber Worf hatte das Gefühl, dass es nicht mehr lange dauern würde. Nachdem die unmittelbare Gefahr gebannt war, drehte sich Nave halb in seine Richtung. Ihre Augen waren von einem Gefühl erhellt, das Worf *Hoffnung* genannt hätte, wäre ihm nicht so ein düsterer Unterton beigemischt gewesen.

»Lieutenant«, sagte er. »Hiermit ernenne ich sie zum amtierenden Sicherheitschef.« Er stockte kurz. »Im Augenblick werden Sie allerdings dringend am Steuer des Schiffes gebraucht. Sorgen Sie dafür, dass unser Kurs vollkommen willkürlich bleibt. Wir dürfen nicht zulassen, dass der Captain die nächste Bewegung der *Enterprise* vorhersieht, bis wir ihn zurückgeholt haben.«

Er sah, dass das Licht in ihren Augen erlosch und nur die Dunkelheit zurückblieb. »Ja, Sir«, antwortete sie ruhig und kehrte zu ihrer Arbeit zurück.

Als er sich dem Turbolift zuwandte, bemerkte er T'Lana, die ihn mit einem durchdringenden Blick anschaute. Wäre sie die Angehörige einer anderen Rasse gewesen, hätte Worf geschworen, einen Hauch von Selbstgefälligkeit auf ihren Zügen zu erkennen - als eine Erinnerung daran, dass sie das Schlimmste vorhergesehen hatte. Sie sagte nichts, als Worf an ihr vorbei zum Turbolift eilte, doch der Vorwurf lag in der Luft. So als mache sie ihn dafür verantwortlich, was gerade mit ihnen geschah.

Als Beverly den Arrestbereich erreichte, hatte sie erfolgreich alle Gefühle verdrängt. Sie hatte sich dazu gezwungen, an nichts anderes zu denken, als an die Aufgabe, die direkt vor ihr lag. Sie hatte ein Hypospray mit Naniten vorbereitet, die Jean-Lucs Verwandlung in eine Drohne rückgängig machen würden. Während sie ihm die Naniten sofort injizieren würde - zusammen mit einem Sedativ, um ihn davon abzuhalten, sie anzugreifen -, beabsichtigte sie, den Neutralisatorchip danach so schnell wie möglich zu ersetzen oder zu reparieren. Das würde Jean-Luc umgehend vom Einfluss des Kollektivs befreien, sodass er nicht fixiert werden musste, während die Naniten ihre Arbeit verrichteten.

Worf und drei bewaffnete Wachen erwarteten sie schon neben dem Biobett, das in der Zelle aufgestellt worden war. Auf der Miene des Klingonen lag ein Ausdruck wilder Entschlossenheit. Crusher fragte nicht, ob er die *Enterprise* nach dem Angriff auf Distanz zu dem Borg-Schiff hatte gehen lassen. In seinen Augen jedenfalls lag keinerlei Anzeichen von Rückzugsgedanken.

Er nahm Beverlys Ankunft mit einem kurzen, scharfen Blick zur Kenntnis. »Ist das Betäubungsmittel bereit, Doktor?«

Wortlos zog Beverly das Hypospray aus der Tasche ihres Laborkittels und hielt es hoch.

»Phaser auf Betäubung«, befahl Worf dem Sicherheitsteam und hob dann seinen eigenen. Die vier zielten auf das leere Biobett. Der Klingone aktivierte seinen Kommunikator. »Ensign Luptowski ...?«

»Bereit, Sir«, antwortete die junge Stimme. *»Der Kommunikator des Captains ist außer Funktion, aber das Signal des Transponders ist klar und deutlich.«*

»Beamen Sie ihn an Bord.«

Als der Transporterstrahl zu schimmern anfing, hielt Beverly die Luft an. Sie war bereit, redete sie sich ein, für den geistlosen, unmenschlichen Blick in Locutus' Augen.

Doch sie war nicht bereit für das, was sie sah.

Das schimmernde Flirren über dem Biobett verschwand ... aber niemand lag auf dem Bett. Worf sprach erneut in die Luft. »Ensign? Gab es eine Fehlfunktion?«

»Nein, Sir«, antwortete Luptowski.

Beverly und Worf näherten sich dem Bett. Beverly beugte sich nach vorne und griff mit einer Hand nach den drei Gegenständen, die dort sauber aufgereiht lagen: der Transponder, den sie in Jean-Lucs rechter Schläfe platziert hatte, sein Kommunikator, zerdrückt und verschrammt, so als habe jemand versucht, ihn in zwei Hälften zu zersägen, und der Neutralisatorchip, der von einem einzelnen, dunklen Tropfen Blut befleckt war.

Es gelang ihr nicht, sie zu berühren. Ein plötzliches Donnern hallte so laut in ihrem Schädel wider, dass sie ihren eigenen schmerzerfüllten und überraschten Schrei nicht hören konnte. Eine Millisekunde später kippte das Deck zur Seite. Ihre Rippen prallen gegen die Kante des Biobetts, während sie sich mit ausgestreckten Händen auf der nun leeren Liege abstützte. Neben ihr kämpfte Worf um Halt, wobei sich seine Beine kurz mit den ihren verhedderten.

Mit einem Ruck brachte sich das Schiff zurück in die Waagerechte. Beverly richtete sich auf und eilte in der Zelle umher, um die Gegenstände, die aus Jean-Lucs Körper entfernt worden waren, einzusammeln. Währenddessen kam auch Worf auf die Beine und hieb auf seinen Kommunikator. »Worf an Brücke!«

Stille.

Die wertvollen Chips fest in der Hand, wandte sich Beverly dem Klingonen zu. Worfs Gesicht verfinsterte sich und er berührte erneut den Kommunikator. »Worf an Brücke! Commander La Forge, Bericht!«

Erneut Stille - und dann Statik.

Der Treffer blendete Nave und schleuderte sie seitwärts aus ihrem Sitz auf das Deck. Sie versuchte, Luft zu holen, doch es ging nicht. Ihre Rippen reagierten auf den Versuch mit einer Übelkeit erregenden Welle aus Schmerz.

Keine Panik, keine Panik, dir wurde nur die Luft aus den Lungen getrieben ...

Ihre erste Regung war, zu ihrer Station zurückzukehren, zur Steuerkonsole. Sie blinzelte mehrmals, aber das starke Nachbild des novahellen Einschlags ließ nur langsam nach. Sie musste sich zu dem Sitz vortasten und sich an ihm festhalten, um sich hochzuziehen.

Ein abgehacktes Husten entrang sich ihrer Kehle. Es tat so weh, dass es ihr die Tränen in die Augen trieb. Dann sog sie gierig die Luft ein.

Sie stank nach Rauch und verbrannten Leitungen und ließ Nave schwindeln. »Counselor!«, schrie sie. »Commander La Forge!« Der Einschlag hatte auch ihr Gehör in Mitleidenschaft gezogen. Ihre

Stimme klang gedämpft, wie aus weiter Ferne. Sie verharrte kurz und lauschte auf eine Antwort. Dabei stellte sie fest, dass die ganze Zeit tief und durchdringend der Lebenserhaltungsalarm plärrte.

»Commander La Forge! Counselor!« Die verpestete Luft reizte sie erneut zum Husten. Langsam begann sich ihre Sicht zu klären, und sie sah, dass die Brücke unter einem Vorhang aus Rauch lag. Es war dunkel, abgesehen von den blinkenden Konsolen und der schwachen Notfallbeleuchtung auf dem Boden, die ihr als Orientierung diente. Schwankend und mit tränenden Augen wandte sie sich wieder der Steuerkonsole zu und lehnte sich schwer darauf.

Die Waffen waren außer Funktion. Die Flugkontrolle ebenso, aber sie tippte verbissen auf den Kontrollfeldern herum, bis es ihr gelungen war, auf Handsteuerung umzustellen. Das Schiff hatte gerade erst zu driften begonnen. Sie brachte es wieder auf seinen willkürlichen Kurs zurück. Gnädigerweise verstummte der Alarmton, kaum dass sie damit fertig war.

Zu ihrer Rechten vernahm sie plötzlich einen Hustenanfall. »Allen?«, rief sie. Ensign John Allen bemannte die Sicherheitsstation. Sie blickte in seine Richtung und sah seine schattenhaften Umrisse, die sich über seinen Stuhl krümmten.

»Es geht mir gut«, keuchte Allen, doch er hielt einen Arm schützend an die Brust gedrückt. »Meine Konsole ist ausgefallen.« Dann stieß er einen Laut schierer Verblüffung aus. »Grundgütiger. Sehen Sie ...«

Sein Blick hatte sich an der Decke festgesaugt. Nave folgte ihm und sah es nun selbst: den schmalen Riss in der Hülle, der durch den Rauchvorhang und das schwache Schimmern eines Kraftfeldes sichtbar wurde: Schwärze und Sterne. Völlig unpassend weckte der Anblick bei Nave den Eindruck, als schaue sie zu einem schmalen Streifen Nachthimmel empor.

»Achtung, Hüllenbruch. Reparatur erforderlich. Sauerstoffkonzentration unterhalb normaler Parameter«, berichtete der Computer ungerührt. »Giftige Schwebstoffe entdeckt. Filtrationssysteme ausgefallen. Reparatur erforderlich. Temporäre Evakuierung wird angeraten.«

Hinter Nave bewegte sich jemand stöhnend. »Commander?«, rief sie.

»Es geht mir gut«, murmelte Commander La Forge, aber sein Tonfall - ganz zu schweigen von der Tatsache, dass er noch immer auf dem Boden vor der Maschinenraumkontrolle kauerte - sagte etwas anderes. Die Konsole knisterte bedrohlich und spuckte rote Funken, während gleichzeitig eine Rauchfahne von ihr aufstieg.

»Kümmern Sie sich um ihn«, befahl Nave dem Ensign.

Allen erhob sich steif und wankte zu La Forge hinüber. »Aye, Sir. Ich habe ihn«, sagte er.

Nun fehlte nur noch T'Lana. Nave durchsuchte den Brückenbereich, wo sich der Sitz des Counselors befand. Dahinter und zu seiner Linken entdeckte sie die reglose Gestalt der Vulkanierin zusammengesunken auf dem Deck.

»Counselor.« Sofort ließ sie sich auf die Knie nieder. T'Lana war bleich und bewegte sich nicht. Ihre Augen waren geschlossen. Unweit ihrer Kehle, direkt unterhalb des linken Unterkiefers, klaffte ein Schnitt, und grüne Flüssigkeit hatte sich über ihren Nacken ergossen und die Schulter ihrer Uniform durchnässt.

Nave streckte eine unsichere Hand aus, um ihren Puls zu fühlen. Bei der Berührung riss T'Lana die Augen auf.

»Counselor. Sie sind verwundet.« Instinktiv drückte Nave auf ihren Kommunikator und sagte: »Krankenstation.«

T'Lanas Lippen teilten sich. Sie versuchte zu sprechen.

»Es kommt alles in Ordnung«, beruhigte sie Nave, als eine Stimme undeutlich über den Komm-Kanal erklang.

»Krankenstation. Schwester Ojibwa hier.«

»Hier ist die Brücke. Wir brauchen hier oben sofort Sanitäter. Ich habe eine Vulkanierin, die viel Blut verliert, und ich glaube, Commander La Forge ist verletzt ...«

»Ich schicke sie sofort los ...«

Commander Worfs Stimme unterbrach Ojibwas. *»Worf an Nave. Lieutenant, was geschieht auf der Brücke?«*

»Hüllenbruch, Sir. Die Flugkontrolle ist wiederhergestellt, aber wir haben Verletzte …« Nave blickte auf T'Lanas Uniform hinab, auf der sich der Fleck immer weiter ausbreitete. Die Augen der Vulkanierin waren geweitet, ihr Blick abwesend. »Counselor!«

Nave fühlte nach der Wunde und untersuchte sie vorsichtig, bis sie den kleinen Riss spürte, der wahrscheinlich von einem Stück Schrapnell verursacht worden war. Sie presste ihre Hand fest dagegen, bis sie sicher war, dass sie den Blutfluss unterbunden hatte. T'Lanas Blut fühlte sich fiebrig heiß an.

»Die Sanitäter sind unterwegs. Ich transferiere die Schiffskontrolle zur Hilfsbrücke. Evakuieren Sie sobald wie möglich. Worf Ende.«

Abwesend berührte Nave ihren Kommunikator und schloss den Kanal. »Sanitäter sind unterwegs!«, rief sie Allen zu. Der Ensign hatte Commander La Forge zurück auf seinen Sitz geholfen. La Forge hielt sich eine Hand an die Stirn und wirkte benommen. Eines seiner kybernetischen Augen hatte sich bedenklich verdunkelt.

T'Lana versuchte erneut zu sprechen. Nave musterte sie und bemerkte etwas, das sie nie zuvor in den Augen eines Vulkaniers gesehen hatte: Grauen. Die Counselor brachte kaum ein Flüstern zustande, aber Nave las die Worte von ihren Lippen ab.

Ihr Gesicht ist schwarz.

Einen Augenblick lang war Nave verwirrt. Sie fuhr sich mit dem Handrücken über die Stirn und blickte dann darauf. »Ruß«, sagte sie. »Keine Sorge, Counselor. Es ist bloß Ruß.«

T'Lana kämpfte und bildete weitere Worte. *Gehen Sie.*

»Vergessen Sie's«, sagte Nave.

Die Brust der Vulkanierin zuckte unter einem schwachen Aufstoßen. Eine Blase aus Blut erschien auf ihren Lippen, gefolgt von einem plötzlichen Strom, der ihr übers Kinn lief und sich dem Strom auf ihrem Nacken hinzugesellte. Ihre Augen rollten nach hinten, bis nur noch das Weiße zu sehen war.

»Verdammt«, flüsterte Nave. »Oh, verdammt, Counselor, wagen Sie es ja nicht. *Wagen* Sie es ja nicht.«

KAPITEL 10

Auf der Krankenstation nahm Crusher den medizinischen Regenerator von Geordi La Forges Schläfe und beobachtete mit Befriedigung, wie sein linkes kybernetisches Auge flackerte und dann beruhigend zu glühen anfing.

»Puh«, sagte La Forge. Er setzte sich auf dem Biobett auf und sah schon viel besser aus, als zu dem Zeitpunkt, an dem Nave und Allen mit ihm hier eingetroffen waren. Er blinzelte und sah Beverly dankbar an. »Das ist schon viel besser.«

»Es war nur etwas Druck auf Ihrem optischen Schaltkreis. Das kommt davon, wenn Sie Ihren Kopf so hart gegen die Wände hauen.«

La Forge rieb sich reumütig die Kopfhaut. »Zum Glück habe ich so einen dicken Schädel.«

Crusher brachte nur ein flüchtiges Lächeln zustande. Sie operierte im Grunde wie benommen, geradezu mechanisch. Sie durfte sich nicht erlauben, zu fühlen oder über etwas anderes als das Hier und Jetzt nachzudenken - nicht bis Jean-Luc sicher zurück an Bord der *Enterprise* war.

Sowohl sie als auch Geordi blickten auf, als Worf eintrat. Die finstere Miene, die er für gewöhnlich zur Schau stellte, wirkte noch grimmiger als sonst.

»Na dann, Doc ...« La Forge glitt von der Kante des Biobetts auf seine Füße. »Kann ich gehen? Ich habe einiges zu tun.«

Beverly nickte ihm zu. »Sie sind in Ordnung.«

Worf trat auf ihn zu. »Commander La Forge, Nelson berichtet, dass die Brücke innerhalb der nächsten Stunde wieder einsatzbereit sein sollte. In der Zwischenzeit verläuft die Schiffskontrolle über die Hilfsbrücke.«

»Sind wir außerhalb der Waffenreichweite des Kubus?«, fragte La Forge.

Worf nickte knapp. »Und in Kürze sollten wir uns auch außerhalb seiner Sensorreichweite befinden.«

»Wir lassen den Captain zurück?«, fragte Beverly und versuchte dabei erfolglos, die Anklage in ihrer Stimme zu unterdrücken.

»Das Schiff wurde schwer beschädigt«, erklärte er. »Es gibt mehrere Hüllenbrüche in der Untertassensektion. Die Andockbuchten sind unbetretbar. Unsere Schilde sind noch immer unten. Die Borg haben uns keine andere Wahl gelassen.«

Worf und La Forge tauschten einen finsteren Blick aus. Beverly verstand ihn nur allzu gut: *Jean-Luc* hatte ihnen keine andere Wahl gelassen.

»Also geben wir einfach auf?«, fragte Beverly.

»Das ist, was uns befohlen wurde«, bestätigte Worf, doch hinter seinen Worten verbarg sich noch etwas anderes - etwas anderes als die Bereitschaft, eine Niederlage zu akzeptieren. Worf kam mit der Entscheidung weit besser zurecht, als es der Fall sein sollte. Irgendwie bezweifelte Beverly, dass er wirklich vorhatte, den Captain zurückzulassen.

Sie entschied, das Spielchen eine Weile mitzuspielen. »Bevor er uns verließ, sagte der Captain, dass der Antrieb des Borg-Kubus in weniger als sieben Stunden einsatzbereit sein würde.« Sie machte eine Pause. »Das war vor zwei Stunden.«

»Damit bleiben uns fünf Stunden.« Geordis Tonfall war grimmig.

»Vier«, gab sie zurück. »Nur um sicherzugehen.« Es fiel ihr schwer, nicht den Atem anzuhalten, während sie auf Worfs Reaktion wartete.

»Verstanden«, sagte Worf. Er verstummte und blickte Crusher an. Sie erkannte, dass er darauf wartete, dass La Forge sie allein ließ, damit er mit ihr unter vier Augen sprechen konnte.

Geordi verstand den Wink. »Ich bin dann mal im Maschinenraum.«

Worf nickte. »Ich werde mich in Kürze bei Ihnen melden, Commander.«

»Ihr Bericht, Doktor?«, fragte Worf, nachdem Geordi die Krankenstation verlassen hatte.

»Zwei Dutzend Verletzte«, meldete sie ohne jede Regung. »Von Leichtverletzten bis hin zu kritischen Fällen. Ich musste Ensign McGowan in ein künstliches Koma versetzen, um seine höheren Gehirnfunktionen aufrechtzuerhalten.« Einen Moment standen sie und der Klingone sich in unbehaglichem Schweigen gegenüber, bevor sie schließlich die Stille durchbrach. »Wenn wir uns weiter aus dem Gebiet entfernen ...«, begann sie.

»Der Captain hat uns befohlen, so zu handeln«, sagte Worf. Sie hatte recht gehabt. Er hatte genau diese Sache besprechen wollen. Und angesichts seiner schwierigen Beziehung zu dem vulkanischen Counselor, konnte er sie kaum mit T'Lana diskutieren.

»Aber Sie wissen, was es bedeutet, wenn wir diesem Befehl Folge leisten«, gab Beverly zurück. Sie konnte bei diesem Thema nicht neutral bleiben, sie versuchte es nicht einmal. Zuvor hatte sie sich Sorgen darüber gemacht, dass man ihre Professionalität infrage stellen könnte, und das hatte sie genau an diesen Punkt gebracht, an dem sie sich im Augenblick befanden. Sie würde sich nicht noch einmal von irgendeinem Anschein, den sie erwecken mochte, davon abhalten lassen, zu sagen, was sie dachte. Sie war ein Sternenflottenoffizier, und Worf war nun ihr Kommandant. Sie würde sich seinen Entscheidungen beugen, aber dieses Mal würde sie vor einem Gespräch nicht zurückscheuen.

Worf seufzte. »Der Antrieb der Borg wird einsatzbereit. Sie werden imstande sein, uns zu verfolgen und anzugreifen - oder jedes andere Schiff oder jeden anderen Planeten ihrer Wahl.« Er verfiel in ein langes Schweigen. Sein Blick senkte sich, während er unbehaglich das Gewicht von einem Bein aufs andere verlagerte. »Ich ... habe mich bereits einmal geirrt, weil ich meinem Herzen statt meinen Befehlen folgte. Meine Entscheidung kostete viele Leben.« Er hob den Blick und sah sie an. »Ich möchte den gleichen Fehler nicht ein zweites Mal begehen.«

»Das verstehe ich vollkommen«, erwiderte Beverly. »Doch ganz ehrlich, wir befinden uns in einer anderen Situation, Worf. Es ist wahr, dass Sie ein loyaler Freund des Captains sind ...« Er wollte zu sprechen anfangen, aber Beverly gebot ihm mit einer Geste zu schweigen. »Und ich weiß, dass *mein* Herz hier ebenfalls involviert ist«, fuhr sie fort. »Mehr als jeder andere möchte ich ihn retten. Ich denke allerdings, dass der Captain nur an das Wohl seiner Besatzung dachte, als er uns den Befehl gab, ihn zurückzulassen.«

Worf nickte nachdenklich. »Aber ich muss das größere Ganze in Betracht ziehen. Wenn wir die Borg jetzt nicht aufhalten ...«

Beverly ließ die Frage vielsagend zwischen ihnen in der Luft hängen. Schließlich fragte sie ruhig: »Und wenn das Schiff eine weitere Begegnung nicht überstehen wird?«

»Dann werden wir es versucht haben«, sagte Worf. Die Selbstsicherheit war in seinen Blick zurückgekehrt. Er hatte sich entschieden. »Ich missachte nicht gerne einen direkten Befehl des Captains. Aber ich habe eine Idee, wie wir seine Anweisungen ... umgehen können.«

Auf Beverlys Lippen erschien ein Grinsen.

Worf erwiderte das Lächeln natürlich nicht, aber die Falten in seinem Gesicht glätteten sich. »Danke, Doktor.« Er zögerte. »Wird sich Lieutenant Nave erholen?«

»Ja. Sie hat sich nur ein paar Rippen angebrochen. Ich erwarte, sie in der nächsten halben Stunde zurück zum Dienst entlassen zu können.«

»Gut«, sagte Worf. »Sie wird sich um die Sicherheit des Außenteams zur Rettung des Captains kümmern.«

»Ich sage ihr, dass sie sich bei Ihnen melden soll«, erwiderte Beverly. Als sich der Klingone dem Ausgang zuwandte, fügte sie hinzu: »Bevor Sie gehen, Worf ... Da es aussieht, als würden wir uns zurück zu dem Borg-Schiff begeben, möchte ich Ihnen sagen, dass ich ein wenig Forschung betrieben habe, und ich glaube, eine Möglichkeit gefunden zu haben, die Borg-Königin zu neutralisieren und uns eine Chance zu geben, den Kubus zu zerstören.«

Er runzelte die Stirn. »Neutralisieren?«

»Es ist ... eine Theorie, die ich gerne testen würde. Ich bin mir ziemlich sicher, dass sich die Königin aufgrund von Feminisierungshormonen aus einer Borg-Drohne entwickelt hat. Wenn es mir vor unserer Rückkehr zu dem Borg-Schiff gelingt, ein Mittel zu entwickeln, das diesen Hormonen gegensteuert, sind wir vielleicht imstande, die Königin zurück in eine Drohne zu verwandeln ...«

Worf zuckte mit den Schultern. »Es gibt einen einfacheren Weg, Doktor.«

Natürlich, sie zu töten. Beverly wandte kurz den Blick ab. »Ich weiß ... Aber irgendwie habe ich das Gefühl, dass wir hier an der Schwelle zu einem Durchbruch stehen. Nennen Sie es Instinkt. Wenn wir die Königin zurück in eine Drohne verwandeln können, dann ... dann gibt es vielleicht auch eine Möglichkeit zu verhindern, dass sich diese Transformation wiederholt. Jemals wiederholt. Es würde die Borg ins Chaos stürzen. Sie schwächen.«

Worfs Brauen hoben sich. Sie hatte sein Interesse geweckt. »*Das*«, sagte er, »klingt nach einem Ziel, das sich in der Tat zu verfolgen lohnt, Doktor. Wenn Sie irgendwelche Hilfe benötigen ...«

»Werden Sie der Erste sein, der es erfährt«, sagte sie. »Ich danke Ihnen, Worf.« Sie bezog sich damit nicht nur auf sein Hilfsangebot. Sie dachte vor allem an Jean-Luc, als sie die Worte aussprach.

Er schien sie zu verstehen. Einen Moment lang zögerte er, dann sagte er leicht ungelenk: »Ich danke *Ihnen*, Doktor.« Danach drehte er sich um und war verschwunden.

Ungeduldig wie sie war, ignorierte Sara Nave die Anweisungen des Doktors, auf ihrem Biobett liegen zu bleiben und zu warten, bis Crusher kam, um sie zu entlassen. Stattdessen setzte Nave sich auf und schwang sich herum, sodass sie aufstehen konnte. Sie ging behutsam vor, denn obwohl ihre zwei angebrochenen Rippen heilten, fühlten sie sich noch immer unbeweglich an. Sich die verletzte Seite haltend lief sie auf das Labor zu, wo sie Doktor Crusher hören konnte, die mit jemandem sprach.

Wer auch immer es gewesen war, war soeben verschwunden. Die

Türen schlossen sich, Crusher drehte sich um und stieß dabei beinahe mit Nave zusammen.

»Was machen Sie hier, Sara? Ich dachte, ich hätte mich klar und deutlich ausgedrückt, als ich sagte, dass Sie sich nicht rühren sollten, bis ich kommen und nach Ihnen sehen würde. Diese Rippen sind immer noch dabei zusammenzuwachsen. Wenn Sie nicht stillhalten, können sie nicht ordentlich heilen und wir müssen ganz von vorne anfangen.«

»Ich muss an die Flugkontrolle«, beharrte Nave. »Es ist von höchster Wichtigkeit, dass ich den Kurs des Schiffs überwache ...«

»Sie sind nicht die einzige Person an Bord dieses Schiffes, die es zu steuern vermag«, sagte Crusher. »Die Flugkontrolle ist in guten Händen. Commander Worf wird Sie wissen lassen, wenn Sie gebraucht werden. Es sei denn, Sie wollen jetzt irgendwohin rennen – nur um dann für die doppelte Zeit hierher zurückkehren zu müssen.« Sie machte eine Geste in Richtung von Naves Biobett. »Also, soll ich Sie begleiten oder finden Sie Ihren Weg allein zurück.«

Seufzend gab sich Nave geschlagen. »Ich gehe ja schon ...«

Crusher wandte sich wieder dem Labor zu. Nave ging auf ihr Bett zu, aber auf dem Weg entdeckte sie Counselor T'Lana, die auf einem benachbarten Biobett unter einer Operationshaube lag.

Sie hatte sich ziemliche Sorgen um die Vulkanierin gemacht. Als die Sanitäter T'Lana zum Turbolift gebracht hatten, hatte Nave mitbekommen, wie einer von ihnen gesagt hatte, sie stünde aufgrund des Blutverlusts unter Schock.

Darauf bedacht, bloß nicht Crushers Aufmerksamkeit zu erwecken, bewegte sich Nave leise an T'Lanas Seite. Die Haut der Vulkanierin war blass, ja geradezu fahl. Mit ihren langen Wimpern und den engelsartigen Lippen wirkte sie sehr, sehr jung. *Fast so jung wie ich*, dachte Nave, auch wenn sie keine Ahnung hatte, wie man das Alter eines Vulkaniers schätzte. T'Lanas Augen waren geschlossen, so als würde sie schlafen, aber als Nave an ihre Seite trat, schlug sie sie unvermittelt auf.

»Counselor«, sagte Nave leicht erschrocken. »Ich wolle Sie nicht stören.«

»Sie stören nicht.« T'Lana war bei Sinnen, vollkommen wach. Sie erhob sich auf die Ellbogen, als wäre es ihr unangenehm, flach auf dem Rücken zu liegen, während jemand neben ihr stand. »Es ist gut, dass Sie gekommen sind. Ich habe bemerkt, dass Sie auf der Brücke manuellen Druck ausgeübt haben, um meine Blutung zu stoppen.«

»Ja«, sagte Nave.

»Doktor Crusher sagte, dass dieses Handeln mein Leben gerettet hat. Ich danke Ihnen.«

Nave spürte, wie sie errötete. »Das war gar nichts. Sie hätten das Gleiche für mich getan.«

T'Lana schenkte ihr ein einzelnes Nicken. »Ja. Sie sind ein wertvoller Offizier. Es wäre logisch gewesen.«

Nave schüttelte den Kopf und erlaubte sich ein Lächeln. »Natürlich.«

»Ich bin froh, dass es Ihnen gut geht, Lieutenant«, sagte T'Lana. »Wie sieht unser aktueller Kurs aus. Sind wir auf dem Weg zu einem sicheren Ort?«

»Ich habe keine Ahnung«, sagte Nave. »Ich bin auch gerade erst aus dem Bett aufgestanden. Ich hatte noch nicht die Möglichkeit, mit irgendjemandem zu sprechen. Offen gestanden hoffe ich, dass wir zu dem Borg-Schiff zurückkehren.«

»Warum sollten Sie sich so etwas wünschen? Es würde das Schiff und die Besatzung in große Gefahr bringen.«

Nave spürte, wie Zorn in ihr aufwallte, und sie versuchte erst gar nicht, die Hitzigkeit aus ihrer Stimme zu verbannen. »Weil mein Freund dort ist. Weil der *Captain* dort ist. Finden Sie, wir sollten sie einfach so dort lassen - als Borg-Drohnen? Damit sie später gegen uns kämpfen können? Damit andere Sternenflottenoffiziere auf anderen Schiffen kommen und sie umbringen können, ohne auch nur zu wissen, wer sie sind?«

»Ich würde es bedauern, den Captain und einen Offizierskollegen zu verlieren«, sagte T'Lana sanft. »Aber das System zu verlassen wäre die logische Handlung in dieser Situation.«

»Was für eine Logik liegt in dem Verrat an den eigenen Freunden und Mannschaftskameraden, nur um die eigene Haut zu retten?«, gab Nave zurück. »Wenn das Logik ist, dann zur Hölle damit. Ich werde ihr Loyalität jederzeit vorziehen.«

Sie machte auf der Stelle kehrt, und ohne auf ihre schmerzenden Rippen zu achten, marschierte sie zu ihrem Bett.

Eine halbe Stunde später trat Worf aus dem Turbolift auf die Brücke. Die Luft war gereinigt und der Sauerstoffgehalt zurück auf Standardniveau gebracht worden. Alle Systeme waren wieder funktionsfähig, aber sie würden nicht die Zeit haben, den Schaden an der Hülle zu reparieren.

Worf hatte schon früher Hüllenbrüche gesehen. Dieser hier war nichts im Vergleich zu dem Schaden, den die Hülle während ihrer Begegnung mit Shinzon erlitten hatte. Nichtsdestoweniger war es kein Anblick, an den er sich jemals gewöhnen würde. Der große Riss über seinem Kopf und das schimmernde Kraftfeld, hinter dem direkt die Sterne lagen, sorgten dafür, dass ihm ein Schauer über den Rücken lief.

Er war erleichtert, seine Entscheidung getroffen zu haben, und wartete schon jetzt ungeduldig darauf, dass es losging. Er nickte kurz Ensign Allen zu, der an seine Station zurückgekehrt war, und dann Lieutenant Nave, die sich in ihrem Sitz herumgedreht hatte, um ihn anzublicken und seine Befehle zu erwarten.

»Ensign«, grüßte Worf, während er sich im Kommandosessel niederließ. »Lieutenant. Willkommen zurück.«

»Danke, Sir«, sagte Nave, und Allen schloss sich ihren Worten an. Nave zögerte und errötete dann leicht, als sie fragte: »Ich sah unseren gegenwärtigen Kurs, Sir. Darf ich fragen, ob wir davonlaufen?«

»Nein«, antwortete er schlicht. »Wir kümmern uns nur um Reparaturen und bewegen uns aus der Reichweite der Borg-Sensoren heraus.

Wir werden zu dem Kubus zurückkehren, und ich werde Ihre Dienste als amtierender Sicherheitschef schon bald in Anspruch nehmen.«

»Danke, Sir.« Nave schenkte ihm ein düsteres Lächeln, bevor sie sich zurück zur Steuerkonsole umdrehte.

In diesem Augenblick öffneten sich die Turbolifttüren und Geordi La Forge trat auf die Brücke. Mit leicht besorgtem Gesichtsausdruck begab er sich an Worfs Seite.

»Bericht, Commander«, forderte ihn Worf auf.

La Forge hielt seine Stimme gesenkt. »Ich habe mir Ihren Plan angesehen. Ich bin mir ziemlich sicher, dass es in dem Zeitrahmen, der uns bleibt, möglich ist.«

Worf blickte ihn finster an. »Aber?« Hinter ihm öffneten sich erneut die Lifttüren, doch er wandte seine Aufmerksamkeit nicht von Geordi ab.

»Nun, wir werden eine unglaubliche Menge an Energie brauchen. Energie, die wir im Augenblick nicht haben, vor allem angesichts der Schäden an der Untertassensektion.«

»Das habe ich bereits bedacht«, sagte Worf. »Wir werden das Schiff teilen müssen.«

»Genau das wollte ich auch vorschlagen«, stimmte La Forge zu. »In diesem Fall glaube ich, dass wir es schaffen können. Wenn es Ihnen gelingt, diese Codes zu bekommen.«

Worf nickte. »Angesichts der Alternative, glaube ich nicht, dass das ein Problem sein wird. Wie bald sind wir Ihrer Meinung nach bereit, zu dem Borg-Kubus zurückzukehren?« In diesem Augenblick tauchte Counselor T'Lana neben ihm auf und nahm geräuschlos ihren Platz neben dem Klingonen ein. Worf beobachtete sie aus den Augenwinkeln. Als Vulkanierin hatte sie seine Frage zweifellos gehört, auch wenn er leise gesprochen hatte.

»Noch innerhalb dieser Stunde«, antwortete La Forge. »Es hängt ein wenig davon ab, wie aufwändig die Prozedur ...«

Worf schnitt ihm das Wort ab. »Bereiten Sie das Schiff vor.«

»Ja, Sir.« La Forge nickte und verließ die Brücke.

Die Türen des Turbolift waren kaum zugeglitten, als T'Lana Worf plötzlich steif ansprach: »Sir. Darf ich fragen, ob Sie beabsichtigen, die *Enterprise* zurück in die unmittelbare Umgebung des Borg-Schiffs zu bringen?«

Trotzig blickte Worf zu ihr hinab. »Das habe ich vor.«

»Dann möchte ich hiermit einen formellen Protest einlegen, Commander.«

Worf bemerkte seine erwartungsvoll dreinblickende Mannschaft und dachte kurz nach. »Wir werden das im Bereitschaftsraum des Captains diskutieren«, sagte er und bedeutete ihr, vorauszugehen. Lautlos überquerte sie die Brücke, während Worf zwei Schritte machte, um mit Ensign Allen unter vier Augen zu sprechen. Er wartete, bis sich die Türen des Bereitschaftsraums hinter dem Counselor geschlossen hatten, damit sie nicht hörte, was er sagte. Er wollte die Diskussion mit T'Lana hinter sich bringen, bevor er seinen ganzen Plan enthüllte.

T'Lana stand noch immer, als Worf den Bereitschaftsraum betrat. Der amtierende Captain umrundete den Schreibtisch des Captains und bedeutete T'Lana, sich zu setzen, aber sie blieb stehen. Die Situation war zu ernst für ein entspanntes Gespräch, und sie erwartete, dass diese Begegnung kurz sein würde. Sie fühlte sich furchtbar hilflos. Das Schiff war auf dem Weg in sein Verderben, und es gab nichts, was sie dagegen tun konnte. Niemand an Bord der *Enterprise* hatte auf ihren Rat gehört, und sie nahm nicht an, dass es diesmal anders sein würde. Dennoch fühlte sie sich verpflichtete, zumindest zu versuchen, ihre Position klarzumachen - so deutlich wie möglich.

Aber bevor sie das tun konnte, blickte Worf sie an. Seine Miene und seine Haltung waren noch bedrohlicher und herausfordernder als gewöhnlich, als er fragte: »Bevor wir mit dieser Diskussion beginnen, möchte ich eine Antwort von Ihnen haben: Warum mögen Sie keine Klingonen?«

Diese Frage kam völlig unerwartet. »Ich mag Klingonen weder, noch mag ich sie nicht«, sagte T'Lana. »Ich halte Ihre Rasse für noch emotionaler und aufbrausender als selbst die Menschen. Andererseits teilt Ihre Kultur einige Werte, die auch für Vulkanier wichtig sind: persönliche Ehre, beispielsweise.«

»Dann bin *ich* es, den Sie nicht mögen?«

T'Lana versteifte sich. Jemanden mit einer geringeren Selbstkontrolle hätte diese Frage sicher aus der Fassung gebracht. Worfs Augen waren schon verunsichernd genug. Denn ungeachtet seines trotzigen Verhaltens, sah T'Lana noch immer einen Funken von Anziehung in ihnen.

Aber das spielte für sie absolut keine Rolle, redete sie sich ein - auch wenn sie seine wilden Züge und seine kämpferische Haltung an die mit kraftvollen Pinselstrichen gemalten Bilder antiker vulkanischer Krieger erinnerte, die sie einst gesehen hatte.

»Ich sehe keinen Anlass, solch ein sinnloses Thema weiterzuverfolgen«, sagte sie. »Ich beschwöre Sie, Ihren Entschluss zu dem Borg-Schiff zurückzufliegen, zu überdenken. Captain Picard weigerte sich, auf die Stimme der Vernunft zu hören - und das Außenteam wurde entweder getötet oder ging verloren. Jetzt ist er selbst von den Borg assimiliert worden und wird dazu missbraucht, genau das zu tun, was er unbedingt vermeiden wollte: die *Enterprise* zu zerstören und der Sternenflotte Schaden zuzufügen. Wie viele mehr wollen *Sie* noch opfern, Commander?«

Er kniff die tiefliegenden Augen unter den buschigen, zusammengewachsenen Brauen zusammen, und sein Atem beschleunigte sich. Unbewusst hatte sich eine seiner Hände zur Faust geballt. T'Lana deutete darauf und sagte: »Da sehen Sie es. Wenn Ihre Rückkehr irgendeiner Logik folgen würde, wären Sie nicht wütend auf mich, Commander. Aber es hat nichts mit Vernunft zu tun, sondern ist eine reine Gefühlsentscheidung. *Deshalb* missbillige ich den Umstand, dass Sie diesem Schiff vorstehen. Sie haben gezeigt, dass Sie sich von Emotionen leiten lassen, um höchst kritische Entscheidungen zu treffen.« Sie bemerkte, dass ihr Tonfall etwas lauter geworden war und beinahe eine Spur von Hitzigkeit enthielt. *Unmöglich*, sagte sie zu sich selbst. Sie erlaubte sich nicht, dem Zorn nachzugeben. Zweifellos warf sie nur das Verhalten des Klingonen auf ihn zurück.

Hätte sich nicht der Schreibtisch zwischen ihnen befunden, wäre er zweifellos auf sie zugetreten, bis keine Handbreit Platz mehr zwischen ihnen gewesen wäre. Seine Augen, seine Gesichtszüge verrieten, dass er genau wusste, auf welchen Zwischenfall sie anspielte. Dennoch verlangte er mit bedrohlich dunkler Stimme zu wissen: »Wovon sprechen Sie, Counselor? Wann habe ich so etwas gezeigt?«

»Als Sie Jadzia Dax retteten«, sagte sie, ohne sich einschüchtern zu lassen. »Es war ein übereilter, rein emotionaler Akt. Die Folge war, dass der Spion Lasaran getötet wurde ... so wie zahllose andere, in einem sinnlosen Krieg.«

Er zuckte zurück. Seine Züge entglitten und seine breiten, starken Schultern sackten unter dem Gewicht einer unsichtbaren, unerträglichen Bürde leicht herab. T'Lana hatte den Eindruck, als würde er sich gerne hinsetzen, aber er war viel zu stolz dafür. Er hob das Kinn. »Das ist nicht allgemein bekannt. Der Zwischenfall mit Lasaran war klassifiziert. Wie haben Sie davon erfahren?«

»Ich diente als Counselor auf dem *Raumschiff Indefatigable*«, sagte sie. »Karina Wozniak war mein Captain. Wir befanden uns auf einer Hilfsmission am Rand der Kampfzone des Dominion-Kriegs, als wir von Jem'Hadar angegriffen wurden. Captain Wozniak und ein Großteil der Brückenbesatzung wurden bei diesem Angriff getötet.« Sie verstummte kurz. »Später diente ich als diplomatischer Verbindungsoffizier zu den Romulanern, ich arbeitete für den Geheimdienst der Sternenflotte. In diesem Zusammenhang erfuhr ich die Details über Lasarans Ermordung.«

»Deshalb also ...«, begann Worf und brach dann ab. Er schien an ihr vorbeizublicken, auf eine ferne Erinnerung, dann sammelte er sich mit einzigartiger Würde. »Ich stimme Ihnen zu, es war eine schlechte Entscheidung, eine, die ich seitdem jeden einzelnen Tag bereut habe.

Ich bedaure den Tod Ihres Captains und Ihrer Mannschaftskameraden. Wenn es möglich wäre, würde ich die Vergangenheit ändern. Aber das kann ich nicht. Ich möchte, dass Sie wissen, dass ... ich eine Beförderung zum permanenten Ersten Offizier der *Enterprise* abgelehnt habe - aus genau dem Grund, den Sie genannt haben. Ich fühle mich des Kommandos nicht würdig. Ich bat Captain Picard, einen besseren Ersatz zu finden. In der Zwischenzeit befehlige ich dieses Schiff, und ich werde über die beste Vorgehensweise entscheiden.«

Er sprach die Worte mit absoluter Ernsthaftigkeit aus. Die Menschen hätten gesagt: Er hatte aus tiefstem Herzen gesprochen. Das war nicht der hitzköpfige Klingone, für den sie ihn gehalten hatte. T'Lana blickte ihn an und spürte, wie ein Teil ihres Widerstands ihm gegenüber dahinschmolz. »Und Sie glauben, die Befehle Ihres Captains zu missachten ist die bestmögliche Entscheidung? Ich beschwöre Sie: Bringen Sie das Schiff in Sicherheit und alarmieren Sie die Sternenflotte. Erwarten Sie die Ankunft von Seven of Nine, die am besten dafür qualifiziert ist, eine Lösung zu finden.«

Worf musterte sie einen langen Augenblick und sagte dann: »Ich habe von der unglaublichen Loyalität gehört, die Vulkanier ihren kommandierenden Offizieren entgegenbringen. Ist das wahr?«

Das Bild von Wozniaks verbranntem Gesicht blitzte in ihrem Geist auf, als sie antwortete: »Es ist wahr.«

»Ihr Captain Wozniak ... waren Sie bei ihr während des Angriffs?«

»Wir waren beide auf der Brücke.«

Worf schenkte ihr ein leichtes, respektvolles Nicken, so als wäre er sich der Schwere solch grauenhafter Erinnerungen bewusst. »Waren Sie ... imstande, ihr zu helfen?«

»Ihr konnte nicht mehr geholfen werden«, antwortete T'Lana mit fester, kontrollierter Stimme. Sie erinnerte sich daran, dass sie viele Male über jene Augenblicke nachgedacht hatte. Die Erinnerung daran konnte sie nicht mehr erschüttern. Die Vergangenheit war die Vergangenheit. Wozniak war tot und litt nicht länger. »Ich vermochte nicht zu sagen, ob sie am Leben war oder nicht. Ihre Verletzungen waren zu schwerwiegend. Einen Transport zur Krankenstation hätte sie sicherlich nicht überlebt.«

»Aber sie hätten ihr Leben gerettet, wenn es Ihnen möglich gewesen wäre.«

»Natürlich.«

»Ist die Logik immer stärker als die Loyalität?«

T'Lana antwortete nicht sofort, und der Klingone nutzte ihr Schweigen.

»Sie waren Ihrem Captain gegenüber loyal«, sagte Worf. »Das ist etwas, das ich respektiere. Und ich bin dem meinen gegenüber loyal - selbst wenn ich mich weigere, seinem letzten Befehl an mich zu gehorchen. Ich werde nicht gehen und zulassen, dass er der Sternenflotte irreparablen Schaden zufügt. Er hat diese Entehrung schon einmal durchlitten. Ich werde seine Aufgabe vollenden: die Borg zu stoppen.« Er hielt kurz inne. »Um zu erreichen, was für den Captain und für die Mannschaft das Beste ist, muss ich ihm den Gehorsam verweigern. Aber Gefühl und Logik müssen nicht immer getrennte Wege gehen. In diesem Augenblick kontaktiert Ensign Allen Admiral Janeway, damit ich mit ihr die Lage besprechen kann. Wenn wir versagen, muss die Sternenflotte vorbereitet sein. Außerdem benötige ich ihre Genehmigung für etwas. Ich muss Sie allerdings warnen, dass selbst wenn sie mir diese Genehmigung nicht erteilt, wir trotzdem zurückkehren werden. Denn wenn wir die Borg nicht hier und jetzt stoppen, werden Millionen sterben.« Der schwache Hauch eines Gefühls - *Trauer?*, fragte sich T'Lana - huschte über seine Züge. Doch er fuhr ohne zu zögern fort. »Verstehen Sie mich, Counselor? Wir haben die Möglichkeit, Millionen zu retten. Wenn diese Mannschaft sterben muss, um dies zu erreichen, dann werden wir willig in den Tod gehen. Ich tue dies für das Wohl vieler, nicht für das Wohl weniger oder eines Einzelnen. Ist das nicht logisch?«

T'Lana starrte ihn einen langen Augenblick an. Sie dachte, sie hätte diesen Klingonen durchschaut. Jetzt stellte sie fest, dass ihre Meinung von ihm einseitig und viel zu vereinfacht gewesen war. Das Ausmaß seiner Intelligenz und seiner Weisheit war ihr vollständig entgangen. Sie öffnete den Mund, um *Vielleicht ist es das* zu sagen. Doch eine Stimme, die durch den Bereitschaftsraum schallte, unterbrach sie.

»Crusher an Worf ...«

Worf antwortete auf den Ruf. »Einen Augenblick, Doktor.« Er blickte auf T'Lana herab. Seine Abwehrhaltung war vollständig verschwunden. Sein Auftreten war mitfühlend, beinahe sanft. »Möchten Sie noch etwas sagen, Counselor?«

Sie schüttelte nur den Kopf und erwiderte genauso sanft. »Nein, Sir.«

»Wegtreten.«

Worf ließ sich schwer auf den Sessel hinter dem Schreibtisch des Bereitschaftsraums sinken. Seine Gefühle zu offenbaren, war schmerzhaft gewesen, aber er war der Ansicht gewesen, dass T'Lana die Wahrheit verdiente. Er bewunderte sie dafür, dass sie ihn gestellt und ihm so nachdrücklich ihre Meinung gesagt hatte - er hatte nicht weniger von ihr erwartet. Sie war anders als alle anderen Vulkanier, die ihm jemals begegnet waren.

Nachdem er ihr seine Gründe dargelegt hatte, war es ihm unmöglich gewesen, etwas aus ihrem Gesichtsausdruck abzulesen - vulkanische Mimik war zu subtil für menschliche Augen, ganz zu schweigen von klingonischen. Aber es schien, als habe sie seine Entscheidung endlich verstanden.

So oder so hatte er nun keine Zeit mehr, weiter mir ihr über dieses Thema zu streiten.

Er wandte sich an die unsichtbare Beverly Crusher. »Ja, Doktor?«

Ihre Stimme verriet die Begeisterung einer Entdeckung. *»Worf, erinnern Sie sich daran, dass Sie sagten, ich solle um alles bitten, was ich benötigen würde, um meine Untersuchungen an den Borg zu vollenden?«*

»Ja ...«

»Nun«, sagte der Doktor frohlockend. *»Ich benötige* Sie.«

Worf runzelte die Stirn. »Ich verstehe nicht.«

»Ich erwähnte das Feminisierungshormon, das eine Borg-Drohne in eine Königin verwandeln kann ... Das menschliche Gegenstück wäre Östrogen. Es ist so einfach, dass ich eigentlich sofort hätte darauf kommen müssen – das Antidot ist eine androgene Verbindung.«

»Was für eine Verbindung?« Der Begriff kam ihm vage vertraut vor, aber er vermochte ihn nicht einzuordnen.

»Eine androgene. Androgen ist ein Hormon menschlicher Männer. Klingonische Männer besitzen ein sehr ähnliches, das für die Entwicklung maskuliner Sexualcharakteristika verantwortlich ist. Genau genommen besitzen sie die stärkste bekannte Variante dieses Hormons. Wenn ich eine Blutprobe von Ihnen bekommen könnte, bin ich mir sicher, dass ich daraus ein schnell wirkendes Mittel entwickeln könnte, das die Königin sofort neutralisieren würde.«

Worf zögerte. Angesichts ihres Mangels an Zeit wäre der einfachste Weg zweifellos gewesen, die Borg-Königin mit konventionellen Waffen umzubringen. Aber er erkannte auch den Wert der Wissenschaft. Je mehr sie über ihren Feind lernen konnten, desto besser würde es ihnen gelingen, ihn zu besiegen.

»Wie bald benötigen sie die Probe«, fragte er die Ärztin.

»Jetzt, wenn ich noch irgendeine Chance haben soll, etwas zu entwickeln, bis wir das Borg-Schiff erneut erreicht haben.«

»Ich komme sofort in die Krankenstation«, sagte er, bevor er die Verbindung unterbrach.

Einen Augenblick später erklang Ensign Allens Stimme. *»Commander Worf, ich habe den Admiral für Sie in der Leitung.«*

»Stellen Sie sie durch«, sagte Worf und richtete sich hinter dem Schreibtisch des Captains auf.

Er drehte den Bildschirm in seine Richtung, gerade als das Symbol der Sternenflotte durch das Gesicht Admiral Janeways ersetzt wurde. Selbst auf dem kleinen Bildschirm hatte sie eine beachtliche Präsenz. Im Augenblick schien sie vor allem ausgesprochen angespannt zu sein. Worf hatte so eine Ahnung, dass er den Grund dafür kannte.

Da sie keine Frau vieler Worte war, kam sie gleich zur Sache. *»Ich habe kürzlich eine Nachricht von Seven of Nine erhalten, Commander Worf. Sie berichtete, dass ihre Langstreckensensoren keinen Hinweis auf die* Enterprise *an den Rendezvouskoordinaten ausmachen konnten. Ich nehme an, dass Sie dafür ebenso eine Erklärung haben, wie für den Umstand, dass ich in diesem Moment mit Ihnen und nicht mit dem Captain spreche.«*

»Ja, Admiral«, sagte er einfach nur.

»Und der wäre?«, fragte sie.

»Wir haben die Borg gestellt.«

KAPITEL 11

Sara Nave saß gemeinsam mit T'Lana und Lieutenant Nelson aus dem Maschinenraum schweigend im Konferenzraum. Sie bildeten ein seltsames Trio, und das war noch untertrieben. Nave kannte Nelson nur flüchtig. Die wenigen Gespräche, die sie geführt hatten, hatten sich meist um Warpkernspezifikationen gedreht. Sie hatte seine Informationen zwar stets erhellend, aber auch nicht sonderlich spannend gefunden. T'Lana wiederum hatte sich bereits als schwer zu knackende Nuss erwiesen, und noch war Nave nicht bereit für eine weitere Runde. Es war leichter, einfach nur wortlos dazusitzen und auf Commander Worf zu warten, als sich irgendein Gesprächsthema zu überlegen. Unglücklicherweise blieben ihr dadurch nur ihre eigenen düsteren Gedanken.

Naves Herz befand sich in einem seltsamen Zustand. Nachdem sie Lios Todesschreie mit angehört hatte, war sie zwischen entsetzlicher Trauer und dumpfem Brüten hin und her geschwankt. Jetzt befand sie sich in einer Art Schwebezustand. Sie wollte trauern, sie wollte weinen, doch sie war dazu nicht imstande. Denn auf einmal war die Hoffnung in ihr erwacht, Lio retten zu können, und ihr Geist malte sich ununterbrochen hunderte verschiedene Szenarien aus, wie sie Lio auf dem Borg-Schiff finden würde, wie sie sich fühlen würde, wenn sie ihn sah, und wie sie ihn letztendlich retten würde.

Dabei drängte sich ihr ein einzelner, tückischer Gedanke auf: War es möglich, dass ihn die Borg einfach umgebracht hatten?

Nein. Nein. Die Borg hätten ihn zurückgeschickt, wie all die anderen auch. Nachdem sie damit fertig waren, seinen Kommunikator zu verwenden, um eine Verbindung zum Schiff herzustellen, haben sie ihn als Anführer des Außenteams identifiziert und assimiliert, um in den Besitz seines taktischen Wissens zu gelangen. Was schlecht für die *Enterprise* war, bedeutete für Nave Hoffnung.

Daher war sie gezwungen zu hoffen, dass die Borg ihn verwandelt hatten - auch wenn er das am wenigsten gewollt hätte.

Seit sie zur *Enterprise* gewechselt war, hatte sie bereits einige Male mitbekommen, wie Senioroffiziere über Captain Picards Zeit als Locutus sprachen. Darüber, wie furchtbar das für ihn und seine Mannschaft gewesen war. Darüber, wie sehr sich der Captain benutzt gefühlt haben musste. *Bin ich selbstsüchtig, wenn ich Lio das Gleiche wünsche, nur damit ich ihn zurückbringen kann?* Ein Gefühl der Beklemmung legte sich um ihren Brustkorb, und auf einmal hatte sie Schwierigkeiten, zu atmen.

Hinter ihr öffneten sich die Türen des Konferenzraums. Sie drehte sich nicht um. Am Geräusch seiner Schritte erkannte sie, dass Commander Worf von der Krankenstation zurückgekehrt war.

Sofort richtete sie sich in ihrem Stuhl auf und zwang ihren benommenen, von Trauer ausgelaugten Geist zur Ruhe. *Du musst nur an das Eine denken: Du wirst auf das Borg-Schiff gehen. Ganz gleich, was mit Lio geschieht, du wirst die Chance haben, ihn und deine Freunde zu rächen. Und du wirst die Befriedigung verspüren, mitgeholfen zu haben, die Borg aufzuhalten.*

Die Möglichkeit eines Scheiterns erlaubte sie sich nicht eine Sekunde lang in Betracht zu ziehen.

Sie blickte auf, als Commander Worf den Platz am Kopf des Tisches einnahm: der Stuhl des Captains. Es überraschte Nave, sich bei dem Gedanken zu ertappen, wie gut er doch zu ihm passte. Gleichzeitig meldete sich ihr schlechtes Gewissen, dass sie dadurch Captain Picard verriet. Nave sah, dass Worf und der Counselor einen raschen Blick wechselten. Offensichtlich hatten sie zu einer Art Waffenstillstand gefunden. Worfs Ausdruck war voller Entschlossenheit, T'Lanas hingegen war schwieriger zu lesen - es lag allerdings eindeutig keine Ablehnung darin.

Trotz ihres inneren Aufruhrs war Nave neugierig. Nachdem Commander Worf T'Lana in den Bereitschaftsraum beordert hatte, war die Vulkanierin als Erste wieder aufgetaucht. Obwohl sie keinerlei Gefühle zeigte, hatte sie die Anspannung wie eine Wolke umgeben. Aber der Counselor war auf der Brücke geblieben und hatte sich einfach schweigend hingesetzt, als wenn nichts geschehen wäre. Worf war einige Minuten später erschienen und hatte gesagt, er würde sich zur Krankenstation begeben, während T'Lanas Miene enervierend unergründlich geblieben war. Nave war sich nicht sicher, ob sie diese Frau mochte.

Doch die viel wichtigere Frage hing nach wie vor in der Luft. *Was hat er mit Admiral Janeway besprochen?*

Sie verbannte alle persönlichen Gedanken. Worf schien bereit, diese ungewöhnlich besuchte Besprechung zu beginnen. Sie hoffte, dass sie schon sehr bald einige Antworten erhalten würde.

»Wie Sie alle wissen, werden wir zu dem Borg-Kubus zurückfliegen«, sagte Worf. »Ich habe mit Admiral Janeway gesprochen, und obwohl sie nicht erfreut darüber ist, wie sich die Situation entwickelt hat, ist sie mit meinem Plan einverstanden.«

»Plan, Sir?«, entfuhr es Nave, die bemerkte, dass sie die Dinge überstürzte. Doch sie hatte einfach zu viel Angst, dass sie in den Plänen, die der Commander ausgeheckt hatte, keine Rolle spielen könnte.

Worf hatte ihre Bedenken offensichtlich erraten. »Sie werden die Gelegenheit erhalten, den Verlust Ihrer Mannschaftskameraden zu vergelten, Lieutenant«, versicherte er ihr. »Aber wir müssen vorsichtig sein. Wir müssen auf eine Art zuschlagen, die Captain Picard niemals vorhersehen würde.«

»Sicherlich würde der Captain schon nicht erwarten, dass Sie gegen seine Befehle verstoßen«, wandte T'Lana ein.

Worf hielt für einen Moment inne. Ein seltenes Lächeln umspielte seine Lippen. »Sie sind noch neu in dieser Besatzung, Counselor. Ich versichere Ihnen, dass der Captain unser Kommen erwartet. Wir müssen nur dafür sorgen, dass er uns bei unserer Rückkehr nicht sehen kann.«

Nave hatte das Gefühl zu wissen, was der Commander mit diesen Worten implizierte, aber das war unmöglich. Gleichzeitig war es mit Sicherheit eine Vorgehensweise, die der Captain nicht vorausahnen würde. »Wollen Sie damit sagen, dass wir ... getarnt sein werden, Sir?«

»Ja, Lieutenant.«

Nave brach beinahe in Lachen aus, als sie den fragenden Blick in T'Lanas Gesicht sah. Die Vulkanierin wusste offensichtlich nicht, wie sie mit dieser Information umgehen sollte. Laut der Vereinbarungen des Vertrags von Algeron war es der Föderation nicht erlaubt, Tarntechnologie zu besitzen, es sei denn in einer Situation, die von den Romulanern expliziert genehmigt worden war. Ehrlich gesagt war auch Nave ein wenig verwirrt. Woher wollten sie in der Kürze der Zeit eine Tarnvorrichtung bekommen?

Selbst unter Berücksichtigung von Worfs Gespräch mit Admiral Janeway war es unmöglich, dass diese sich bereits durch den ganzen Verwaltungsdschungel gekämpft hatte, um hierfür das Einverständnis der Romulaner einzuholen. Ganz gleich wie groß die Bedrohung eines weiteren Borg-Einfalls auch war: Bürokraten arbeiteten einfach nicht so schnell.

T'Lana sprach als Erste. »Die *Defiant* ist das einzige Raumschiff der Föderation, das mit Tarntechnologie ausgestattet ist.«

»Das ist nicht ganz korrekt«, sagte Worf und handelte sich dadurch einen schockierten Blick von Nave und einen höchst neugierigen von T'Lana ein. Allein Nelson erweckte den Anschein, als wisse er, wovon der Commander sprach. Worf forderte den Lieutenant mit einem Nicken auf, seine Worte zu erklären.

»Die Föderation beschäftigt sich nun schon seit über einem Jahrhundert mit Tarntechnologie«, sagte dieser. »Obwohl uns der Vertrag verbietet, diese in unseren Schiffen einzusetzen, bedeutet das nicht, dass wir sie nicht besitzen dürfen.«

»Diese Interpretation ist eine Frage der Auslegung«, warf T'Lana ein.

»Eine, bei der die Romulaner sicher nicht mit Ihnen übereinstimmen würden.«

»Zugegeben«, sagte Worf. »Doch angesichts des kürzlichen Staatsstreichs im Romulanischen Senat, verbunden mit dem ungerechtfertigten Angriff auf die Föderation - namentlich dieses Schiff -, ist die Föderation dabei, ihre Beziehung zu dem Imperium zu überdenken.«

»Der Vertrag wurde doch sicher nicht aufgehoben«, sagte T'Lana.

»Soweit es Admiral Janeway betrifft, wurde er das bis auf Weiteres«, sagte Worf. Er wandte sich an Nelson. »Lieutenant.«

»Spezifikationen zur Tarntechnologie wurden in allen Raumschiffcomputern, die innerhalb des letzten Jahrzehnts konstruiert wurden, verschlüsselt abgelegt«, erklärte Nelson. »Der Gedanke dahinter war der, dass diese Technologie in Extremfällen verfügbar sein sollte. Um die Verschlüsselung aufzuheben, braucht man allerdings die Zugangscodes eines Admirals.«

»Die wir jetzt besitzen«, fügte Worf hinzu.

»Wir werden die *Enterprise* also tarnen«, fragte Nave.

»Nicht ganz«, antwortete der Lieutenant. »Um das gesamte Schiff zu tarnen, wäre eine unglaubliche Menge an Energie nötig, über die wir im Augenblick nicht verfügen. Da die Untertassensektion den meisten Schaden abbekommen hat, werden wir uns von ihr trennen und nur die Antriebssektion tarnen. Commander La Forge ist in diesem Moment damit beschäftigt, anhand der entschlüsselten Schemata eine Tarnvorrichtung zu installieren. Er ist der Einzige mit einer entsprechend hohen Freigabe, um diese Prozedur durchzuführen.«

»Unterdessen arbeitet Doktor Crusher an einer Neutralisatorinjektion, die es uns ermöglichen soll, die Borg-Königin ein für alle Mal auszuschalten«, fügte Worf hinzu. »In der Zwischenzeit müssen wir alles entbehrliche Personal in die Untertassensektion evakuieren. Sie, Counselor, werden das Kommando über diese Sektion haben. Ihre Befehle sind einfach: Bleiben Sie an dieser Position, außerhalb der Sensorreichweite der Borg, bis wir zurückkehren. Wenn Sie irgendeine Art von Bewegung bei den Borg feststellen, drehen Sie das Schiff um und begeben Sie sich zu den Koordinaten, an denen Admiral Janeway die Flotte versammelt. Versuchen Sie nicht, das Borg-Schiff zu behindern. Ihr Ziel ist es, sich dem Kampf dort anzuschließen, wo Sie das Meiste bewirken können.«

»Verstanden«, sagte T'Lana mit einem Nicken. Nave zweifelte nicht eine Sekunde daran, dass T'Lana genau so handeln würde, wie man es ihr aufgetragen hatte.

Worf blickte seine drei Offiziere an. »Lieutenant Nelson wird die Hilfsbrücke befehligen, während wir uns auf dem Kubus befinden. Unsere vordringlichste Aufgabe ist es jetzt, die Autoseparation vorzubereiten.«

»Aye, Sir«, erwiderten die Offiziere.

Als T'Lana und Nelson den Konferenzraum verließen, bedeutete Worf Nave mit einer Geste, noch einen Moment zu bleiben. »Sobald die Tarnung aktiv ist, werden wir binnen einer Stunde wieder in Transporterreichweite des Borg-Schiffs sein, Lieutenant«, sagte er. »Ich möchte, dass Sie ein Sicherheitsteam aufstellen. Selbstverständlich werde ich die Rettungsmission leiten. Aber Sie werden für die Koordination verantwortlich sein.«

Danke, hätte Nave beinahe gesagt. Vor mehreren Jahren hatte Worf den Posten des Sicherheitschefs inne gehabt. Er wusste, was getan werden musste, um in kürzester Zeit ein Team aufzustellen. Vielleicht bildete Nave es sich nur ein, aber es schien, als verstehe er, wie wichtig es ihr war, die Mission zu organisieren, die der Rettung des Captains dienen sollte. Die Lios Rettung dienen sollte.

Stattdessen erwiderte sie: »Aye, Sir. Ich habe bereits darüber nachgedacht. Ich möchte Chao, Leary und Diasourakis.« Mit Sandra Chao hatte sie bereits zusammengearbeitet. Chao war Ensign und erst vor einem Jahr von der Akademie graduiert, aber sie war zäh und schnell und geschickt. Margaret Leary war eine erfahrene Veteranin der Sicherheit, und obwohl Nave Gregory Diasourakis nicht persönlich kannte – er war erst im letzten Monat auf die *Enterprise* gekommen –, quoll seine Sternenflottenakte geradezu über vor Belobigungen.

Worf grunzte zustimmend. »Eine gute Wahl. Sorgen Sie dafür, dass Ihr Team gewisse Fakten verinnerlicht. Erstens: Phaser auf Betäubung sind nutzlos gegen die Borg. Die Waffen müssen auf Töten eingestellt sein. Zweitens: Als die Borg das letzte Mal auf der *Enterprise* waren, haben sie gelernt, sich an die Frequenz unserer Waffen anzupassen. Nachdem wir ein paar Mal geschossen hatten, wurden sie für uns unverwundbar. Deshalb mussten wir unsere Waffen ununterbrochen rekalibrieren. Ihr Team sollte darauf ebenfalls vorbereitet sein.«

Der erste Umstand bereitete Nave Sorge. Sie hatte angenommen, dass sie, wenn ihr Lio an Bord des Borg-Schiffes begegnete, nichts weiter hätte tun müssen, als ihn zu betäuben und zur *Enterprise* zurückzubringen. »Ich werde es ihnen deutlich machen.« Sie zögerte. »Haben wir irgendeine Möglichkeit, den Captain ausfindig zu machen? Kennen wir seine Position?«

Worf schüttelte den Kopf. »Unser Hauptziel wird es sein, die Königin zu finden. Wenn wir sie zerstören können, wird die ganze Borg-Kolonie kampfunfähig gemacht, und danach können wir versuchen, den Captain und Lieutenant Battaglia zu finden.« Er schwieg für einen Moment und sagte dann mit einem Blick, den Nave nicht entziffern konnte: »Wenn wir die Königin ausfindig machen, wird der Captain mit an Sicherheit grenzender Wahrscheinlichkeit nicht weit entfernt sein.«

»Die Neutralisatorinjektion, an der Doktor Crusher Ihren Worten zufolge arbeitet: Wird sie die Königin töten?«

»Nicht ganz. Die Injektion wird die Königin zurück in eine Drohne verwandeln - wenn sie funktioniert. Wenn sie nicht schnell genug oder nicht wie geplant wirkt, werden wir auf konventionelle Methoden zurückgreifen.«

»Sie meinen, sie töten.«

Der Klingone warf ihr einen humorlosen Blick zu. »Ich glaube, das habe ich gerade gesagt.«

»Sir …«, begann Nave zögernd. »Sie haben bereits gegen die Borg gekämpft. Ich weiß, dass viele Besatzungsmitglieder assimiliert und … verloren … wurden, als die Borg die Enterprise überrannten. Wie denken Sie stehen unsere Chancen, Lio … Lieutenant Battaglia … zurückzubringen? Ihn wirklich nach Hause zu bringen?«

»Genauso hoch wie unsere Chancen, den Captain nach Hause zu bringen«, antwortete Worf sofort. Aber in seiner Stimme schwang wenig Hoffnung mit, und er konnte ihr nicht in die Augen blicken.

Worf saß im Kommandosessel auf der Hilfsbrücke, als sich die Antriebssektion von der Untertasse abkoppelte. Auch wenn er die Prozedur schon mehrmals miterlebt hatte, hatte er noch nie eine Untertassenabtrennung selbst durchgeführt. Der gesamte Prozess verlief vollautomatisch und entsprechend der Vorgaben seiner Konstrukteure - aber trotzdem kam es ihm irgendwie unnatürlich vor, das Schiff zu teilen und ein Stück davon zurückzulassen. Es fühlte sich an, als würde man sich einen Arm oder ein Bein abnehmen. Im Grunde schien es auch unbegreiflich, in die Schlacht zu ziehen und einen Großteil der Besatzung nicht mitzunehmen. Echte klingonische Krieger wären niemals damit einverstanden gewesen, aus dem Kampf herausgehalten zu werden. Andererseits würden all jene an Bord der Untertassensektion schon sehr bald in eigene Kämpfe verwickelt werden, wenn die Rumpfmannschaft und er mit der Antriebssektion versagten.

»Separation abgeschlossen«, berichtete Nave von der Steuerkonsole der Hilfsbrücke aus.

»Danke, Lieutenant«, sagte Worf und berührte seinen Kommunikator. »Worf an Hauptbrücke.«

T'Lanas Stimme antwortete. *»Aye, Commander.«*

»Halten Sie diese Position, wie befohlen«, wiederholte er seine vorherigen Instruktionen. »Sobald wir die Tarnung aktiviert haben, werden uns ungefähr zweieinhalb Stunden bleiben, um unsere Mission durchzuführen. Wenn wir Sie bis zu diesem Zeitpunkt nicht kontaktiert haben oder aber wenn sich der Borg-Kubus in Bewegung setzt, verlassen Sie diese Gegend unverzüglich.«

»Verstanden«, sagte T'Lana.

Worf fragte sich kurz, ob es zu viel erwartet sei, wenn er darauf hoffte, dass sie ihm viel Glück im Kampf wünschte, wie Sie es getan hatte, bevor der Captain zu seinem Einsatz aufgebrochen war. Er verbannte den Gedanken rasch aus seinem Kopf und trennte die Verbindung. Jetzt war nicht der richtige Zeitpunkt für solche Albernheiten. Er berührte den Kommunikator erneut und öffnete einen Kanal zu La Forge.

»Ich aktiviere die Tarnvorrichtung«, meldete La Forge aus dem Maschinenraum. *»Und zwar jetzt.«*

Wenn alles nach Plan verlief, würde die Antriebssektion nun vom Sichtschirm der Hauptbrücke verschwinden. Er konnte die angespannte Erwartung der Besatzung um ihn herum regelrecht spüren. Höchstwahrscheinlich war es das erste Mal, dass sie sich an Bord eines getarnten Schiffes befand. Nicht, dass man im Inneren des Schiffes irgendeinen Unterschied hätte ausmachen können, aber es war und blieb ein seltsames Gefühl. Worf hatte dies bereits viele Male an Bord der *Defiant* miterlebt. Vollständig unsichtbar für Sensoren zu sein, gab einem ein Gefühl der Macht. Auch wenn manche sagen würden, dass es nicht ehrenhaft war, einen Kampf zu beginnen, indem man sich an einen Feind anschlich, so war es doch in manchen Fällen notwendig. Und Worf konnte sich keinen Fall vorstellen, in dem es wichtiger gewesen wäre, als jetzt.

»Die Tarnung hält«, berichtete La Forge. *»Wir sind unsichtbar.«*

Worf richtete seine Augen auf den Sichtschirm vor seiner Nase. »Lieutenant Nave, setzen Sie einen Kurs in Richtung des Borg-Kubus. Maximum Warp.«

»Schon gesetzt, Sir«, erwiderte sie. Er vernahm die Entschlossenheit in ihrer Stimme.

Worf wiederholte den Befehl, den sein Captain so viele Male ausgesprochen hatte: »Energie.«

Beverly Crusher eilte den Korridor hinab auf den Transporterraum zu. Bis zum letzten Augenblick hatte sie in einem der Labore der Antriebssektion gearbeitet, und sie war zuversichtlich, dass sie Erfolg gehabt hatte. Während sie sich nun auf dem Weg befand, um sich dem Außenteam anzuschließen, widmete sich ihr Geist bereits der nächsten Herausforderung. Über ihrer Schulter hing ein Medikit, und an ihrem Gürtel waren ein Hypospray und ein Phaser befestigt.

Sie redete sich ein, dass sie das alles aus streng beruflichen Gründen machte: um der Wissenschaft willen, zu Forschungszwecken, zum Nutzen jedes intelligenten Wesens, das jemals Gefahr laufen mochte, von den Borg assimiliert zu werden. Es hatte nichts mit ihrer Unfähigkeit zu tun, herumzusitzen und zu warten, ob das Außenteam erfolgreich war oder versagte. Es hatte nichts mit ihrem Bedürfnis zu tun, an Bord des Borg-Schiffs zu gehen und Jean-Luc selbst zu finden, sicherzustellen - und wenn sie es selbst tun musste -, dass die Königin zerstört und er gerettet und in einem Stück zur Enterprise zurückgebracht wurde.

Sei ehrlich. Du machst das, weil du zu ihm gehen und nicht mehr von seiner Seite weichen willst, bis du sicher bist, dass er sicher und vollständig wieder Jean-Luc ist.

Ja, aber ich habe noch einen anderen, sehr guten, sehr logischen Grund.

Die Flucht vor den Borg, nachdem diese in die *Enterprise* eingedrungen waren, war die zweitschrecklichste Erinnerung ihres Lebens - fast so beängstigend wie der Moment, an dem sie das erste Mal ihre Augen auf Locutus gerichtet hatte. Doch jetzt empfand sie keine Furcht, nur Schrecken angesichts Jean-Lucs Lage. Sie versuchte sich vorzustellen, wo er war, was er fühlte ... und was er durchgemacht hatte.

Mitten im Schritt bemerkte sie, dass sie noch immer ihren Laborkittel trug. Verdrossen, aber ohne ihren Schritt zu verlangsamen zog sie ihn aus und warf ihn sich über den Arm. Sie konnte sich nicht leisten, zu spät zu kommen. Sie brauchte Zeit, um ihr Anliegen vorzutragen.

Zwei Schritte später hatte sie den Transporterraum erreicht. Worf stand mit grimmigen Zügen neben Ensign Luptowski an der Transporterkonsole. Als sie eintrat, drehte sich der Klingone zu ihr um.

Direkt hinter ihr betrat Sara Nave den Raum. So verbissen und angespannt hatte Beverly sie noch nie erlebt. Nave wurde von drei Mitgliedern der Sicherheit begleitet. Beverly erkannte Chao, eine kräftige, dunkelhaarige Frau, und auch die zierliche, aber höchst fähige Leary. Den dritten kannte sie nicht. Es war ein Mann in den Dreißigern mit kastanienbraunem Haar und bemerkenswert blauen Augen, der die unerschütterlich ruhige Haltung eines erfahrenen Offiziers hatte.

Sie alle, Worf eingeschlossen, trugen bedrohlich wirkende Phasergewehre.

Als sie alle zum Stehen kamen und sich Worf zuwandten, warf Nave Crusher einen Seitenblick zu und lächelte mit grimmiger Beifälligkeit. Irgendwie hatte sie die Absicht der Ärztin erraten. Sie wusste, was jene zu tun gedachte, und befürwortete es. Beverly tauschte einen langen Blick mir ihr aus und sah dann wieder Worf an.

Der Klingone wandte sich an sie. Als Beverly ihn vor vielen Jahren das erste Mal gesehen hatte, hatten sie seine Züge irgendwie an die einer Eule erinnert: bedrohlich durchdringende Augen unter geschwungenen Brauen, die ihm den Anschein verliehen, ständig finster dreinzublicken. Worf schaute ihr kurz in die Augen und richtete dann seinen Blick auf das Medikit, das über ihrer Schulter hing.

»Danke, Doktor. Befindet sich die Injektion dort drin?«

»Nein.« Sie berührte ihren Gürtel. »Sie ist hier.« Sie schwieg kurz. »Also eigentlich ... Ich komme mit Ihnen, Worf. Als ich die Injektion vorbereitet habe, deuteten mein Tests darauf hin, dass sich das Feminisierungshormon in Wirklichkeit in einem Nährstoffgel befindet, das von den Körpern der Drohnen abgesondert wird, wenn sie eine Königin verloren haben. Wenn ich eine Probe Drohnengewebe bekommen könnte - jetzt, da sich ihre Körper verändert haben, um das Hormon zu produzieren -, kann ich sicher einen Weg finden, ihre DNA zu verändern.« Tatsächlich war es Jean-Luc gewesen, der ihr den richtigen Hinweis gegeben hatte, als er über den Beschützerinstinkt der Drohnen gegenüber der Königin gesprochen hatte. *Das ist kein einfacher Befehl*, hatte er gesagt. *Dieser Wille entstammt einer tiefer liegenden Quelle.* Diese Worte hatten sie verfolgt, bis sie schließlich erkannt hatte, was »tiefer liegende Quelle« bedeutete: DNA. »Und sobald das geschehen ist …«

Er hob das Kinn in einer Geste der Unnachgiebigkeit. »Ich fürchte, Sie müssen hier bleiben, Doktor. Es ist zu gefährlich für Sie, mitzukommen.«

»Wenn Sie bei dieser Mission versagen, wird es zu gefährlich sein, auf diesem Schiff zu sein, Commander. Es war hier nicht mehr sicher, seit wir alle beschlossen haben, den Captain auf seiner Suche nach der Borg-Königin zu begleiten.« Sie zog ihn beiseite und senkte die Stimme. Das war kein Gespräch, das die Junioroffiziere mitverfolgen mussten. »Hören Sie mich an, Worf. Wenn ich ihre DNA verändere, könnte sich das auf alle Borg im Alpha-Quadranten übertragen. Sie werden nie mehr imstande sein, eine neue Königin zu erschaffen. Wir könnten sie *endgültig* stoppen.«

»Ich verstehe.« Worf griff nach dem Medikit. »Aber *ich* werde die Injektion verabreichen. Und ich kann die Probe nehmen.«

»Das muss ich machen«, sagte Beverly scharf und ein wenig schrill, als sie mit Entschlossenheit in den Augen von ihm zurückwich. Ihr war klar, dass sie sich unfair verhielt. Aber sie zählte darauf, dass seine klingonische Einfühlsamkeit erwachte. In Wahrheit konnte natürlich jeder die Injektion geben. Es bestand nicht die Notwendigkeit, dass sie von medizinischem Fachpersonal verabreicht wurde. Ihre Bitte war rein persönlicher Natur. Und sie wusste, dass Worf es so sehen würde, als mehr als nur eine einfache Schlacht gegen die Borg. Es war ein Kampf, um den Mann, den sie liebte, zu retten. In seinen Augen musste das eine zutiefst ehrenhafte Haltung sein. »Bitte«, sagte sie sanft. »Ich muss es tun.«

Die Anspannung auf seinen Zügen verschwand, und seine Mundwinkel verzogen sich in der winzigen, ergebenen Geste, die sie so gut kannte.

»La Forge an Worf.«

Worf berührte seinen Kommunikator. »Sprechen Sie, Commander.«

Geordis Stimme war ungewöhnlich tonlos. Er klang resigniert. *»Wir haben versucht, die Königin an Bord des Borg-Schiffes auszumachen, aber es war einfach nicht genug Zeit. Wenn wir noch eine Stunde mehr gehabt hätten, hätten wir es vielleicht hingekriegt. Sie ist eine verdammt kleine Nadel in einem sehr großen Heuhaufen. Es tut mir leid, Worf.«*

»Ich weiß, dass Sie Ihr Bestes gegeben haben, Commander«, sagte Worf. Er ließ den Kanal offen und wandte sich an Luptowski an der Transporterkonsole. »Wir müssen die Tarnung fallen lassen, um uns auf den Kubus hinüberzubeamen. Sobald wir fort sind, kann Commander La Forge die Tarnvorrichtung wieder aktivieren. Die Borg werden allerdings sofort auf unsere Anwesenheit aufmerksam werden. Wenn sie sich wie bisher verhalten, werden sie uns umgehend als Bedrohung einstufen und angreifen. So wie ich das sehe, besteht unsere einzige Möglichkeit darin, uns zu genau denselben Koordinaten zu transportieren wie den Captain und das erste Außenteam. Es ist keine gute taktische Position, aber wir haben nicht die Zeit, um uns von einem Ort, der weiter von der Kammer der Königin entfernt ist, vorzuarbeiten.«

»Dem stimme ich zu«, sagte Nave mit einem Nicken.

Worf wandte sich an das Sicherheitsteam. »Wir decken Doktor Crusher, sodass sie der Königin die Injektion verabreichen kann. Sobald die Borg keine Gefahr mehr darstellen, wird sie Proben nehmen.« Er warf Crusher einen Blick zu und runzelte die Stirn. »Sie brauchen ein Phasergewehr.«

Die Ärztin schüttelte den Kopf. »Ich muss mit einem Phaser auskommen. Ein Gewehr ist zusammen mit dem Medikit zu sperrig.« Ihre Hand legte sich auf das Hypospray. »Abgesehen davon ist *das* die einzige Waffe, die ich wirklich brauche.«

Erneut wandte sich Worf an das Sicherheitsteam. »Doktor Crusher wird versuchen, die Königin auszuschalten. Doch sollte es den

Anschein haben, als wäre sie damit nicht erfolgreich, wird sofort scharf geschossen.« Er machte eine Pause und seine Stimme wurde noch dunkler. »Ich bin mir darüber im Klaren, dass wir unseren Captain und unseren Mannschaftskameraden sicher zurückbringen wollen. Aber unsere Priorität ist es, die Borg zu stoppen - um jeden Preis. Haben Sie mich verstanden?«

»Verstanden«, sagte Beverly zusammen mit den anderen leise. Sie blickte zu Nave hinüber, nur um zu sehen, wie ein Hauch von Schmerz in ihren Augen aufflackerte. Sie war sich sicher, dass es sonst niemand bemerkt hatte, niemand außer ihr, die genau den gleichen Schmerz verspürte.

»Also gut«, sagte Worf. »Laut Captain Picard haben wir nur zwei Stunden, bevor die Königin erwacht und das Borg-Schiff vollständig einsatzbereit ist. Es ist unabdingbar, dass wir unsere Mission abschließen, bevor eines dieser Ereignisse eintritt.«

Als sie sich auf die Transporterplattform stellten, atmete Beverly tief ein. Die Luft hier war kühl und angenehm. Sie erinnerte sich daran, wie heiß und feucht sie gewesen war, als die Borg das Schiff übernommen hatten, und stellte sich mental darauf ein.

»Mister La Forge«, sagte Worf in den Raum hinein. »Auf mein Zeichen.«

»Bereit«, erwiderte La Forges Stimme.

Worf nickte Ensign Luptowski zu. »Energie.«

Beverly sah zu, wie die normale Welt, die Welt der Ordnung, um sie herum zu Nichts verblasste.

KAPITEL 12

Nave materialisierte mit dem Außenteam auf einem der obersten Decks des Borg-Kubus.

Sie hatte an der Steuerkonsole der *Enterprise* gesessen, als das Borg-Schiff erstmals aus der Nähe vom Sichtschirm herab gedroht hatte. Wie es so dunkel und bedrohlich vor dem weiß leuchtenden Mond gehangen hatte, hatte es Nave irgendwie an die Bilder aus alten Geschichten erinnert, an gotische Spukhäuser, die von weißen, seelenlosen Geistern längst Verstorbener behaust wurden. Das gleiche Gefühl ergriff sie nun erneut, als sie auf dem Laufsteg, der hoch droben in dem gewaltigen, höhlenartigen Schiff aufgehängt war, wieder zu Sinnen kam. Dies war exakt der Punkt, an dem Lio entführt, an dem DeVrie und Costas und Satchitanand gestorben waren. Ihre Geister wisperten ihr zu, während sie mit leichtem Schwanken auf die sich in die Tiefe erstreckenden Decks zu ihren Füßen starrte.

Sie greifen nun bei Sichtkontakt an ...

Das Innere des Schiffes wirkte so planlos und ohne jede Eleganz wie das Äußere. Das Licht war trübe, matt und voller Schatten - es war weit dunkler als die Bordnacht der *Enterprise*. Die wenigen Farben, die existierten, waren gedeckte Abstufungen aus mattem Grau und Bronze - es waren die Farben unbelebter Dinge.

Unter Nave klaffte eine bodenlose Abwärtsspirale, ein Labyrinth aus Metall, das an ein Spinnennetz erinnerte, doch ohne jede Kunstfertigkeit war. Hier war ein Rohr zu sehen, dort ein Geländer, ein weiteres Deck, eine Wand voller offen liegender Leitungen, so als hätte jemand die Verkleidung entfernt, um das Innenleben des Schiffs freizulegen, unfähig, sich um Dinge wie Ästhetik oder Privatsphäre zu scheren.

Weit unter ihr, so weit entfernt, dass sie nicht größer als das letzte Glied von Naves kleinem Finger waren, schliefen Borg-Drohnen geistlos und traumlos in kleinen, dunklen Alkoven. In Naves Geist stieg die Erinnerung an Dantes *Inferno* auf. Dies hier war ohne Zweifel der innerste Kreis der Hölle, wo die Seelen zu endlosem Leiden verdammt waren. Dieser Gedanke schloss den Kreis und brachte sie zu Lio zurück.

Doch Dante hatte gesagt, dass es im innersten Kreis furchtbar kalt war. Das war auf diesem Schiff mit Sicherheit nicht der Fall. Hier herrschte eine solch feuchte Schwüle, dass Nebelschwaden um Naves Füße waberten. Und schon jetzt bildete sich Schweiß auf ihrer Oberlippe und der Stirn.

Nave zwang ihren Blick zurück in die Höhe, zu dem Außenteam: Worf, der sie führte, dann Leary, Crusher sowie Diasourakis und Chao Seite an Seite. Nave packte ihr Phasergewehr fester und drückte den Schaft gegen ihren Schlüsselbeinknochen, als sie die Nachhut übernahm und sich seitwärts drehte, um die Bewegungen ihres Teams verfolgen zu können, während sie gleichzeitig auf mögliche Gefahren achtete, die sich ihnen von hinten nähern mochten.

»Dort«, sagte Worf leise. Nave reckte ihren Hals und blickte an Chaos dunkler Haarpracht, an Diasourakis und Leary und Crusher vorbei zu dem Klingonen, der auf ein Licht deutete, das - schwach, pulsierend und in ihrer farblosen Umgebung unübersehbar grün - aus einem bogenförmigen Eingang nicht weit entfernt fiel. »Das muss die Kammer der Königin sein.«

Das Team bewegte sich vorwärts, wobei jeder Schritt von einem weiteren Aufleuchten des grünen Lichts begleitet wurde. In der Stille hörte Nave das Wispern von Geistern.

Als der Laufsteg von einem rechtwinklig verlaufenden Gang gekreuzt wurde, zischte Crusher eine Warnung. Alarmiert drehte Nave sich um. Das Phasergewehr war dicker als ihre beiden Arme nebeneinandergelegt und mit einem stabilen Gurt an ihrem Körper befestigt, damit nicht die Gefahr bestand, dass sie es fallen ließ.

Manche Offiziere beschwerten sich, dass die Waffe unhandlich war, aber Nave schwang sie herum, als wäre sie eine Erweiterung ihrer selbst.

Eine Borg-Drohne näherte sich ihnen von der Seite. Sie bewegte sich schneller, als Nave erwartet hätte. Als das Außenteam inne hielt, um zu reagieren, stand Diasourakis direkt im Angriffsweg der Drohne.

Nave konnte nicht mehr als einen Schemen aus Schwarz und Weiß erkennen und feuerte den Bruchteil einer Sekunde vor den anderen. Der Schuss des Gewehrs war schmerzhaft hell. Eine kleine Nova explodierte auf Höhe der Brust der Drohne. Sie wankte und bog sich in der Hüfte unmöglich weit zurück, dann fing sie sich wieder und richtete sich auf, bevor sie unerbittlich weiter vorrückte.

Nave schoss erneut. Diesmal vereinte sich der Strahl ihres Gewehrs mit Worfs und röstete die Drohne, während der dämmrige Korridor taghell erleuchtet wurde. Sie krümmte sich kurz und fiel dann, verbrannt und leblos, auf das metallene Deck.

Naves Hand zitterte leicht, als sie die Waffe senkte.

Bevor sie reagiert hatte, hatte sie nicht einmal auf das Gesicht der Drohne geschaut. Sie hätte nicht zu sagen vermocht, ob es Lio gewesen war, ob es Picard gewesen war. Gemeinsam mit den anderen starrte sie auf die tote Kreatur hinab. Ihre Züge waren formlos, glatt, ohne auffällige Merkmale. Nave vermochte nicht mehr zu sagen, als dass ihre ursprüngliche Rasse humanoid gewesen war.

Als sie den Kopf hob, kreuzte sich ihr Blick mit dem der Ärztin. Auch Crusher hatte auf den Körper der Drohne hinabgeschaut. Keine der beiden Frauen sprach, keine gab irgendein Zeichen des Erkennens von sich, aber Nave verstand sie trotzdem vollkommen. Crusher und sie waren beide aus dem gleichen Grund auf das Borg-Schiff gekommen. Und ihnen beiden hatte vor der möglichen Identität der ermordeten Drohne gegraut.

Wortlos bewegte sich das Außenteam weiter.

Die Quelle des pulsierenden grünen Lichts, der bogenförmige Eingang zu dem einzigen geschlossenen Teil des Schiffes, war nicht weiter als dreißig Meter entfernt. Doch ihr langsamer, lautloser Marsch schien sich unendlich in die Länge zu ziehen. Immer wieder blickte Nave nach hinten, zu den Seiten und nach vorne, wo Worf ihnen den Weg wies. Es würde passieren, sagte sie zu sich selbst, und es würde schnell gehen. Sie würden die Kammer der Königin erreichen. Es würden ein paar Schüsse abgegeben werden, dann würde Crusher der Königin die Injektion verabreichen und alles würde gut werden. Sie würden Picard und Lio finden und wieder zu den Menschen machen, die sie waren.

Zumindest gab sie sich alle Mühe, genau das zu glauben. Bevor sie an Bord des Borg-Schiffes gegangen waren, hatte sie gedacht, dass sie die kreidebleichen Züge jeder Drohne würde in Augenschein nehmen können, bevor sie schoss, dass sie die Zeit haben würde, Lio zu erkennen, wenn er auftauchte, und auf irgendeine wunderbare Art und Weise die anderen davon würde abhalten können, auf ihn zu feuern. Mittlerweile hatte sie erkannt, dass das ein Ding der Unmöglichkeit war. Zuvor hatte sie gehofft, Lio in seiner Borg-Gestalt zu begegnen. Jetzt wünschte sie sich genau das Gegenteil.

Das Außenteam näherte sich gerade einer weiteren Kreuzung zweier Laufstege, als Nave sie von hinten kommen sah: sechs Drohnen in einer Keilformation, eine an der Spitze, zwei in der zweiten Reihe, drei in der letzten. Sie tauchten aus den Schatten auf, als hätten sie sich magisch aus dem Äther materialisiert. Sie bewegten sich deutlich schneller, als Nave es in früheren Berichten gelesen hatte. Ihnen fehlte jede Schwerfälligkeit, die mit den massigen Körpern normalerweise verbunden wurde. Ihre Bewegungen waren zielstrebig und voller Zorn.

Die erste Drohne trug ein schwarzes Optoskop, das nach vorne ausfuhr und sich drehte, als sie ihre Beute studierte. Das einzelne natürliche Auge fing Naves Blick ein. Der Ausdruck darin war auf grausige Weise leblos. Als die Drohne sie sah, hob sie ihren mechanischen Arm, der in rasiermesserscharfen Fingern endete, die sich öffneten und schlossen wie eine tödliche Blüte. Sie streckte den Arm nach ihr aus. Die Klingen schnappten zusammen wie die Zähne eines hungrigen Raubtiers, das bereit war, zuzuschlagen.

»Sechs kommen von hinten!«, rief Nave.

Sie schoss auf die Drohne. Aus den Augenwinkeln bemerkte sie, dass Chao an ihre rechte Seite getreten war, Diasourakis an die linke.

Der Borg mit den erblühenden Klingen rückte zuerst vor. Naves Schuss traf ihn direkt in die Brust. Wie schon die erste Drohne prallte auch er zurück und richtete sich dann wieder auf.

Nave feuerte ein zweites Mal und ein drittes, während Chao und Diasourakis es ihr gleichtaten. Das Dämmerlicht wurde von einer Salve gleißender Energiestöße erhellt. Sie hörte, wie Worf Leary Befehle zurief, gefolgt von Phaserfeuer in ihrem Rücken, und erkannte, dass die Borg sie von zwei Seiten eingeschlossen hatten.

Chao und Diasourakis leerten ihre Energiemagazine in die zweite und die dritte Drohne, in dem Versuch, sie umzubringen. Doch wie Naves Gegner stoppten ihre Ziele nur kurz, sammelten sich und rückten dann weiter vor.

»Waffen rekalibrieren!«, schrie Nave.

Irgendwo hinter ihr schrie Margaret Leary.

Nave hatte keine Zeit, sich umzudrehen. Die Drohne, die es auf sie abgesehen hatte, war nur noch zwei Meter entfernt - ihre ausgestreckten Fingerklingen durchschnitten die Luft.

Aber Learys Schrei klang zu sehr wie Lios. Er erfüllte sie mit mörderischer Wut. Mit geübter Schnelle stellte sie ihre Waffe neu ein, und ihre Mundwinkel verzogen sich nach unten, als sie feuerte. »Diesmal wirst du nicht gewinnen«, knurrte sie finster.

Der Energiestoß traf die Drohne in den Bauch, hob sie von den Füßen und schleuderte sie nach hinten. Nave starrte durch ihr Zielfernrohr und wartete, doch das Monstrum stand nicht wieder auf. Es lag auf dem Rücken, und sein verbrannter schwarzer Panzer qualmte.

Diasourakis hatte sein Ziel ebenfalls erledigt, aber Chaos hatte sich erneut angepasst. Während sie mit ihrer Waffe rang, um sie rasch genug zu rekalibrieren, kam die Drohne bis auf Armeslänge an sie heran. Im nächsten Moment würde sie zuschlagen. Nave und Diasourakis schossen beide auf die Drohne, aber sie blieb auf den Füßen.

Als sie versuchte, Chao zu ergreifen, packte Nave deren Arm.

»Rückzug!« Sie stieß Chao nach links, auf den Laufsteg, der den ihren kreuzte, um ihnen etwas Raum zum Atmen zu geben. Diasourakis folgte ihnen.

Nave blickte über die Schulter. Hinter Diasourakis hatte der Trupp Drohnen - eine schwarz-weiße Masse aus Fleisch - auf der Kreuzung angehalten, so als wäre er unsicher, wen er verfolgen sollte. Nave reckte den Hals, um an den Drohnen vorbeizuschauen, und erhaschte einen Blick auf Worfs braunes Haar und seine breiten Schultern, auf Crushers und Learys bleiche Gesichter und auf rotes Blut. Die drei waren nach rechts ausgewichen, während Nave und ihre Leute nach links abgebogen waren. Die Drohnen, die sie von vorne und hinten angegriffen hatten, sammelten sich nun und trennten sie.

Nave wandte sich erneut dem Feind zu, während sie gleichzeitig ihre Waffe neu einstellte. Diasourakis und Chao, die Schulter an Schulter standen, taten dasselbe. Als sie sich nach vorne bewegte, zählte Nave rasch die Köpfe vor sich: sieben Drohnen. Sieben zu sechs - ein beinahe ausgeglichenes Kräfteverhältnis.

»Lasst uns zu den anderen durchbrechen«, sagte sie. »Feuer.«

Die Dunkelheit füllte sich mit gleißendem Licht. Zwei Salven heller Energiestöße gesellten sich von der anderen Seite hinzu, als auch Worf und Leary angriffen.

Eine Drohne fiel, dann eine zweite. Eine dritte wankte und richtete sich anschließend langsam wieder auf. Zusammen mit Diasourakis und Chao feuerte Nave immer weiter, aber langsam merkte sie, dass von Worf und Leary keine weiteren Schüsse kamen.

Sie dachte an das Blut, das sie gesehen hatte - menschliches Blut - und drängte das Bild rasch beiseite, um sich stattdessen auf ihr Dauerfeuer zu konzentrieren. Die Drohnen standen noch immer in Kreisformation beieinander, die Rücken zusammen und die Gesichter nach außen gerichtet, doch als Nave weiterschoss, bewegten sie sich bedächtig und zielgerichtet und drehten sich alle um, bis jede einzelne von ihnen Nave und ihre Gruppe anblickte.

Danach begannen sie vorzurücken, wobei sie die Kreuzung hinter sich ließen und auf Naves Seite des Laufstegs traten.

»Weiterschießen!«, schrie Nave. Sie vermochte nicht an den Borg vorbei zu Worf und den anderen zu schauen. Aber die Borg waren anscheinend zu dem Schluss gekommen, dass ihre Gruppe die größere Bedrohung darstellte.

Eine Reihe rasch aufeinanderfolgender Phaserschüsse blitzte auf, tanzte über die dunklen Körper der Drohnen, blendete Naves Augen und störte ihre Sicht mit Nachbildern. Dennoch konnte sie erkennen, dass keiner der Borg durch die Treffer beeinträchtigt wurde. Sie bewegten sich ununterbrochen vorwärts und zwangen Nave und ihre Offiziere, sich immer weiter zurückzuziehen.

»Rekalibrieren!«, rief sie, während sie sich an ihrer eigenen Waffe zu schaffen machte. Chao und Diasourakis gehorchten, doch die kurze Feuerpause erlaubte den Drohnen, unangenehm nah heranzurücken.

Nave umfasste den Abzug und zog ihn wieder und wieder durch, schneller, als sie es jemals im Training, als sie es jemals in ihrem ganzen Leben getan hatte. Sie konnte Commander Worf und seine Gruppe nicht länger sehen und wusste nicht, ob sie entkommen waren. Sie wollte sie nicht zurücklassen oder das Außenteam teilen, aber sie hatte eine Verpflichtung gegenüber ihren eigenen Leuten. Als die Drohnen kaum mehr zwei Schritte entfernt waren, gab sie Chao und Diasourakis ein Zeichen.

»Rückzug! Rückzug!«

Nave drehte sich um, packte Chaos Armbeuge mit ihrer freien Hand und zog sie mit sich. Diasourakis folgte.

Sie rannte wie verrückt, blinzelte als ihr der Schweiß in die Augen lief, keuchte in der stickig heißen Luft. Das Phasergewehr, das sie lose umgeschnallt hatte, schlug ihr so heftig gegen die Rippen, dass sie

Mühe hatte zu atmen. Sie hörte das Hämmern ihrer Stiefelsohlen auf dem metallenen Deck, viel zu rasch gefolgt von dem unaufhaltsamen Stampfen der Borg.

Nach der Helligkeit der Phaserschüsse erschien ihr der Korridor noch dunkler als zuvor. Rücksichtslos stürmte Nave durch den lichten Nebel und versuchte den Gedanken zu ignorieren, dass sie durchaus direkt in eine weitere wartende Gruppe Gegner hineinrennen mochte.

Unvermittelt gabelte sich der Weg in drei Richtungen.

»Hier entlang!« Sie bog hart nach rechts ab. Die Trägheit trieb sie für einen kurzen Moment gegen das Geländer. Sie packte es mit festem Griff und erhaschte einen Schwindel erregenden Blick auf einen Hundert oder mehr Ebenen tiefen Abgrund.

Chao rannte beinahe in sie hinein. Sie hielten einander fest, um nicht das Gleichgewicht zu verlieren, dann trennten sie sich wieder. Nave richtete sich auf und floh weiter.

Mit brennenden Lungen rannte sie eine ganze Minute lang so schnell sie konnte. Zu diesem Zeitpunkt hatten sich auch ihre Augen wieder an die Dämmerung gewöhnt. Ein Schritt und noch einer, dann kam sie keuchend zum Stehen.

Einige Meter vor ihr endete das Deck in einer soliden Metallwand. Rasch blickte sich Nave um. Die Borg folgten ihnen, und die Entfernung zwischen ihnen schmolz rasch zusammen. Es war unmöglich, umzukehren und einen anderen Weg zu versuchen.

Diasourakis, der die Nachhut bildete, hatte das auch bemerkt. »Wir sitzen in der Falle, Lieutenant!«

Naves Blick huschte über ihre Umgebung, schielte in die Schatten. Sie versuchte, ihren Kommunikator zu aktivieren. Nichts. Es schien keinen Ausweg zu geben, abgesehen von dem einen, über das Geländer zu klettern und sich in den Tod zu stürzen – eine Option, die für sie nicht infrage kam. Sie starrte die Wand an, das Deck und die Geländer, bis sie plötzlich zu ihrer Linken etwas bemerkte: eine metallene Luke, die in die Wandung eines riesigen, zylindrischen Schachts eingelassen war. Mit Chao an ihrer Seite hastete sie darauf zu und zerrte an der Luke, bis diese nachgab.

Das Innere war von schwachem, unheimlich grauem Zwielicht erfüllt. Der Schacht führte vertikal abwärts, und in der Wand befanden sich metallene Sprossen zum Klettern. Nave entschied, dass seine Existenz ihrem schieren Willen geschuldet sein musste. Sie blickte in Richtung der Drohnen, und gab Chao dann ein rasches Zeichen.

Ohne ein Wort zog Chao den Gurt ihres Gewehrs fest. Dann schlüpfte sie in den Schacht hinein und fing an, nach unten zu klettern.

Nave wandte sich Diasourakis zu. »Los.«

Er schüttelte den Kopf. »Ich bilde die Nachhut, Sir.«

Nave hatte keine Zeit, sich mit ihm darüber zu streiten. Sie ließ sich in den Schacht hinab und begann in die Tiefe zu klettern. Es war eine heikle Angelegenheit, denn ihre Hände waren glitschig vor Schweiß, der Lauf ihres Gewehrs blieb immer wieder an den glatten, metallenen Sprossen hängen und der Schacht war so unangenehm breit, dass sie sich wie auf dem Präsentierteller fühlte. Es machte die Sache auch nicht besser, dass er sich bis in Schwindel erregende Tiefen zu erstrecken schien.

Nicht darüber nachdenken. Einfach klettern.

Unter ihr bewegte sich Chaos dunkler Haarschopf. Um sich das Klettern einfacher zu machen, hatte sie ihren Gurt herumgezogen, sodass ihr Gewehr nun auf ihrem Rücken hing. Nave weigerte sich, es ihr gleichzutun. Sie wollte ihre Waffe so nah an ihren Händen haben wie möglich.

Über ihnen schloss Diasourakis die Luke mit einem dumpfen, endgültig klingenden Schlag. Nave blickte nicht auf. Sie war zu sehr damit beschäftigt, sich darauf zu konzentrieren, jede neue Sprosse mit festem Griff zu packen und darauf zu achten, dass weder ihre Hände noch Fußsohlen abrutschten, während sie gleichzeitig Chaos Tempo zu halten versuchte.

Sie kamen gut voran. Weniger als eine Minute war vergangen, bevor

Chao plötzlich langsamer wurde.

Nave blickte besorgt nach unten.

»Hier ist eine Plattform, Sir.« Das Echo von Chaos Stimme hallte durch den Schacht.

Nave sah sie. Es war eher ein schmaler Sims, der gerade genug Platz für einen Körper bot, um sich darauf zu stellen und dann seitwärts zu greifen, um eine der Sprossen zu packen. Offenbar scherten sich die Borg nicht sonderlich um persönliche Sicherheit.

»Klettern Sie weiter«, rief sie nach unten. »Lassen Sie uns noch ein paar Ebenen zwischen uns und die anderen bringen.« Natürlich war sie sich bewusst, dass sie sich nicht zu weit entfernen durften. Das Außenteam hatte mittlerweile nicht einmal mehr zwei Stunden Zeit, um sein Ziel zu erreichen.

»Aye, Sir.«

Sie kletterten immer tiefer. Die Atmosphäre in dem Schacht erinnerte an ein Dampfbad. Nave achtete weiterhin darauf, dass sie die Sprossen mit ihren verschwitzten Händen so fest wie möglich packte. Von Zeit zu Zeit hielt sie inne, um eine Hand an ihrer Uniform abzuwischen oder um den Kopf zu heben und nachzuschauen, ob ihnen die Drohnen noch immer folgten.

Dankbarerweise sah sie nichts über sich als Diasourakis' Beine. Unter ihr lag erneut ein schmaler Absatz, knapp unterhalb einer Luke. Sie warf einen Blick darauf, während sie daran vorbeikletterte. Sie entschied, dass sie Chao nach fünf Minuten anweisen würde, beim nächsten Sims Halt zu machen. Dann würde es nur darauf ankommen, lange genug zu überleben, um einen zweiten Schacht zu finden, der sie zurück zu Worf und den anderen bringen würde. Nachdem sie etwas zu Atem gekommen waren, würde Nave versuchen, Worf zu kontaktieren, um herauszufinden, wie es um die anderen Mitglieder des Außenteams bestellt war ...

Ein heiserer Schrei unterbrach ihre Gedanken. Sie riss den Kopf zurück und blickte hinauf zu Greg Diasourakis' rechtem Bein, das von der Sprosse abgeglitten war und auf einmal zu einer Seite austrat.

Nein, erkannte sie, es hatte nicht ausgetreten. Es war *gezogen* worden und zwar von einem langen, dunklen Arm, der aus der Luke neben dem Sims hervorgeschossen war. Er gehörte einer Drohne, deren obere Körperhälfte aus der Luke aufgetaucht war. Ihre Schultern ruhten auf dem Sims, während ihre weiße Hand Diasourakis' Knöchel ergriffen hatte. Beides, der Arm und Diasourakis' Fuß, waren kaum eine Armeslänge von Naves Kopf entfernt.

Sein Schrei war unartikuliert, aber Nave verstand ihn nichtsdestoweniger. Mit ihrer linken Hand packte sie die Metallsprosse. Ihr Körper schwang bedenklich zur Linken, aber sie ignorierte die Bewegung, ebenso wie Chaos Rufe, und bemühte sich stattdessen darum, ihr Phasergewehr zu fassen zu bekommen. Mithilfe ihrer Schulter und der rechten Hand gelang es ihr, den Lauf zu heben, und ihre Finger schlossen sich um den Abzug.

Diasourakis trat wie wild aus. Die Drohne hatte sich weiter hervorgeschlängelt, sodass nun ihre Taille und die Hüfte auf dem Sims ruhten. Ihre humanoide Hand klammerte sich noch immer an den Sicherheitsoffizier, ihr mechanischer Arm war erhoben und die Klinge an seiner Spitze wirbelte angriffsbereit. Langsam zog sie ihn zu sich herab. Herab und auf das Sims.

Nave lehnte sich so weit zurück, wie sie es wagte, und zwang die Mündung ihrer Waffe höher und noch etwas höher. Dann schrie sie: »Greg! Halt still! *Halt still!*«

Diasourakis trat einige weitere Mal aus. Nave konnte die Drohne nicht aufs Korn nehmen, ohne beide zu töten. Und dann entspannte sich sein Bein einen Moment lang, nur für einen Moment, aber das genügte Nave, um zu schießen.

Das Ziel war viel zu nah. Der Energiestoß blendete sie, und sie spürte die Hitze auf ihrem Gesicht. Instinktiv ließ sie das Phasergewehr fallen und klammerte sich mit beiden Händen an die Sprossen, drückte mit zusammengepressten Augen ihr Gesicht an die Wand.

Keine Sekunde später schrie sie auf, als eine Masse verstrickter Glieder – Fleisch und Knochen und hartes Metall – auf sie einstürzte, ihr gegen den Kopf schlug und Schultern und Rücken traf. Etwas Rasiermesserscharfes schlitzte die Rückseite ihres Oberschenkels auf. Der Aufprall hätte sie mitreißen und mit sich in die Tiefe schleudern müssen, doch wie durch ein Wunder gelang es ihr, sich festzuhalten.

Sie klammerte sich an die Sprossen und ihr Kopf ruckte hoch, als ihr ein schrilles Kreischen direkt ins Ohr drang und dann rasch an Tonhöhe und Intensität verlor, bis es vollständig verschwand.

Sie blinzelte und versuchte eine klare Sicht zu bekommen. »Was war das?«, schrie sie zu Chao hinab. »*Was verdammt noch mal war das?*«

Beverly Crusher sah die Drohnen von vorne kommen. Das Außenteam hatte sich gerade der Kreuzung zweier Laufstege genähert und befand sich nur noch wenige Schritte von der Kammer entfernt, die von dem pulsierenden grünen Licht erfüllt war.

Die Drohnen waren aus dem Raum aufgetaucht, von dem Beverly instinktiv wusste, dass es sich um die Kammer der Königin handelte. Es waren sechs an der Zahl, und Beverly reckte ängstlich den Hals, um an Leary vorbei und über Worfs Schulter zu blicken. Sie wollte wissen, ob Jean-Luc unter ihnen war. Er war es nicht. Sie war sich nicht sicher, ob sie erleichtert oder enttäuscht sein sollte.

Sie versuchte, eine Welle der Furcht zu unterdrücken, die in ihr aufstieg. Die Borg näherten sich mit drohend erhobenen Waffenarmen.

Worf hatte sie angeführt, und Leary war direkt hinter ihm gewesen. Jetzt rückte sie neben den Klingonen, und die beiden bildeten eine Schutzmauer vor Crusher.

»Feuer eröffnen!«, rief Worf, und Leary gehorchte. Einer der Borg wurde von dem gleißenden Strahl von Worfs Gewehr getroffen. Er zuckte kurz, als der Energiestoß seinen Körper einhüllte, dann fiel er so rasch, wie der Schuss verblasste.

In der Absicht die anderen Mitglieder des Sicherheitsteams vorbeizulassen, damit sie sich dem Kampf anschließen konnten, trat Crusher einen Schritt zur Seite. Doch als sie über die Schulter blickte, sah sie, dass Nave und die beiden anderen Schulter an Schulter standen und auf eine zweite Gruppe Drohnen feuerte, die sie von hinten angriff.

»Es sind noch mehr Borg hinter uns«, rief sie und zog ihren Phaser aus dem Holster. Worf war zu sehr in den Kampf verwickelt, um ihr ein Zeichen zu geben, dass er sie gehört hatte. Sie überdachte ihre Möglichkeiten, als ein zweiter Borg zu Boden ging. Ein dritter krümmte sich unter einem Einschlag, erholte sich aber und setzte seinen Vormarsch fort. Worf und Leary feuerten weiter, doch die Drohnen reagierten überhaupt nicht mehr auf die Schüsse. Sie hielten nicht einmal inne, wenn sie einen direkten Treffer einstecken mussten.

»Rekalibrieren!«, befahl Worf. Gleichzeitig feuerte Beverly ihren eigenen Phaser ab und brachte den widerspenstigen Borg zu Fall.

Mit geübten Bewegungen justierte Worf seine Waffe, dann fuhr er mit seinem Beschuss der verbleibenden Borg fort. Learys Waffe hingegen versagte. Mehrfach zog sie den Abzug durch und warf ihr dabei einen finsteren Blick zu.

Die führende Drohne, deren mechanischer Arm in einer langsam rotierenden Hakenklaue endete, erkannte ihre Schwäche und sprang nach vorne. Leary blickte erschrocken auf und feuerte ihre unkalibrierte Waffe ab. Der Schuss hatte keinen Effekt, und bevor sie einen Schritt zurück und außer Reichweite machen konnte, hatte die Drohne ihre Klaue in ihrer Schulter vergraben.

Leary stieß einen kurzen Schrei aus. Wie durch ein Wunder blieb sie auf den Füßen. Den Haken noch immer im Fleisch, rammte sie der Drohne den Schaft ihres Gewehres gegen den Kiefer. Diese taumelte rückwärts - gerade lange genug, damit Worf und Beverly sie durch eine konzentrierte Salve erledigen konnten.

Crusher steckte ihren Phaser weg und eilte mit dem Medikit in der Hand an Learys Seite. Die Klaue hatte sich in den rechten Deltamuskel der jungen Frau gefressen und dann eine ausgefranste Wunde bis hinab zu ihrem Bizeps gerissen. Blut durchtränkte die Schulter und den Ärmel ihrer Uniform und fing an, auf das Deck zu tropfen. Erstaunlicherweise stand Leary noch immer. Sie hatte ihre Waffe auf die linke Seite gewechselt und presste sie gegen den Brustkorb, während sie sie einhändig justierte. Als Crusher einen raschen Scan vornahm, gab sie einen erneuten Feuerstoß ab.

»Sie müssen mir erlauben, Ihnen zu helfen«, schrie ihr Beverly halb ins Ohr. »Das ist eine tiefe Schnittwunde. Wenn ich sie nicht behandle, werden Sie durch den Blutverlust das Bewusstsein verlieren.«

»Keine Zeit«, gab Leary zurück, aber ihre Augen waren glasig und ihre Haut bleich. Eine dunkle Locke war nach vorne gefallen und klebte an ihrer schweißnassen Stirn. Trotzdem hörte sie nicht auf, zu schießen.

Beverly blendete den Vormarsch der Borg vollständig aus, um ihre ganze Aufmerksamkeit auf die Wunde ihrer Patientin zu richten. Sie konnte den Blutverlust, den Leary bereits erlitten hatte, nicht rückgängig machen, aber sie konnte ihn zumindest verlangsamen. Sie zog ihren Regenerator aus dem Kit und richtete ihn auf Learys Wunde. Gleichzeitig wühlte sie mit ihrer freien Hand auf der Suche nach ihrem Notfall-Hypospray in dem Kit herum.

Leary schoss zwei weitere Male, dann schwankte sie, das Gewehr entglitt ihrer Hand und fiel nur noch am Gurt baumelnd vor ihrer Brust herab. Crusher fing sie auf, bevor sie zu Boden stürzte.

»Worf!«

Er verlangsamte weder seine Feuerrate noch das Rekalibrieren der Waffe, doch sein Blick zuckte zur Seite und erfasste Crusher und Leary – die sich nur noch deshalb auf den Füßen halten konnte, weil die Ärztin ihr einen Arm stützend um die Schultern gelegt hatte. Sofort schob sich der Klingone vor die beiden und bedeutete Beverly mit einer Geste, sich nach rechts zu wenden, auf den Laufsteg, der ihren Weg gekreuzt hatte.

Die Verzweiflung verlieh Beverly die Kraft, sie und ihre Bürde mit erstaunlicher Geschwindigkeit zu bewegen, auch wenn Learys Stiefel nur noch übers Deck schliffen. Worf folgte ihnen, wobei er Crusher den Rücken zuwandte und ununterbrochen auf die Borg feuerte. Etwa zwanzig Meter weit zog Beverly Leary schwankend hinter sich her, bis sie bemerkte, dass Worf aufgehört hatte, zu schießen.

Besorgt blickte sie zurück und versuchte dabei, Leary keine weiteren Schmerzen zu bereiten.

Worf befand sich noch immer hinter ihr, aber sie konnte Nave und die anderen nicht sehen. Die Borg hatten sich an der Kreuzung der beiden Laufstege gesammelt. Unbegreiflicherweise wandten sie sich von Crusher, Worf und Leary ab und fingen an, sich auf die zweite Quelle von Schüssen zuzubewegen.

Worf zögerte, dann machte er einen Schritt in Richtung der Drohnen, offensichtlich in dem Bestreben, seinen abgeschnittenen Mannschaftskameraden zu Hilfe zu eilen. Im gleichen Augenblick wurde Leary bewusstlos, und Crusher ging unter ihrem Gewicht in die Knie.

»Worf! Hilfe!«

Der Klingone eilte an ihre Seite und nahm Leary auf seine Arme. Rasch hasteten sie außer Sicht. Schließlich hielt Worf an und ließ Leary behutsam zu Boden sinken.

Crusher kniete neben ihrer Patientin nieder und nahm einen raschen Scan vor. »Es ist der Blutverlust«, sagte sie zu Worf, der an ihrer Seite stand. Sie holte ein Hypospray aus ihrem Medikit hervor. »Ich kann ihr etwas Tri-Ox geben, um sie für eine Weile wach zu halten, aber irgendwann müssen wir sie für eine Transfusion zurück zum Schiff bringen.

»Wie viel Zeit hat sie, Doktor?«

»Ein paar Stunden.«

Worf schenkte ihr einen vielsagenden Blick. »Wenn wir es nicht innerhalb von zwei Stunden zurück zum Schiff schaffen, wird es für sie ohnehin keine Rolle mehr spielen.«

Beverly verfiel in Schweigen. Sie hatte nur an ihre Patientin gedacht, aber wenn das Außenteam noch immer hier und hinter der Königin her war, wenn alle Drohnen erwachten, konnte in der Tat keine Menge Tri-Ox Leary retten.

Sie entleerte das Hypospray in Learys gesunde Schulter, dann hockte sie sich auf die Fersen und zählte die Sekunden. Bei fünf öffneten sich Learys Augen mit einem Flattern.

»Oh«, murmelte sie. »Mir ist schwindelig.«

»Das geht vorüber«, beruhigte sie Crusher.

Leary blinzelte ein paar Mal, anschließend versuchte sie sich aufzusetzen. Crusher kam ihr dabei zur Hilfe. »Sie haben recht«, sagte Leary. »Es geht schon besser.«

»Gut. Und wie wäre es, wenn Sie jetzt einen Augenblick still halten? Ich möchte noch einmal den Regenerator ansetzen, damit der Heilungsprozess beschleunigt wird.«

»Klar.« Leary seufzte. Sie lehnte sich zurück gegen die Wand.

Während Beverly den Regenerator einsetzte, blickte sie zu Worf hoch, der mehrfach seinen Kommunikator berührte und dann die Stirn runzelte. »Was ist los?«

»Ich habe versucht, die anderen Mitglieder des Außenteams zu kontaktieren. Mein Kommunikator ist außer Funktion.«

Instinktiv drückte Beverly auf ihren. Auch er war tot. Ohne nachzudenken sagten sie wie aus einem Mund: »Jean-Luc.« Locutus erwartete sie natürlich – und er würde alles nur Erdenkliche tun, um ihnen ihre Mission zu erschweren. Der Versuch, die verlorenen Besatzungsmitglieder zu finden, würde sie wertvolle Zeit kosten. Und sie waren nicht nur von Nave und den anderen getrennt worden, sondern auch von der *Enterprise*.

Worf nickte grimmig. »Ich nehme an, es handelt sich um ein Dämpfungsfeld.«

Beverly blickte sich um. Sie befanden sich in einem etwas geschützteren Bereich des Schiffes, wo die offenen Geländer auf beiden Seiten durch Wände ersetzt worden waren. Etwas weiter den Gang hinab, fiel ihr ein beunruhigender Anblick ins Auge: dunkle, leere Alkoven, in denen normalerweise die Drohnen schliefen. Sie fragte sich, ob die

Alkoven nur auf die Rückkehr ihrer Besitzer warteten oder ob sie für jene reserviert waren, die bald assimiliert werden würden.

Worf schritt wachsam neben ihr auf und ab. Seine Hand lag auf seinem Gewehr. »Ich glaube, dass die Drohnen, die uns angegriffen haben, die Königin beschützt haben. Und ich erwarte, dass sich noch weit mehr von ihnen in ihrer Kammer befinden ... Wenn wir die anderen Mitglieder des Außenteams nicht aufspüren können, brauchen wir eine Ersatzstrategie.«

»Ich habe eine Hypothese«, sagte Beverly. »Ich denke, dass der gleiche Mechanismus, der die Borg dazu anregt, das Nährstoffgel für die Königin abzusondern, ebenso ihre erhöhte Aufmerksamkeit zu ihrem Schutz auslöst.«

»Interessant«, sagte Worf.

Beverly überprüfte Learys Wunde. Die Haut begann sauber zusammenzuwachsen und verhinderte ein weiteres Bluten. »Für den Augenblick sind sie geheilt«, verkündete sie ihrer Patientin.

Leary stand auf und wandte sich Worf zu. »Ich bin bereit für den Kampf, Sir. Ich weiß, dass wir nicht viel Zeit haben ...«

»Gut«, sagte der Klingone. »Wir werden uns zurück zur Kammer der Königin begeben. Wir sind nur zu dritt, und es wird zweifellos mehrere Drohnen geben, die die Königin bewachen. Wir müssen für eine Ablenkung sorgen, damit Doktor Crusher das Hypospray verabreichen kann, das die Königin ausschalten wird.«

»Wie wäre es, wenn ich stattdessen die Ablenkung darstelle?«, erkundigte sich Beverly.

Worf drehte sich zu ihr um, und auf seiner Miene lag eine leichte Zufriedenheit. Ihr wurde klar, dass er bereits darüber nachgedacht hatte, genau das vorzuschlagen. »Es könnte klappen«, sagte er.

Leary verstand offensichtlich nicht, wovon sie sprachen. Leicht entgeistert blickte sie von Worf zu Crusher. »Aber der Doktor ...«

Beverly schenkte ihr ein dünnes Lächeln. »Die Borg mögen sich schneller bewegen, als sonst, aber noch rennen sie nicht«, sagte sie. »Ganz im Gegensatz zu mir.«

KAPITEL 13

»Er ist abgestürzt.«

Sandra Chaos leise aber raue Stimme drang zu Nave hoch und hallte in dem weiten, leeren Schacht wider. Nave schloss ihre Augen und presste ihre Stirn hart gegen die Knöchel ihrer Hände, mit denen sie sich an der Metallsprosse festhielt. Wenigstens hatte Diasourakis' Schrei aufgehört, in dem Schacht nachzuhallen.

»Er ...« Chao brach ab und brauchte ein paar Sekunden, um sich zu sammeln, bevor sie fortfuhr. »Ich habe kaum etwas erkennen können. Als Sie feuerten ... ich glaube, der Borg fiel und er riss Greg von der Leiter.«

Nave hielt ihre Augen für einen langen Moment geschlossen. Als sie sich schließlich dazu imstande fühlte, öffnete sie sie wieder und hob ihr Gesicht. Über ihren Köpfen gab es kein Anzeichen, dass ihnen sonst noch jemand gefolgt war. »Klettern wir weiter«, sagte sie zu Chao. »Noch zwei Absätze, dann sehen wir mal, wo wir sind.«

In bedrücktem Schweigen setzten sie ihren Weg fort. Sie passierten einen weiteren Absatz, und als Chao sich danach dem nächsten näherte, streckte sie vorsichtig die Hand aus, ergriff das Schutzgeländer und zog sich auf den Sims. Ihre Stiefel schlugen gegen das Metall. »Ich denke, es wäre das Beste, wenn Sie warten würden, Sir«, rief sie zu Nave hinüber, dann öffnete sie vorsichtig die Luke und schielte hindurch.

Sie blickte erneut Nave an. »Es ist alles in Ordnung. Der Korridor ist leer.«

Der Absatz war nur für eine Person groß genug. Chao zwängte sich durch die offene Luke, drehte sich anschließend um und wartete.

Nave griff nach dem Schutzgeländer oberhalb des Simses und machte dabei den Fehler, in den bodenlosen Abgrund zu schauen. Rasch riss sie den Kopf wieder nach oben und richtete ihre Aufmerksamkeit stattdessen auf Chao, die auf der anderen Seite der Luke stand und ihr eine Hand entgegenhielt.

Mithilfe des Schutzgeländers schwang sich Nave hinüber und landete mit beiden Füßen hart auf dem Sims. Chao half ihr dabei, durch die Luke zu klettern. Dann hielten beiden Frauen inne, um ihre Umgebung in Augenschein zu nehmen. Das Deck ähnelte dem weiter oben, mit der einzigen Ausnahme, dass hier nirgendwo Drohnen zu sehen waren.

Nave schlug auf ihren Kommunikator. »Nave an Worf ...« Sie gab ein angewidertes Geräusch von sich. »Die Verbindung ist tot.«

Chao versuchte ihren, mit dem gleichen Ergebnis. »Sie müssen alle wissen, dass wir hier sind.«

Nave hob den Kopf, um sich die Außenwände anzuschauen und eine Systematik im Aufbau des Schiffes zu erkennen. Sie hoffte, auf diese Weise einen weiteren Schacht zu finden, der sie zurück nach oben zur Kammer der Königin und - mit etwas Glück - zum Rest des Außenteams bringen würde.

»Es war nicht Ihre Schuld«, sagte Chao auf einmal sanft.

Nave blickte stirnrunzelnd zu ihr hinab.

»Das mit Greg. Sie haben versucht, ihn zu retten. Das, was passiert ist, war nicht Ihre Schuld.«

Nave wandte den Blick ab und zuckte mit den Schultern. Chao irrte. Es *war* ihre Schuld. Der Schuss ihres Gewehrs hatte den Borg getroffen - der Diasourakis mitgerissen hatte, als er abgestürzt war. Greg war eine so grauenhaft lange Strecke gefallen, dass sein Körper vollständig zerschmettert worden sein musste - zu sehr zerschlagen, um durch menschliche Medizin oder selbst Borg-Technologie wieder repariert zu werden. Er war vollständig und unwiederbringlich tot. Aber es hatte keinen Sinn, mit Chao über ihre Schuld oder Unschuld zu diskutieren.

»Es gibt nichts, was wir jetzt noch daran ändern könnten«, sagte sie kurz angebunden, dann entließ sie geräuschvoll die Luft aus ihren Lungen und blickte Chao wieder an. »Das Einzige, was wir tun können, ist, zurück nach oben zur Kammer der Königin zu klettern und das zu erledigen, weswegen wir hergekommen sind.«

»Aye, Sir.«

Nave starrte erneut auf die fernen Wände, und schließlich erblickte sie, wonach sie gesucht hatte. »Und um zu unserem Ziel zu gelangen«, sagte sie und streckte den Arm aus, »müssen wir dort entlang gehen.«

Während sich die beiden vorwärtsbewegten, trafen sie auf eine Reihe von Treppen, die in einen Bereich führten, der teilverkleidet war. Nave gefiel das gar nicht. Es war schwerer zu sehen, ob sich ihnen jemand aus irgendeiner Richtung näherte. Und genau wie Chao fand sie ihre Umgebung ziemlich ablenkend. Blinkende Konsolen waren in die Wände eingebaut - unverständliche, verwirrende Gerätschaften mit Unmengen freiliegender Leitungen, sodass es Nave unmöglich war, die Bedienelemente der Konsolen zu unterscheiden. Auf der anderen Seite erhob sich eine riesige Rechenstation, groß genug, dass sie von sechs stehenden Operatoren bedient werden konnte. Der Hauptschirm zeigte ein rotierendes, rot glühendes Gebilde, aber alle anderen Kontrollen waren dunkel, so als ob das Hauptsystem abgeschaltet sei.

Nave musterte es mit zusammengezogenen Augenbrauen. »Das sind die Pläne dieses Schiffs.«

»Es könnte die Flugkontrolle sein«, meldete sich Chao neben ihr zu Wort.

Nave grunzte. »Und die Waffenstation.« Sie zögerte einen Augenblick. Es war verführerisch, ihre Waffe in das Herz der Station zu entladen, sie zu zerstören - doch die Gefahr, dadurch die Borg zu alarmieren, war einfach zu groß. Ihre vordringliche Pflicht bestand darin, Commander Worf zu finden und ihm bei der Vernichtung der Königin zu helfen.

»Man fragt sich, wo die alle sind«, sagte Chao leise.

»Sie warten«, antwortete Nave und setzte sich wieder in Bewegung.

Sie kamen an weiteren Stationen und Anlagen vorbei, einem Durcheinander aus Konsolen und Kontrollen, Paneelen und dunklen Monitoren. Nave hatte den Eindruck, als wären alle Abteilungen eines Raumschiffs - der Maschinenraum, die Lebenserhaltung, Kommunikation, Waffen, Navigation - auf einem Raum von Hundert Metern zusammengedrängt worden.

Eine Handvoll Stufen führte sie hinauf in einen schmalen, gewundenen Korridor, in dem es sogar noch dunkler war, als im Rest des Borg-Schiffes. Nave fand ihn geradezu klaustrophobisch. Die Kurven und die Dunkelheit nahmen ihr praktisch jede Sicht. Die Angelegenheit wurde dadurch auch nicht besser, dass der Korridor auf beiden Seiten von leeren Borg-Alkoven gesäumt war.

»Das sind ihre Alkoven«, flüsterte sie Chao zu. Als Chao ihr einen fragenden Blick zuwarf, fügte sie hinzu. »Wo sie schlafen.«

»Glauben Sie, dass sie jetzt alle wach sind?«, flüsterte Chao zurück.

Nave schüttelte den Kopf. Sie bezweifelte, dass in diesem Fall all die Stationen des Schiffes unbemannt gewesen wären. Doch eine Antwort war unnötig. Im nächsten Augenblick wurde Chaos Frage beantwortet.

Nave blieb stocksteif stehen, als sie eine dunkle Gestalt in dem Alkoven erblickte, der soeben zu ihrer Linken in Sicht gekommen war. Sie hob ihr Gewehr und merkte, dass Chao an ihrer Seite das Gleiche getan hatte.

Wenn sich die Gestalt bewegt hätte, hätte Nave sofort geschossen.

Aber sie verharrte, in schwaches, grau pulsierendes Licht getaucht, reglos in ihrer engen Schlafzelle. Chao hob ihre Waffe etwas höher, um zu schießen. Nave streckte die Hand zur Seite aus, legte sie auf den Lauf des Gewehrs ihrer Begleiterin und zwang sie, die Waffe zu senken. Der Borg bewegte sich nicht und stellte keine unmittelbare Gefahr da. Es war besser, die Energie zu sparen. Je häufiger sie schossen, desto eher würden sich die Borg anpassen. Dieser hier schien sich noch im Tiefschlaf zu befinden.

Mit angehaltenem Atem glitt Nave vorsichtig näher. Dabei umrundete sie den Scheitelpunkt der Kurve. Dahinter erstreckten sich Hunderte weiterer Alkoven, und in jedem von ihnen stand eine einzelne, dunkle Silhouette. Es fühlte sich an, als stolpere man über einen Friedhof voll unbegrabener Toter - wobei es noch schlimmer war, denn diese Toten konnten binnen eines Lidschlags plötzlich wieder zum Leben erwachen.

Einen Moment lang spielte sie mit dem Gedanken, in diesen Wald aus schlafenden Borg vorzudringen und einfach zu hoffen, dass sie nicht erwachten. Es würde in jedem Fall schneller gehen, als einen Weg außen herum zu suchen. Aber die Aussicht, was geschehen würde, wenn sie es doch taten, ließ sie innehalten und zu Chao umdrehen. Es war besser, sich der Handvoll Drohnen zu stellen, die hinter ihnen waren, als inmitten dieses Schwarms gefangen zu sein.

»Wir kehren um.« Nave sprach so leise, dass sie sich selbst kaum hören konnte, aber Chao, die mit geweiteten Augen und vor Angst versteinertem Gesicht neben ihr stand, nickte zur Antwort.

Sie drehten sich um und zogen sich den Weg entlang zurück, den sie gekommen waren. Das Gewehr fest im Griff, bildete Nave die Nachhut. Immer wieder blickte sie über die Schulter, halb in der Erwartung, dass sie jeden Moment Bewegungen in den dunklen Alkoven bemerken würde, Augen, die sich öffneten, Körper, die sich rührten, Glieder, die sich regten.

Sie greifen nun bei Sichtkontakt an ...

Aber die Träumenden blieben still und stumm. Trotzdem dauerte es, bis Nave den Bereich mit den krude zusammengestellten Kontrollkonsolen hinter sich hatte, bevor sie schließlich geräuschvoll die Luft aus ihren Lungen entließ und feststellte, dass sie sie die ganze Zeit angehalten hatte.

Chao warf ihr ein unsicheres Lächeln über die Schulter zu. »*Das* war mehr als nur ein bisschen unangenehm.«

»Wohl wahr«, gab Nave zurück. Der Gang wurde wieder zu einem offenen, von Geländern gesäumten Laufsteg. Sie hob den Kopf und begutachtete das Labyrinth aus Rohren, Leitungen und sich kreuzenden Laufstegen über ihnen. Sie suchte nach einem weiteren Schacht, einem Turbolift, irgendetwas, das sie nach oben hätte bringen können. Schließlich seufzte sie und blickte Chao an. »Wir müssen wohl oder übel zurück zu dem Schacht ...« Sie schaffte es gerade noch, abzubrechen. Beinahe hätte Sara gesagt *wo Diasourakis abgestürzt ist.* »Wir müssen zurück zum Außenteam. Und wenn wir es nicht finden können, müssen wir uns einen Plan überlegen, wie wir die Königin auf eigene Faust vernichten können.«

Chaos Miene verdunkelte sich. Ihr war klar, welche Worte Nave zurückgehalten hatte. »Aye, Sir.«

Schweigend bewegten sie sich vorwärts, wobei Nave immer wieder dem Drang nachgab, hinter sich zu blicken und sich zu versichern, dass keiner der schlafenden Borg erwacht war und ihnen folgte. Sie nahm an, dass sich die meisten aktiven Borg in der obersten Ebene befanden, gemeinsam mit der Königin. Wenn es Chao und ihr nicht gelang, Worf und die anderen zu finden, sah es schlecht für sie aus. Es war höchst unwahrscheinlich, dass es zwei Sicherheitsoffizieren gelingen würde, der Königin auch nur nahe zu kommen.

Aber Nave würde es auf jeden Fall versuchen.

Ihre scharfen Augen hatten sich mittlerweile vollständig an das Dämmerlicht gewöhnt. Sie hatte nach der kleinen Luke, die zu dem Schacht führte, Ausschau gehalten und endlich kam sie keine fünfzig Meter vor ihnen in Sicht. Nave verfiel in einen raschen Trott. Mit Schrecken war ihr aufgegangen, dass ihnen nur noch wenig Zeit blieb, um die Mission zu vollenden - weniger als neunzig Minuten.

Chao folgte ihr auf dem Fuß.

Nave war so sehr auf ihr Ziel fokussiert, dass sie die zwei Gestalten, die sich über einen Laufsteg zu ihrer Linken näherten, viel zu spät bemerkte. Als sie sie endlich sah und zu einem abrupten Halt kam, standen die beiden bereits direkt in ihrem Weg und blockierten den Zugang zu der Luke.

Sofort riss sie ihr Gewehr hoch - doch ein rascher zweiter Blick auf das Paar ließ sie zögern.

Es waren Borg. Der erste war haarlos, trug den schwarzen Panzer, das optoskopische Auge, den mechanischen Arm, der als Waffe diente. Seine Züge waren leer und unauffällig, so als wäre jede Eigentümlichkeit in Jahren des Dienstes am Kollektiv abgeschliffen worden.

Der zweite war ein neu Assimilierter, der offensichtlich von einer kürzlich stattgefundenen Operation zurückeskortiert wurde. Sein Haar war teilweise von schwarzem Metall umschlossen, das in seinen Schädel eingelassen worden war. Schläuche traten aus seinem Hinterkopf aus und verbanden diesen mit scheinbar willkürlichen Punkten in seinem Nacken, der Wange und der Brust. Seine Bewegungen waren steif, wie die des anderen Borg, und seine Miene hölzern. Aber sein Gesicht war nicht vollständig weiß. Es lag ein leichter Hauch von Farbe in ihm, und die Bereiche der Haut, an denen die Schläuche eingeführt worden waren, waren noch immer von der groben Behandlung gerötet.

Die Drohne hatte nach wie vor zwei Hände - menschliche Hände - und zwei menschliche Augen. Und ungeachtet der Entfernung, ungeachtet des Dämmerlichts wusste Nave, dass sie noch immer klar und grün waren.

»Lio«, hauchte sie. »Oh, Lio.«

Beverly lauschte dem einsamen Klang ihrer Sohlen auf dem Metalldeck, während sie sich langsam der Kammer der Borg-Königin näherte.

Sie vermochte nicht ins Innere zu blicken, denn ein Quartett von Drohnen stand Schulter an Schulter vor dem Eingang und bewachte ihn. Ihre Silhouetten hoben sich schwarz vor dem gespenstischen grünen Licht hinter ihnen ab. Ihre Gesichter lagen im Verborgenen, aber Beverly wusste instinktiv, dass Jean-Luc sich nicht unter ihnen befand, genauso wie sie instinktiv wusste, dass er irgendwo im Inneren der Kammer war, irgendwo direkt bei der Königin.

»Entschuldigung«, sagte Beverly mit gespielter Unschuld, als sich die vier Köpfe hoben und damit zeigten, dass sie sie entdeckt hatten. Irgendwie entbehrte die Situation in Beverlys Augen nicht einer gewissen Komik, auch wenn ihr gleichzeitig das Herz in die Sternenflottenstandarduniformhose rutschte. »Es gibt da etwas, das ich Ihnen gerne zeigen würde. Wenn Sie mir bitte einfach folgen würden ...« Um ihnen das Angebot etwas schmackhafter zu machen und sich ihrer Aufmerksamkeit zu versichern, schoss sie mit dem Phaser auf einen von ihnen. Die Waffe war nur auf Betäubung gestellt. Sie hatte nicht vor, wertvolle Energie für ein Ablenkungsmanöver zu verschwenden.

Eine Drohne machte einen einzelnen Schritt vorwärts. Länger wartete Beverly nicht ab. Sie drehte sich um und rannte in voller Geschwindigkeit in die entgegengesetzte Richtung, blickte nur einmal kurz über ihre Schulter, um sich zu versichern, dass sie ihr wirklich nachkamen. Sie jagte über den metallenen Laufsteg und wandte sich dann an der ersten Kreuzung nach links.

Sie rannte, bis die Geländer zu Wänden wurden und die Wände zu leerstehenden Regenerationskammern. Schließlich passierte sie zwei besetzte Alkoven, deren Bewohner in Schatten gehüllt waren. Nach einigen weiteren Schritten verlangsamte sie und drehte sich um.

Ihre vier Verfolger waren zwanzig Meter hinter ihr. Sie marschierten schneller, als sie es bei den Borg jemals gesehen hatte. Viel mehr Geschwindigkeit vermochten sie aus ihren massigen Körpern allerdings auch nicht mehr herauszuholen. Im Gleichschritt stapften sie durch den Gang, jeweils zwei nebeneinander, ihre Arme wie Schwerter erhoben und bereit zuzuschlagen.

Beverly breitete ihre eigenen Arme aus. »Hier bin ich. Kommt und holt mich!«

Die Drohnen näherten sich. Ungeachtet all ihrer scheinbaren Tapferkeit empfand sie den Anblick als ziemlich beängstigend. Nicht jeder Schweißtropfen, der ihr von der Stirn tropfte, war der vorherrschenden Hitze geschuldet. Die festen Schritte der Borg schlugen gegen das Deck, und sie fühlte die Vibrationen in den Sohlen ihrer eigenen Füße, fühlte, wie sich ihr Herzschlag dem Stampfen anpasste. Sie zählte jeden Schritt im Geiste mit: *eins, zwei, drei, vier ...*

Noch zehn Meter entfernt. Acht. Sieben. Sechs ...

»Jetzt!«, befahl eine dunkle Stimme, und sie ließ sich aufs Deck fallen.

Sie war schlau genug, nicht in das Phaserfeuer zu blicken und von seinem Aufblitzen geblendet zu werden. Stattdessen hielt sie ihren Blick fest auf die Beine der Drohnen gerichtet, während sie ihren eigenen Phaser neu einstellte und schoss. Sie sah zu, wie sie stolperten, dann auf die Arme fielen, wie sie zuckten und schließlich still lagen.

Sie zählte die Fallenden genau wie zuvor ihre Schritte. *Eins. Zwei. Drei ...*

Doch die vierte Drohne wankte nur, dann richtete sie sich wieder auf. Worf und Leary versuchten das Ungeheuer mit einer Salve aus Energiestößen zu stoppen, aber es blieb aufrecht und begann erneut zu laufen.

Auf Crusher zu.

Sie rekalibrierte ihren Phaser, aber die neue Einstellung erwies sich als nutzlos.

Crusher sprang auf die Füße und fing erneut an zu rennen. Sie warf einen Blick hinter sich. Der Borg hatte Worf und Leary in ihren Alkoven passiert und folgte ihr noch immer.

»Rekalibrieren!«

Phaserfeuer jagte der Drohne hinterher. Ein verirrter Schuss schlug in die Wand neben ihr ein, blendete sie und sprühte Funken.

»Doktor, *runter!*«

Voller Unschlüssigkeit blickte sie nach hinten. Die Drohne schloss zu ihr auf, war kaum noch vier Meter entfernt.

»Runter! *Das ist ein Befehl!*«

Beverly verdrängte den Gedanken an das, was geschehen würde, wenn es dem nächsten Schuss nicht gelang, die Borg-Drohne zu Fall zu bringen. Sie warf sich auf das Deck und landete mit dem Gesicht nach unten, die Hände instinktiv schützend über den Kopf haltend.

Sie hörte den Phaserschuss, als er traf, dann das gedämpfte, mechanische Grunzen der Drohne und Learys triumphierenden Aufschrei.

»Hab ihn!«

Sie war allerdings nicht auf den Aufprall des Körpers der Drohne vorbereitet, der vom Einschlag des Energiestoßes nach vorne getrieben mit dem ihren kollidierte. Sie schrie auf, als schwere Glieder ihren Kopf und ihren Rücken trafen und sie in Rippenhöhe ein plötzliches, schmerzhaftes Stechen verspürte.

»Doktor!«, riefen Worf und Leary gleichzeitig.

Sie kämpfte sich unter dem Oberkörper der Drohne hervor, der auf ihren Schultern und ihrem Rücken gelegen hatte, und kam unsicher auf die Knie. Worf und Leary eilten an ihre Seite. Dankbar nahm sie die ihr angebotenen Hände entgegen und erhob sich auf die Füße.

»Sie bluten!«, bemerkte Leary.

Beverly berührte mit einer Hand ihren Rücken. Sie war blutig, als sie sie zurückzog. Sie schüttelte den Kopf. »Es fühlt sich nicht so schlimm an.« Ihre Sorge galt vielmehr dem Hypospray für die Königin. Sie berührte ihren Gürtel, um sich zu versichern, dass es noch da war.

Worf beugte sich vor, um die Wunde zu betrachten. »Sie scheint nur oberflächlich zu sein.«

»So ist es.« Beverly entließ einen langen, zittrigen Atemzug, dann zwang sie ein Lächeln auf ihre Züge. »Also dann. Machen wir das Ganze noch einmal?«

Beverly waren keine weiteren Drohnen gefolgt, und sie traf auch keine auf ihrem Rückweg zur Kammer der Königin. Diesmal standen nur noch zwei Drohnen Schulter an Schulter und versperrten den Eingang. Beverly näherte sich gerade so weit, dass sie entdeckt werden konnte. Sie vermochte nicht wirklich an den Drohnen vorbei in die Kammer zu blicken, aber sie glaubte, die Schemen von ein oder zwei weiteren dunklen Körpern auszumachen.

Diesmal war ihr Tonfall nicht so verspielt, diesmal warf sie sich gleich und ohne nachzuschauen zu Boden, als Worf ihr den Befehl gab.

Als es vorbei war und zwei weitere Drohnen reglos auf dem Deck lagen, setzte sie sich auf ihre Unterschenkel und blickte zu Worf hoch, der aus dem dunklen Alkoven getreten war, das Gewehr in beiden Händen. Leary tauchte aus dem Alkoven direkt gegenüber auf.

»Es sind noch ein paar weitere in der Kammer«, sagte Beverly. »Vielleicht nur eine oder zwei. Ich bin mir nicht ganz sicher.«

»Es können nicht allzu viele sein«, erwiderte der Klingone, »wenn sie ihre Posten am Eingang der Kammer halbiert haben.«

»Oder *wenn* es mehr gibt, werden sie alle benötigt, um für die Königin zu sorgen.«

Worf dachte darüber nach und nickte leicht. Sein durchdringender Blick glitt in Richtung der großen Kammer.

»Gehen wir rein, Sir?«, fragte Leary. In dem grauen Licht wirkte ihre Haut fahl, die Augen lagen in tiefen Schatten. Beverly begann sich zu sorgen, dass die Wirkung des Tri-Ox anfangen mochte, nachzulassen. Leary musste binnen einer Stunde zurück zur *Enterprise* gebracht werden. Andererseits war das ein müßiger Gedanke, wie sie feststellte. Wenn Leary bis dahin nicht zum Schiff zurückgekehrt war, würde keine Transfusion der Welt ihr Leben retten können.

»Ja«, sagte Worf. »Wir gehen rein. Doktor Crusher, Sie bleiben zwischen Ensign Leary und mir, bis wir uns im Inneren der Kammer befinden. Wir werden Ihnen den Weg bis zur Königin freimachen und Ihnen Deckung geben, während Sie das Hypospray verabreichen. Aber wenn Sie darin scheitern - oder es die Umstände erfordern - werde ich nicht zögern, die Königin mit unseren Waffen zu vernichten. Ich weiß um die Wichtigkeit wissenschaftlicher Forschung, aber wir können uns kein Versagen leisten.«

»Natürlich«, sagte sie. »Ich würde nichts anderes erwarten. Aber ... Worf.« Sie zögerte. »Wenn wir dem Captain begegnen ...«

»Ich werde tun, was auch immer in meiner Macht steht, um dafür zu sorgen, dass der Captain nicht verletzt wird«, versicherte ihr Worf rasch und in ungewöhnlich sanftem Ton. »Aber vielleicht wird sich das nicht verhindern lassen.«

»Ich weiß. Ich wollte nur sagen, dass ... was auch immer geschieht ... Ich weiß, dass Sie tun müssen, was nötig ist. Ich ... Ich vertraue Ihnen, dass Sie das Richtige tun, ganz gleich, wie schwer es sein mag. Und ich weiß, dass auch er Ihnen vertraut.«

Worf blickte zu Boden - ergriffen, wie ihr erschien - und entließ einen langen Atemzug. Die natürliche Ernsthaftigkeit seiner Züge wich einer flüchtigen, aber bemerkenswerten Sanftheit. *Das ist der Mann*, dachte sie, *den seine Frau in ihm gesehen haben muss.* Im nächsten Moment kehrte sein kämpferischer Stolz zurück, doch seine Stimme war sehr ruhig und nicht ganz so grollend wie gewöhnlich.

»Ein Klingone würde alles Erdenkliche tun, um das Leben seines Kommandanten zu retten. Aber er würde einem Kommandanten auch nicht zu leben erlauben, wenn dieses Leben Schande über ihn bringen würde«, sagte er. »Ich werden versuchen ... ein Klingone für ihn zu sein.«

KAPITEL 14

Eine einzelne Drohne bewachte den Eingang zur Kammer der Königin. Ihr Gesicht lag im Schatten, ihr Körper wurde von dem pulsierenden, grünen Licht in ihrem Rücken beleuchtet.

Beverlys Phaser hatte sich schon einmal als nutzlos erwiesen. Sie wusste, dass sie sich in der Kammer der Königin nicht auf ihn verlassen konnte. Abgesehen davon trug sie eine wichtigere Waffe, auf die sie sich konzentrieren musste, wenn sie im Inneren waren. Mit Worfs Erlaubnis stellte sie den Phaser auf Überladen und schickte ihn über den Boden schlitternd auf die einsame Drohne zu. Er blieb einen Meter vor der Drohne liegen.

Sie hielt den Atem an, als die Drohne einen Schritt nach vorne machte, um das seltsame Objekt in Augenschein zu nehmen. Mehr war nicht nötig, als der Phaser unterhalb der Drohne explodierte. Eine Millisekunde lang erstarrte der Körper, eine dunkle Masse im Zentrum einer gleißenden Nova. Dann verblasste der Energieschlag, die Drohne krümmte sich und fiel zu Boden.

Leary und Worf standen reglos und mit auf den offenen Eingang der Kammer gerichteten Waffen in Position. Genau wie sie rührte sich Beverly nicht vom Fleck, sondern lauschte auf das Geräusch sich nähernder Schritte.

Sie vernahm nicht mehr als ihren eigenen, raschen Atem. Der Korridor und die Kammer waren unheimlich still. *So als ob jemand warten würde*, dachte sie.

Mehrere Sekunden verstrichen, bevor ihnen Worf schließlich mit einem Nicken ein Zeichen gab und sich in Bewegung setzte. Leary und Beverly folgten. Als sie über den Körper der Drohne stiegen und die

Schwelle zur Kammer der Königin überschritten, verspürte Beverly ein unangenehmes Ziehen in der Magengrube.

Schwarz-weiße Gestalten standen ihnen gegenüber. Sie wurden tatsächlich erwartet.

Die Kammer hatte riesige Ausmaße und eine hohe Decke und erinnerte Beverly in ihrer Offenheit und Stille auf seltsame Weise an eine Kathedrale. Sie hatte die Königin noch nie zuvor gesehen, aber sie erkannte sie sofort.

Die Königin stand aufrecht - oder vielmehr wurde ihr aus Fleisch und Metall bestehender Kopf mit den angedeuteten Schultern von einem aufrecht stehenden, vollständig künstlichen Körper getragen. Ihre Arme, Beine und der Torso waren aus demselben dicken schwarzen Panzermaterial erschaffen, das die Drohnen am Leib trugen, und doch unterschied sich ihr Körper völlig von diesen. Er war jung, stark und sehr weiblich.

Genau wie ihr Gesicht, das bleich und still wie aus Stein gemeißelt unter einem glänzenden, durchsichtigen Film aus Gel lag. Es war eine befremdliche Schönheit in diesem Gesicht, das ohne jedes Haar war, selbst ohne Brauen und Wimpern. Die Haut war so hell, dass die Venen darunter durchschienen und ihr ein leicht marmoriertes Aussehen verliehen. Auf den Zügen der Königin lag eine heitere Gelassenheit, ihre Lippen waren zu einem trägen Lächeln verzogen. Ihre Augen waren geschlossen, so als wäre sie tot oder als würde sie schlafen.

Zu ihrer Rechten befand sich eine Liege, von der sie erst kürzlich auferstanden war. Kleine Klumpen der zähflüssigen Substanz - schillernd wie Perlmutt im vorherrschenden Licht - lagen noch immer zitternd auf dem Bett. Ein wenig davon hatte sich auf dem Deck verteilt, und eine schimmernde Spur zog sich direkt bis zu den Füßen der Königin.

Hoch über ihr und verhüllt von Schatten ragte eine gewaltige kybernetische Apparatur auf, die vage an den Kern eines Schiffsantriebs erinnerte. Schwach phosphoreszierend, war sie die Quelle des pulsierenden, grünen Lichts. Ein Dutzend langer, dünner, schwarzer

Schläuche hing davon herab. Sie bewegten sich träge hin und her, wie die brennenden Tentakel einer Qualle im Meer, und wirkten dabei befremdlich lebendig.

Ein Drohnenpaar scharwenzelte Höflingen gleich um die Königin herum und beachtete die Eindringlinge gar nicht. Eine Drohne stand gebeugt neben ihr, während sie langsam die von der Decke herabhängenden Tentakel von ihrem Körper löste. Die andere überprüfte mit einem Scanner die Verbindung der Selbstversorgung des Körpers, die über Schläuche vom Hinterkopf des kahlen Schädels der Königin zu ihrem Nacken, dem Rücken und den Schultern verlief.

Neben ihnen stand Jean-Luc. Sein Blick war nicht auf die Königin, sondern auf das Außenteam gerichtet. Er hatte gesehen, dass sie die Wachdrohne getötet hatten und folgte jedem ihrer Schritte.

Nicht Jean-Luc, verbesserte sich Beverly sofort. Sie blickte in seine Augen - leer, gefühllos, seelenlos - und wusste, dass es Locutus' Augen waren, die Augen des Feindes. Jean-Luc war verschwunden. Sie bekämpfte die Gefühle, die sie bei diesem Anblick zu überwältigen drohten und legte ihre Hand auf das Hypospray an ihrem Gürtel - eine Erinnerung an den Grund für ihr Hiersein.

»Captain Picard«, murmelte Worf, doch er unterbrach sich sofort.

Locutus blickte zur Seite auf die Drohnenhöflinge. Es war nur ein Blick, doch die Drohnen unterbrachen sofort ihre Arbeit, als ob sie einen Befehl vernommen hätten und verließen die Seite der Königin. Sie begaben sich zu Locutus, der seinerseits auf das Außenteam zutrat.

Worf hob seine Waffe und zielte auf die Königin. Beverly sagte nichts. Es war sein Vorrecht als Kommandant, dieser Begegnung ein rasches Ende zu setzen, wenn er das für die beste Lösung hielt.

Doch einen Herzschlag bevor er schießen konnte, bevor es Leary gelang, ihr Gewehr auf die anderen anzulegen, streckte Locutus die Hand aus und betätigte eine Kontrolle an der Wand.

Ein schwach glitzerndes Kraftfeld tauchte wie aus dem Nichts auf und hüllte die Königin ein - und nur die Königin. Locutus und die übrigen Drohnen blieben außerhalb, um den Kampf gegen die Eindringlinge aufzunehmen. Das alles geschah so schnell, das Worf sich nicht mehr stoppen konnte. Gleißend schlug der Strahl seines Gewehrs in das Kraftfeld ein, das die Energie mit einem Knistern absorbierte.

Picard hatte gewusst, dass sie kommen würden, erkannte Beverly. Und Locutus hatte dieses Wissen genutzt, um sich auf sie vorzubereiten. Das Kraftfeld war ein Beweis dafür. Es schien auf Föderationstechnologie aufzubauen.

Bevor Worf seine Waffe herumreißen konnte, bewegte sich Locutus erneut. Er packte ein Bündel der schlangenartig über ihm hängenden Schläuche und schleuderte es auf sie zu. Noch immer an der Decke befestigt, schlug es mit kobragleicher Schnelligkeit dem Außenteam entgegen. Beverly schrie auf und schützte ihr Gesicht, als Dutzende von Peitschen sie trafen und aufs Deck warfen.

Irgendwie übertönte Locutus' raue monotone Stimme das Chaos.

»Ihr werdet nicht entkommen. Wir haben all den anderen befohlen zu erwachen und uns zu unterstützen, euch zu entwaffnen. Die Königin wird jeden Augenblick erwachen. Ihr werdet assimiliert, und die *Enterprise* und alle an Bord werden vernichtet.«

Von Schnitten und Schrammen übersät kämpfte sich Beverly zurück auf die Füße und befreite sich aus dem Gewirr der Schläuche. Auch Worf war wieder aufgestanden und hob seine Waffe vom Deck, als sie beide das Geräusch bedächtiger, aber rascher Fußschritte vernahmen und aufblickten.

Ein halbes Dutzend Drohnen tauchte im Eingangsbereich auf. Worf wirbelte herum und feuerte in ihre Mitte. Während Beverly sich noch zurechtzufinden versuchte, erschien auch Leary aus dem Schlauchgewirr, und ihr Phasergewehr spuckte Energiestöße.

Locutus hatte derweil seinen Kunstarm aktiviert, und die Klingensäge sirrte. Gemeinsam mit den zwei Drohnenhöflingen rückte er gegen die ungeschützten Rücken der Sternenflottenoffiziere vor.

»Passen Sie auf!«, schrie Beverly ihnen zu. Und als Worf herumfuhr, um zu feuern, erkannte Beverly ihre Chance. Locutus hatte seinen Posten verlassen. Die Kraftfeldkontrollen waren unbewacht. Da sie dachten, Beverly sei unbewaffnet, ignorierten er und die beiden Höflinge sie und rückten stattdessen gegen Worf und Leary vor, die nun von zwei Seiten bedrängt wurden.

Sie holte tief Luft und sprintete los, rannte hinter ihren beiden Offizierskollegen entlang und dann an Locutus und seinen Begleitern vorüber. In gerader Linie stürmte sie auf die Kontrollen an der Wand zu, und als sie sie erreichte, schlug sie keuchend darauf.

Das Feld löste sich auf. »Worf!«, schrie sie. »Worf, sie ist ungeschützt! Die Königin ist ungeschützt! Leary!«

Doch weder Leary noch der Klingone hatten Zeit, auf ihre Worte zu achten, geschweige denn sie anzublicken. Sie feuerten so schnell sie konnten, alle paar Sekunden von der Notwendigkeit unterbrochen, ihre Waffen neu zu kalibrieren. Es war nur eine Frage der Zeit, bis sie überwältigt werden würden.

Beverly rannte auf die reglose Königin zu.

Sie war keine zwei Meter mehr von ihr entfernt, als sie aus den Augenwinkeln sah, wie Locutus innehielt, sich umdrehte und sie anblickte. Sofort gab er den Kampf auf und bewegte sich auf Beverly zu.

Einen Moment lang dachte sie, er wäre hinter ihr her - doch dann hielt er an den Wandkontrollen an und starrte sie erneut an. Sie blieb stehen und ließ beide Arme sinken, um das Hypospray an ihrem Gürtel zu verdecken.

Er blinzelte einmal ... dann drückte er auf den Schalter.

Beverly stieß einen lautlosen Seufzer aus, als sich das Kraftfeld erneut aufbaute - und sie gemeinsam mit der Königin im Inneren stand. Einen schier endlosen Augenblick blieb sie stocksteif stehen, bis Locutus zu der Ansicht gelangt war, dass sie keine echte Gefahr darstellte, und seine Aufmerksamkeit erneut Worf und Leary zuwandte.

Vorsichtig glitt sie auf die schlafende Königin zu, dann griff sie blitzschnell nach ihrem Hypospray und presste es gegen den schlanken weißen Nacken der Königin.

Die Hand der Königin schoss quer an ihrem Körper vorbei und fing Beverlys so plötzlich ab, dass die Ärztin einen erschrockenen Laut von sich gab. Sie versuchte sich loszureißen, doch die Finger der Königin, stahlharte Klauen, hielten sie fest.

Die Königin wandte ihr Gesicht Beverly zu. Ihre Augen waren wie dunkles Quecksilber und voller Bosheit. Sie erhöhte den Druck auf Beverlys Handgelenk, bis diese vor Schmerz aufschrie. Das Hypospray entglitt ihrem Griff und fiel klappernd auf das Deck.

»Erbärmliche kleine Kreatur.« Die Stimme der Königin hatte nichts Borgartiges an sich, klang alles andere als mechanisch. Sie war voller Leben und Emotionen: Belustigung, Stolz, Verachtung, Schadenfreude. »Dachtest du wirklich, ich würde dir erlauben, ihn mir ein weiteres Mal zu nehmen?«

Beverly starrte sie hasserfüllt an. »Dachtest du, ich würde es *dir* erlauben?«

Die wohlgeformten Lippen der Königin zuckten. Ihr Griff wurde noch unbarmherziger, und Beverly spürte, wie sich ihre Füße leicht vom Boden hoben. Es gab ein leises, hässliches Knirschen, als die Knochen ihres Handgelenks brachen.

Ein gleißend blauer, stechender Schmerz, blendender als jeder Phaserstrahl, zuckte vor ihren Augen auf. Beiläufig öffnete die Königin ihre Hand, und Beverly fiel auf die Knie.

Worf beobachtete wie der Captain - Locutus, rief er sich ernst in Erinnerung - das Kraftfeld um die Königin erneut aktivierte und Doktor Crusher darin einschloss. Er vertraute darauf, dass die Ärztin ihren Job machte. Seine größte Sorge war im Augenblick, Locutus unschädlich zu machen, ohne ihn umzubringen. *Schnell wirkend*, hatte sie das Hypospray genannt. Er hoffte inständig, dass es schnell genug wirkte.

Zwei der sechs Drohnen, die in den Eingangsbereich geschwärmt waren, lagen bereits am Boden. Leary war neben Worf in die Hocke gegangen. Sie kämpfte tapfer, aber sie wirkte blass und abgehärmt. Sie würde sich nicht viel länger auf den Beinen halten können. Während sie das Sperrfeuer auf die Drohnen im Eingang aufrechterhielt, blickte der Klingone in die entgegengesetzte Richtung und widmete sich Locutus und den beiden Drohnen, die sich um die Königin gekümmert hatten.

Die letzteren beiden erledigte Worf rasch, doch Locutus ließ ihn zögern. Er hielt den Gewehrlauf auf den kürzlich assimilierten Picard gerichtete, wartete aber mit seinem Schuss. Beharrlich und furchtlos kam die Drohne näher, hob den Arm und ließ die Klingensäge an der Spitze bedrohlich sirren. Offensichtlich teilte Locutus das Wissen des Captains, dass sein Stellvertreter alles nur Erdenkliche versuchen würde, um zu vermeiden, ihn töten zu müssen.

Hinter Locutus huschte Doktor Crusher in der Sicherheit des Kraftfeldes an die Seite der Königin.

»*Erwischt*«, knurrte Leary neben dem Klingonen. Worf rekalibrierte seine Waffe und feuerte ohne weiter zu zögern.

Der Energiestoß traf genau wie er es beabsichtigt hatte: den äußersten Rand des Kraftfeldes. Der Treffer war zu oberflächlich, um absorbiert zu werden. Stattdessen prallte er vom Rand ab und explodierte einige Meter weiter - gefährlich nah an der Stelle, wo Locutus stand. Der Einschlag warf die Captain-Drohne zu Boden.

Worf wandte sich um und rekalibrierte dabei erneut seine Waffe. Er versuchte, Leary zu helfen, aber es war zu spät. In ihrem geschwächten Zustand war Leary von den Drohnen überwältigt worden. Es war so rasch geschehen, dass sie nicht einmal einen Laut von sich gegeben hatte. Worf hatte es nicht bemerkt. Mit einem Wutschrei schoss Worf und erledigte ihren Mörder, dann fuhr er herum und blickte erneut hinter sich.

Locutus war wieder auf den Beinen und keine fünf Meter weit entfernt. Worf rekalibrierte und gab einen weiteren Querschläger ab. Diesmal hatte er ungenau gezielt und das Feld absorbierte den

Schuss. Als das Feld unter dem Einschlag aufschimmerte, erhaschte Worf einen weiteren Blick auf die Königin.

Doktor Crusher lag am Boden und die Königin, die mittlerweile das Bewusstsein erlangt hatte, ragte mit drohendem Blick über ihr auf.

Er würde sie töten müssen, erkannte der Klingone. Ihnen lief die Zeit davon. Er würde selbst irgendeinen Weg finden müssen, um zu der Königin vorzudringen und sie umzubringen.

Er hob das Gewehr erneut, zielte - und runzelte die Stirn. Von einem Moment zum nächsten war Locutus verschwunden.

Eine Millisekunde später krachte das Nährstoffbett, auf dem die Königin gelegen hatte, gegen Worfs Beine und seine Hüfte und warf ihn aufs Deck. Er fiel hart aufs Hinterteil, aber irgendwie gelang es ihm, seine Waffe nicht zu verlieren. Er stützte sich mit einer Handfläche auf dem Deck ab, um sich sofort wieder auf die Beine zu bringen ...

... doch bevor er dazu imstande war, blickte er auf und sah Locutus, der mit erhobenem Sägenarm über ihm aufragte.

Der Sägenarm sauste herab und verbiss sich funkensprühend und mit einem furchtbar knirschenden Geräusch in Worfs Gewehr. Locutus hob den Arm, und die Waffe blieb daran hängen. Mit einem scharfen Ruck schleuderte er sie durch die Luft davon. Sie knallte gegen das Kraftfeld und fiel klappernd auf das Deck, über das sie davonschlitterte, bis sie auf der gegenüberliegenden Seite der Kammer liegen blieb.

Bevor der Sägenarm erneut zuschlagen konnte, rollte Worf sich zur Seite. Locutus folgte ihm unerbittlich.

Es lag allerdings nicht in der Natur des Klingonen zu fliehen. Er nutzte die Rollbewegung, um aufzustehen und warf sich entschlossen auf die Drohne. Mit einer Hand packte er Locutus Unterarm und zwang ihn zur Seite. Mit der anderen umfasste er den Nacken der Drohne.

Er beabsichtigte, die Captain-Drohne zu überwältigen und dann zur Königin durchzudringen, um sie zu töten - doch Locutus erwies sich als viel zu stark. Unaufhaltsam näherte sich die jaulende Säge der Brust des Klingonen. Worf erkannte, dass er nicht einmal imstande sein würde, sich zu behaupten - von seinen anderen Plänen ganz zu schweigen -, und er stieß ein ebenso zorniges wie frustriertes Brüllen aus.

Es blieb ihm nur noch eins zu tun: zu sterben und Locutus mit in den Tod zu reißen. Es würde den Captain wenigstens vor weiterer Schande bewahren ... und es würde Worf einen ehrenvollen Tod bescheren.

Einen ehrenvollen Tod, versprach er Jadzia lautlos, *für uns beide.*

Als sich das Sägeblatt seinem Herzen näherte, erhöhte Worf den Druck auf Locutus' Nacken, bis dieser stark genug war, um einen Menschen zu töten.

Ohne zu zögern feuerte Nave ihr Phasergewehr auf die Wachdrohne ab und erledigte sie dadurch. Der Einschlag war so nah an Lio, dass er wankte - Nave brachte es nicht über sich, von ihm als Drohne zu denken. Er prallte gegen das Geländer, bevor er sich wieder fing.

Sie hatte die Wahl, führte sie sich vor Augen, als sie und Chao rasch ihre Waffen rekalibrierten. Sie konnte ihn hier lassen, umkehren und in den Wald der schlafenden Drohnen zurück fliehen. Doch abgesehen von dem offensichtlichen Risiko würde es noch mehr ihrer kostbaren Zeit verschwenden. Oder sie konnte versuchen, an ihm vorbeizukommen - ein keineswegs unmögliches Unterfangen, schließlich war er unbewaffnet und besaß nur seine zwei menschlichen Hände, um sie zu bekämpfen.

Die Frage wurde binnen eines Herzschlags für sie beantwortet. In einiger Entfernung hinter ihnen gingen Lichter an.

»Der Kontrollbereich«, rief Chao. Nave vernahm das schwache Geräusch von Schritten. »Sie wachen auf.«

Nave feuerte auf den Boden vor Lios Füßen. Der reflektierte Schuss stoppte ihn und ließ ihn einen Arm schützend vors Gesicht reißen - eine eindeutig menschliche Geste, dachte sie, *hoffte* sie. Doch kaum war der Energiestoß verblasst, begann er erneut auf sie zuzumarschieren.

»Nicht schießen!«, befahl sie Chao. »Machen Sie sich bereit, an ihm vorbeizurennen. Ich ziele in die Mitte, genau vor seine Füße, also halten Sie sich von dem Bereich fern, wenn Sie loslaufen. Wenn Sie sich treffen lassen, werde ich Ihnen nicht helfen können.«

Chao antwortete mit einem knappen Nicken. Nave feuerte erneut auf das Deck. Das Gleißen des Schusses ließ sie die Augen zusammenkneifen, während Chao, klein und kräftig, an Lios langer, schlanker Gestalt vorbeistürmte. Dabei kam sie ein wenig ins Schleudern und stieß kurz gegen das Geländer - und gegen Lio, der bei dem Schuss erneut seine Arme gehoben hatte.

Doch sie schaffte es auf die andere Seite, wenngleich angesichts des Schusses, der sie nur knapp verfehlt hatte, ein bisschen blass. Sie drehte sie zu Nave um.

»Hier, Lio!«, rief sie der Drohne zu. »Hier bin ich!« Sie hob das Gewehr und schenkte Nave ein Nicken und einen festen Blick.

Nave senkte ihre eigene Waffe und bereitete sich darauf vor, loszusprinten.

»*Jetzt*«, rief Chao.

Nave stürmte vor, wobei sie darauf achtete, sich an der Seite des Laufstegs zu halten. Der Energiestoß aus dem Gewehr war blendend hell. Sie hielt ihren Kopf gesenkt und den Blick abgewandt, während sie am Geländer entlangschrammte und nicht über den jähen Abgrund nachzudenken versuchte, der direkt dahinter aufklaffte.

Der Schlag erwischte sie vollkommen überraschend. Er traf sie zwischen die Augenbrauen und ließ ihren Kopf ruckartig zurückprallen. Sie taumelte, dann fiel sie benommen auf die Knie. Der Schmerz ließ eine Welle der Übelkeit über ihr zusammenschlagen. Einen Moment lang dachte sie, sie wäre irgendwie mit einem niedrig hängenden Rohr zusammengestoßen.

Dann packten Hände den Kragen ihrer Uniformjacke und zogen sie auf unsichere Füße.

»Stopp!«, schrie Chao. »Lieutenant, gehen Sie von ihm weg! Rennen Sie! Ich muss schießen!«

»Nein«, rief Nave und versuchte erfolglos ihren Blick zu fokussieren. Sie konnte nichts weiter sehen als Lios regloses, bleiches Borg-Gesicht - oder vielmehr ein und ein halbes Gesicht. Sie versuchte ihr Gewehr zu ergreifen; nicht um es abzufeuern - einen Körper so nah an dem ihren anzuschießen würde für sie beide fatal sein -, sondern um es als Knüppel zu schwingen. Doch ihre Finger hatten es kaum berührt, als es ihr entrissen wurde. Sie spürte, wie der Gurt über ihrer Schulter riss und nachgab, hörte, wie die Waffe mit einem metallischen Laut in der Ferne auf das Deck klapperte. »Nein, *laufen Sie*, Chao! Wir haben keine Zeit mehr. Finden Sie die Königin ...«

Phaserfeuer zuckte an ihr vorbei. Chao zielte auf die nahenden Borg, um Nave Zeit zu verschaffen, sich von Lio zu lösen.

In einem erbärmlichen Versuch, Abstand zu gewinnen, torkelte sie auf ihren Füßen. Rennen war unmöglich. Ihr Körper war unkoordiniert und unkooperativ. Etwas Dunkles tauchte vor ihr auf - Lios Arm, erkannte sie - und knallte gegen ihre Schläfe. Der aufflammende Schmerz in ihrem Nacken raubte ihr den Atem. Ihre Rippen prallten gegen das Geländer, das sie instinktiv mit beiden Händen packte, als ihr Kopf und ihre Schultern zur Seite geschleudert wurden.

Sie öffnete die Augen. Ihr Blick saugte sich an der endlosen Abwärtsspirale fest, in der Deck auf Deck auf Deck folgte, bis diese irgendwann in Schwindel erregender Dunkelheit versanken: dem Abgrund. Die Decks schwammen und schlingerten, verdoppelten sich und fügten sich dann wieder zusammen. Ein furchtbares Pochen in ihrem Schädel begleitete das Phänomen. Nave fürchtete, sich übergeben zu müssen. Hinter ihr feuerte Chao noch immer, ihre Schreie hoben sich schrill von dem dumpfen, gleichmäßigen Stampfen der Borg-Schritte ab.

»*Gehen Sie*!«, schrie Nave, aber ihre Stimme war schwach und brüchig. »*Finden Sie die Königin ... Das ist ein Befehl!*«

Ein Brüllen drang an ihre Ohren. Ihre eigene und Chaos Stimme verstummten. Sie drehte sich um und blickte auf.

Lio griff nach ihren Schultern. Er presste sich seitlich gegen sie in dem Versuch das Gewicht ihres Körpers zu nutzen, um ihren Griff zu lösen und sie über den Rand zu kippen. Nave klammerte sich fest, und starrte ihm nur in die Augen.

Sie waren grün und klar, leblos und geistlos, Lios Augen, in denen Lios Seele fehlte. Sie waren das Grauenvollste, das sie jemals zu Gesicht bekommen hatte. Sie erkannte, dass sie nur noch ein Herzschlag vom Tod trennte - und dass diese schrecklichen Augen das Letzte sein würden, was sie jemals sehen würde.

Sie blickte zurück in die Schwindel erregende Dunkelheit.

Lass los, sagte sie zu sich selbst. *Warum ihn zwingen, dich zu töten? Lass einfach los und stirb ...* Es war besser, ins Vergessen zu stürzen und dort zu verrotten, als im ewigen Fegefeuer eines Lebens als Drohne zu enden.

Einfach durchhalten, sagte plötzlich jemand ruhig und deutlich, als kämen die Worte von Lippen, die an ihr Ohr gelegt worden waren. Es hätte Chao sein können. Es hätte auch ihr Vater sein können.

Es gab keine Hoffnung mehr. Überhaupt keine. Die Drohnen erwachten, was bedeutete, dass die Königin erwacht war, und es keine Hoffnung mehr gab, sie zu stoppen. Die Borg würden gewinnen, und Lio und Captain Picard würden die Ewigkeit als Drohnen verbringen. Chao würde allein zurückbleiben und überwältigt und in Stücke gerissen werden.

Und sie, Sara, war schon tot, so sicher verloren wie ihre Mutter und ihr Vater, die eines Tages aus dem Reich der Lebenden verschwunden waren, um zu Erinnerungen zu werden.

Keine Hoffnung, wiederholte Nave zu sich selbst, als Lio erneut gegen sie drückte, um sie umzubringen. Ein letztes Mal versuchte sie, die Wärme in seinen Augen zu finden, aber dort war nichts. Es lag keinerlei Erkennen in ihnen. In diesem Augenblick ließ sie alle Hoffnung, Lio oder sich selbst retten zu können, fahren. Sie würde tun, was sie ihm versprochen hatte, bevor er die *Enterprise* verlassen hatte. Sie würde tun, was er für seinen Freund Joel nicht hatte tun können.

Mit übermenschlicher Kraft, die aus ihrer Liebe und Trauer gespeist wurde, zog Nave Lio mit sich, als sie zuließ, dass sie rücklings über das Geländer stürzte. Sie hörte Chaos Schrei, der sie auf ihrem Sturz in die endlose Tiefe begleitete, bis sie zu weit entfernt waren, um noch irgendetwas zu hören.

In einem sollte Sara allerdings recht behalten.

Das Letzte, das sie in ihrem Leben sah, waren Lios kalte Augen.

Hinter dem Kraftfeld rappelte sich Beverly in eine halb sitzende Stellung auf. Das Geräusch von Locutus' Säge, die sich in Worfs Gewehr hineinfraß, hatte sie wieder zu Bewusstsein gebracht, nachdem der Schmerz sie zuvor beinahe ohnmächtig hatte werden lassen. Mit klinischer Distanz starrte sie auf ihre Verletzung und versuchte sie einzuschätzen. Das Gelenk ihrer rechten Hand war zermalmt und nutzlos. Es war nicht einmal daran zu denken, die Finger zu bewegen.

Doch Worf war zu Boden gestürzt und Locutus rückte näher, um ihm den Todesstoß zu versetzen. Sie hatte keine Zeit, sich von so etwas Unbedeutendem wie Schmerz aufhalten zu lassen. Noch hatte sie eine gesunde Hand. Mit zusammengebissenen Zähnen stützte sie sich darauf, während sie den verletzten Arm eng an den Körper zog. Das verlorene Hypospray war nur einige Meter zur Seite gerollt. Auf ihren Knien krabbelte sie darauf zu.

Neben ihr schien die vollständig erwachte Königin ihrer eingeschränkten Bewegungsfreiheit überdrüssig zu werden. Statt auf ihre Höflinge zu warten, griff sie schwerfällig und mit Händen, die solche Bewegungen noch nicht gewohnt waren, nach den Schläuchen, die ihren Nacken, ihre Schultern und ihren Hinterkopf mit der Energiequelle über ihnen verbanden.

Beverly packte das verirrte Hypospray. Unbemerkt erhob sie sich auf unsichere Beine und näherte sich geduckt und von hinten ihrer Feindin.

Die Hände der Königin befanden sich in ihrem Nacken, während sie ein Stück biegsamen schwarzen Schlauchs löste, wie eine gewöhnliche Frau eine Halskette. Beverly streckte die Hand mit dem Hypospray aus, um es in ihren Hals zu injizieren.

Doch einen Sekundenbruchteil bevor sie es auf das bleiche Fleisch der Königin setzen konnte, fuhr der schwarze Körper mit seinem gefleckten weißen Kopf herum, und die Königin sah sie an.

Die flüssigen bronzenen Augen waren vor Zorn zusammengekniffen. »Insekt«, zischte die Königin. Ihre schwarze Hand zuckte vor und schloss sich um Beverlys Kehle. Ihr Griff war kalt, ölig und stahlhart.

Beverly verspürte ein Aufwallen von Schmerz, als ihre Luftröhre, ihr Kehlkopf langsam zerquetscht wurden. Doch sie empfand keine Furcht, nur Abscheu und Entschlossenheit. Sie verschwendete keinen Gedanken an die Tatsache, dass sie höchstwahrscheinlich sterben würde. Ihr blieb nicht mehr als Sekunden, um zu handeln und sie richtete all ihre Kraft, all ihren Willen auf ihre zitternde linke Hand und das Hypospray, das sie hielt.

Die Königin drückte zu. Beverly spürte ihre Sinne schwinden, ihre Sicht begann sich zu vernebeln. Doch ihre linke Hand bewegte sich immer weiter. Sie fühlte mehr, als dass es sie sah, wie das Hypospray das Fleisch der Schulter der Königin berührte. Mit einem letzten Aufbegehren ihres Bewusstseins drückte sie ihren Daumen durch und vernahm ein leises Zischen. Erst dann ließ sie zu, dass sich ihre Augen schlossen und ihr Geist sich der Dunkelheit ergab.

KAPITEL 15

Selbst die Kraft eines Klingonen reichte nicht aus, um einem Borg zu widerstehen. Worfs Hand begann vor Anstrengung zu zittern, während er versuchte, Locutus' Sägenarm zurückzuhalten. Näher und näher rückte die Klinge, bis sie anfing den Stoff seiner Uniform direkt unter seiner Brust aufzuschlitzen.

Dann traf sie auf seine Haut. Worf spürte die Wärme seines Blutes, das an seinem Körper hinablief. Er brüllte auf und grub seine Finger noch tiefer in Locutus' Kehle. Die Augen der Drohne traten leicht hervor, ihre Lippen öffneten sich, als wolle sie nach Luft schnappen.

Das Sägeblatt ruckte, als es auf die Rippen des Klingonen traf. Doch Worf zuckte trotz des Schmerzes nicht einmal zusammen. Stattdessen war er zu einer Entscheidung gelangt. Er würde den Sägenarm loslassen und ihm erlauben, ihn zu durchbohren, damit er Locutus Genick mit beiden Händen ergreifen und brechen konnte.

Wir werden gemeinsam sterben, versprach er dem Captain. Es würde eine gute Art zu sterben sein.

Doch in dem Augenblick, als Worf den schweren, mechanischen Arm losließ, erschlaffte dieser unvermittelt und fiel kraftlos an der Seite der Drohne herab. Verblüfft und in dem Glauben, dass es ihm gelungen sei, seinen Gegner irgendwie zuerst umzubringen, lockerte der Klingone seinen Griff.

Er kämpfte sich frei und erhob sich, nur um festzustellen, dass Locutus nach wie vor stand. Er war nicht tot, nur erstarrt. Hoffnungsvoll warf Worf einen raschen Blick in Richtung des Kraftfeldes. Dahinter stand die Königin - ebenso bewegungslos und mit gesenktem Kopf.

Neben ihr lag Doktor Crusher. Sie war auf dem Deck zusammengesunken und regte sich nicht.

»Doktor Crusher«, rief Worf. »Können Sie mich hören?«

Sie gab keine Antwort.

Sofort eilte Worf zu den Kraftfeldkontrollen. Mit einem Summen verschwand das Hindernis. Besorgt begab er sich an Crushers Seite. Sie atmete doch. Ihr Atem ging zwar flach, war aber regelmäßig. Worf fand das Medikit, zog es unter Crushers Bein hervor und öffnete es, um den medizinischen Trikorder zu entnehmen. Er ließ ihn über den Körper der Ärztin gleiten und blickte bestürzt auf die Ergebnisse. Ihre Kehle war zerquetscht worden.

Endlich herrschte gnädige Stille. Der Schmerz war noch immer da, aber der Lärm war verebbt. Sie wollte nur schlafen. Doch irgendwo in ihrem Hinterkopf wusste Beverly, dass sie das nicht tun durfte. Zu schlafen bedeutete zu sterben - auch wenn ihr im Moment beides lieber war als der Schmerz.

Sie spürte kaum den Druck von Metall gegen ihren Nacken, als die Welt auf einmal um sie herum zurückkehrte. Mit einem Husten kam Beverly vollständig zu Bewusstsein und legte sich eine Hand auf ihre schmerzende Kehle. Einen Augenblick lang war sie verwirrt und dachte, sie läge im Bett im Quartier des Captains - in *ihrem* Quartier -, dann setzte ihr Verstand ein, sie erinnerte sich an die Königin und öffnete die Augen.

Worf war über sie gebeugt und hielt einen medizinischen Regenerator in der Hand. Er sah blass und geschwächt aus, war aber am Leben. »Wie fühlen Sie sich, Doktor?«

Beverly erhob sich in eine sitzende Position und verzog das Gesicht, als ein stechender Schmerz von ihrem Handgelenk emporschoss. Eine Welle der Übelkeit überkam sie, und sie presste die Augen zu. Sie hatte Schwierigkeiten zu sprechen.

Worf legte ihr eine beruhigende Hand auf die Schulter. »Es wird eine Weile dauern, bis Sie sich wieder ganz erholt haben. Ihr Handgelenk ist noch nicht vollständig zusammengewachsen. Ich musste mich vor allem um Ihre Kehle kümmern.«

Beverly hustete erneut. »Die Königin …«, brachte sie hervor.

»Tot«, sagte Worf und deutete mit einem Nicken auf einen Punkt hinter Beverlys Schulter. »Es war ein recht eindrucksvoller Anblick.«

Vorsichtig drehte Beverly ihren Kopf und folgte Worfs Blick.

Die Königin war in ihrem reglosen schwarzen Kunstkörper zusammengesackt. Ihr Kopf hing herab, ihre Augen waren leblos und leer. Beverly keuchte auf, als sie ihr Gesicht sah. Alles Einmalige und Besondere - die vollen Lippen, die weiblichen Linien ihres Kiefers und Nackens, die scharfe Nase, die leicht schräg stehenden Augen - war verschwunden, als hätte es jemand fortgewischt, sodass sie jetzt vollständig androgyn wirkte. Beverly schenkte ihr ein matt triumphierendes Lächeln.

Im nächsten Moment wandte sie sich wieder Worf zu und fragte: »Jean-Luc …«

»Dort.« Worf zeigte auf die Stelle, an der der Captain stand, genauso still und stumm wie die Königin.

»Ist er …?«

»Am Leben«, sagte Worf. »Aber im Tiefschlaf. Ich glaube, dass alle Borg in einen Schlafzustand versetzt wurden.«

Erfolglos versuchte Beverly aufzustehen. »Ich brauche eine Probe der DNA der Drohnen, damit wir ein Mittel entwickeln können, das verhindert, dass sie eine neue Königin erschaffen …«

»Sie brauchen Ruhe«, sagte Worf.

Sie runzelte die Stirn. »Da bin ich anderer Meinung. Reichen Sie mir mein Medikit.«

Worf dachte einen Augenblick über die Bitte nach, dann kam er ihr nach. »Ich muss die Kontrollen für das Dämpfungsfeld ausfindig machen, damit wir unsere Kommunikatoren einsetzen können, um den Rest des Außenteams wiederzufinden und die *Enterprise* zu kontaktieren.« Er half ihr auf die Füße, bevor er zu der Konsole hinüberging.

Beverly antwortete mit einem bestätigenden Nicken, dann holte sie aus ihrem Medikit ein Hypospray hervor, mit dem sie eine Probe der nächstbesten Drohne nahm.

»Ich glaube, ich habe das Dämpfungsfeld neutralisiert«, verkündete Worf und berührte seinen Kommunikator. »Worf an Sicherheitsteam.«

»Hier ist Chao«, antwortete eine Stimme. Sie klang erleichtert, aber auch hörbar gedrückt. *»Der Rest des Teams ist … fort.«*

»Verstanden«, sagte Worf nur. »Bereithalten zum Rausbeamen.«

Anschließend kontaktierte Worf die *Enterprise*, und Nelson meldete von der Hilfsbrücke aus, dass sie bereitstanden, um die Tarnung fallen zu lassen und die überlebenden Mitglieder des Außenteams zurückzuholen.

Beverly versicherte sich davon, dass sie genug DNA-Proben gesammelt hatte und gesellte sich dann zu Worf, der neben dem Captain in Position ging.

Jean-Luc stand untätig und teilnahmslos da. Seine Augen waren verschleiert, blicklos, aber Beverly wusste aus Erfahrung, dass irgendwo tief drinnen Jean-Luc war, zuschaute und zuhörte. Sie ergriff seine schlaffe Hand und flüsterte. »Wir gehen nach Hause.« Und als sie der Transporterstrahl einhüllte und die Kammer der Königin wie ein flüchtiger Albtraum verblasste, lächelte sie.

Picard nahm einen tiefen Atemzug. Die Luft, die über seine Haut strich und seine Lungen füllte, fühlte sich nicht länger unerträglich kalt und trocken an. Sie war angenehm, frisch und belebend. Er öffnete die Augen. Beverly stand neben ihm und lächelte. »Willkommen zu Hause.«

Sie erschien ihm nicht länger in den Schwarz-, Weiß- und Grautönen, die ihm seine Monochromsicht beschert hatte. Ihr Haar hatte die Farbe von blassem Kupfer und schimmerte wundervoll auf dem kräftigen Blau ihres Laborkittels. Die Welt war wieder voller Farben.

»Beverly.« Seine Stimme klang rau, als hätte er lange nicht mehr gesprochen. »Du hast keine Vorstellung davon, wie gut es sich anfühlt, wieder zurück zu sein.« Er streckte die Arme vor sich aus und bewegte zufrieden die Hände und Finger - warmes, lebendes Fleisch und Blut. »Die Königin ...?«

»Nicht länger eine Bedrohung«, sagte sie. »Erinnerst du dich daran, dass ich sagte, ich hätte so eine Ahnung? Das Nährstoffgel der Königin, das die Drohnen ihr gaben, enthielt eine östrogenartige Substanz. Sie kann durch ihr männliches Gegenstück, eine androgene Verbindung, neutralisiert werden.«

»Und der Kubus?«

»Schläft«, berichtete sie. »Die Drohnen sind kaum mehr als leere Hüllen. Alles Bewusstsein hat sie verlassen, als die Königin zerstört wurde. Ohne Verbindung zum Hive und ohne Möglichkeit, eine neue Königin zu erschaffen, haben sie sich sozusagen selbst abgeschaltet. Vielleicht warten sie auf einen neuen Befehl, der aber hoffentlich niemals kommen wird. Admiral Janeway schickt eine Reihe Forschungsschiffe, um den Kubus zu untersuchen.«

»Worf hat mit dem Admiral gesprochen?«, fragte er.

»Keine Sorge«, sagte sie. »Er hat es dir überlassen, ihr einen vollständigen Bericht abzuliefern.«

»Ich muss daran denken, ihm später dafür zu danken«, sagte Picard mit einem Lächeln.

»So, und jetzt zu dir«, sagte Beverly. »Es war nicht so leicht, dich diesmal zurückzuverwandeln. Die Borg hatten eine neue Generation Nanosonden entwickelt. Es hat mich ein paar Stunden gekostet, aber ich habe sie bezwungen ... und anschließend die wissenschaftlichen Datenbanken der Sternenflotte über die Borg aktualisiert. Oh, und außerdem besitzen wir nun auch frische Proben von Borg-DNA. Wir arbeiten an einer Lösung, um den Mechanismus, der die Drohnen antreibt, eine neue Königin zu erschaffen, chemisch zu unterdrücken, sodass dies nie wieder geschehen kann.«

Picard musste die Worte selbst aussprechen, um sicherzugehen, dass er richtig gehört hatte. »Nie wieder?«

»Nie wieder«, wiederholte Beverly. »Ich bin zuversichtlich, dass wir einen Weg finden werden.«

Ihre Worte verschafften ihm eine unendliche Erleichterung, doch das Gefühl währte nur kurz. Eine Frage nagte an ihm, und er fürchtete die Antworte. »Gab es während meiner Rettung Verluste?«

»Drei«, antwortete sie traurig. »Sara Nave war unter ihnen.«

Picard nahm ihre Worte mit tiefem Bedauern zur Kenntnis.

»Und es gelang uns nicht, Lieutenant Battaglia zu retten«, fügte Beverly hinzu.

Er blickte zur Seite und zu Boden. Er sollte dankbar dafür sein, sagte er sich, dass es diesmal nur ein paar und nicht Tausende gewesen waren. Doch die Schuld, die Trauer vermochte das nicht zu lindern. »Habe ich ...?«

»Nein, du hast niemanden verletzt«, sagte sie. »Nicht dauerhaft. Aber du hast es Worf alles andere als leicht gemacht.«

»Ich bin überrascht, dass *ich* die Begegnung mit einem Klingonen überlebt habe. Geht es ihm gut?«

»Er hat sich ziemlich schnell erholt. Ich habe ihn vor ein paar Stunden entlassen.«

Picard blickte zu ihr auf und musterte sie etwas eingehender. Er sah die verblassenden grünen Flecken, wie dunkle Perlen, rund um ihren Hals. »Das sind *Fingerabdrücke* ... Was ist passiert?« Er deutete mit einer Hand auf sie.

Sie berührte sie leicht geistesabwesend. Ihr Lächeln war düster, aber selbstzufrieden. »Eine Erinnerung.«

»Hat dich eine Drohne angegriffen?«

»Die Königin.«

»Die Königin ...?« Er blinzelte und sah sie beeindruckt an. »Du warst es, nicht wahr? *Du* hast mich gerettet.«

»Wir alle haben dich gerettet«, sagte sie bescheiden. »Worf, Leary, Nave - alle gemeinsam. Keiner von uns hätte es alleine schaffen können.« Die Andeutung des grimmigen Lächelns kehrte zurück. »Aber sagen wir einfach, ich hatte noch eine Rechnung offen.«

»Nun, gegen eine solch gefährliche Feindin hatte die Königin nie eine Chance, würde ich sagen.« Er erwiderte das Lächeln. »Bin ich bereit zum Dienst, Doktor?«

»So bereit, wie Sie es nur sein können.«

Picard wollte seinen Kommunikator berühren und runzelte die Stirn, als er feststellte, dass er nicht mehr da war. Beverly bemerkte es und aktivierte ohne ein weiteres Wort den ihren.

»Crusher an Brücke.«

»Worf hier, Doktor.«

»Worf.« Ihre Stimme nahm einen leicht verspielten Tonfall an. »Hier ist jemand, der Sie sprechen möchte.«

Picard rutschte vom Rand des Biobetts und stellte sich neben Beverly. »Bericht, Commander«, sagte er.

Der Klingone bemühte sich um einen förmlichen Tonfall, aber es gelang ihm nicht ganz, die Freude und Erleichterung zu verbergen, die er verspürte. *»Aye, Captain. Wir befinden uns augenblicklich noch immer in der Nähe des Borg-Schiffes. Wir haben seine Antriebssysteme unbrauchbar gemacht. Während eines früheren Angriffs wurde die Hülle der* Enterprise *an der Brücke schwer beschädigt. Jetzt, da die Untertassensektion wieder angekoppelt ist, kümmert sich Commander La Forge um eine temporäre Reparatur. Er sagt aber, dass wir ins Dock sollten, um eine strukturelle Überholung vorzunehmen.«* Bei Worfs Erwähnung des Ankoppelns der Untertassensektion warf Picard der Ärztin einen fragenden Blick zu, aber sie gab ihm nur mit einer Geste zu verstehen, dass sie ihm alles später erklären würde.

»Verstanden«, sagte Picard. Ein Gefühl der Schwermut überkam ihn. Er hatte keinen Zweifel, dass die Borg einmal mehr sein Wissen eingesetzt hatten, um Schaden anzurichten.

»Außerdem haben wir eine Nachricht von einem sich nähernden Shuttle erhalten«, fuhr Worf fort. *»Seven of Nine wird in Kürze hier eintreffen.«*

Diese Nachricht ließ ihn zögern. »Sehr schön. Benachrichtigen Sie mich, wenn sie eintrifft. Ich bin in meinem Quartier. Picard Ende.«

Er blickte Beverly an und seufzte. »Zeit, die Zeche zu bezahlen. Hoffen wir, dass das hier leichter wird als die Konfrontation mit der Königin.«

Kathryn Janeway lächelte nicht.

Picard befand sich in seinem Quartier und blickte auf ihr Bild auf dem Monitor herab. Janeway saß vorgebeugt da, die Ellbogen auf dem Tisch, die Hände gefaltet. Ihre Stirn war nicht gerunzelt, aber ihre Augen blickten hell und kalt. Sie wusste, was kommen würde.

»Admiral«, sagte er. »Seven of Nine wird jeden Augenblick auf der *Enterprise* eintreffen. Mir ist bekannt, dass Sie bereits wissen, dass ihre Anwesenheit an Bord nicht länger benötigt wird. Ich möchte hiermit die volle Verantwortung für meine Taten übernehmen. Ich habe entschieden, dass die *Enterprise* den Borg-Kubus abfangen soll. Meine Mannschaft befolgte nur meine Befehle.«

Janeway presste die Lippen zusammen. Einige Sekunden lang schwieg sie und blickte den Captain nur durchdringend an. Picard hielt ihrem Blick stand, ohne zurückzuweichen.

Als sie schließlich sprach, lag eine nur mühsam kontrollierte Wut in ihrer Stimme. *»Sie haben einen direkten Befehl missachtet, Captain.«*

»Das ist korrekt, Admiral. Ich werde mich nicht verteidigen, und ich erwarte keine Nachsicht.«

»Und Sie werden auch keine von mir bekommen.« Sie hob das Kinn und in ihren Augen blitzte es. *»Sie können sich verdammt glücklich schätzen, dass sich die Dinge zum Vorteil der Sternenflotte entwickelt haben - und zu Ihrem. Aber ich war noch nie der Meinung, dass Glück eine Entschuldigung für Insubordination sein sollte.«* Sie lehnte sich noch weiter nach vorne. *»Stellen Sie sich vor, die Dinge hätten sich anders entwickelt. Dass die* Enterprise *zerstört und Sie erfolgreich entführt worden wären. Dann stünden wir jetzt vor einem zweiten Wolf 359 - oder Schlimmerem - oder irre ich mich? Ich habe Ihnen meine Gründe klar und deutlich dargelegt, Picard. Und Sie entschlossen, sie vollständig zu ignorieren. Ich nehme an, dass Sie erwarten, dass ich*

‚Ende gut, alles gut.' sage und es dabei belasse? Ihnen vielleicht auf die Finger klopfe und einen Verweis in Ihrer Akte eintrage?«

»Ich erwarte gar nichts«, erwiderte Picard aufrichtig.

»Das sollten Sie auch nicht. Ich werde diesen Fall innerhalb des Kommandos weiterleiten. Es kann gut sein, dass ich sogar selbst das Militärgerichtsverfahren gegen Sie einleite. Haben Sie mich verstanden?«

»Das habe ich, Admiral.«

»Gut. Sagen Sie Seven of Nine, dass sie mich kontaktieren soll, sobald sie eintrifft. Janeway Ende.«

Der Bildschirm wurde dunkel. Picard senkte den Kopf und seufzte leise. Zu einem anderen Zeitpunkt hätte ihn die Aussicht auf ein Militärgerichtsverfahren - die Möglichkeit, die Sternenflotte und das einzige Leben, das er jemals gekannt hatte, zu verlieren - mit Schrecken erfüllt. Doch so, wie die Dinge lagen, schien eine einzelne Karriere ein kleiner Preis, um den Verlust von Milliarden Leben zu verhindern. Janeway irrte. Es war nicht allein Glück gewesen. Sie hatten die Borg dank schierer Entschlossenheit und schierem Willen besiegt.

Vor seinem geistigen Auge tauchte Beverlys Andeutung eines grimmigen Lächelns auf, und er vernahm ihre Stimme in seinem Inneren: *Sagen wir einfach, ich hatte noch eine Rechnung offen.*

»Das hatte ich auch noch«, sagte Picard leise. »Das hatte ich auch.«

»Auf Commander Worf«, hob Picard an, »den nun offiziellen Ersten Offizier der *Enterprise*.« Er hielt kurz inne, als ihm Doktor Crusher etwas ins Ohr flüsterte, und korrigierte sich dann. »Oder sagen wir vielmehr: den offiziellen *permanenten* Ersten Offizier.«

»Hört, hört«, rief La Forge zusammen mit den anderen, und alle verfielen in einen kräftigen Applaus.

Die Tische des Happy Bottom Riding Club waren zur Seite geräumt worden. Picard und Crusher standen in der Mitte, ein sich augenscheinlich unwohl fühlender Worf direkt neben ihnen. Das Zusammentreffen war nicht annähernd so klein, wie es der Klingone erbeten hatte. Genau genommen war es sogar ziemlich groß. Aber Picard hatte erkannt, dass es sich um das erste öffentliche Ereignis nach den Gedenkgottesdiensten für ihre gefallenen Kameraden handelte und dass die Mannschaft einfach etwas zu feiern brauchte.

Es war nun schon ein paar Tage her, seit die *Enterprise* die orientierungslosen Borg den treuen Händen Seven of Nines überlassen hatte. Die Mannschaft war auf dem Weg ins Dock und in den wohl verdienten Landurlaub.

Picard ging an den Gratulanten vorbei, die Worf eingekreist hatten. Ein belustigter Glanz lag in den Augen des Captains, denn er wusste, wie ungern sein neuer Erster Offizier im Rampenlicht stand.

»Du genießt das, nicht wahr?«, meinte Beverly leise und ohne eine Miene zu verziehen.

»Es ist nicht ganz ein Bad im Ozean«, erwiderte er in Erinnerung an Worfs letzte Beförderung unter seinem Kommando, »aber auch nicht schlecht.« Picard blickte sie einen Moment an. »Aber du scheinst dich nicht sonderlich zu amüsieren.«

Beverly seufzte. »Eine Weile«, sagte sie, während sie ihr Champagnerglas auf Kinnhöhe hielt, »befürchtete ich, dass es uns niemals mehr gelingen würde, dich zurückzuverwandeln. Die Naniten hatten sich unglaublich entwickelt ...« Sie schüttelte den Kopf. »Ich habe eine Lösung gefunden, weil ich es musste. Aber es war die größte Herausforderung, der ich mich je stellen musste.«

»Die größte?«, fragte Picard leise. Sein Ton war leicht neckend. In den letzten paar Tagen war sie schrecklich ernst und beschäftigt gewesen. Die Erfahrung mit den Borg war schon schwer genug für sie gewesen, aber dann hatte sie herausgefunden, dass Janeway ihm ernsthaft mit einem Militärgerichtsverfahren gedroht hatte. Er hatte gehofft, dass diese kleine Feierlichkeit für Worf die Laune aller ein wenig heben würde - die ihre eingeschlossen.

Beverly bemerkte sein kleines Lächeln, aber ihr Tonfall wurde nicht heiterer. »Genaugenommen war es die *zweitgrößte*. Die größte war, dich erneut als Locutus zu sehen.« Sie blickte zu Boden und schüttelte den Kopf, sodass ihr Haar über ihre Schultern wippte. »Es hat mir unglaubliche Befriedigung verschafft, die Königin zu vernichten. Ich wünschte nur, ich hätte ihr ebenso viel Schmerz bereiten können wie sie dir.«

»Das spielt jetzt keine Rolle mehr«, sagte Picard sanft. »Die Königin existiert nicht mehr. Alles, was von ihr übrig geblieben ist, ist ein erbärmliches Geschöpf, dem beigebracht werden muss, für sich selbst zu denken. Abgesehen davon ...« Er kämpfte gegen das Bedürfnis an, die Hand auszustrecken und ihr übers Haar zu streichen, eine Geste, die er sich niemals vor der Besatzung erlaubt hätte. »Sie zu verletzen würde mich nicht glücklicher machen. Aber wieder mit dir zusammen sein zu können, *macht* mich glücklicher.«

Seine Worte hatten den gewünschten Effekt. Sie lächelte und nahm einen weiteren Schluck Champagner.

Picard ließ seinen Blick über die Menge schweifen. Er blieb an der Bar hängen, wohin Worf sich geflüchtet hatte und eine Diskussion mit dem vulkanischen Counselor führte. »Es freut mich sehr, dass Mister Worf es sich hinsichtlich seines Postens anders überlegt hat«, sagte er. »Ich frage mich nur, was ihn dazu bewogen hat, seine Meinung zu ändern.«

Beverly blickte vielsagend in ihr Glas und ihre Lippen zuckten leicht.

»Einen Augenblick«, sagte Picard. »Heraus damit.«

Sie schaute ihn voll gespielter Unschuld an. »Heraus *womit?*«

»Du weißt doch etwas. Ich sehe dein selbstzufriedenes Lächeln. Warum hat Worf seine Meinung geändert?«

»Ich habe wirklich keine Ahnung«, antwortete sie. »*Ich* habe nichts weiter getan, als ihm zu sagen, er solle ein Klingone sein.«

Verwirrt runzelte er die Stirn. »Ein Klingone?« Er wandte sich zu Worf um, der schwer damit beschäftigt schien, ein weiteres Opfer zu konvertieren.

»Es ist Pflaumensaft«, erklärte Worf. »Das angemessene Getränk für einen Krieger.«

Er goss die dickflüssige, braunviolette Flüssigkeit aus einem Krug in das flache, schmale Glas vor T'Lana und betrachtete sie, als sie zurückhaltend darauf starrte. Er hatte bislang noch keine Gelegenheit gehabt, nach seiner Rückkehr von dem Borg-Schiff unter vier Augen mit ihr zu sprechen. Er wusste nicht, ob sie ihm gegenüber noch immer ablehnend eingestellt war. Er hoffte, eine freundschaftliche Beziehung zwischen ihnen beiden aufbauen zu können, vor allem jetzt, da er der offizielle stellvertretende Kommandant war.

»Vulkanier interessieren sich nicht für Kriege«, sagte sie.

»Man muss nicht unbedingt Blut vergießen, um ein Krieger zu sein«, gab Worf zurück. »Ein Sieg lässt sich auf vielerlei Arten erringen.«

T'Lana schien einen Augenblick darüber nachzudenken, dann hob sie das Glas und leerte es in einem Zug. Mit vollkommen ernster Miene blickte sie ihn an. »Er ist angenehmer, als sein Äußeres annehmen lässt.«

Sofort schenkte Worf ihr ein zweites Glas ein. »Also geben Sie nun zu, dass der Captain recht damit hatte, die Borg zu verfolgen.« Während er sprach, gesellte sich Captain Picard zu ihnen und stellte sich neben die Vulkanierin.

»Counselor«, begrüßte er sie.

Sie nickte anmutig. »Captain.«

Picard bedachte den Klingonen mit einem Lächeln. »Und, Nummer Eins, genießen Sie das Fest?«

Worf zuckte bei dieser Anrede innerlich zusammen. Es fühlte sich falsch an, dass der Captain sie für jemand anderen als Will Riker verwendete. »Nicht wirklich, Sir.«

Den Captain schien die ehrliche Antwort zu erheitern. »Keine Sorge. Es wird schon früh genug vorbei sein.« Er machte eine Pause und blickte T'Lana an. »Es tut mir leid. Ich habe Ihr Gespräch unterbrochen. Bitte fahren Sie fort.«

Worf warf der Vulkanierin einen warnenden Blick zu, den sie allerdings ignorierte. »Nein, Commander«, sagte sie zur Antwort auf Worfs vorherige Frage. »Ich glaube nicht, dass die Missachtung von Befehlen durch den Captain richtig war. Der Captain hatte hinsichtlich seiner mentalen Verbindung zum Borg-Kollektiv in der Tat recht. Und ich bin erfreut, dass es Ihnen gelungen ist, die Königin zu neutralisieren. Daraus folgt jedoch nicht logischerweise, dass er recht hatte, weil er Glück hatte.«

»Ich befürchte, da ist Admiral Janeway mit Ihnen einer Meinung«, sagte Picard trocken. Er nahm einen Schluck aus seinem Glas. »Und ich nehme an, dass Sie mir kein guter Counselor wären, wenn Sie immer mit mir übereinstimmen würden.«

T'Lana nickte höflich. »Wenn Sie mich nun entschuldigen würden, meine Herren. Ich habe noch zu tun.«

Worf bemerkte, dass sie ihr Getränk mitnahm, als sie die Messe verließ.

»Mister Worf.« Picard senkte die Stimme, und sein Tonfall war auf einmal ernst. »Doktor Crusher sagte mir, dass Sie bereit gewesen sind, mich - Locutus - zu töten, wenn nötig. Ist das korrekt?«

»Ja, Sir.«

Er schenkte ihm ein humorloses Lächeln. »Gut. Sie denken bereits wie ein Captain.« Er holte tief Luft und sagte dann sehr sanft. »Die schwerste Erkenntnis, die mit einem Kommando einhergeht, ist die, festzustellen, dass man ... fehlbar ist. Dass man *nicht* immer recht hat. Ich habe versagt, Worf. Dieses Mal war ich kein Held. Ich habe meine eigenen Leute in Gefahr gebracht. Hätten Sie mich nicht gerettet, wäre ich für den Tod von Milliarden von Lebewesen verantwortlich gewesen.« Er schwieg kurz und musterte die Miene des Klingonen. »Haben Sie das verstanden?«

Worfs Blick blieb fest. »Ja, Captain.«

Picard Blick schien etwas zu suchen. Schließlich schien er die Antwort gefunden zu haben, nach der er geforscht hatte. Er nickte langsam. »Ja, ich denke, dass Sie das tun, Mister Worf.« Seine Züge wurden weicher. »Ich gratuliere Ihnen. Sie haben sich das hier mehr als verdient.«

»Danke, Sir«, sagte Worf, als der Captain weiterging. Der Klingone drehte sich zur Bar und zu seinem Glas mit süßlich duftendem Saft um. Vor seinem inneren Auge erschien seine verstorbene Frau und lächelte. Er erinnerte sich an ihre Worte:

Niemand von uns vermag mit Sicherheit zu sagen, wie sich unsere Taten auf andere auswirken. Wir können nur das tun, was uns zu einem gegebenen Zeitpunkt als richtig erscheint. Du hast auf dein Herz gehört. Du hättest nicht anders handeln können, nicht, ohne dich selbst zu verleugnen.

Er hatte auf sein Herz gehört und unbeabsichtigt den Tod von Unschuldigen verursacht. Er hatte auf sein Herz gehört und die Leben von unzähligen mehr gerettet.

Worf hob sein Glas. »Auf dich, Jadzia«, sagte er leise. *»tlhIngah jIH.«*

Ich bin ein Klingone.

DER ZUKUNFTS-THRILLER DES JAHRES!
DEUTSCHER SCIENCE-FICTION-PREIS
BESTER ROMAN 2017
GEWINNER
DIE WELTEN DER SKIIR 1: Prinzipat
von Dirk van den Boom
TB | € 16,– (D) | 978-3-86425-867-1
Band 2: Protektorat
978-3-86425-871-8
Erhältlich
Band 3: Patronat
978-3-86425-872-5
September 2017
Die Reise der Scythe 1: Aszendenz
978-3-95981-527-7
Neue Trilogie | März 2018
BEST OF SCIENCE-FICTION
DAS PREISTRÄGER-PROGRAMM
HUGO GEWINNER
LOCUS GEWINNER
DAS ENDE DES REGENBOGENS
von Vernor Vinge
TB | € 14,– (D) | 978-3-95981-144-6
HUGO GEWINNER
NEBULA GEWINNER
LOCUS GEWINNER
DUNKELHEIT
von Connie Willis
KB | € 20,– (D)
978-3-95981-168-2
NEBULA AWARD FINALIST
THE RED 1:
Morgengrauen
von Linda Nagata
TB | € 16,– (D) | 978-3-95981-152-1
WORLD FANTASY AWARD GEWINNER
NEBULA FINALIST
WER FÜRCHTET DEN TOD
von Nnedi Okorafor
KB | € 18,– (D) | 978-3-95981-186-6
WWW.CROSS-CULT.DE